欧美经典
悲情小说精选

AN ANTHOLOGY OF
EUROPEAN AND AMERICAN
CLASSICAL SENTIMENTAL STORIES

[德] J.W.歌德 [美] 欧·亨利 等著

刘文荣 选编

文匯出版社

图书在版编目(CIP)数据

欧美经典悲情小说精选 / 刘文荣选编. —上海：
文汇出版社,2014.4
ISBN 978 - 7 - 5496 - 1084 - 6

Ⅰ.①欧… Ⅱ.①刘… Ⅲ.①小说集-世界 Ⅳ.
①I14

中国版本图书馆 CIP 数据核字(2014)第 034716 号

欧美经典悲情小说精选

选　　编 / 刘文荣

策　　划 / 陈今夫
责任编辑 / 陈今夫
封面装帧 / 张　懿

出版发行 / 文匯出版社
　　　　　　上海市威海路 755 号
　　　　　　(邮政编码 200041)
经　　销 / 全国新华书店
排　　版 / 南京展望文化发展有限公司
印刷装订 / 江苏启东市人民印刷有限公司
版　　次 / 2014 年 4 月第 1 版
印　　次 / 2014 年 4 月第 1 次印刷
开　　本 / 890×1240　1/32
字　　数 / 340 千
印　　张 / 14.25

ISBN 978 - 7 - 5496 - 1084 - 6
定　　价 / 35.00 元

前　言

　　悲情小说是18世纪以来一直流行于欧美的一种小说门类，英语称作 Sentimental Story 或 Sentimental Novel（前者指中短篇，后者指长篇），也译作"感伤小说"。对于这类小说，欧美批评界从来就颇有微词，有人甚至将其称为"滥情小说"，即：滥用悲悯之情。但是，即便是这样的滥情小说，也一直拥有众多读者；何况，并非所有悲情小说都是滥情的。譬如，选入本书的八篇悲情小说，就是出自历代经典作家之手的经典之作，而非批评家所说的那种"既庸俗落套、又矫揉造作"的滥情小说①。

　　为了使你更好地阅读本书，我将欧美悲情小说的历史、其认知和审美价值简述如下：

一

　　简单说来，欧美悲情小说始于18世纪后半叶。当时，欧美文学的主流仍是崇尚理性的古典主义，而且仍以法国为中心，但在70年代，出现了一次"异动"——那就是德国的"狂飙突进运动"。所谓

_____

　　① 顺便说一句，当前有许多所谓"网络小说"，就属此类。

"狂飙突进运动"，得名于当时德国剧作家克林格尔的一部名为《狂飙突进》的戏剧——该剧旨在宣扬叛逆精神，正迎合当时诸多德国年轻人的情绪，所以，后来的历史学家就以此来称呼当时的那场"文学动乱"。

"狂飙突进运动"其实就是欧洲浪漫主义的先声。我们知道，当时欧洲的贵族社会是理性主义的，其文化主流是古典主义的，即：崇尚社会理性与社会秩序。而浪漫主义，正是以反理性主义和反古典主义的姿态出现的，即：张扬个人情感与个人自由（这也意味着平民社会将取代贵族社会）。作为浪漫主义先声的"狂飙突进运动"，当然也是如此。

在"狂飙突进运动"时期出现的"新文学"，被称为"感伤主义文学"。悲情小说，就是其中的一部分，而当时最有名的悲情小说，就是歌德的中篇小说《少年维特之烦恼》。其后，感伤主义蔓延至欧洲各国，英国、法国乃至俄国，都有小说家写悲情小说，而且深受读者青睐，如法国作家贡斯当的中篇小说《阿道尔夫》和俄国作家卡拉姆辛的短篇小说《苦命的丽莎》，就是其中的名篇。实际上，在德国"狂飙突进运动"之前，英国就已经有感伤派文学，其代表作家就是劳伦斯·斯特恩和奥利佛·哥尔斯密，特别是哥尔斯密的长篇小说《威克菲牧师传》，其实已具悲情小说的雏形，只是仍带有古典主义的遗痕，不像后来的悲情小说那样"悲情"。

令人奇怪的是，到了真正的浪漫主义时期，即19世纪的最初30年间，悲情小说反而不多见了。这也许是因为浪漫主义时期小说创作本来就处于低潮，诗人是主角，抒情诗是其主要形式。也可能是因为浪漫派小说家"不再悲伤"，而是更多地转向对历史的反省和对现实的批判，如英国的瓦尔特·司各特和法国的维克多·雨果，就是如此。不过，"不多见"不等于没有，如法国浪漫派作家夏多布里昂的两部著名中篇小说《阿达拉》和《勒内》，以及浪漫派女作家乔治·桑的中篇小说《印典娜》等，就是这一时期的经典悲情小说；还有，如俄国浪漫派诗人普希金的著名短篇小说《驿站长》，也是一篇脍炙人口的悲情小说。

继浪漫主义之后，欧美小说创作转向现实主义。一般说来，现实主义作家是不会写悲情小说的，因为他们更看重对现实的审视和对人性的剖析，即：某种程度上的理性回归。但是，一个作家属于什么"主义"，总是相对而言的；所谓"现实主义作家"，是指其主要倾向，并不是说，他所有的作品都一定是现实主义的。实际上，绝大多数现实主义作家都不是"纯粹"现实主义的，有的甚至只是半个现实主义作家；譬如，屠格涅夫就是——他的六部长篇小说，可以说基本上是现实主义的，但他的中短篇小说，却基本上不是现实主义的。所以，从他的中短篇小说中选出一部悲情小说《不幸的姑娘》，也就不足为奇了。

至于大多数现实主义作家，偶尔都会写出非现实主义作品。譬如，英国现代小说家高尔斯华绥，以现实主义的《福尔赛世家》三部曲而获诺贝尔文学奖，但他的著名中篇小说《苹果树》却是一部现代悲情小说，还有，如美国的欧·亨利和德莱塞，是公认的现实主义作家，但他们也写有如《带家具的出租房》和《失去的菲比》这样的作品——两篇风格迥异的悲情小说，前者哀惋而令人忧伤，后者悲观而令人绝望。

二

总的说来，悲情小说就是"小说中的悲剧"，和戏剧中的悲剧一样，主要有两大类：一类是爱情悲剧，一类是亲情悲剧。

人生中悲剧多的是，为何唯有这两类悲剧最频繁地出现在悲情小说中？因为在"人类三大情感"（即爱情、亲情和友情）中，最强烈的是爱情，其次是亲情；所以，遭遇这两类悲剧的人最为痛苦，也最令人同情。为什么最令人同情？因为人人都有可能遭遇这两类悲剧。而悲情小说，就旨在于引发读者对主人公的同情。所以，悲情小说几乎无一不以主人公之死作为小说的主要情节。

如果是一部通俗悲情小说，那么，只要赢得读者的眼泪，其目的也就达到了。但是，出自经典作家之手的悲情小说，却并不以此为限，还要赋予主人公之死以某种深意。我们不难看到，凡是出自经典作家之手的悲情小说，其主人公之死几乎全属非自然死亡——绝大多数是自杀。这种死亡是经典悲情小说中最常见的。因为主人公并非自然死亡，而是被逼死的，所以更令人同情，更令人悲愤。那么，是谁逼死了他（或她）？是某种环境因素、是某种社会势力、是某种社会习俗、是某种社会偏见——反正，主要是某种外部的、精神的原因，导致了主人公的非自然死亡。基于这种死亡固有的震撼力，加上小说的渲染，主人公之死不仅令人同情、令人悲愤，更是对社会、对现实、乃至对人生的控诉与谴责。经典悲情小说不同于通俗悲情小说之处，大概就在这里。

以本书所选悲情小说为例：《少年维特之烦恼》的主人公维特，因恋爱失败而开枪自杀，表面上是殉情，实质上是对"理性传统"的控诉；《阿道尔夫》中的女主人公艾蕾诺尔，因被情人阿道尔夫抛弃而忧郁成疾、凄惨离世，令阿道尔夫悔恨交加，痛感社会习俗的荼毒；同样，《不幸的姑娘》中的"不幸的姑娘"苏珊娜，一个"被侮辱和被损害的"孤女，指望爱情能改变自己的命运，但终因绝望而自杀——她的死，不仅是对她周围的那些人、更是对那个时代、那个世界的指控；还有，《苹果树》里的那个可怜的乡村

4

姑娘梅恩，也是在被情人抛弃后自杀的，而她的死，不禁使人想到，也许人生本身就是一个悲剧。

三

最后，悲情小说有何审美价值？基于悲情小说的核心事件是死亡，说悲情小说的审美价值，也就是说死亡有何审美价值。死亡有审美价值吗？

毫无疑问，死亡本身是不可能有审美价值的，因为死亡是无法体验的。既然无法体验，又怎么审美呢？要知道，审美首先需要体验。不过，在小说中（在其他艺术形式中也一样），死亡却是有审美价值的；因为小说中的死亡不是真的死亡，而是小说家想象中的死亡。既然是"想象的"，也就是"艺术的"；既然是"艺术的"，也就是"审美的"。

我们说，悲情小说就是"小说中的悲剧"；既然如此，其审美价值当然也类同于戏剧中的悲剧。那么，戏剧中的悲剧，其审美价值是什么呢？最权威的定义出自亚里士多德的《诗学》，即：悲剧"通过引发怜悯与恐惧使情感得到宣泄"。这里的关键词是"怜悯与恐惧"，也就是对悲剧主人公命运的"怜悯与恐惧"。为什么对主人公命运的"怜悯与恐惧"会"使情感得到宣泄"？

大概说来是这样的：悲剧首先使观众感到痛苦（即产生怜悯感和恐惧感）；接着，又使观众产生一种庆幸感——哦，好在这不是真的，只是一场戏！这种庆幸感的产生，即情感的"宣泄"；也就是，从紧张到放松，而从紧张到放松这一过程，就是悲剧的审美过程。所谓"悲剧美"，大概就是这个意思。这里有一个前提，即：那只是做戏，不是真的！——当然，这里还有另一层意思：观众的庆幸感可能来自"哦，好在我不是那个悲剧主人公！"。这样也会有一个从紧张到放松的过程，从而完成一次审美体验。

实际上，不仅是悲剧，其他如恐怖电影、鬼故事、侦探小说，乃至迪斯尼乐园里的过山车，其实也有类似的"审美价值"，所以才会吸引那么多人。因为它们有一个共同点：那不是真的，只是游戏而已。

同样，悲情小说再怎么悲情，也只是小说而已；它本身是悲情的，但却会为你带来审美享受，为你带来愉悦。

刘文荣

2013 年 11 月于上海

目　录

少年维特之烦恼

［德］J. W. 歌德

J. W. 歌德，全名约翰·沃尔夫冈·冯·歌德（Johann Wolfgang von Goethe 1749—1832），德国大诗人、大文豪、小说家、剧作家。重要作品除本篇外，还有长篇小说《威廉·迈斯特》、诗剧《浮士德》和长篇叙事诗《赫尔曼与窦绿苔》等。

本篇是歌德的成名作，出版于 1774 年，被认为是德国"狂飙突进运动"时期的代表作，充分体现了"狂飙文学"的感伤主义特点，即：通过对主人公不幸命运的渲染，控诉传统理性社会的冷漠无情。小说德文原名 *Die Leiden des jungen Werthers*，中文译作《少年维特之烦恼》并不准确，因为其中的"Leiden"一词，意为"悲伤、悔恨"，而非一般的"烦恼"[①]。这样的误译，尽管后果比较严重——读者或许会问：一个人怎么会因为一点"烦恼"而自杀呢？——但是，由于耳熟而成习惯，现在也难以纠正了，只能在此作一说明。

那么，这个维特到底有何"烦恼"呢？说来很简单：他爱上了一个名叫绿蒂的姑娘，却不知她已经订了婚，等他知道

[①] 参照英译名 *The Sorrows of Young Werther*，其中的"Sorrows"和"Leiden"同义，意为"悲伤、悔恨"。

后，他便"烦恼"不止了；因为，他爱绿蒂是因为绿蒂纯洁无瑕，现在，她若忠于婚约，证明她的纯洁无瑕，即意味着她不可能和他相爱；反之，她若背叛婚约，和他相爱，那她还纯洁无瑕吗？还值得他爱吗？——总之，这是个解不开的死结。最后，他只能以死来结束"烦恼"，开枪自杀了。

那么，维特的"烦恼"是如何叙述出来的？说来却并不简单。总的说来，小说是书信体的，主要内容是主人公维特在大约一年半时间里写的书信，但呈现在小说中的书信却是由一个虚拟的"编者"编辑整理过的，并被分成了"上篇"和"下篇"。此外，有些事情是维特自己不可能说到的，但又必须让读者知道，就由虚拟的"编者"补入，而在"编者"补入的情节中，又有维特的直接陈述（不是书信），甚至还有维特朗诵的大段引文——这些，均用不同字体排出。所以，尽管这是一篇18世纪的古典小说，读起来却像20世纪的现代派小说，很能考验读者的想象力。

至于为何要分成"上篇"和"下篇"，这和维特的心情变化有关，又和季节变化有关。"上篇"中的书信写于一七七一年五月至同年九月，即从春天到秋天，讲述他如何偶尔认识法官的女儿绿蒂，如何对她一见倾心（这是春天和夏天里的事），以及，不久他得知绿蒂已经订婚、并见到了他的未婚夫后的心情（这是秋天里的事）；"下篇"中的书信写于一七七一年十月至第二年十二月，即从秋天到第二年冬天，讲述他如何离开故乡，如何得知绿蒂已经结婚（这是同年冬天里的事），以及，他因病回到故乡、并再度见到绿蒂后的心情（这是第二年春天和夏天里的事）；最后，他绝望了，决定自杀（这是第二年秋天和冬天里的事）。可见，维特的心情变化是和季节变化相呼应的，即：春夏对应他短暂的欢愉，秋冬对应他无穷的悲愁。这既赋予了小说以基本节奏，同时也为维特的自述增添了一层诗意，即用季节和天气来映衬、象征他的内心感受，就如抒情诗人一样。要知道，歌德本质上是个诗人，他的小说和戏剧无不具有诗的品质——这一点，在读本篇时尤需加以注意。

维特的自杀，与其说是出于痛苦，不如说是出于困惑，因为他所爱的绿蒂既没有拒绝他，也没有背叛他，而是爱他的，但又不能爱他——这是对的（他也承认），但为什么会这样？他实在想不通。换言之，他不知道是谁给他带来了痛苦——绿蒂没错（她纯洁无瑕，应该忠于婚约），绿蒂的未婚夫也没错（他和绿蒂订婚时，根本就不认识维特），其他人更加没错了——所以，他只有无尽的悔恨与自责。也许，这是最致命的。因为当一个人把自己视为痛苦的根源时，自然就会自己恨自己，而当这种"自我仇恨"达到一定强度时，就会自己杀了自己，以此雪恨。

那么，维特的"烦恼"，或者说困惑，究竟缘于何故？其实，这是情与理的纠结。天下事，大凡合了情，不合理，合了理，不合情。小说中绿蒂的订婚、对婚约的忠诚，以及维特对此的认可与尊重，均是"理性传统"的体现，而维特对绿蒂的爱慕和追求，则是"个人情感"的表达——两者显然是相互冲突的，尤其是在维特的内心，表现为自我冲突。而维特最后的殉情，就是"情"对"理"的抗议。但生活又怎能无"理"？这真的很无奈。所以，对维特的不幸，我们也只能如作者所说，"一洒自己的同情之泪"。

也许，正因为这样，小说一问世就引起了轰动。当时，在德国乃至全欧洲，都流行所谓"维特热"。更有甚者，还有许多年轻人模仿主人公维特，以至殉情成风，各国的自杀率陡然上升。对此，有些国家曾查禁这篇小说，歌德本人则发表声明称，他写此作并无鼓励读者殉情之意，呼吁读者不要模仿主人公。

其实，歌德自己也曾想自杀，就在写这篇小说之前。当时他大约23岁，爱上了一个名叫夏绿蒂的姑娘，但这个姑娘已经订了婚，所以，不管她多么喜欢他，也不能和他相爱；否则，就是私奔，会招致教会的追究而身败名裂（当时的订婚由教会作证，是"神圣不可侵犯"的）。这使年轻的歌德"烦恼"之极，痛苦得简直不想活了。正在此时，他的一个名叫耶路撒冷的朋友突然自杀，原因是他爱上了另一个朋友的未婚妻，既无法从爱情中自拔，又羞于夺好友之爱，绝望之余，便只有一死了之了。耶路撒冷的自杀，竟然救了歌德一命！据歌德后来说[①]，他当时大受刺激，决定把耶路撒冷的不幸写出来（其实，是借耶路撒冷的不幸写出他自己的不幸）。于是，他开始写《少年维特之烦恼》，而正是在写作过程中，他宣泄了内心的痛苦，最终打消了自杀的念头。

可见，少年维特在很大程度上就是少年歌德，而少年维特所钟爱的那个纯洁无瑕的绿蒂，也就是少年歌德所钟爱的那个

---

　　① 歌德晚年曾对他的秘书艾克曼说："我像鹈鹕一样，是用自己的心血把这部作品哺育出来的，其中有大量的出自我自己内心的东西，大量的情感和思想，足够写一部比此书长十倍的长篇小说。我经常说，自从此书出版后，我只读过一遍，后来我就不想再读它，它简直是一堆炸药！一看到它，我心里就感到不自在，深怕重新产生当初写这部作品时那种病态心理。"又说："使我感到切肤之痛的、迫使我写《维特》的那种心情，确实直接关系到一些个人的情况。我生活过、恋爱过、痛苦过，关键就在这里。"（见艾克曼《歌德谈话录》）

夏绿蒂①（顺便提一下，歌德后来爱过许多女人，其中大多叫夏绿蒂，这显然和最初的那个夏绿蒂有关）。不过，这篇小说如果仅仅是讲述个人经历的话，那它就不会是经典名作了。实际上，个人经历在小说中已升华为一个令人深思的、具有普遍意义的、超时代的人生问题，即：个人情感是不是总要受到某种社会习俗或社会道德的限制？如果回答是肯定的，那么，何种程度的限制才合乎人性？也许，正因为隐含这样的问题，这篇小说才成为经典名作，时至今日，仍值得一读——否则，再怎么讲"18 世纪欧洲贵族社会"、"狂飙突进运动"之类的东西（这些只是小说产生时的历史背景），和我们有何相干？

　　有关可怜的维特的故事，凡是我能找到的，我都努力搜集起来，呈现于诸位面前；我知道，诸位是会感谢我的。对于他的精神和性格，诸位定会深表钦佩和爱怜；对于他的命运，诸位都不免一洒自己的同情之泪。

　　而你，如若正体验着他那样的烦恼，那就从他的痛苦中汲取安慰；如若由于命运的拨弄或自身的过错而难觅知音，那就让此书做你的朋友吧！

——编者②

---

　　① 其实，夏绿蒂的丈夫克斯特纳（即小说中绿蒂的未婚夫阿尔贝特）也是歌德的熟人，他读了《少年维特之烦恼》后曾在给友人的信里说："在《维特》的上篇中，维特就是歌德本人。至于绿蒂和阿尔贝特，他借用了我的妻子和我自己的特点。很多情景是相当真实的，只有部分改动。不过，为了写下篇，为了准备维特的死，他也把一些根本不属于我们的事写进了上篇。此外，在维特身上，有着歌德本人的很多性格和想法。绿蒂的形象完全是我妻子的形象。阿尔贝特可能塑造得有点太热情。至于《维特》下篇，那跟我们完全不相干……"
　　② 此"编者"系作者虚拟，旨在对维特的日记和书信予以补充说明。"编者"的话用黑体字排出，下同。

上　篇

一七七一年五月四日

　　我终于走了，心里好高兴！我的挚友，人的心好生奇怪！离开了你，离开了我如此深爱、简直难以分离的你，我居然会感到高兴！我知道，你会原谅我的。命运偏偏安排我卷入一些感情纠葛之中，不正是为了使我这颗心惶惶不可终日吗？可怜的莱奥诺蕾！可是这并不是我的过错呀。她妹妹独特的魅力令我赏心惬意，而她那可怜的心儿却对我萌生了恋情，这能怨我吗？不过，我就完全没有责任吗？难道我没有培育她的感情？她吐自肺腑的纯真的言谈原本没有什么可笑，而我们却往往为之开怀大笑，我自己不是也曾以此来逗乐吗？难道我不曾……啊，人呀，自己抱怨一阵又有何用！亲爱的朋友，我向你保证，我要，我要改正，我不会再像往常那样，把命运加给我们的一点儿不幸拿来反复咀嚼；我要享受现时，过去的事就让它过去吧。你说得对，我的挚友，人要是不那么死心眼、不那么执著地去追忆往昔的不幸——上帝知道人为什么这样！——而是更多地考虑如何对现时处境泰然处之，那么人的苦楚就会小得多。

　　请告诉我母亲，我将很好地办妥她交待的事情，并尽早把消息告诉她。我已经同婶婶谈过了，发现她远非是我们在家里所讲到的那种恶女人。她精神焕发，快人快语，心地善良。我告诉她，母亲对她压着那份遗产不分颇有意见；婶婶向我说明了她的理由、原因以及她准备全部交出遗产的条件，这还超出了我们所要求的呢！简言之，我现在不谈这件事，请告诉我母亲，一切都会很好地解决的。我亲爱的朋友，在这件小事情上我又发现，世界上误解和懒怠

6

也许比奸诈和恶意还要误事。至少奸诈和恶意肯定并不多见。

此外，我在这里感到很惬意。在这天堂般的地方，寂寞是一剂治我心灵的良药，而这韶华时节正以它明媚的春光温暖着我常常寒颤的心。林木和树篱鲜花盛开，我真想变作金甲虫，遨游于芬芳馥郁的海洋中，尽情摄取种种养分。

城市本身并不宜人，但周围自然风光之绮丽却难以言表。座座小山多姿多彩，纵横交错，形成一个个秀丽的山谷。已故的冯·M伯爵为之心动，便在一座小山上建起一座花园。花园简朴无华，一进去马上就会感觉到，它不是专业园艺学家设计的，它的图纸显然出自一位感情丰富的人之手，他欲在此排遣自己的情思和寂寞。那座浓荫遮掩的凉亭曾是已故园主人的心爱之所，也是我流连忘返之地，在那里我为那位业已作古的园主人洒了不少眼泪。几天以后我将成为花园的主人；没有几天，园丁就已对我颇有好感，而他也将会得到好处。

五月十日

我整个灵魂都充满了奇妙的欢快，犹如我以整个心身欣赏的甜美的春晨。我独自一人，在这专为像我那样的人所创造的地方领受着生活的欢欣。我是多么幸福啊，我的挚友，我完全沉浸在宁静生活的感受之中，以至于把自己的艺术也搁置一边。我现在无法作画，一笔也画不了，和以往相比，此刻我是位更伟大的画家。每当这可爱的山谷里的雾气在我周围蒸腾，太阳高悬在我那片幽暗的树林上空，只有几束阳光悄悄射进树林中的圣地时，我便卧躺在山涧那飞跌而下的溪水边的葳蕤的野草中，挨着地面观察千姿百态的小草；每当我感觉到我的心贴近草丛中麇集扰扰的小世界，贴近各种虫豸蚊蝇千差万别、不可胜数的形状时，我就感到那个照他自己的模样创造我们的全能的上帝的存在，感觉到那个飘逸地将我们带进永恒快乐之中的博爱天父的呼吸；我的朋友，每当后来我眼前暮色朦胧，我周围的世界以及天空像情人的倩影整个都憩息在我心灵中时，我往往便会生出憧憬，并思忖：啊，你要是能把这一切重现，要是能将你心中如此丰富、如此温馨的情景写在纸上，使之成为你心灵的镜子，犹如你的心灵是博大无垠的上帝的镜子一样，那该多好！——我的朋友——不过，我要是真是这样去做，就必将陨灭，在这些宏伟壮丽的景象的威力下，我定将魂销魄散。

五月十二日

我不知道，这地方是有迷惑人的精灵在游荡，还是我心里温馨、美妙的奇思异想把我周围的一切变得如伊甸园般的美好。花园前面有一口水井，我像美露茜及其姐妹一样，对这口井着了迷。

走下一座小山，就是一座拱门，再往下走二十级台阶，便有一股清泉从大理石岩缝中喷涌而出。泉水四周砌了矮矮的井栏，大树的浓荫覆盖着周围的地面，凉爽宜人。这一切既让人流连忘返，又令人悚然心悸。我每天都去那儿坐上一小时，一天不落。城里的姑娘都来这儿打水，这是一种最普通、最必需的家务，从前国王的女儿也要亲自操持。每当我坐在那儿，古代宗法社会的情景便会在我眼前浮现：先祖们在水井旁结识、联姻，仁慈的精灵翱翔在水井和清泉的上空。哦，谁要是没有在炎暑劳顿跋涉之后享受了井畔的清凉而感到神清气爽，他对我的体会就不会感同身受。

五月十三日

你问，要不要把我的书寄来？亲爱的朋友，我求你看在上帝份上，别让书籍来打扰我！我不想再要什么指导、嘉勉和激励，我这颗心本身就已经够激荡翻腾的了；我需要的是摇篮曲，这我在荷马史诗中已经找到了好多。我常常将它们低声吟诵，以使我极度兴奋的热血冷静下来，因为像我这颗那么变幻无常、捉摸不定的心，你还从未见过呢。亲爱的朋友，你见我由苦闷变为放纵，由甜蜜的忧郁转为伤骨耗精的激情，你在替我担着多大的心，这还用我对你说吗？我自己也把我这颗心当成一个生病的孩子，任其随心所欲。这些情况请不要告诉别人，要不准有人要怪罪我的。

五月十五日

当地的下层老百姓已经认识我了，并且很喜欢我，尤其是孩子。我来做个有点儿可悲的说明：起先我去接近他们，友好地向他们问这问那，于是有人就以为我是要取笑他们，便粗暴地将我打发走。对此我倒并不生气，只不过我对我以前常说的事有了极其生动的体会：某些稍有地位的人对老百姓总是冷冰冰地采取疏远的态度，他们似乎以为接近老百姓有失他们的身份；还有一些浅薄之辈和捣乱之徒，他们做出一副降贵纡尊的姿态，好在穷苦百姓面前更显得鹤立鸡群。我知道，我们并不平等，还不可能平等；但是，我却认为，那些以为必须远离所谓群氓以维护自己尊严的人，同那些因为怕吃败仗，所以见了敌人就躲起来的胆小鬼一样，应该受到谴责。

不久前我去井边，看见一个年轻女仆，她把水瓮放在最下面的一级台阶上，正在回头张望，看有没有女伴来帮她把水瓮放到头顶上去。我走下台阶，望着她。

"要我帮您吗，姑娘？"我说。

她顿时满脸通红。

"噢，不用，先生！"她说。

"别客气。"

她摆正头上的垫圈，我帮她放上水瓮。她道了谢，便往上走去。

五月十七日

我已结识了形形色色的人，但知心朋友却尚未找到。我不知道，我究竟有些什么东西吸引人，使那么多人喜欢我、疼爱我，每当我们只能一起走一小段路，我就感到难过。你要是问这儿的人怎么样，那我要告诉你：和各处的一样！人都是一个模子里造出来的。多数人为了生计，干活耗去了大部分时间，剩下的一点儿业余时间却令他们犯了闲愁，非得挖空心思、想方设法把它打发掉。啊，人就是这么个命！

不过，他们都是好人！有时我忘了自己，有时同他们共享人间尚存的欢乐：或一起品尝佳肴，酣饮醇醪，坦诚畅叙，开怀笑谈，或适时安排郊游，组织舞会等等，这一切对我的心身都颇有裨益；只是我未曾想到，我身上还有那么多剩余的精力，由于闲置未用而在衰退，我不得不小心翼翼地将它们掩藏起来。唉，这是多么令人揪心呀。事情就是这样！被人误解，这是我们这样的人命中注定的。

唉，我青年时代的女友已经离开人间，啊，我与她曾经相识！我真想说：你是傻瓜！你在寻找人世间无法找到的东西！但是，我曾拥有过她，我曾感到过她那颗心，那个伟大的灵魂，只要有她在，我就觉得比我实际的境界高出了许多，因为凡是我能做到的一切，我都达到了。仁慈的上帝！难道那时我灵魂中还有一丝精力未曾使用？在她面前难道我不能抒发我的心用以拥抱大自然的全部奇妙的感情？我们的交往中难道不是持续不断地织进了最纤细的感情、最敏锐的睿智，直至妙趣横生的谐谑和胡闹？这一切不全都打上了天才的印记？而如今……啊，岁月，她长我的几年岁月，竟将她先于我带进了坟墓。我永远忘不了她，永远忘不了她那坚定的意志和她非凡的宽容。

几天前我遇见一位年轻人 V，他是位襟怀坦荡的青年，脸也很俊。他刚从大学毕业，虽不自命不凡，但总以为比别人知道得多。我从各方面都感觉到，他也很勤奋，总之，他的学问不错。他听说我会画画，懂希腊文（这两件事在此地简直可说是寥若晨星），便来看我，叙谈中他从巴妥到伍德，从德皮勒到温克尔曼，将自己渊博的知识都抖搂出来炫耀一番，并对我说，他已通读了苏尔策理论的第一部分，还拥有一部海纳研究古希腊文化的讲稿。我则没去答理，任他吹得天花乱坠。我还认识了一位正派人，他是侯爵在此设置的地方法官，是个直爽、坦诚的好人。有人说，见他和他九个孩子在一起的情景，真是件赏心的乐事；尤其是对他的大女儿，人们更是交口称赞。他已邀请我去他家，我想近日去拜访他。他住在侯爵的一所猎庄里，离这里一个半小时路程，他是在妻子去世后获准迁往那儿的，要不，再住城里的官邸只能使他触景生情，陡增悲痛。

此外，我还遇到几个怪里怪气的人，他们的一言一行都让人厌恶，而他们见了你那股热乎劲最让人受不了。再谈吧！这封信全是客观介绍，一定会合你的意。

五月二十二日

人生如梦，有人已经有此体验，这种感觉也萦绕在我的心头。每当我看到禁锢着人类创造力和探索力的那些局限；每当我看到人类把他们的精力全都耗费在设法满足目的仅仅是为了延长我们可怜的生存之各种需求上，看到要从探索的某些目标中得到慰藉那只是梦里听天由命的企盼，犹如一个被囚禁的人把囚室的墙上画上各种彩色人像和明丽的风光——威廉呀，对于这一切我只能缄默不语。于是，我就回复到自己的内心，竟发现了一个世界！我更多地沉浸在思绪和隐秘的欲望中，而不是去表现生气勃勃的力量。在我的感官面前一切都变得朦胧恍惚，我也梦幻似的含笑进入这个世界。满腹经纶的各级教师都一致认为，孩子们并不懂得他们所欲为何；成人也同孩子一样在这个地球上到处磕磕绊绊，劳碌奔忙，既不知道自己来自何处，欲往何方，办事也无真正的意向，只好成为饼干、糕点和桦树条的奴隶：这些谁也不愿相信，然而我却觉得，这是一目了然的。

我知道，听了上面所说你会跟我讲些什么，所以我愿向你承认，那些像孩子一样无忧无虑的人最为幸福，整天带着玩具娃娃东转西跑，给娃娃脱了穿，穿了脱，瞪大眼睛在妈妈放甜面包的抽屉周围悄悄转悠，要是一下拿到了心爱之物，便将嘴里塞得满满的，鼓着腮帮吃掉，并且嚷嚷："还要！"——这样的人是幸福的。还有那些人也是幸福的，他们把自己鸡毛蒜皮的事或者甚至把自己的癖好全都贴上漂亮的标签，并把这些说成是造福人类的伟大业绩。能这样做的人，愿他们幸福吧！可是，谁不怀奢望地看到这一切的后果，谁看到市民的幸福就在于循规蹈矩地把自己的小花园拾掇成伊甸园，看到不幸的人也在不屈不挠地、气喘吁吁地继续向前走去，大家同样都希望还能多看一分钟太阳的光辉——那么，他的心境就会是平静的，他也从自己的心里创造了一个世界，他也是幸福的，因为他是人。所以，无论受着怎样的束缚，他心里始终深怀美好的自由之感，他知道，他随时都可以离开这个樊笼。

五月二十六日

我爱找个合意的地方盖间小屋栖居，极其简朴地在那儿住下，我的这个脾性你早就知道。这里我又已发现了一个非常吸引我的好去处。

有个叫瓦尔海姆的地方，离城大约一小时路程，坐落在山坡上，令人神往，走上通往村里的山路，整座山谷便尽收眼底。那位上了年纪的酒店女老板是个殷勤好客、古道热肠的人，她给我斟了葡萄酒、啤酒，倒了杯咖啡；最令人陶醉的是那两棵菩提树，它伸展的枝丫覆盖了教堂前的农舍、谷仓和场院围绕的小场地。像这样令人神往、又不惹人注意的去处实在不容易找到，我常常让侍者从酒店里把小桌子和椅子搬到菩提树下，边喝咖啡，边读我的荷马。第一次，我在一个风和日丽的下午偶然来到菩提树下，发现场地上很冷清，大家都下地干活去了；只有一个大约四岁的孩子坐在地上，面前另一个大约半岁的小孩坐在他的双脚之间，他用双手搂着他，让他靠在自己怀里，正好成了小孩的靠背椅，虽然他的一双黑眼睛在活泼地东看西望，但他却一直安安静静地坐着。看到这一情景，我心里乐不可支；我便在对面的一张耕犁上坐下，兴致勃勃地画下了这兄弟俩的姿态。我又添上近处的篱笆，仓房的大门以及几个坏了的车轱辘，所有这些都按其前后远近的位置加以处理，经过一小时便完成了一幅精心布局、意趣盎然的作品，画上丝毫没有加进我自己的想法。这增强了今后我纯粹要遵循自然的决心。唯有自然才是无穷丰富的，唯有自然才能造就伟大的艺术家。对于成规的好处，人们可以赞美揄扬，大体犹如对于市民社会也可众口齐颂一样。一个按成规造就出来的人绝不会画出乏味拙劣的东西来，正如一个规矩守法的人绝不会令邻居讨厌，绝不会成为恶毒的歹徒，但是，另一方面，一切成规无论怎么说，也必定会破坏自然的感情和对自然的真实表现！你会说"这太极端了！成规只起约束作用，把疯长的葡萄藤修剪修剪"等等——好友，要我给你打个比方吗？这就像是谈恋爱。小伙子钟情于一位姑娘，成天厮守在她身边，耗尽了全部精力和财产，为的是好时时刻刻向她表白他对她一往情深的感情。这时来了个担任公职的市侩，对小伙子说"可爱的年轻先生，恋爱是人之常情，你的爱也应合乎情理！把你的时间分配一下，一部分时间用来工作，休息时间就给你心爱的姑娘。算算你的财产，除去必要的开销，余下的我倒不反对你买件礼物送她，只不过不要送得太频繁，大体上在她的生日和命名日送她就行了"等等，诸如此类的话。要是听了这位庸人的话，那么就会出现一个有为的青年，我甚至可以向任何一位侯爵推荐，给他一个职位；不过他的爱情就完了，倘若他是艺术家，他的艺术也就完了。啊，朋友们，为什么天才的河流难得冲破堤岸，难得成为汹涌澎湃的洪水，震撼你惊愕的灵魂？——亲爱的朋友们，其原因就在于，两岸住的是沉着冷静、深思熟虑的老爷，他们担心自己花园中的亭榭、郁金香花圃以及菜园会被洪水冲毁，所以知道及时筑堤挖渠，以防患于未然。

五月二十七日

我发现，我着迷了，一味打比方，发议论，忘了把这两个孩子后来的情形向你讲完。我在犁头上坐了两个小时，我的思绪完全陶醉于作画中，昨天的信上已零零碎碎地对你谈起过。傍晚，一位手挎小篮的年轻女子朝着一直一动不动地坐在那儿的两个孩子走来，她老远就喊道："菲利普斯，你真乖。"

她问候了我，我谢过她，站起身来，走到她跟前，问她是不是孩子的母亲。她作了肯定的回答，同时给了大孩子半块面包，抱起小的，以满怀深情的母爱亲吻他。

"我把这个小的交给菲利普斯照看，"她说，"我同大儿子进城买面包、糖和煮稀饭的沙锅去了。"

在她揭开盖的篮子里我看到了这些东西。

"晚上我要煮点稀粥给汉斯（这是那个最小的孩子的名字）喝；我那大儿子是个淘气包，昨天他同菲利普斯争吃沙锅里的一点剩粥时，把锅打碎了。"

我问起她大儿子的情况，她说他在草地上放鹅，刚说着，他就连蹦带跳地来了，还给老二带来一根榛树枝。我跟这女人继续聊着，得知她是学校教师的女儿，她丈夫到瑞士取他堂兄的遗产去了。

"他们想吃掉他的这笔遗产，"她说，"连回信都不给他，所以他亲自到瑞士去了。但愿他没遭到什么不测，我一直没有得到他的消息。"

离开这女人时，我心里很难过，便给每个孩子一枚克罗采，最小的孩子的一枚给了他妈妈，等她进城时好买个面包给他就粥吃，随后我们便彼此道别。

告诉你，我最珍贵的朋友，这样的人在他们狭窄的生活圈子里过得快快活活，泰然自若，一天天凑合过去，看见树叶落了，心里只想到冬天来了。每当我情绪不好的时候，一看到他们，我紊乱的心境就会平静下来。

打那以后，我便常常在外面呆着。孩子们同我搞得很熟了，我喝咖啡的时候，就给他们糖吃，晚上他们还分享我的黄油面包和酸牛奶。星期天，他们总会得到我给的克罗采，要是我做完祷告不回去，便委托女店主代为分发。

孩子都跟我很亲密，什么事都告诉我。每逢村里有很多孩子来我这里，流露着热烈的情绪以及直截了当地表达他们想要的东西时，我更是乐不可支。

孩子的母亲总觉得他们给我添了麻烦，心里过意不去，我费了很大的劲才把她的顾虑打消。

五月三十日

不久前我同你说的关于绘画的想法，当然对于诗歌创作也是适用的，只不过要识得其精髓，大胆加以说出，当然言要洗练，意义隽永。今天我看到一个场景，只要实录下来，就是世上最美的田园诗；可是诗歌、场景和田园诗要写成什么样呢？我们要体验自然现象难道非得刻意雕琢才成？

倘若你指望在这个开场白里有很多精湛深奥的道理，那你就又上当了；引起我这次生动体验的，只不过是一个青年农民。我像往常一样，一定叙述得很糟，我想，你也同往常一样，定会觉得我是夸大其词；这又是在瓦尔海姆，瓦尔海姆总出些稀奇古怪的事。

外面菩提树下有一群人在喝咖啡。我觉得他们不是我性情中人，便借故没有加入。

隔壁屋里出来一个青年农民，动手修理不久前我画过的那把犁。我很喜欢这个人，便去同他攀谈，询问他的生活情况，不一会儿我们就熟了，同我通常跟这样的人交往一样，我们很快就知心了。他告诉我，他在一位寡妇家干活，寡妇待他很好。他讲了很多关于她的事，对她赞不绝口，我马上便觉察到，他对她已经爱得刻骨铭心了。他说，她年纪已经不轻了，她第一位丈夫对她很不好，她不想再结婚了。他的话明显地表露出，在他眼里她是多么美，多么有魅力，他多么希望能被她选中，以消除她第一位丈夫的过错给她留下的创伤，我必须要逐字逐句重复他的话，才能使你具体了解这位青年农民纯洁的倾慕、爱情和忠诚。是的，为了能向你惟妙惟肖地描画出他的表情姿态、和谐的声音以及他眼睛里隐藏的烈火，我必须具有最伟大的诗人的禀赋才行。不，他整个身心和表情中所怀的那种柔情，是任何言词都无法表达的；我这里所说的这些，只是很肤浅的一些点点滴滴，而且说得极为笨拙。尤其令我感动的是，他怕我把他与寡妇的关系会想得很坏，对她良好的行为举止会产生怀疑。他说，她的体态和容貌虽已失去了青春的魅力，但却强烈地吸引着他，令他堕入情网，他一谈起这些，那感人肺腑的情景我只有在自己的心灵深处才能加以重现。如此纯洁的企盼，如此纯洁的热切的渴慕我一生中还从未见过，甚至可以说，这样的纯洁我连想都没有想过，也没有梦见过。倘若我告诉你，想起他那样纯洁无邪，那样真心诚意，我的灵魂深处也腾起了烈焰，这幅忠贞不渝、柔情似水的景象时时浮现在我心头，我自己也好像燃起了企盼和渴慕的激情——倘若我告诉你这一切，你可不要责备我呀。

现在我也想设法尽快见到她，不过再仔细一想，或许还是不见她好。通过她情人的眼睛来看她，那样更好；她本人出现在我眼前时也许不像我现在所想象的样子，我干吗要毁坏这个美好的形象呢？

六月十六日

为什么我没有给你写信？——你提出这个问题，说明你凭你的智慧和经验已经先有所知。你准能猜到，我一切都很好，甚至……简而言之，我认识了一个人，她紧紧地牵动着我的心。我已经——我不知道。

我认识了一位最最可爱的人，要把这事的经过有条不紊地告诉你，那是很困难的。我又快乐又幸福，所以不能把事情很精彩地写出来。

一位天使！没说的！谁谈起自己的意中人都这么说，不是吗？可是我却无法告诉你，她是多么完美，她为什么会那么完美；够了，她已经把我整个心都俘获了。

她那么有灵性，却又那么纯朴；那么坚毅，却又那么善良；操持家务那么辛苦，而心灵又那么宁静……

我这里说到她的那些全都是些令人讨厌的废话，使人腻味的空泛之词，丝毫反映不出她本人。下次——不，不等下次，我现在要立即告诉你。要是现在不说，那就永远不会说了。

因为，说心里话，开始写这封信以来，我已经有三次打算让人给马备好鞍子，想骑马出去了。今天早晨我还发誓不骑马出去，可我时不时地跑到窗前，看看太阳还有多高。我无法控制自己，我还是去了她那儿。现在我回来了，威廉，我要吃着黄油面包作为夜宵给你写信。看到她同一群活泼可爱的孩子——她的八个弟妹在一起，我的灵魂是多么狂喜呀！

要是我这么写下去，那么你看到末尾也像开头一样不知所云。那么听着，我要强迫自己详细叙述具体细节了。

不久前我在信里曾对你说过，我认识了法官 S 先生，他请我早些到他的隐居处，或者甚至可说到他的小王国去做客。对于这事我没有太在意，要不是偶然发现这个宁静的地方竟藏着一位宝贝儿，也许我就永远不会到那里去。

我们这里的年轻人要举行一次乡村舞会，我也答应去参加。我请本地一位除了善良、美丽之外并不十分引人注目的姑娘作为舞伴，并说好由我叫一辆马车将她和她堂姐带到舞会场所，路上再顺便捎上绿蒂·S。

"您将认识一位漂亮的小姐了。"马车正穿过一片稀疏的大树林往猎庄驶去时，我的舞伴说。

"您得小心，"堂姐插话说，"别堕入情网呀！"

"为什么？"我说。

"她已经订婚了，"我的舞伴答道，"同一个挺棒的小伙子订婚了，眼下他到外地去了，因为父亲去世他得去料理后事，同时也是为了去谋个好职位。"

对于这个消息我并没有太在意。

我们到达庄园大门时，太阳还有一刻钟才下山。这时天气很闷热，天边积聚了大堆大堆灰白色的云层，见之令人生畏，眼看雷雨将至，两位姑娘颇为担心。我自己虽然也开始预感到今天的舞会将大煞风景，但仍然装出一副精通气象的样子来哄她们，以消除她们的恐慌心理。

我下了车，一名女仆走到门口，请我们稍等一会，说绿蒂小姐马上就来。我穿过院子，朝精心建造的屋子走去，上了屋前的台阶，正要进门时，一幕我所见过的最动人的景象跃入我的眼帘。前厅里六个两岁到十一岁的孩子围拥着一位容貌秀丽的姑娘，她中等身材，穿一件简朴的白色衣服，袖口和胸襟上系着粉红色的蝴蝶结。她手里拿着一个黑面包，根据周围孩子的年龄和胃口一块块切下来，亲切地分给他们；弟妹们在轮到自己的一份时，虽然还没有切下来，就把小手伸得高高的，天真地说声"谢谢"，等拿到了自己的一块，便蹦跳着跑开了，性格比较文静的则拿着面包不慌不忙地到大门口去看陌生人和他们的绿蒂即将坐着出门的马车。

"真不好意思，"绿蒂说，"有劳您进来一趟，还让两位姑娘久等了。我因为换衣服和料理在我出去这段时间里的家务，忘了给弟妹们分发午后点心，他们不要别人切的面包，只要我切的。"

我随便客套了几句，这时我整个灵魂全都留在她的容貌、声调和举止上了，等她到房里去取手套和扇子时，我才有时间从诧异中恢复过来。孩子们站在离我不太远的地方，从一旁看着我，年纪最小的孩子脸蛋特别逗人喜爱，我便朝他走去，他就往后缩。这时绿蒂正好从房里出来，便说："路易斯，跟这位表哥握握手。"

于是，这孩子便落落大方地同我握了手，我情不自禁，就亲昵地吻了他，哪里还去管他小鼻子上挂着脏兮兮的鼻涕。

"表哥？"我向她伸出手去时说，"您认为我配有这份福气做您的亲戚吗？"

"噢，"她莞尔一笑，"我们的表兄弟多着呢，倘若您是表兄弟中最差劲的一个，那我会感到遗憾的。"

临走时她又交待大约十一岁的大妹妹索菲，要照看好弟妹，爸爸骑马溜达后回家时要问候他。她又叮嘱了其他几个，要听索菲姐姐的话，把索菲当作她自己一样。几个孩子爽快地答应了，可是那个大约六岁的金发小妹却逗能地说："可她不是你呀，绿蒂，我们还是更喜欢你。"两个最大的男孩已经从后面爬上了马车，经我说情，绿蒂才同意把他俩带到林子前面，但要他俩答应不瞎闹，并且好好坐稳。

我们刚在马车上坐好，姑娘们互相致了问候，便开始闲聊：品评彼此的服装，尤其是帽子，并很有分寸地议论着马上就要开始的晚会。正谈着，绿蒂已让马车停下，叫两个弟弟下车，他俩再次希望吻吻姐姐的手。吻手的时候大弟弟显得文雅和温柔，与他十五岁的年龄很相称，那个小的只是随随便便地使劲吻了一下。绿蒂再次让两个弟弟代她向其他弟妹问候，在这之后我们的马车才继续上路。

我舞伴的堂姐问绿蒂，新近寄给她的那本书看完没有。

"没有，"绿蒂说，"这本书我不喜欢，可以还给您了。上次那本也不怎么好看。"

我问这两本是什么书，她的回答使我大为吃惊……①我发现，她所谈的那些看法都很有个性，我看到，她的每一句话都使她脸上现出新的魅力，闪着新的精神的光辉。慢慢地，她的脸显得神采飞扬，因为她从我身上感觉到，我是理解她的。

"早些年，"她说，"我最喜欢的就是小说。每当我星期天坐在一个角落里，用我整个心分担着燕妮小姐的幸福与灾祸时，上帝知道，那有多快乐。我也不否认，这类小说今天对我仍有某些吸引力，可是因为我现在很少有时间看书，因此读的书也得要适合自己的胃口。我最喜爱的作家应是这样的：在他的作品中重新找到我的世界，他作品中描写的事情就像发生在我周围一般，并要觉得他的故事亲切有趣，宛如自己家里的生活，它虽然不是天堂，可是总的来说却是一个无法言表的幸福源泉。"

听了这番话，我竭力掩饰自己的激动，当然没能掩饰多久：当我听到她有条有理地随口谈起威克菲牧师②，谈起……时，我情不自禁，便将不吐不快的话统统告诉了她。过了一会儿，绿蒂转过身去同两位女伴说话时我才发现，那两位姑娘方才一直被冷落了，她们睁着大眼睛，心不在焉，仿佛没有在场似的。堂姐不只一次嗤着鼻子嘲讽地盯着我，对此我却毫不在意。

话题转到跳舞的乐趣上来了。

"如果热情是个缺陷，"绿蒂说，"那我也乐意向你们承认，我不知道还有什么比跳舞更美的了。我心里烦闷的时候，只要到我那架音调不正的钢琴上去弹上一曲对舞，情绪就好了。"

---

① 为了不给人发怨言的机会，编者被迫删去了一段；尽管从根本上说，任何作家都不会在乎这个姑娘和那个青年对他是如何评论的。——原注。

② 英国小说家哥尔斯密的长篇小说《威克菲牧师传》中的主人公。

谈话中间，我一直欣赏着她那双乌黑的眸子。她那生动的双唇和活泼鲜艳的面颊把我整个灵魂都吸引住了，我完全沉醉在她言辞的精辟的底蕴之中，往往连她所用的词都没听见！——对此你会想象得出的，因为你了解我。总之，马车在游乐宫前悄悄停住时，我像梦游者似的下了车，仍然沉湎于梦幻中，在周围暮色朦胧的世界里魂不守舍，茫然若失，几乎连从灯火辉煌的大厅里飘来的音乐声也没听到。

两位先生，奥德兰和某某——谁记得住那么多名字——在车门口迎接我们。他们两人分别是堂姐和绿蒂的舞伴，他们各自挽着一位姑娘，我也领着自己的舞伴走上台阶。

我们跳起了小步舞，一对对旋转着；我一个个请姑娘们跳，可是恰恰是那些最不惹人喜欢的姑娘偏偏不及时向你伸出手来，作出结束的表示。绿蒂和她的舞伴开始跳英国舞了。轮到她来跟我们一起跳出图形时，我心里那份惬意呀，你是会感觉到的。你一定得看看她的舞姿！你看，她跳得多么投入，她的全部身心都融入了舞蹈，她的整个身体非常和谐，她是那么逍遥自在，那么飘逸潇洒，仿佛跳舞就是一切，除此之外她别无所想，别无所感；此刻，在她眼前其他一切都消失了。

我请她跳第二轮对舞；她答应同我跳第三轮，她以世界上最真诚的态度对我说，她最喜欢跳德国舞。

"跳德国舞时，原来的每对舞伴都要在一起跳，这是这里的习惯，"她接着说，"我的舞伴华尔兹跳得不好，倘若我免去他跳华尔兹，他会感谢我的。与您配对的那位姑娘也不会跳，而且也不喜欢，我看见您跳英国舞时旋转得很好；要是您愿意同我跳德国舞，您就到我的舞伴那儿去征得他的同意，我也去跟您的舞伴打个招呼。"

我随即握住她的手，我们商定，跳华尔兹的时候让她的舞伴去同我的舞伴聊天。

　　开始跳华尔兹了；我们用种种方式互相勾着手臂，好一阵子我们心里都乐不可支。她的动作多么迷人，多么轻盈！因为我们刚兴起跳华尔兹，而对对舞伴旋转起来又快如流星，所以会跳的人很少，开始时当然有点乱。我们很聪明，先让别人跳个够，等到那些跳得最笨拙的退出舞池，腾出了地方，我们便立即进去翩然起舞，并且同另外一对——奥德兰和他的舞伴一起勇敢地坚持到最后。我从未感到如此怡然轻快过，我已飘然欲仙了。臂中拥着个最可爱的造物，带着她像清风一样四处飞舞，周围的一切全都消失了，而且……威廉呀，说实话，我暗暗起誓：除我之外，永远也不让这位我心爱的、我渴望得到的姑娘同别人跳华尔兹，即使为此我要走向毁灭，这也认了。你是理解我的！

　　我们在厅里缓缓转了几圈，好喘口气。后来她便坐下，我就把剩下不多的几个我特地放在一边的甜橙拿了来，绿蒂非常高兴，只不过她出于礼貌，不时把切好的橙子一片片递给邻座的姑娘，而那位则毫不客气地一一受用，她每给她一片，我心里就像是被扎了一针。

　　跳第三轮英国舞时，我们是第二对。我们跳着穿过队列，我挽着她的胳膊，盯着她那极其率真地表露出最坦诚、最纯洁的欢快的明眸，上帝知道，我心里是多么狂喜。我们来到一位女子身边，她那卖弄风情的表情引起我的注意，我发现，她的脸已经不再年轻了。她笑盈盈地望着绿蒂，恫吓性地竖起一个指头，在飞快地舞着走开的时候，两次提了阿尔贝特这个名字。

　　"恕我冒昧，请问阿尔贝特是谁？"我对绿蒂说。

　　她正要回答，这时恰好要组成"8"字图形，所以我们不得不分开。我们彼此交叉而过时，我发觉她额头上流露出沉思的神情。

"我干吗要瞒您，"她说，同时伸出手来让我牵着加入到全体舞会参加者一起的列队行进之中，"阿尔贝特是个好人，我与他可以说是已经订婚了。"

这事对我来说并不是什么新闻，两位姑娘路上就告诉我了；但是，此前我并没有把这消息同她联系起来，经过方才短时间的接触，她在我心中已经变得无比宝贵，现在再一想，这消息又完全是新的了。够了，我方寸已乱，魂不守舍，结果插到另一对舞伴中去了，顿时队形陷于一片混乱，多亏绿蒂沉着镇定，将我连拉带拽，才使秩序迅速得以恢复。

舞会尚未结束，闪电越来越强烈，我们本来早就看见天际在打闪了，但我一直说是没有雷声的打闪，可是现在呢，雷声已将音乐声淹没了。三位姑娘从队列中跑了出来，男士紧随其后；秩序全乱了，音乐也戛然而止。人们在尽情欢乐时突然被不幸或什么可怕的东西所惊吓，那它给人的印象定比平时更为强烈，这是很自然的，其原因，一是两相对照给人的感触特别深刻，二是，也是更主要的，我们的感官一旦向感觉打开了大门，它对于印象的接受也就更快。我想一定是由于这些原因，所以好些姑娘的脸上开始现出奇特的怪模样。最聪明的那个坐在角落里，背对窗户，双手捂住耳朵。另一个跪在她跟前，脑袋埋在她怀里。还有一个挤进她俩中间，珠泪盈盈地搂着她的女友。有的要回家；另一些则更是一筹莫展，人人都战战兢兢地向上天祈祷，完全失去了自持力，连对我们年轻骑士们的胆大妄为也驾驭不住了，于是这帮爱占姑娘便宜的小伙子就乘机放起肆来，纷纷从这些备受折磨的美人儿的嘴唇上去抢得她们的祷告。有的男士已到下面安安静静抽烟去了；其余的人都不反对女主人想出的聪明的主意，任她把我们安排到一间有百叶窗和窗帘的房间。刚一进去，绿蒂就赶忙把椅子围成一个圆圈，请大家坐下，建议来玩游戏。有的人希望能赢得一个美美的吻，我看见他们都把嘴撅成了喇叭状，伸胳膊伸腿地作好了接吻的准备。

"我们来玩数数！"绿蒂说，"请注意！我挨着圈子从右往左走，你们则顺序往下数，每人喊出自己轮到的数字，要数得飞快，就像野火蔓延一样，谁要是停了下来，或者数错了，他就得吃一记耳光，一直数到一千为止。"

这下可热闹了：绿蒂伸出胳膊，顺着圈子转。第一个喊了"一"，旁边的喊"二"，下一个喊"三"，挨次往下报数。此后她的步伐加快，而且越来越快；这时有位报错了数：啪！一记响亮的耳光。下一个在哈哈大笑，啪的一声也吃了一个。绿蒂又加快了速度。我自己也挨了两下，我发现，她给我的两记耳光比给别人的重，我好暗自心喜！一千还没数完，屋里早就笑声震耳，这个游戏也只得收场。知己朋友互相拉到一边，这时雷雨已经过去，我随绿蒂回到大厅，路上她说："挨了耳光，他们把雷雨以及别的一切统统都忘了！"

我没有什么话来回答她。

"我的胆子最小，"她接着说，"我装作不怕的样子，以鼓起别人的勇气，结果我自己也真的变得胆大了。"

我们走到窗前。隆隆的雷声在远方滚响，大雨哗哗地落在大地上，腾起一股沁人心脾的芳香，它随温暖的空气朝我们飘来。绿蒂用胳膊肘支撑在窗台上，凝视窗外的原野，她望望天空，又望望我，我看到她的眸子已含满了泪水，她把手放在我的手上，说："克洛普施托克①！"

我立即想起萦绕在她心里的那首壮丽的颂歌，沉浸在她通过那

---

① 克洛普施托克，德国诗人，其代表作是庄严的《颂歌》。

句口令倾泻在我心里的感情流之中。我忍不住俯在她手上，眼含喜悦的泪水吻着它。随后我又凝视她的眼睛——高尚的人呀，倘若你在她的眼光中见到了对你的崇拜，那末我再也不想从那班凡夫俗子嘴里听到你那常遭亵渎的名字了！

六月十九日

上次信上讲到哪儿，我已记不清了，但我记得，我上床时已是深夜两点了，假如不是写信，而是跟你当面神聊，也许我会一直让你呆到天明的。

从舞会返回途中的那些事，我还没谈，今天也没时间来说。那天的景象真是壮丽极了！周围的树林滴着晶莹的露珠，田野清新，显得生意盎然。我们的女伴打起盹来了。绿蒂问，我要不要也和那两位一样假寐片刻，她还让我随便一点，不用管她。"只要我看见你这双眼睛睁着，"我说，同时紧紧盯着她，"就绝不会犯困。"于是，我们两人就一直坚持到她家门口。这时女仆为她轻轻地开了门，绿蒂问起父亲和弟妹们，女仆说，他们都很好，还都睡着呢。同她告别时，我请求她允许我当天再去看她；得到她的首肯，我也就走了。从这时起，日月星辰任其悄悄地又升又落，我却不知白天和黑夜，我周围的整个世界都消失了。

六月二十一日

日子过得真幸福，简直可以同上帝留给他那些圣徒的相媲美；无论将来我的命运会是怎样，我都不会说，我没有享受过欢乐，没有消受过最纯洁的生之欢乐。我的瓦尔海姆你是知道的，我就在这儿住下了，此地到绿蒂那儿只消半小时，在那儿我感觉到了我自己，体验了人生的一切幸福。当初我在选择瓦尔海姆为散步的目的地时，何曾想到，它离天堂只有一步之遥！过去我在长距离漫游途中，有时从山上，有时从平原上曾多少次看过河对岸那座猎庄啊，如今它蕴含着我的全部心愿！

亲爱的威廉，我思绪万千，想到人有闯荡世界、搞出新发现，以及遨游四方等种种欲望，也想过人由于有了内心的本能冲动，于是便甘心情愿地局限在狭小的天地里，按习惯行事，对周围事物也不再去操那份闲心。

真是妙极了：我来到这里，从山丘上眺望美丽的山谷，周围的景色真让我着迷。那是小树林！你当可以到树阴下去小憩！那是山峦之巅！你当可以从那里眺望辽阔的原野！那是连绵不断的山丘和个个可爱的山谷！但愿我在那里流连忘返！我急忙赶去，去而复返，我所希冀的，全没有发现。哦，对远方的希冀犹如对未来的憧憬！一个巨大、朦胧的东西在我们的心灵之前，我们的感觉犹如我们的眼睛，在这朦胧的整体里变得模糊一片，啊，我们渴望奉献出整个身心，让那唯一伟大而美好的感情所获得的种种欢乐来充实我们的心灵。啊，倘若我们急忙赶去，倘若"那儿"变成了"这儿"，那么这一切又将依然照旧，我们依然贫穷，依然受着束缚，我们的灵魂依然渴望吸吮那业已弥散的甘露。

于是，连那最不安分的飘泊异乡的浪子最终也重新眷恋故土了，并在自己的小屋里，在妻子的怀里，在孩子们中间，在为维持全家生计的操劳中找到了他在广阔的世界上未曾找到的欢乐。

清晨，我随初升的朝阳去到我的瓦尔海姆，在那儿的菜园里亲手采摘豌豆，坐下来撕豆荚上的筋，这当间再读读我的荷马；然后我在小小的厨房里挑一只锅，挖一块黄油，同豆荚一起放进锅里，盖上锅盖，置于火上煮烧，自己则坐在一边，不时在锅里搅和几下；每当这时，我的脑海里便栩栩如生地浮现出佩涅洛佩的那些忘乎所以的求婚者杀猪宰牛、剔骨煨炖的情景。这时充盈在我心头的那种宁静、真实的感觉正是这种宗法社会的生活特色，我呢，感谢上帝，我可以把这种生活特色自然而然地融进自己的生活方式里去。

我好高兴呀，我的心能感受到一个人将他自己培植的卷心菜端上餐桌时的那份朴素无邪的欢乐，而且不仅仅是卷心菜，得以品味的还有那些美好的日子，他栽种秧苗的那个美丽的清晨，他洒水浇灌的那些可爱的黄昏——所有这些，他在一瞬间又重新得到享受，因为他曾为其不断生长而感到快乐。

六月二十九日

前天，大夫从城里来看望法官，他发现我和绿蒂的弟妹们一起在地上玩，有几个在我身上爬来爬去，有的在逗弄我，我则搔他们的痒痒，弄得他们大叫大嚷。这位大夫是个非常刻板的木偶人，说话的时候老要理理袖口上的褶皱，没完没了地扯扯他的轮状绉领。我从他的鼻子上看出，他准认为我的举动有失聪明人的尊严。我才不吃这一套，让他去大发宏论好了。原先用纸牌搭的房子已被孩子们拆散了，我又重新为他们搭了几座。此大夫回城以后就四处发泄他的不平，说法官家的孩子本来就缺少教养，现在维特又把他们全给毁了。是啊，亲爱的威廉，在这个世界上同我的心挨得最近的便是孩子。我从旁观察，在小事情上看到了他们将来所需要的品德和力量的萌芽；在他们的执拗中看出他们未来性格的坚定和刚毅，在他们的任性中看出足以化解世道险阻的良好的心态和洒脱的风度，而这一切又是如此纯洁，点污未沾！——于是，我不断地、不断地回味人类导师的金玉良言："你们若不回转，变成小孩子的样式……"现在，我的挚友，孩子是同我们一样的人，我们本应以他们为榜样，然而我们却待他们如奴隶，不许他们有自己的意志！难

28

道我们没有吗？哪儿来的这特权？就因为我们年纪大些，聪明些！天国中仁慈的上帝呀，年纪大的和年纪轻的孩子全都在你眼里，别无其他；至于你更喜欢哪一种孩子，你的儿子早已有昭示。可是他们信仰他，却不听他的话——这也是老问题了！他们全都按照他们自己的模式来培养孩子。关于这些我不想继续饶舌了。再见，威廉！

七月一日

我从自己这颗可怜的心，这颗比某些缠绵病榻的人更受煎熬的心感受到，对一个病人来说，绿蒂有多重要。她将要来城里几天，陪伴一位束身自好的夫人。据大夫说，这位夫人大限已近，在她生命的最后时刻想要绿蒂呆在身边。

上星期我同绿蒂一起去看望圣某某的一名牧师，那是个小村子，在旁边的山里，有一小时路程。我们是四点左右去的。绿蒂带了她的二妹妹。牧师的院子里有两棵高大的胡桃树，浓荫遮地。我们到那儿的时候，这位善良的老人正坐在门口的长凳上，他一见绿蒂，便变得精神焕发，竟忘了拄节疤手杖就站了起来，迎上前去。绿蒂赶忙跑去，把他按在凳上，她自己也在他身边坐下，转达她父亲的问候，又抱起老人的宠儿，那个又淘气又脏的最小的男孩来亲吻。你真该看看她对这位老人关怀备至的情景。她提高嗓音，好让他半聋的耳朵听得见。她告诉他，几位身强力壮的年轻人竟意外地死了；她又说起卡尔斯巴德温泉的出色的疗效，并称赞老人来年夏天要去那儿的决定；她还说，他的气色好多了，比上次见他的时候精神多了。这其间我问候了牧师夫人，并极有礼貌地逗她高兴。老人兴致勃勃，胡桃树的绿荫遮盖着我们，真令人欣喜，以致我不由得夸赞起来。这下打开了老人的话匣子，虽然说起来有些吃力，但他还是讲了这两棵树的故事。

"那棵老的，"他说，"我们不知道是谁种的，有人说是这位，有人说是那位牧师。这后面那棵小一点的和我夫人同年，到十月就满五十了。她父亲早晨栽上这棵树，傍晚她就出生了。他是我的前任，这棵树在他心目中之宝贵，那是没说的，在我心目中当然也丝毫不差。二十七年前我还是个穷大学生，第一次来到这院子时，我夫人正坐在树底下的一根梁木上编织东西。"

　　绿蒂问起他女儿弗丽德莉克，他说，她同施密特先生到牧草地上的工人那儿去了。接着，老人又继续说道：他的前任及其女儿很喜欢他，他先是担任老牧师的副手，后来就接了他的班。他的故事刚讲完，他女儿就同施密特先生从花园里走来了。姑娘亲切、热情地对绿蒂表示欢迎，说实话，我对她的印象不错。她是个性格敏捷、身体健美的褐发姑娘，一个暂居乡间的人，同她在一起是很惬意的。她的情人(施密特先生马上就表明了这个身份)是个文雅、但寡言少语的人，尽管绿蒂一再和他搭话，他仍旧不愿加入我们的谈话。最使我扫兴的是，我从他的面部表情看出，他之所以不爱说话，并不是由于智力贫乏，而是因为脾气固执和心情不佳。这一点可惜随后就表现得一清二楚了：散步的时候，弗丽德莉克和绿蒂、有时也和我走在一起，这位先生本来就黑黑的脸，一下便显得格外阴沉，以至绿蒂马上就扯扯我的袖子，提醒我别对弗丽德莉克太殷勤。我生平最讨厌的莫过于人与人之间相互折磨，尤其是风华正茂的年轻人，本可以胸怀坦荡地尽情欢乐，可是他们却彼此拿一些无聊的蠢事把不多几天的好日子都糟蹋掉，等意识到浪费的光阴已经无法弥补时，已经太晚了。想到这些，我心里感到十分恼火，因此，当我们傍晚时分回到牧师的院子里，坐在桌旁喝牛奶，谈起人世间的欢乐与痛苦时，我便忍不住接过话茬，真心实意地对心情不佳问题发了一通议论。

　　"我们人呵，"我开始说，"常常抱怨好日子这么少，坏日子这么多，我觉得，这种抱怨多半是没有道理的。倘若我们豁达大度，尽情享受上帝每天赐给我们的幸福，那么，如果遭到什么不幸，我们也就会有足够的力量去承受。"

"可是我们无力驾驭自己的情绪呀，"牧师夫人说，"这和我们的身体状况关系很大！一个人要是身体不舒服，他就会觉得处处不对劲。"

我同意她的说法。

"那么就把心情不佳看作一种病吧，"我接着说，"我们得问一问，有没有办法治呢？"

"这话说得对，"绿蒂说，"至少我相信，这在很大程度上要取决于我们自己。我自己就有切身体会。我要是受到戏弄，正当气头上，那我就一跃而起，到花园里去唱几支乡村舞曲，来回走一走，烦恼就全消了。"

"这正是我要说的，"我说，"心情不佳同懒惰完全一样，它本来就是一种懒惰。我们的天性就有此种倾向，可是，只要我们一旦有了振奋精神的力量，我们工作起来就会得心应手，并在工作中得到真正的快乐。"

弗丽德莉克凝神专注地听着，但那位年轻人却不同意我的意见，他反驳道，我们并不能主宰自己，尤其是无法控制自己的感情。

"我们这里谈的是关于尴尬的感情问题，"我说，"这种感情是人人都想摆脱的；要是不试一试，谁也不知道自己到底有多大力量。当然，要是病了，就会到处求医，为了恢复健康，最严的戒忌，最苦的药他也不会拒绝。"我注意到，那位诚实的老人也在费劲地听着，以便参加我们的讨论。于是，我便提高嗓门，把话题转向他。"牧师布道时谴责各种罪恶，"我说，"但是，我还从未听到有谁从布道席上对恶劣的情绪加以谴责过。"

"这事该由城里的牧师来做，"他说，"农民的心情没有不好的；偶尔讲一讲倒也不妨，至少对他夫人以及法官先生是个教育。"

听了他的话，我们全都哈哈大笑，他也会心地笑了，笑得他咳嗽起来，我们的讨论才暂时中断。随后，这位年轻人又开口了："您说心情不佳是一种罪恶；我觉得，这种说法过分了。"

"绝不过分，"我回答，"恶劣情绪既害自己，又害亲人，所以称它为罪恶是恰当的。我们不能使彼此幸福，难道这还不够，还非得互相抢夺各自心里间或所得到的那点快乐不成？请您告诉我，有没有这样的人，他情绪恶劣，却能将它藏于心中独自承受，而不破坏周围的快乐气氛？或者这样说吧，所谓心情不佳正是对于我们自己身份不配而内心感到沮丧以及对我们自己感到不满的表现，而这种不满又总是同被愚蠢的虚荣心煽动起来的妒忌联系在一起的。我们看到幸福的人，而我们却偏要让他们不幸，这是最让人不能忍受的。"

绿蒂见我说话时激动的神情，便向我微微一笑，弗丽德莉克眼里滚着的泪水鼓励我继续说下去。

"有的人控制着别人的心，"我说，"于是他便利用这个权力去掠夺别人心里自动萌发的单纯的快乐，这种人呀，真是可恨！世上任何馈赠和美意都无法补偿我们自身片刻的欢乐，那被我们的暴君不自在的妒忌心所败坏的片刻的欢乐。"

此刻，我的心里充满了万千思绪和感慨；记忆起来的多少往事纷纷涌入我的灵魂，我眼里不禁流出了泪水。

我大声说道："但愿我们天天对自己说：你能为朋友所做的最好的事，莫过于让他们获得快乐，增加他们的幸福，并同他们一起分享。倘若他们的灵魂为一种胆怯的激情所折磨，为苦闷所纷扰，你能不能给予他们一丁点慰藉？倘若你曾葬送了一位姑娘的青春年华，而她后来得了最可怕的致命的病，奄奄一息地躺着，眼望天空，不省人事，惨白的额头上虚汗直冒，而这时你像个被诅咒的人站在她的床前，心里感到，你即使竭尽所能，也已无济于事，恐惧撕裂着你的心肺，只要能给这位行将命赴黄泉的姑娘注入一点力量，一点勇气，即使付出一切，你也在所不惜。"

说着，我自己经历过的一个类似情景猛然闯入我的记忆。我掏出手帕来掩着眼睛，离开了他们，只是听到绿蒂喊我走的声音才清醒过来。

路上她责备我对什么事都那么投入，这样会毁了自己的！她要我爱惜自己！——呵，天使！为了你，我必须活着！

七月六日

她还一直在照看她垂危的女友，她始终是个殷勤、可爱的姑娘，精心服侍女友，始终如一；她的目光到哪里，哪里的痛苦便会减轻，哪里便会洋溢着欢快的气氛。昨晚她同玛丽安娜和小玛尔莘出去散步，我知道后就追了去，于是我们便一起漫步。走了一个半小时的路，我们才返身往城里走。到了那口水井边，那口对我十分珍贵，如今更是千万倍地珍贵的水井边，绿蒂就在井台上坐下，我们则站在她面前。我环视四周，呵，那时我的心是如此孤单，这情景此刻又浮现在我的眼前。

"亲爱的水井，"我说，"打那以后我再没来这里歇憩，享受你的清凉，往往匆匆而过，有时竟来不及看看你。"我朝下望去，看见玛尔莘正端着一杯水小心谨慎地走上来——我望着绿蒂，感觉到我对她所怀的全部情愫。这时玛尔莘端着杯子来了。玛丽安娜想接下她的杯子。

"不用！"小姑娘嚷道，声音甜美极了，"不用，绿蒂姐姐，该你先喝！"

她说出这样的真情和美意令我欣喜若狂，以致我无法表达我的感情，就从地上抱起小姑娘，热烈地吻她，弄得她立即叫喊起来，并且哭了。

　　"你太唐突了。"绿蒂说。

　　我呆在一边，不知所措。

　　"来，玛尔莘，"绿蒂一边说，一边拉着妹妹的手，领着她走下台阶，"快用干净的泉水洗一洗，快，不要紧的。"

　　我站在那里，看着小姑娘手里捧着水一个劲儿地往脸颊上擦，她深信这神奇的泉水可以冲掉一切污秽，还可免去丢人现眼，长出难看的胡子来。我听见绿蒂说："行了！"可是小姑娘还在使劲地洗，仿佛多洗总比少洗好——告诉你，威廉，我以往参加洗礼还从未怀着那么大的虔诚呢；绿蒂上来的时候，我真想拜伏在她面前，就像拜伏在为民族解脱罪愆的先知跟前一样。

　　晚上，心里一高兴，便忍不住把白天的事对一个人讲了，此人通情达理，我原以为他是很有人性的，但我却碰了个钉子！他说，这事绿蒂做得不像话，不该让小孩子搞这一套；她这么做会引出各种谬误和迷信来的，我们应该及早就不让孩子受到这类不好的影响。此时我才想起，此公八天前才接受洗礼，因此这事就不与他计较了。不过我心里始终坚信这个真理：我们对待孩子应像上帝对待我们一样，上帝给予我们的最大幸福，就是让我们在愉悦的幻觉中有种飘然欲仙之感。

七月八日

　　我是个什么样的孩子！竟渴望着别人的一瞥！我是个什么样的孩子！

　　我们到瓦尔海姆去了。姑娘们是坐马车去的，散步时我深信，在绿蒂乌黑的眸子里，我是笨蛋。原谅我吧！你真该见见她这双眼睛。我想写得简短些，我困得眼睛都睁不开了。瞧，姑娘们都上车了，但青年 W、泽尔施塔特、奥德兰和我还在马车旁站着。这时姑娘们都从车门里伸出头来，跟小伙子们闲聊。这帮小伙子当然个个都心情愉快，举止轻浮。——我竭力寻找绿蒂的眼睛；啊，她的眼睛看看这个，又望望那个！看我呀！看我呀！看我呀！此刻我的全部心思都陶醉在她的目光里，可它却偏偏不落在我身上！我心里向她说了千百次再见！而她却一眼都不看我！马车开走了，我眼含泪水。我的目光跟随着她，看见车门口露出绿蒂的头饰，她转过头来，在张望，啊，是看我吗？

亲爱的！我没有把握，我的心飘浮不定。也许她是回过头来看我的！那是我的慰藉。也许！……

晚安！哦，我是个什么样的孩子！

七月十日

每当聚会时有人谈到她，我表现的那副可笑的滑稽相，你真该见识见识！要是别人问我喜不喜欢她？喜欢！我真恨死这个词。一个人如果喜欢绿蒂，但对她又不是付出全部身心，全部感情，那他成了什么人！喜欢！最近有个人问我，喜不喜欢莪相①！

---

① 莪相(Ossian)，古代爱尔兰说唱诗人。1762 年，苏格兰诗人麦克菲森(James Macpherson)声称"发现"了莪相的诗，他假托从 3 世纪盖尔语的原文翻译了《芬戈尔》和《帖木拉》两部史诗，并先后出版，于是这些所谓"莪相"的诗篇便传遍整个欧洲，对早期浪漫主义运动产生重要影响。实际上，这些作品虽有部分是根据盖尔语民谣写成的，但大部分是麦克菲森自己的创作。关于"莪相"诗篇真伪问题一直是批评家研究的一个课题，直到 19 世纪末，研究证明，麦克菲森制作的不规则的盖尔语原文只不过是他自己英文作品的不规则的盖尔语的译作。至此，关于莪相的争论才得以解决。学术界一致认为，被浪漫化了的史诗《莪相集》并非真正是莪相的作品，而于 16 世纪前期整理出版的《莪相民谣集》才是真正的爱尔兰盖尔语抒情诗和叙事诗。歌德当时读到的莪相的诗是麦克菲森的创作，不能与真正的莪相诗篇《莪相民谣集》相混淆。

七月十一日

M夫人病得很重；我分担着绿蒂的痛苦，为M夫人的生命祈祷。我很难得在一位女友家见到绿蒂，今天她给我讲了一件奇怪的事：

M老头是个嗜钱如命、贪婪透顶的吝啬鬼，他夫人这一辈子在他的管束之下可说是受尽了折磨，可是她总能想出办法来对付他。几天前大夫说她的病治不好了，她就把丈夫叫到跟前（绿蒂正在房里），对他说了下面这番话："我得向你坦白一件事，要不然我死后可能会搅和不清，惹出麻烦来的。直至今日，家务一直是我操持的，我尽力做得有条不紊，省吃俭用；不过你要原谅我，三十年来我一直瞒着你。我们新婚之初，你给家里的伙食及其他开支所规定的钱只有一点点。后来我们家业大了，开销多了，你却始终不听劝说，给我相应增加每星期的费用；简单地说，你自己也知道，即使家里开销最大的时候，你还要求我每星期只能花七个古尔盾。我未提出异议，接受了你的要求，每星期超支部分，我便从营业收入中拿出钱来填补，因为谁也不会怀疑，女主人会偷自家的钱。我一个钱也没乱花，我死后来管家的女人面对这一点钱她会感到束手无策，不知如何是好的，而你却还一口咬定，你的第一位妻子就是拿这点钱应付家庭开支的；要不是考虑到这一层，我即使不坦白，也可以问心无愧地走向九泉之下的。"

我和绿蒂议论着，这M老头明知七个古尔盾是不够支付也许两倍以上开销的，而他却不怀疑其中定有蹊跷，人的理智愚痴到了何种程度，简直不可思议。不过我也认识一些另一个类型的人，他们挥霍无度，以为家里接受了先知的那只盛有取之不尽的油的瓶子，而丝毫不觉得诧异。

36

七月十三日

不，我不欺骗自己！我从她乌黑的眸子里看出她对我以及我的命运的关心。是的，我感觉到，这点我可以相信我的心，我感觉到，她爱我！哦，我可以，我能够用这句话来表达我的无上幸福吗？

她爱我！我感到自己多么珍贵，自她爱我以来，我是多么——我可以告诉你，因为你对此是理解的——我是多么崇拜自己呵！

这是异想天开呢，还是对真实情况的感受？我不认识那个人，但我担心绿蒂会把心给予他。确实，每逢她谈起她的未婚夫，她那么深情、那么爱恋地谈起他时，我便感到自己像是一个被剥夺了一切荣誉和尊严的人，连佩剑也被夺走了。

七月十六日

每当我的手指无意间触着她的手指，我们的脚在桌底下相碰的时候，啊，热血便在我全身奔涌！我像碰了火似的立即缩回，但一种隐蔽的力量又在拉我往前……我所有的感官都晕乎乎的，像腾云驾雾一样。

哦，她纯洁无邪，她的灵魂毫不拘谨，全然感觉不到这些细小的亲密举动使我受到多大的折磨。当她谈话时把手搁在我的手上，为谈话方便起见，挪得挨我近些，她嘴里呼出的美妙绝伦的气息可以送到我的唇上，这时我就像挨了电击，身体都要往下塌了……威廉呀，假如有朝一日我胆大包天，那么这天堂，这真心实意……！你理解我。不，我的心并不如此堕落！软弱！够软弱的！这难道不是堕落？

在我心目中，她是神圣的。在她面前，一切欲念都沉寂了。在她身边的时候，我始终弄不明白自己是怎么回事，似乎我已经神魂颠倒了。她有一支曲子，这是她以天使之力在钢琴上弹奏出来的，那么纯朴，那么才气横溢！这是她心爱的歌，她只要奏出第一个音符，困扰我的一切痛苦、紊乱和郁闷就统统无影无踪了。

关于古老音乐具有魔力的说法，我觉得句句是真话。这首简单的歌令我多么感动！她弹奏这首歌的时机掌握得很好，往往在我恨不得一颗子弹射穿脑袋时，曲子响了！于是，我灵魂中的迷雾和阴暗情绪便随之烟消云散，我又可以更加自由地呼吸了。

七月十八日

威廉呀，假如世上没有爱情，这世界对我们的心有何意义！没有光，一盏魔灯又有何用！你把小灯一拿进来，灿烂的图像便映现在你洁白的墙上！即使这些图像只不过是转瞬即逝的幻影，但如果我们像小青年似的站在这些图像之前，为这些奇妙的现象所迷醉，也总可以使我们快乐的。今天我不能到绿蒂那儿去，有个聚会我不得不参加。怎么办呢？我派我的仆人去，好使我身边有个今天到过她跟前的人。我等着他，心情多么焦急，重新见到他，心里又是多么高兴！要不是感到害臊，我真想抱住他的头来亲吻。人们常说起博洛尼亚石，说是把它置于阳光之下，它便吸收阳光，到了夜间便会发一会儿光。对我来说，这仆人就是这种石头。她的目光曾在他脸上、面颊上、上衣纽扣以及外套领子上停留过，我的这种感觉把这一切变得如此神圣，如此珍贵！此刻即使有人出一千塔勒，我也不会把这小伙子让出去。有他在跟前，我心里就感到非常舒坦——上帝保佑，你可不要笑我。威廉，能使我心里感到舒畅的东西，那会是幻影吗？

七月十九日

"我要去看她！"早上醒来，我愉快地望着美丽的太阳喊道，

"我要去看她！"一整天我再也不想干别的了。一切，一切都交织在这期望中了。

七月二十日

你要我随公使到某地去，这个想法我还不愿苟同。我这个人不大喜欢听人差遣，再说众所周知，此公是个很讨厌的人。你说，我母亲很希望我找个事干，这真使我感到好笑。我现在不也在干事吗？不论数的是豌豆还是扁豆，从根本上说还不是一回事？世上的事归根到底还不统统都是毫无价值的鸡毛蒜皮的小事，一个人只是为别人而去拼命追名逐利，而没有他自己的激情，没有他自己的需要，那么，此人便是傻瓜。

七月二十四日

你叫我不要把绘画荒疏了，承蒙你把这事放在心上，但我想宁肯压根儿不谈此事，也比告诉你这段时间我很少作画好。

我从来还不曾如此快乐，我对大自然的感觉，乃至对于一块小石子，对于地上的一棵小草的感觉也从来没有如此充盈，如此亲切，然而……我不知道该如何表达，我的想象力如此薄弱，在我的心灵之前一切都在晃悠飘忽，我竟不能将轮廓捕捉；但是，我异想天开，我若有黏土或蜡在手，我兴许就要将之塑造出来。倘若黏土保存的时间更长，那我就要取来揉捏，即使捏成一块饼也好！

绿蒂的肖像我动手画了三次，三次都出了丑；我为此十分苦恼，因为不久前我还是画得惟妙惟肖的。后来我就为她剪了一幅剪影，以此聊以自慰。

七月二十五日

是的，亲爱的绿蒂，一切我都愿为您操办和料理；您常给我任务吧，多多益善！对您我有一事相求：请别再往您写给我的字条上撒沙子。今天我把您的字条迅速按在嘴上，弄得牙齿吱吱直响。

七月二十六日

我已经下了几次决心，不那么频繁地去看她。可是谁能做得到呢！我天天都受到诱惑，心里天天都许下神圣的诺言：你明天别去啦！

可是明天一到，我却又找个令人折服的理由，转瞬之间，我就到了她的身旁。要不就是她晚上说过："您明天肯定来吧？"——这样说了，能不去吗？要不就是她让我办了件事，我觉得亲自去给她个回话才合适；要不就是天气好极了，我就到瓦尔海姆去，而到了那儿，离她就只有半小时路程了！——我和她的距离太近，弹指间就到那儿了。我祖母曾讲过磁石山的童话：船只如果驶得离磁石山太近，船上的所有的铁质的东西就一下子全被吸去，钉子纷纷朝山上飞去，船板块块散裂、解体，那些可怜人都要葬身大海。

七月三十日

阿尔贝特回来了，我要走了；倘若他是最杰出、最高尚的人，无论哪方面我都要对他甘拜下风的话，那么我亲眼目睹他具有那么多完美无缺的品德，怎能忍受得了！……占有！……够了。威廉呀，那位未婚夫在这里了！他是个英俊、可爱的人，令人不得不对他产生好感。幸好迎接他回来时我没在场！要不我的心都会撕裂的。他十分庄重，有我在场时，他还一次都未吻过绿蒂。愿上帝奖励他的行为！为了他对绿蒂的敬重，我也不得不喜欢他。他对我很友好，我猜想，这主要是绿蒂的杰作，而并非他自己的感情；在这方面女人是很有办法的，而且自有她们的道理；她们若是能使两个爱慕者彼此友好相处，坐收渔翁之利的总是她们，虽然这很难做到。

虽然如此，我仍不能不敬重阿尔贝特。他沉着的外表同我无法掩饰的不安静性格形成了十分鲜明的对照。他感情丰富，深知绿蒂的价值。看来他很少有脾气不好的时候，你知道，人身上的坏脾气是种罪过，这是我平生最恨的。

他认为我是个很有才智的人；我对绿蒂的依恋，她的一颦一蹙、举手投足所给予我的热切的快乐，都增加了他的胜利，因而他更爱她。至于他是否有时因为小小的醋意使她苦恼过，眼下我还拿不准，至少，如果我处在他的位置上，在妒忌这个魔鬼面前是不会完全无动于衷的。

无论怎么说，总之我呆在绿蒂身边的快乐已经过去了。我该把这叫做愚蠢，还是迷惘？管这些名称干吗！事情本身就说明问题了！我现在所知道的一切，早在阿尔贝特回来之前就都知道了；我知道，我不能向她提出要求，也没有提出要求——就是说，只要做得到，尽管与她关系亲密，也不抱什么奢望——现在这个傻瓜只好干瞪着两只大眼，因为另一个人来了，从这傻瓜身边把这姑娘夺走了。

我咬紧牙关，嘲笑自己的可怜，两倍、三倍地嘲笑那些可能要我死了这条心的人，他们说，事情已经无法改变了——这些草人，快给我走开！……我在树林里东跑西颠了一阵，到绿蒂那儿去，可阿尔贝特正陪绿蒂坐在花园的凉亭里，我不能再往前走了，我傻话连篇，语无伦次，出尽了洋相。

"看在上帝的份上，"绿蒂今天对我说，"我请您别再闹出昨天晚上那种场面了！你那时那么滑稽可笑，真是吓人。"

和你说句掏心话吧，我瞅准时机，他一有事，我便嗖的一下出了门，每当发现她独自一人时，我就喜不自胜。

八月八日

有些人要我们屈服于不可抗拒的命运，对这些人我给予了痛斥。亲爱的威廉，请你相信，我绝不是指你。我真的没有想到，你会有类似的意见。从根本上说，你是对的。只有一点，我的挚友！世上的事能用"非此即彼"的套式来办的，真是微乎其微；感情和行为方式千差万别，就拿鹰钩鼻和狮子鼻之间的种种差异来说吧，真是林林总总，无以数计。倘若我承认你的全部论点是正确的，却又想设法从"非此即彼"中间溜过去，你不会生我的气吧。

你说：要么你对绿蒂抱着希望，要么就别抱希望。好，如果是第一种情况，那就设法去实现希望，努力达成你的愿望；如是后一种情况，那就振作起精神，设法摆脱那可怜的、必定会耗掉你全部精力的感情——我的挚友，你这话是出于好意，也说得很干脆。

可是，假如一个不幸的人正被日益恶化的疾病慢慢耗去生命而无法阻挡，你能要求他自己捅上一刀，一劳永逸地结束其痛苦吗？病魔消耗他的精力，不同时也摧毁了他自我解脱的勇气吗？

当然，你可以拿一个类似的比喻来回答我：与其瞻前顾后，犹豫不决，拿自己的生命孤注一掷，谁不宁肯截掉一只手臂呢？我不知道！我们还是别在比喻上兜圈子吧。够了。是的，威廉，有时在一瞬间，我也有振作起来摆脱一切的勇气，现在，我只要知道该往何处去，我便往那儿去。

傍晚

我已经有好些时候没有记日记了，今天我又拿起日记本，看到我竟是如此有意识地一步步陷于目前的处境，真是大吃一惊！我对自己的处境一直看得很清楚，可是我的行动却像个孩子；现在我对自己的处境仍是一目了然，可是境况并没有好转的迹象。

八月十日

我若不是傻瓜，我的生活本可以过得最好、最幸福。像我现在所处的环境，既优美，又让人心情愉快，这是不易多得的。啊，只有我的心才能创造自己的幸福，这话说得对。我是这个可爱的家庭的一员，老人爱我如子，孩子爱我如父，绿蒂也爱我！再就是守本分的阿尔贝特，他没有以脾气怪谲和举止无礼来扰乱我的幸福，他待我以亲切的友情，在他心目中，除了绿蒂，我就是世上最亲爱的人了！威廉，我们散步时彼此谈着绿蒂，要是听听我们的谈话，真是一大乐事。世界上再也找不出比这种关系更可笑的事了，然而我却常常为此潸然泪下。

他向我谈起绿蒂贤淑的母亲：临终前她把家和孩子都交付给绿蒂，又把绿蒂托付给他；从这时起，绿蒂就表现出完全不同的精神面貌，她井井有条地料理家务，严肃认真地照看弟妹，俨然成了一位真正的母亲；她时刻怀着热烈的爱心，兢兢业业地劳动，然而并没有失去活泼的神情和无忧无虑的天性。我走在他身边，不时采摘路畔的野花，精心编扎成一个花环，随后便将它掷进哗哗流去的河里，看着它轻轻往下飘去。我记不清是否已经写信告诉过你：阿尔贝特要在这里住下了，他在侯爵府上找了个薪俸颇丰的职位，很讨人喜欢。像他这样办事兢兢业业、有条不紊，我很少见到。

八月十二日

确实，阿尔贝特是天底下最好的人，昨天我同他演了精彩的一幕。我去他那儿向他告别；我一时心血来潮，要骑马到山里去，现在我就是从山里给你写信的。我在他房间里来回踱着，他的两支手枪不意落在我的眼里。

"把手枪借给我吧，"我说，"我出门好用。"

"行呵，"他说，"要是你不怕麻烦给枪装上弹药；枪在我这里挂着只是摆摆样子而已。"

我取下一支枪，他继续说："我的小心谨慎曾同我开了一次淘气的玩笑，打那以后我就不愿再摆弄这玩艺儿了。"

我心里好奇，很想知道这件事。

"我在乡下一位朋友家里大约住了三个月，"他说，"身边带了几支微型手枪，都未装弹药，我也睡得很安稳。一天下午，下着雨，我闲坐无事，不知怎么，顿时生出奇思异想：我们可能会遭到袭击，可能用得上手枪，可能……你知道，事情会怎样。我把手枪交给仆人，让他把枪擦一擦，装上弹药，而这小子却拿着枪去逗女仆玩，想吓唬她们一下，上帝知道是怎么搞的，枪走了火，通条还在枪膛里，一下子射进一位女仆右手拇指肌，把她的拇指打烂了。她向我哭诉了一阵，我还得支付她的治疗费，自此以后，我所有的枪支都不装弹药了。亲爱的朋友，小心谨慎有什么用？并不是所有的危险都能预见得到的！虽然……"

现在你知道了吧，我很喜欢此人，甚至还包括他的"虽然"二字，因为任何一般定理都有例外，这不是不言而喻的吗？此公竟如此四平八稳，面面俱到！要是他觉得说了些考虑不周、一般化的或不太确切的言辞，他就要没完没了地对他的话加以限定、修正、增添和删减，末了与原来的意思大相径庭。由于这个原因，他不厌其烦地把这件事情说得详详细细，纤悉无遗，到后来我根本就不听他说了，完全在琢磨自己的一些阴郁的念头，我以暴躁的姿态把枪口对准自己右眼上的额头。

"啊哟！"阿尔贝特叫道，同时从我手里把枪夺下，"这是干什么？"

"枪里没装弹药。"我说。

"即使这样，你要干什么？"他极不耐烦地加了一句，"我想象不出，人怎么会这样傻，竟会开枪自杀，单是这种念头就让我恶心。"

"你们这些人呵，"我嚷道，"只要谈起一件事，马上就要说：'这是愚蠢的，这是聪明的，这是好的，这是坏的！'究竟想要说明什么问题？你们为此研究过一个行动的内在情况吗？你们能确切解释这个行为为什么会发生，为什么必然会发生的原因吗？如果你们研究过，那就不会如此草率地作出判断的。"

"你得承认，"阿尔贝特说，"某些行为的发生无论出于什么动机，其本身总是一种罪恶。"

我耸耸肩，承认他说得有道理。

"可是，我亲爱的，"我接着说，"这里也有例外。不错，偷盗是一种罪恶，但一个人为了自己和亲人不致饿死才去盗窃，他该值得同情还是该受到惩罚？丈夫由于正当的愤怒，一气之下杀了不忠实的妻子及卑鄙的奸夫，谁还会向他扔第一块石头？还有那位姑娘，那位在极乐时刻完全沉醉在排山倒海的爱情的狂欢之中的姑娘，又有谁会向她扔第一块石头？我们的法律本身……这些冷血的、咬文嚼字的学究也会被感动，不给予她惩罚的。"

"这完全是另一码事，"阿尔贝特说，"因为一个人受了激情的驱使，失去了理智，只能把他看作醉汉，看作疯子。"

"哟，你们这些有理智的人！"我微笑着叫道，"激情！酩酊大醉！疯狂！你们却在那里冷眼旁观，无动于衷，你们这些品行端正的人，你们嘲骂醉汉，唾弃疯子，像那个祭司①一般从那边过去，像那个法利赛人②似的感谢上帝，感谢他没有把你们造成醉汉或疯子。我却不止一次喝醉过，我的激情也和疯狂相差无几，我并不为此感到悔恨，因为以我自己的尺度来衡量，我知道，凡是成就伟大事业，做了看似不可能的事的，都是出类拔萃的人，可是他们却从来都被骂作醉汉和疯子。即使在平常的生活中，凡是有人做了豪爽、高尚、出人意料的事，就总会听到有人指着他的脊梁骨在背后嚷嚷：'这家伙喝醉了，他是傻瓜！'这真叫人受不了。惭愧吧，你们这些清醒的人！惭愧吧，你们这些圣贤！"

"你这又在异想天开了，"阿尔贝特说，"你把什么事都绷得紧紧的，至少这里你肯定是错了，现在谈的是自杀，你却把它扯来同伟大的行为相比：自杀只不过是软弱的表现罢了，因为比起顽强地忍受痛苦生活的煎熬，死当然要轻松得多。"

我打算中止谈话；他这种论调真让我火冒三丈，我的话都是吐自肺腑，他却尽说些毫无意义的老调。可是我还是按捺住心头的怒火，因为他这一套我听惯了，也常常为此而气恼。于是，我稍带激动地回答他：

"你说自杀是软弱？我请你不要被表面现象所迷惑。一个民族，一个在难以忍受的暴君压迫下呻吟的民族，当它终于奋起砸碎自己身上的锁链时，难道你能说这是软弱吗？一个人家宅失火，他大惊之下鼓足力气，轻易地搬开了他头脑冷静时几乎不可能挪动的

---

① 那个祭司指见死不救的假善人，典出《圣经·路加福音》第十章。
② 法利赛人指伪君子，典出《圣经·路加福音》第十八章。

重物;一个人受到侮辱时,一怒之下竟同六个对手较量起来,并将他们一一制服,能说这样的人是软弱吗?还有,我的好友,既然拼命便是强大的力量,为什么绷得紧便该成为其反面呢?"

阿尔贝特凝视着我,说:"请别见怪,你举的这些例子,在我看来和我们讨论的事是风马牛不相及的。"

"这可能,"我说,"别人常责备我,说我的联想方法近乎荒谬。那么就让我们来看一看,我们是否能以另一种方式,设想一个决意摆脱生活担子的人……这种担子在通常情况下是愉快的……是什么样的心境。我们只有具有共同的感受,才有资格来谈论一件事。人的天性都有其局限,"我继续说,"它可以经受欢乐、悲伤、痛苦到一定的限度,一旦超过这个限度,他就将毁灭。"我继续说,"这里的问题并不在于他是软弱还是坚强,而在于他能不能经受得住自己痛苦的限度,无论是在道义上或肉体上。我认为,把一个自杀者说成是懦夫,正如把一个死于恶性热病的人称为胆小鬼一样,都是不合适的,这两种说法同样是离奇的。"

"谬论,简直是谬论!"阿尔贝特嚷道。

"没有你想象的那么荒谬,"我说,"你得承认,如果人的机体受到疾病的侵袭,使他的精力一部分被耗蚀,一部分失去了作用,再也不能痊愈,无论怎么治也无法恢复生命的正常运转,这种病我们称之为绝症。好吧,亲爱的,让我们把这个比喻用于精神上吧,请看一看人在狭隘的天地里,各种印象对他起着什么作用,是怎么确定他的思想的,直至最终不断增长的激情是如何夺去他冷静的思考力,以致使他毁灭的。沉着而有理智的人虽然对这位不幸者的处境一目了然,虽然也劝说他,但都是徒劳的!这正如一个健康人站在病人床前,却一点儿也不能把自己的精力输送给病人一样。"

阿尔贝特觉得这些话说得太笼统。于是,我便提起一位不久前淹死在水里的姑娘,又把她的故事给他重讲了一遍:

"这是一位年轻的好姑娘,是在狭小的家庭圈子里长大的,每星期干些家务活,到了星期天就穿上一套逐步添置的盛装同几个情况与她相似的姑娘一起到郊外去散散步,也许逢年过节还跳跳舞,再就是同女邻居兴致勃勃地聊上一阵,说说某次吵嘴的起因啦,谁散布谁的流言蜚语啦,等等,除此之外就谈不上别的娱乐了。她火热的天性后来感觉到了某些内心的需求,男人的谄媚奉承更增加了这种需求;以前的快乐已经渐渐变得平淡无味了,最后她终于遇到了一个人,一种从未经历过的感情不可抗拒地把她吸引到他的身边,于是她便把一切希望统统寄托在此人身上,忘掉了周围的世界,除他之外,除他一人之外,她什么也听不到,什么也看不见,什么也感觉不着,她心里只想着他,只想着他一个人。空洞的消遣虽可满足变化无常的虚荣心,但她不为其所左右,一心径直追求自己的目标,她要成为他的人,她要在永恒的比翼连理中寻找她所缺少的一切幸福,享受她所渴望的种种欢乐。频频许下的山盟海誓,给她吃了定心丸,使她确信自己的希望绝不会落空;大胆的爱抚更增添了她的欲求。这一切都充塞着她的心灵;她浮荡在恍惚的神思中,沉浸在对于欢乐的预感中,她兴奋到了极点,终于伸出双臂,要将自己的全部心愿搂住。可是,她最爱的人却将她抛弃。她惊呆了,神志麻木了,站在那里,面对万丈深渊;她周围是一片黑暗,没有希望,没有安慰,没有感觉,因为是他……在他身上她才感觉到自己的存在……是他将她遗弃的呀!她看不见面前广阔的世界,看不到许许多多可以为她弥补这个损失的人,她感到形单影只,感到被世界遗弃了。她被内心可怕的痛苦盲目地逼上了绝路,于是便纵身往下一跳,以便在环抱着周围一切的死亡中来消除自己的一切痛苦。你看，阿尔贝特，这便是某些人的故事！请告诉我，这难道不是一种病例吗？在这混乱而矛盾的力的迷津中，天性找不到出路，人就唯有一死了之。让这帮袖手旁观、专说风凉话的人遭殃吧！他们可能会说：'傻丫头！要是她等一等，要是让时间来医治，那么绝望就会被排除，就会有另一个人来安慰她。'这正好像有人说：'这傻瓜，竟会死于热病！要是他等到体力恢复，体液好转，血液骚动平静下来了，那一切就会好起来，他兴许会一直活到今天呐！'"

阿尔贝特还觉得这个比喻不够明白具体，又提出一些异议，如，说我讲的只是一位单纯的姑娘，倘若是个有理智的男人，又不那么狭隘，涉世也较深，那怎么也要原谅他呢，对于这一点他不理解。

"我的朋友，"我大声嚷道，"人总归是人，当一个人激情澎湃，而又受到人性局限的逼迫时，他即使有的那点儿理智也很少能起作用，或者根本就起不了作用。更何况……下次再谈吧……"说着，我便拿起我的帽子。哦，我的心里感慨万千——我和阿尔贝特分开了，互相并没有能够理解。在这个世界上一个人要理解另一个人是多么不容易呀！

八月十五日

确实，世界上人最需要的东西莫过于爱情。我感觉到，绿蒂不愿失去我，而这帮孩子更是只有一个愿望，那就是我每天一早就去他们那儿。今天我去了，去为绿蒂的钢琴校音，但这事今天没能办成，因为孩子们缠着我，要我给他们讲故事，甚至绿蒂也让我满足孩子们的心愿。我给他们把晚餐面包切好，他们从我手中接面包就像是从绿蒂手里拿到的一样，个个都非常高兴。我给他们讲了那位由一双神奇的手送饭来吃的公主的故事。我由此学到了很多东西，这一点请你相信。我真感到惊讶，这个故事竟给他们留下了这么深的印象。因为我在讲的过程中往往添油加醋，第二次讲的时候上次编造的情节就给忘了，这时孩子们立刻就会说，这和上次讲的不一样，所以我现在正练习以抑扬顿挫的唱歌的音调毫不走样地一气儿就把故事背诵下来。我从中领会到，一位作家如果他的书再版时将故事作了修改，改了以后即使艺术上好多了，那还是必然会损害他的作品的。我们总是愿意接受第一个印象，人生来就是这样，最最荒诞不经的事你也可以使他信以为真，并且立即记得牢牢的，谁要想重新把它推翻或者抹掉，谁就是在自找麻烦！

八月十八日

难道非得如此：使人幸福的东西，反过来又会变成他的痛苦之源？

对于生意盎然的大自然，我心里充满了温馨之情。这种感情曾给我倾注过无数的欢乐，使周围世界变成了我的伊甸园，可如今我却成了一个令人难以忍受的、专给别人制造痛苦的人，成了一个折磨人的精灵，无处不在将我追逐。以前我从岩石上纵览河对岸山丘间的丰饶的谷地，看到周围一派生机勃勃、欣欣向荣的景象；我看到那些山峦从山脚到峰顶都生长着高大、茂密的树木，那些千姿百态、蜿蜒曲折的山谷都遮掩在可爱的林木的绿荫之中，河水从喋喋细语的芦苇间缓缓流去，柔和的晚风轻轻吹拂，片片可爱的白云从天际飘浮而来，在河里投下自己的倒影；我听到小鸟在四处啼鸣，使树林里充满勃勃生机，千百万只蚊蚋在夕阳最后一抹红色的余晖中大胆地翩翩而舞，落日最后颤颤的一瞥把唧唧鸣叫的蟋蟀从草丛中解放出来了，我周围一片嗡嗡嘤嘤之声，使我的注意力集中在地上，一片片苔藓从我站立的坚硬的岩石上夺取养分，生长在下面贫瘠的沙丘上的、枝干互缠的簇簇灌木为我开启了大自然内部炽烈而神圣的生命：这一切我都摄入自己温暖的心中，处在丰富多彩、包罗万象的大自然之中，我觉得自己也飘然欲仙了，无穷世界的种种壮丽形态都栩栩如生地在我心灵中跃动。巍峨的群山将我环抱，我面前是一个个深谷，道道瀑布飞泻而下，我脚下条条河水哗哗而流，树林和山峦也鸣声作响；我看见各种不可解释的力量在地球深处相互作用，彼此影响；在大地之上，天空之下繁衍着千姿百态的生物，而每种生物又呈现出形形色色、千差万别的形态；还有人，他们家家住在小屋里，定居在一起，好共同来保护自己的安全，并以为他们是这广阔世界的主宰！可怜的傻瓜！你把一切都看得如此微不足道，因为你自己就那么渺小——从无法攀登的高山，越过人迹未至的荒漠，到无人知晓的海洋的尽头，永恒的造物主的精神无处不在飘荡，并为每颗能够听到他声音的有生命的细尘末灰感到高兴——啊，那时我常常渴望借助从我头顶飞过的仙鹤的翅膀，把我带往茫茫大海之滨，从这位无穷无尽者那只泡沫翻腾的酒杯中喝饮那激荡的生命之欢乐，只要片刻时光，让我胸中被限制的力感受一下那位在自身生出万物、通过自身造出万物来的造物者的一滴幸福。

兄弟呀，只有想起那些时光，我心里才会欢畅。我想竭力去重新唤起、重新言说那些无以言说的感情。单就此事本身便将我的灵魂提升到超出了自己的高度，随之我也加倍感觉到自己目前处境之可怕。

在我灵魂之前仿佛拉开了一幅幕布，无穷无尽的生活之舞台在我面前变成了永远开启着的坟墓之深渊。一切都是转瞬即逝，一切都倏忽而过，生命力很难长久保持，啊，它将被卷进激流，被波涛吞没；并在岩石上撞得粉碎，这个时候你能说"这是永恒的"吗？没有一个瞬间不在耗损你和你周围亲人的生命，没有一个瞬间你不是破坏者，也不得不是破坏者；一次最最普通的散步就要葬送千百只可怜的小虫子的生命，一蹴脚就会毁掉蚂蚁辛辛苦苦营造的房舍，把一个小世界踩为一座羞辱的坟墓。啊，触动我的不是世界上罕见的大灾难，不是冲毁你们村庄的洪水，不是吞噬你们城市的地震；伤害我心灵的是隐藏在大自然中的耗损力，它所造就的一切无一不在摧毁它的邻居，无一不在摧毁它自己。想到这些我便心惊胆颤，步履踉跄。围绕我的是天和地，以及它的创造力，我所看到的唯有永远在吞噬、永远在反刍的庞然大物。

八月二十一日

清晨，我从噩梦中醒来，向她伸出双臂，结果是竹篮子打水；夜里，一个幸福无邪的梦捉弄了我，仿佛我在草地上坐在她的身边，握着她的手，印上千百个吻，随后我在床上找她时，又是海底捞月。唉，我在半睡半醒中昏昏聩聩地向她摸索，摸了一阵就完全清醒了……一股泪流从我压抑的心中迸涌而出，面对昏暗的前程，我绝望地哭了。

八月二十二日

真是不幸，威廉，我有充沛的活力，却偏偏无所事事，闲得发慌，我不能游手好闲，却也什么都干不了。我没有了想象力，失去了对大自然的感觉，书籍令我讨厌。倘若我们失去了自我，也就失去了一切。我向你发誓，有时我希望当一名短工，只是为了每天早晨醒来时，对来到的一天有所期待，有所渴求和希望。我常常羡慕阿尔贝特，看到他埋头在文件堆里，心里就思忖，要是我处在他的位置上，该有多好！好几次我曾想要给你和部长写信，在公使馆里谋个职位。你曾很有把握地说过，公使馆不会拒绝我。我自己也相信这一点。长时间以来部长一直很喜欢我，早就劝我找点事做；有个把小时，我也真想要这么办。可是后来我再一琢磨，便想起了那则马的寓言。这匹马对自由感到厌烦了，便让人加上鞍子，套上辔头，结果差点儿让人骑垮。我不知道该怎么办。亲爱的朋友，我心里要求改变现状的渴望，不也许正是一种内心里颇不愉快的厌烦，那种处处对我紧跟不放的厌烦吗？

八月二十八日

　　真的，要是我的病能治得好，他们是会给我治的。今天是我的生日，一大早我就收到阿尔贝特的一个小包裹。打开包裹，一个粉红色的蝴蝶结即刻映入我的眼帘。我与绿蒂初次相识时，她胸襟上就结着这个蝴蝶结，自那以后，我曾求过她多次，让她把蝴蝶结送我。包里还有两册十二开本的小书——韦特施泰因版的荷马袖珍本。这个版本是我早就想要的，免得散步时总带着我那本埃内斯蒂版的大厚本。看，没等我开口他们就满足了我的愿望，他们善察人意，总是想方设法送给我一些我所喜爱的小礼品，以表达他们的友情。这些小礼品要比那些光彩夺目的礼物珍贵一千倍，那种耀眼的礼物是馈赠者用来侮辱我们，以满足他们自己的虚荣心的。我千百次地吻着蝴蝶结，每次呼吸都将种种幸福的回忆啜入心田，于是我便沉浸在幸福的日子里。这样的日子只有不多几天，现在已经一去不复返了。威廉呀！事情就是这样，我不抱怨，生命之花只不过是幻象！多少花朵凋谢了，没有留下一点痕迹，结了果的寥寥无几，而果实能成熟的就更是稀少！不过，世上的果实还是足够的；可是，我的兄弟呀，对于这些熟果难道我们可以不加理会，可以瞧不起，可以不去享受而任其烂掉吗?

再见!这里的夏天很美;我常常坐在绿蒂的果园里的果树上,手里拿着摘果长杆,把树梢上的梨子采下来。她则站在树下,取下我从长杆上递给她的梨。

八月三十日

不幸的人呀!你难道不是傻瓜?你不是在自己骗自己?这无休无止的汹涌澎湃的激情该怎么办?除了为她,我已不再祷告别的;除了她的倩影,我想象中已无别的形象,周围世界上的东西,只有同她有关的我才看得见。这也给了我一些幸福的时刻——直到我不得不同她分离!唉,威廉,我的心为何常将我困扰!

我坐在她身边,坐上两小时、三小时,欣赏着她的身姿,她的风度,她的谈吐,于是渐渐地我所有的感官都紧张到极点,我眼前一片昏暗,我几乎什么也听不到了,我的咽喉像是被暗杀者卡住了,我的心在狂跳,想要让压抑的感官得到发泄,结果反而使其更加紊乱。——威廉呀,我往往不明白,我到底是不是在世上!要不是有时我抑郁的心情有所减轻,要不是绿蒂给了我一点可怜的安慰,允许我伏在她的手上痛哭,吐一吐我心中的积郁,那我必然得走开,必须跑出去,远远地到原野中去四处游荡,那末,攀登陡峭的山峰,在无路可行的森林里走出一条路来,让灌木丛刮破我的衣服,让荆棘刺破我的肌肤,这便将是我的乐趣!这样,我心里就会好受一些!但也不过是"一些"而已!有时,我感到又累又渴,就在途中躺一躺,有时在深夜,一轮满月在天空高挂,我在寂寞的森林里坐在一棵弯曲的树上,使磨破的脚掌减轻些许痛楚,在影影绰绰的月色中,乏人的寂静将我送入梦乡!唉,威廉,一间修道士寂寞的陋室,一件粗羊毛织的长袍和一根荆条腰带便是我的灵魂的清凉剂。再见！除了坟墓，我看不到这痛苦会有尽头。

九月三日

我不得不走了！感谢你，威廉，感谢你坚定了我动摇不定的决心。两星期来我在反复考虑离开她的问题。我必须走了。她又进城到女友家去了。而阿尔贝特……而我……我非走不可了！

九月十日

那是一个黑夜！威廉呀！现在我经受了一切。我将不会再见她！哦，我的挚友，此刻我不能飞来抱住你的脖子，好好哭一场，来表达我狂喜的心情，倾吐冲击我心灵的感情。我坐在这儿，张着大嘴喘气，竭力使自己平静下来，等待黎明的来临。我定的马将在日出时启程。

啊，她现在睡得正稳，不会想到，她永远不会再见到我了。我是咬着牙离开她的，我够坚强的，同她谈了两个小时，就是没有泄露自己的计划。上帝，这是一次什么样的谈话呀！

阿尔贝特答应我，吃完晚饭马上就同绿蒂一起到花园里来。我站在栗树下的坡台上，最后一次目送夕阳抹过可爱的山谷和缓缓的河流，沉入天边。过去我常常同她一起站在这里，也是欣赏这幕壮丽的景象，而现在……

我在这条我十分喜爱的林荫道上徘徊；还在我认识绿蒂之前，这里就有一种神秘而亲切的吸引力，使我驻足不前；我们相识之初，当我们发现彼此都偏爱这小块地方时，我们是多么高兴呀！这地方真是我见过的一件最富浪漫情调的艺术瑰宝。

只有到了栗树之间，你才会有宽阔的视野——啊，我记得，我想我已多次在信里向你说起过，高大的山毛榉形成两道树墙，一片观赏丛林与之相连，林荫道因此变得更加幽暗，末了在它的尽头形成一方与世隔绝的小天地，寂静索寞，令人悚然。我还记得，一天正午，当我第一次走进里边时，心里感到非常亲切；当时我隐隐约约地预感到，在这方天地里，我将会饱尝幸福和痛苦的滋味。

我沉浸在离别的惆怅和再次见面的欢愉中，思绪万千。大约等了半小时，就听到他们往坡台上走来了。我便跑着迎了下去，怀着战栗的心情握住她的手亲吻。我们登上坡台时，月亮正从郁郁葱葱的山岗后面升上来。我们漫无边际地闲聊，不觉已走近了黑魆魆的凉亭。绿蒂走进去，坐了下来，阿尔贝特挨她而坐，我也坐在她身边；可是，我心情不安，难以久坐，我便站起身来，在她面前来回走了一阵，又重新坐下。这处境真让人发怵。这时月光映照在山毛榉墙尽头的整个坡台上，她让我们注意欣赏月光的魅力：这景色真美，因为我们四周围都笼罩在朦胧的幽暗之中，因此那月光辉映之处就越发显得绚丽夺目。我们都没说话，过了一会她先开始说：

"我每次在月光下散步总会想起故世的亲人，死亡、未来等问题总会袭上我的心头。我们都是要死的！"她接着又说，声音里充满壮美的感情："可是，维特，我们死后还会重逢吗？会重新认得出来吗？您怎么想？您怎么说？"

"绿蒂，"我说，同时把手伸给她，眼里滚着泪水，"我们会再见的！会在这里或别处再见的！"

我说不下去了……威廉呀，此刻我心里正充满了离愁别绪，她偏偏又问我这些！

"故世的亲人是否知道，是否感觉得到，我们幸福的时候总是怀着温馨的爱追念他们呢？"她继续说下去道，"哦！当静静的夜晚坐在妈妈的孩子中间，坐在我的弟妹中间，他们围着我，就像当年围着妈妈一样，每当这时，母亲的身影就会浮现在我的眼前。我含着思慕的眼泪仰望天空，但愿她能往屋里看上一眼，看看我是如何遵守在她临终时向她许下的这个诺言的：当她的孩子的妈妈。我深情地呼喊：'倘若他们觉得，我对他们的关心不及你对他们那么周到，那就请你原谅我，最最亲爱的妈妈！哦，我一定做我力所能及的一切，给他们穿好吃好，还有，比这些更重要的是，给他们关怀和爱。你看，我们相处得多么和睦，亲爱的圣洁的妈妈！你一定会怀着最热烈的感激之情赞美上帝，赞美你含着最后的痛苦的泪水祈求他保佑你的孩子的主……'"

她说了这番话！哦！威廉，谁又能把她说的话重复一遍！冷冰冰的、死的文字怎能描画出这美妙的精神之花！

阿尔贝特温柔地插话说："您太激动了，亲爱的绿蒂！我知道，您心里总在想着这些事，但是，我求您……"

"哦，阿尔贝特，"她说，"我知道，你不会忘记那些夜晚，每当爸爸出门去了，我们把孩子都送上了床，这时我们就一起坐在那张小圆桌旁。你常常拿着本好书，但你很少能读下去。和这个美丽的灵魂交流不是比什么事都重要吗？我那美丽、温柔、活泼、勤劳的母亲呀！我常常跪在床上，眼含泪水向上帝祈求：让我也像妈妈一样。我的眼泪上帝是知道的。"

"绿蒂！"我一面喊，一面跪倒在她跟前，拿起她的手，让它浸在我的热泪之中，"绿蒂！上帝会赐福给你，你妈妈的灵魂也会保佑你！"

"您要是认识她该多好，"她一边说，一边握住我的手，"她是值得您认识的！"——听了这话，我差点儿晕了。还从来没有人以如此崇高、如此敬佩的话称赞过我呢。她接着又说："妈妈去世时正当锦瑟年华，最小的儿子还不满六个月！她得病时间不长，死的时候很平静，也很安详，只是心疼孩子，特别是最小的孩子。临去时她对我说：'把他们都叫上来！'我把他们领进房里，几个小的还不懂事，大的则不知所措，大家都在病床四周站着，妈妈举起双手为他们祈祷，挨个吻了他们，就让他们出去。这时她对我说：'当他们的妈妈吧！'我把手伸给她，向她作了保证。'你答应的事，担子可不轻呀，我的女儿！'她说，'要有母亲的心，母亲的眼睛。我常从你感激的眼泪中看出，你体会到了当母亲的分量。对弟妹你要有母亲的慈爱，对父亲你要有妻子的忠诚和顺从。你会给他安慰的。'接着她问起父亲。父亲为了不让我们看到他揪心裂肺的悲痛，走出去了，作为丈夫，他已经乱了方寸。阿尔贝特，当时你也在房里。她听见有人走动，便问是谁，并要你到她跟前去。她以欣慰和安详的目光注视着你和我，相信我们是幸福的，我们两人在一起是幸福的……"

阿尔贝特一下搂住她的脖子，一边吻她一边大声说道："我们是幸福的！将来也会是幸福的！"冷静的阿尔贝特完全失去了自制力，我自己也是百感交集，惘然若失。

"维特，"她接着又说，"这样一位女性，竟要让她谢世而去！上帝呀！有时我想，当生活中最爱的人让人抬走的时候，最感到伤心的是孩子，很久以后他们还在抱怨穿黑衣服的人抬走了妈妈！"

她站了起来。我也清醒了，感动之极，继续坐着，握着她的手。

"我们走吧，"她说，"已经很晚了。"

她想把手缩回去，但我却把它握得更紧。

"我们会再见的，"我大声说道，"我们会重聚的，无论变成什么模样，我们互相都会认出来的。我走了，"我接下去又说，"我是心甘情愿地走的，可是，要我说出'永远'两个字，我却经

58

受不了。再见了，绿蒂！再见了，阿尔贝特！我们会再见的。"

"我想是明天。"她戏谑地说。

明天！这意味着什么啊！唉，她从我手里抽回她的手时，她还全然不知呢……

他们朝林荫道走去，我站着，目送他们在月光中离去。我扑倒在地，放声大哭，随后又一跃而起，奔上坡台，还看得见下面高大的菩提树的阴影里，她白色的衣裙闪烁着朝花园大门走去，我伸出双臂，这时她的身影已经消失了。

下　篇

一七七一年十月二十日

昨天我们到了这里。公使身体不舒服，要在家里休息几天。他要是对人不怎么厉害，那一切都会好的。我发觉，我发觉，命运给了我严峻的考验。我要鼓起勇气！心情愉快什么都可以承受得住！心情愉快？这话竟出于我的笔下，真让我好笑。哦，只要稍为愉快一点，我就是天底下最幸福的人了。什么！别人有了一点儿精力和才能便在我面前自鸣得意、搬唇弄舌了，我干吗要怀疑自己的才能和禀赋？仁慈的上帝，我这一切都是你赐予的，你为什么不留下一半，另给我以自信和满足呢？

要有耐心！有耐心！情况会好转的。我要对你说，亲爱的朋友，你的话是对的。自从我每天到老百姓中间去转转，看看他们在干些什么，是怎么忙活的，我对自己就满意多了。确实，我们天生就是如此，总要拿别人同自己相比，拿自己同别人相比，在相互比较中就显出了幸福和痛苦，所以，最大的危险莫过于孤独寂寞了。我们的想象力受到天性的激发，又受到诗歌中奇妙的幻象的熏陶，

59

往往臆造出一系列高大的人物形象来，而我们自己是最低下的，似乎除了我们自己，一切都美好无比，别人都比自己完美。这种想法是十分自然的。我们常常感到自己缺少某些东西，并觉得别人所具有的，正是我们身上所缺少的，此外我们还把自己所有的一切，都统统给了别人，还赋予他们某种理想的怡然自得的情绪。于是，幸运者便完美无缺了，实际上他只是我们自己臆造的产儿。

反之，如果我们竭尽自己虚弱和疲惫之力，一个劲地勇往直前，那么我们往往便会发现，尽管我们步履蹒跚，而且逆风而行，却比那扬帆使桨的人走得更远——而且——如果能同别人并驾齐驱或者甚至超而过之，就会真正感觉到对自己充满了信心。

十一月二十六日

我开始十分勉强地适应此地的生活了。最妙的是，这里有许多事情可做；此外，各式各样的人，形形色色的新形象在我的心灵之前展示了一场多姿多彩的戏剧。我认识了 C 伯爵，他是个思想开明，又很有抱负的人，令我对他的敬重与日俱增；他见多识广，所以对人并不冷淡；同他的交往中他表现出极重友情、富有爱心。他很关心我，有次我到他府上去办一件公事，一经交谈，他便发现我们彼此十分投机，他可以同我畅怀叙谈，而这一点他并不是同每个人都能做到的。他对我推心置腹，举止坦率，我怎么赞誉也不为过。能见到一颗伟大的心灵，一个对人敞开胸怀、以诚相待的人，真是人世间温馨的乐事。

十二月二十四日

公使真让我烦死了，这是我预料到的。他是个拘泥刻板、仔细精确到极点的笨蛋，世上无人能出其右；此公一板一眼，唠唠叨叨，像个老婆子；他从来没有满意自己的时候，因此对谁都看不顺眼。我办事喜欢干脆利索，是怎么样就怎么样；他却会在把文稿退给我的时候说："满不错，但请再看看，总是可以找出更好的字和更合适的小品词来的。"真要把我气疯了。少用一个"和"，省掉一个连接词都是不允许的，有时我不经意用了几个倒装句，而他则是所有倒装句的死敌；如果复合长句没有按照传统的节奏来写，那他根本就看不懂。要和这么一个人打交道，真是一种痛苦。

冯·C 伯爵的信任是我得到的唯一安慰。最近他极其坦率地对我说，他对我的这位公使慢慢腾腾、瞻前顾后的作风很不满意。"这种人不仅自找麻烦，也给别人添麻烦。可是，"他说，"可是我们又只好去适应，就像是必须翻过一座大山的旅行者；当然，如果没有这座山，走起来就舒服得多，路程也短得多；现在既然有这座山，那就得翻越过去！"我的上司大概也觉察到伯爵比他更赏识我，因而耿耿于怀，便抓住一切机会，在我面前大讲伯爵的坏话。我当然要加以反驳，这样一来，事情只会更糟。昨天他简直把我惹火了，因为他的一番话把我也捎了进去：说起办事嘛，伯爵倒是轻车熟路的，还相当不错，笔头子也好，可就是跟所有爱好文艺的人一样，缺少扎实的学识。说到这里，他脸上显露的那副神色仿佛在问："感到刺着你了吗？"但是，这对我不起作用；对于居然会这样想、会采取这种态度的人，我根本就瞧不起。我毫不让步，并以相当激烈的言辞进行反击。我说，无论是在人品还是学识方面，伯爵都是一位不得不让人尊敬的人。"在我认识的人中，"我说，"还没有谁能像伯爵那样，善于拓宽自己的才智，并把它用来研究各种各样的具体问题，又能把日常事务处理得井井有条。"我这些话对于他这个狭隘的头脑来说，简直是对牛弹琴，为了不继续为这些愚蠢的废话再咽下一把怒火，我便告辞了。

这一切全怪你们，是你们喋喋不休地让我套上这副枷锁的，而且还给我大念什么要有所"作为"的经。作为！倘若种土豆和驾车进城出售谷物的农民不比我更有作为，那我就甘愿在这条锁住我的奴隶船上再服十年苦役。

聚集在此地的那些令人讨厌的人，表面的光彩掩盖着他们的精神贫乏和空虚无聊！为了追逐等级地位，他们互相警觉，彼此提防，人人都想捷足先登；这种最可悲、最可怜的欲望竟是赤裸裸的，一丝不挂。比如此地有个女人，逢人便大讲她的贵族头衔和地产，以至于每个陌生人都必然会想：这是个傻子，以为有了点门第和地产便了不起了——但是，更恼人的是，该女人正是此地邻近地方一位文书的女儿——我真不懂，你看，一个人如此鲜廉寡耻，那还有什么意思。亲爱的朋友，我日益清楚地觉察到，以己之心去度他人之腹，是多么愚蠢。我自己的事还忙不过来，心情又是如此激荡……唉，我乐得让别人走他们自己的路，只要他们也能让我走我的路。

最令我气恼的，便是市民阶层的可悲的处境。虽然我同大家一样非常清楚，等级差别是必要的，它也给了我自己不少好处，只是它不要挡着我的路，妨碍我去享受人世间尚存的一点快乐和一丝幸福。最近，我散步时认识了一位冯·B小姐，她是位可爱的姑娘，在呆板的生活环境中仍保持着许多自然的天性。我们谈得很投机，分别时我请她允许我到她家去看她。她非常大方地答应了，我几乎等不及约好去她那儿的那一刻了。她不是本地人，住在这里的姑妈家。老太太的长相我不喜欢，但对她十分尊敬，我多半是跟她交谈，不到半小时，我基本上了解了她的情况，后来B小姐自己也跟我谈了：亲爱的姑妈这么大年纪了仍是一贫如洗，既无与其身份相称的产业，也无才智，除了祖先的荣耀并无别的依托，除了仰仗门第的隆荫外，并无别的庇护，除了从楼上俯视下面市民的脑袋之外并无其他乐趣。据说她年轻时很漂亮，生活逍遥自在，像只翩跹而舞的蝴蝶，起初以她的执拗任性折磨了许多可怜的小伙子；到了中年就纤尊降贵，屈就了一位俯首帖耳的老军官。他以此代价和殷实的生活同她一起共度艰辛的暮年，后来便先去了极乐世界。她现在形单影只，晚景如斯，要不是她侄女如此可爱，谁还去理睬这位老太太。

一七七二年一月八日

人啊，真不知是怎么回事，他们的全部心思都放在了虚文浮礼上，成年累月琢磨和希冀的就是宴席上自己的坐位能不断往前挪！这倒并非他们没有别的事情可做：不，工作多得成堆成堆的，正因为他们都热衷于种种伤脑筋的琐事，才耽误了去办重要的事。上星期乘雪橇出游时就发生了一场争吵，真是扫兴。

这帮傻瓜，他们看不到，位置其实是没有什么关系的，坐首席的很少是第一号角色！正如有多少国王是通过他们的大臣来统治的，多少大臣又是通过他们的秘书来统治的！谁是第一号人物呢？窃以为是那个眼光过人、又拥有很大权力或工于心计、能把别人的力量和热情用来实现自己计划的人。

一月二十日

亲爱的绿蒂，为躲避一场暴风雪。我逃进一家农舍小客店，在这里的房间里，我得给您写信了。只要我呆在 D 镇可悲的巢穴里，周旋于陌生的、对我的心来说是完全陌生的人群中，我就没有片刻工夫，没有片刻可以使我的心叫我给您写信的工夫；现在，在这所茅舍里，寂寞、狭隘，雪花和冰雹猛烈地扑打着小小的窗户，我第一个想到的就是您。我一进门，您的身影便浮现在我眼前，对您的思念就袭上我的心头，哦，绿蒂，这是多么圣洁，多么温馨！仁慈的上帝！第一个幸福的瞬间又出现了。

我最亲爱的，要是您能看到，就会知道，我心绪不定，神情恍惚，这股狂澜把我淹没了！我的神智完全枯竭了！我的心没有片刻的充实，也没有片刻的欢乐！什么也没有！什么也没有！我像站在一架西洋镜前，看着小人小马在我眼前转来转去，我常常问自己，这是不是光学的骗局。我自己也在参加表演，更多的是像个木偶似的被人耍，有时我握着旁边一人的木手，吓得赶忙缩了回来。晚上，我打算欣赏日出，可就是起不了床；白天，我希望观赏月色，但又一直呆在房里。我真不明白，我为什么起床，又为什么睡觉。

使我的生活活跃起来的酵母没有了；使我深夜里仍然精神饱满的魅力消失了；早晨把我从沉睡中唤醒的诱惑力也荡然无存了。

这里我发现的唯一的女性就是冯·B小姐。她很像您，亲爱的绿蒂，如果有人可能像您的话。"哎哟！"您准会说，"你这人真会献殷勤！"这话倒不见得完全不对。近来我很讲究礼貌，也很机灵，不得不这样呀！女士们说，我说起赞美的话来悦耳动听，谁也比不上我。（您会加上一句：还会说谎。说谎是免不了的。您懂吗？）还是让我谈谈 B 小姐吧。她感情很丰富。从她的一双蓝眼睛里就可以看得出来。门第成了她的负担，满足不了她的任何心愿。她渴望离开这喧嚷的地方，有时候我们一起幻想纯净幸福的乡村生活；啊，还谈到了您！她往往不得不崇拜您，不是"不得不"，而是自愿的，她很喜欢听我谈起您，她爱您……

哦，我真想在您那亲切、可爱的小房间里坐在您的脚前，看着我们可爱的小家伙在我们身边互相翻滚戏耍，要是您觉得他们太吵，我就让他们围在我身边，静静地听我给他们讲可怕的故事。

太阳在白雪闪烁的原野上壮丽地沉落下去,暴风雪过去了,而我……又得关进我的笼子里。再见!阿尔贝特在您身边吗?您怎么样?上帝宽恕我提出这个问题!

二月八日

连续八天,这里的天气坏极了,但我却很惬意。因为到这里以后,每个阳光灿烂的日子总是让人来糟蹋了,搞得索然无味。碰上下雨、下雪、严寒、化雪天气,哈!我心里想,这下好了。呆在屋里并不比在外面差,或者反过来,到外面去倒也不坏。每当早晨太阳升起,晴朗的一天开始时,我便禁不住要喊:这又是一份天赐财富,他们互相又可以你争我夺了!任何东西他们彼此都在你抢我夺,比如健康啦,好名声啦,欢乐啦,休息啦!多半是出于愚昧、无知和狭隘,要是听他们自己说,那个个都是菩萨心肠。有时我真想跪下来求他们,不要那么发疯似的点燃心头无名怒火。

二月十七日

我担心,公使和我的共事不会长了。此公真让人没法忍受。他的工作和办事方式极其可笑,以至我忍不住要违背他的意愿,往往按我自己的想法和方式行事,因此当然从来都不合他的心意。为此他最近到宫廷去告了我,部长给了我一次警告,虽然很温和,可总是警告呀。我正打算提出辞呈,正好收到他一封私人信。对这封信我不得不五体投地,对信里崇高、高尚和睿智的思想只有顶礼膜拜。他责备我过于感情用事,认为我在工作效益、影响别人和熟悉业务方面的偏激的想法是年轻人良好的勇气,他表示尊重,并不要求消除这些想法,只是要设法使之缓和一些,并把它们引导到能够真正发挥作用、产生有力影响的地方去。八天来我增强了信心,心情也舒畅了。心灵的平静是非常珍贵的，它本身就是快乐。亲爱的朋友，要是这美丽而宝贵的珍宝，不那么容易碎，该有多好。

二月二十日

愿上帝保佑你们，亲爱的朋友，但愿他把从我这儿扣掉的美好日子统统赐给你们！

感谢你，阿尔贝特，感谢你瞒过了我：我一直等着你们结婚的消息，并打算在那一天隆重地从墙上取下绿蒂的剪影，把它放在别的文稿之中。现在你们已成佳偶，她的肖像仍然挂在这里！好，就让它挂着吧！为什么不挂着呢？我知道，我也留在你们那儿，留在绿蒂心里，并不损害你，我在她心里，是的，在她心里占着第二个位置，我愿意而且必须保持这个位置。哦，倘若她忘掉了我，那我定会发疯的……阿尔贝特，这个想法太可怕了。阿尔贝特，再见！再见，天使！再见，绿蒂！

三月十五日

我碰到一件倒霉事，它将会把我从这里赶走的。我气得把牙齿咬得吱吱响！真是活见鬼，这事还无法补救，这都是你们的过错，你们鼓励我，催促我，折磨我，要我接受一个不合自己心意的职位。这下我有好果子吃了！这下你们有好果子吃了！为了你不又说，一切都是我的偏激思想弄糟的，这里我就给你，亲爱的先生，简单明了地讲讲这件事吧，就像是编年史家把它记录下来的一样。

冯·C伯爵喜欢我，器重我，这事谁都知道，我也对你说过一百遍了。昨天我在他家吃饭，刚巧那天晚上贵族社会的先生太太要在他家聚会，这事我想都没有想过，也从未留神我们下属不能参加。好吧。我在伯爵府上吃饭，饭后我们在大厅里来回走走，我和伯爵聊了会，又和来参加聚会的 B 上校谈了一阵，这样，聚会的时间就快到了。上帝知道，我什么都没有去想。这时最最高贵的冯·S 夫人带着丈夫和孵化得很好的小鹅，那位胸脯扁平、穿着紧身胸衣的千金小姐进来了，走过的时候瞪着世袭贵族的眼睛，鼻子翘得老高。对这号人我从心里就反感，正等着伯爵无聊的应酬一完，我就告辞，正在这时，我的 B 小姐进来了。我见到她，心里总有几分欣喜，所以就没有走，站在她的椅子后面，过了一阵子我才发现，她跟我谈话没有平时那么坦率，而且有点发窘。这事引起了我的注意。难道她也和那些人一样，全是一丘之貉？我想着，心里好像被捅了一刀似的，就想走了。但我并没有走，真希望要向她道歉，我不相信她真会是这种态度，还希望听到她的一句好话以及——随你怎么想好了。这期间到了很多人，大厅里挤得满满的。来的人中有 F 男爵，穿戴着弗朗茨一世加冕时的全套行头；有在这种场合按其贵族身份称他为冯·R 大人的宫廷顾问 R，带着他的聋子夫人，等等；那位穿得很寒酸的 J 也不应忘掉，他那套老古董礼服上的窟窿用时兴的布头打了不少补丁。物以类聚，这帮人都凑到了一起。我便和几个认识的人交谈，但他们个个都只有三言两语，爱理不理的样子。我想……我只留意我的 B 小姐，没有觉察到女人们都在大厅的一端交头接耳，窃窃私语，也没有发觉这种气氛也影响到了男人，冯·S 夫人在同伯爵说些什么（这些都是 B 小姐后来告诉我的），直到末了伯爵朝我走来，把我领到窗户边。

"我们这种奇特的关系您是知道的，"他说，"我发现，参加聚会的人见到您在这儿都很不满意。我本人是说什么也不愿……"

"阁下，"我接下他的话说，"千万请您原谅；我本该早就想到的，我知道，您会宽恕我没有当机立断的；本来我早就要告辞了，却让一位恶女神把我留住了。"我笑着补充了一句，同时鞠了一躬。

　　伯爵深情地握着我的手,一切尽在不言中。我悄悄溜出聚会,在外面坐上一辆双轮马车,向 M 地驶去,在那儿站在山上观赏日落,同时吟诵荷马描写奥德修斯受到好心的猪倌款待的诗篇。这一切多好啊。

　　傍晚我回来吃饭,饭厅里只剩了几个人;他们都聚在一角掷骰子,把桌布推在一边。这时诚实的阿德林进来了,见了我便脱下帽子,朝我走来,并低声说:

　　"你碰到不顺心的事了吧?"

　　"我?"我问。

　　"伯爵把你逐出了聚会。"

　　"让聚会见鬼去吧!"我说,"我倒是很喜欢到外面来呼吸点新鲜空气。"

　　"那好,"他说,"你倒没有把这事放在心上。这事到处都传开了,真让我生气。"

　　这时我才开始对这事感到恼火。所有的人,所有来吃饭的人都盯着我,我想,他们都是看你的热闹的!这么一想,直气得我火冒三丈。

　　甚至在今天,我走到哪儿,哪儿的人就对我表示同情,我听见那些妒忌我的人得意洋洋地说:这下看见了,那些狂妄自大的家伙是个什么下场,他们自以为有点小聪明就趾高气扬,以为可以把什么都不放在眼里了。诸如此类的狗屁话还不少。我真恨不得拿起刀来扎进自己的心窝。当然,人家爱说什么就让他去说,可是我倒要看看,谁能受得了让这帮无赖占了他的上风,对他说三道四;如果说他们讲的这些全是空穴来风,那倒可以不把他们放在心上。

三月十六日

什么事都让我生气。今天我在林荫道上遇见了 B 小姐，我忍不住先向她打了招呼。等我们离别人稍远一点时，我就向她表示，她最近的态度使我受到极大的伤害。

"哦，维特，"她语调亲切地说，"您是了解我的心的，怎么能这样来解释我当时的迷惘呢？从我踏进大厅的一刻起，我为您受了多大的痛苦呀！这一切我都预见到了，想告诉您，话都千百次到了嘴上。我知道，冯·S 夫人和冯·T 夫人宁肯带着她们的丈夫一起退场，也不愿跟您一起参加晚会；我知道，伯爵也不会甘愿去得罪他们。现在竟闹得沸沸扬扬了！"

"闹成什么样了，小姐？"我问，竭力掩饰着内心的惊吓；这一瞬间，阿德林昨天告诉我的那些事，就像沸腾的开水一样，在我血管里奔流。

"我付出了多大代价啊！"说着，可爱的人儿眼睛里已饱含了泪水。

我控制不住自己了，准备扑倒在她的脚下。

"请您说说您自己受的委屈吧！"我大声说道。

眼泪从她的脸颊上往下流。我激动极了。她毫不掩饰地擦干眼泪。

"我姑妈您是认识的，"她开始说道，"她也在场，并且……哦，是以什么样的眼光看着的哟！维特，昨天夜里我熬过来了，今天早上为了我同您交往的事挨了一顿教训，我不得不听着她贬低您，污辱您，我只能，也只允许我为您进行一点点辩白。"

她说的每句话都像一把利剑，刺透我的心房。她体会不到，要是不把这些告诉我，那是多大的慈悲。她接着又告诉我，人家还散布了哪些流言蜚语，有些人为此又是如何洋洋得意，她说，这帮家伙早就指责我狂妄自大、目中无人，现在正为我受到的惩罚而幸灾乐祸，喜不自胜。威廉呀，听了她以最真诚的同情的声音说的这一切，我心烦意乱，怒火中烧。我真希望有人胆敢当面指责我，我好一刀戳穿他的身子；要是见到了血，我心里兴许会好受些。啊，我已经上百次拿起刀子，想在胸口捅上一刀，好透一透憋在心里的闷气。据说有一种宝马，要是被激怒了，赶急了，它就会本能地咬破自己的血管，好透透气。我常常也是这种情形。我也要割断一根血管，使自己获得永恒的自由。

三月二十四日

　　我已向朝廷提出辞呈，希望能够获准。我没有先征得你们的同意，你们会原谅我的吧。我是不得不走了，你们会劝我留下，你们要说的话我全都明白，那么……请将此事婉转地告诉我母亲，我自己实在想不出什么法子，如果我不能让她满意，那只好请她自己放宽心了。当然，她一定很难过。她本来可以指望儿子当上枢密顾问和公使的，现在竟看着他一下子就把这个锦绣前程断送了，又牵着马回到了马圈！你们爱怎么想就怎么想，也可以提出种种我能够留下和应该留下来的理由，可是一句话，我要走了。告诉你们，我要去的地方就是这里的侯爵那儿。他很乐意同我结交，得知我的意向后，便邀请我同他到他的庄园去，共度美好的春天。他答应，一切都由我自己决定，因为我们一起在许多问题上都能相互理解，所以我就想碰碰运气，跟他一起去。

补　记

四月十九日

　　感谢你的两封来信。我没有回复，因为我把信压下了，等朝廷批准我的辞呈；我担心母亲会去找部长，给我的计划增加困难。但是，现在好了，我的辞呈批下来了。我真不愿告诉你们，他们很舍不得让我走，部长给我的信里是怎么写的——你们知道了又会埋怨的。王储送给我二十五个杜卡登作为辞职金，总之，我感动得流下了眼泪。上次我曾写信向母亲要钱，现在不需要了。

五月五日

明天我就要离开这里，经过的地方离我的出生地只有六里路，因此我想再去看看，重温往日那些充满幸福梦想的日子。父亲去世以后，母亲带着我走出大门，离开了这个亲切可爱的地方，蛰居在难以忍受的城里，这次我要从那个大门里进去。再见，威廉，我会把旅途中的情况告诉你的。

五月九日

我怀着朝圣者的虔诚结束了对故乡的朝拜，一些意想不到的感情使我激动不已。在离城还有一刻钟通往 S 地路旁的那棵大菩提树跟前，我让邮车停下，下车后便让邮车继续往前，我则安步当车，随心所欲地重新生动地品味对往事的回忆。我站在菩提树下，这棵树是我童年时散步的目的地和界限。多大的变化啊！那时我天真烂漫，少不更事，渴望到外面陌生的世界去，好使我的心吸取营养，享受欢乐，使我奋发向上和充满渴慕的胸怀得到充实和满足。现在我从广阔的世界回来了。

哦，我的朋友，我回来了，带来的却是破灭的希望，失败的计划！我望着面前的高山，当年我曾千百次想去攀登。我可以在这里一连坐上几个小时，渴望越过高山，在森林和山谷中神游，在我眼前显得如此亲切、朦胧的森林和山谷中神游；到了该回家的时刻，我离开这个可爱的地方时，是多么恋恋不舍哟！

离城越来越近了，我向所有往日熟悉的花园房舍问候，而那些新建的，以及作了改动的房舍则使我反感。一进城门，我立即完完全全找到了自己的童年。亲爱的，我不想一一细说了；这一切对我来说是多么迷人，但说起来恐怕是非常单调的。我决定在集市上投宿，就挨着我们的旧居。在往那儿去的路上我发现，那间教室，那个我们在一位诚实的老太太管束下度过了童年的地方，现在已成了一家杂货铺。我回想起当年在这间斗室里所经历的不安、哭泣、神志的昏朦和心灵的恐惧。

每走一步也感触良多。一个朝圣者到了圣地也不会遇上这么多记忆中的圣迹。他的心灵也难以盛满这么多神圣的激动。

我还要说一说记忆中千百个经历中的一件。我沿河而下，来到一个农家；这也是我当年常走的路，那时我们男孩子常在那里用扁石块练习往水里打飘飘，看谁打的水飘儿最多。我还印象鲜明地记得，有时我站在那里，注视着河水，脑子里怀着奇妙的想象随着河水流去，想象着河水流去的地方定是稀奇古怪的，不一会我的想象力就到了尽头；但是，我的思绪还在继续驰骋，还在不停地驰骋，直至消失在看不见的远方。

你看，亲爱的朋友，我们杰出的先祖见识多么局限，却又这么幸福快乐！他们的感情，他们的诗歌又是多么天真！奥德修斯谈起无垠的大海和无际的陆地时，是多么真实、感人，多么亲昵、贴切和神秘啊！现在我能对每个学生说地球是圆的，对我又有何用？人只要一小块土地便可在上面安居乐业了，而用来安息的，有一蜷黄土就够了。

现在我到了侯爵的猎庄上。这位爵爷为人真诚，纯朴，同他很好相处。但他周围的人却很奇怪，我完全不能理解。他们似乎并非卑鄙小人，但也不像正人君子的样子。有时我觉得他们是正派的，可是我仍不能予以信任。我最感到遗憾的是，侯爵所谈之事往往是道听途说的或是书上看到的，他对事情的看法全是别人向他介绍的，没有他自己的见解。他也很器重我的智慧和才能，但不太重视我的心，可是我的心才是我唯一的骄傲，唯有我的心才是我一切力量、一切幸福和一切痛苦的源泉。啊，我知道的，人人都知道——唯有我的心才为我所独有。

五月二十五日

我脑子里曾有过一个打算，在计划实现以前原本不想告诉你们的：现在计划已成泡影，所以说了也无妨。我本想去从军的，这事我在心里已经盘算很久了。主要是由于这个原因，我才跟侯爵到这里来，他现任某地的将军。有次散步时我向他透露了自己的打算；他劝我打消这个念头，说除非我真是出于热情，而不是一时心血来潮，否则还是听从他的劝告好。

六月十一日

你爱怎么说就怎么说吧，我可不能再在这里呆下去了。要我在这儿干什么？我觉得日子真是长得无聊。侯爵待我很好，真是好得没法再好了，但我总觉得不对劲儿。我们彼此之间根本没有共同之处。他是一个有理性的人，不过他的理性极其一般；同他交往真还不如去读一本书来得愉快。我还在这儿呆八天，然后我又将漂泊四方。我又拿起笔来作画了，这是我在这里所干的最出色的事。侯爵颇有艺术感受力，如果他不是被那些讨厌的科学概念和普通术语框住，那他的理解力还会强得多。有时候，正当我怀着热烈的幻想向他畅谈自然和艺术的时候，他却自鸣得意地一下子插上一句关于艺术的陈词滥调，真把我气得咬牙切齿。

六月十六日

是呀，我只不过是个漂泊者，尘世间的匆匆过客！难道你们就不是吗？

六月十八日

我要去哪儿？让我向你敞开我的心扉吧。我还得在这儿呆十四天，然后我打算去参观某地的矿山；其实，这并不是我的目的，我只是想再挨绿蒂近一些，仅此而已。我自己也在笑我这颗心——不过我还是顺从了它的愿望。

七月二十九日

不，这很好！一切都妙极了！……我……她的丈夫！呵，上帝，你创造了我，要是你赐给我这个福分，我会向你祈祷一辈子的。我不会抱怨，宽恕我的这些泪水，宽恕我的这些非分之想吧！……她，做我的的妻子！假如我能把这天底下最最可爱的人儿紧紧搂在怀里……每当阿尔贝特搂住她的纤腰时，威廉呀，我全身就会战栗不已。

我可以披露真情吗？为什么不可以，威廉？她跟我在一起会比跟他在一起更幸福！哦，他不是能够满足她的全部心愿的人。他缺乏某种感情，缺乏……随你怎么想吧；在读到一本心爱的书中的某一处……哦……我和绿蒂就会有一种心灵的交融，而他的心却不会有共鸣；更有许许多多次，当我们说出对某个人的行为的看法时，情况也是如此。亲爱的威廉！……虽然他实心实意地爱她，但这样的爱当之有愧！

一个令人讨厌的家伙打断了我。我的泪水已经擦干。我心烦意乱。再见，亲爱的！

八月四日

也不只我一个人的情况是这样。每个人的希望都成了泡影，每个人的期望都受了欺骗。我去看望了菩提树下的那位善良的妇人。她的大儿子欢叫着朝我跑来，听到叫声他母亲也来了。她脸上的样子很是忧郁，见了我，她的第一句话便是："好心的先生，唉，我的汉斯已经死了！"

汉斯是她最小的儿子。我默然无语。

"我的丈夫，"她说，"已经从瑞士回来了，两手空空，什么也没有带来，要不是遇上好人，他真得沿途乞讨了。一路上他发着高烧。"

我不知对她说什么好，就给了孩子一些钱；她请我拿几个苹果走，我接受了，随后便离开了这个令人伤心的地方。

八月二十一日

一转眼的功夫，我的情况就完全变了。有时生活又透出一缕欢乐的光辉，啊，可惜只有一瞬间！每当我沉湎于梦幻之中，我便禁不住会想："假如阿尔贝特死了，会怎样呢？你就会……是的，她也会……"于是，我就想入非非，直至到了万丈深渊的边缘，才吓得胆战心惊地缩回来。

我出了城门，沿着我第一次去接绿蒂参加舞会的那条路走去。一切都变了！一切，一切都成了过眼烟云！昨日世界的踪影已经全然无存，我那时激荡的感情亦已消逝。我觉得就像是一个幽灵回到了已遭焚毁的城堡——他当年身为显赫的侯爵建造了这座城堡，并把它装饰得金碧辉煌，临终时满怀希望留给了他的爱子，可是现在城堡已经成了一片废墟。

九月三日

有时我真不理解，怎么有另一个人能够爱她，可以爱她，殊不知我爱她爱得如此真切，如此忘情，如此情意，可对她我什么也不了解，什么也不知道，什么也没有呀！

九月四日

是的。事情正是这样。正像自然界已经临近秋天，我的心里和我周围也是一派萧飒秋意了。我的树叶正在变黄，近处的树木已经在落叶了。我刚来这里时，不是曾经对你讲起过一位青年农民吗？现在我又在瓦尔海姆打听他的情况；听说他已被解雇，被撵走了，谁也不愿再去了解他的情况了。昨天我在通往另一个村子的路上遇见了他，我向他打招呼，他给我讲了他的故事，使我倍受感动，要是我再把他的故事讲给你听，你定会容易理解的。可是说这些干什么呢？干吗不把这令我担忧、使我难受的事保留在自己心里呢？干吗还要来使你伤心呢？干吗我要不断给你机会让你来怜悯我，骂我呢？莫非我的命运也是如此！

我问起他的情况，这位青年农民回答的时候神态显得有种默默的哀伤，我觉得还有几分羞涩；但是，仿佛他一下子重新认识了自己和我似的，马上就变得极为坦率了。他向我承认了自己的错误，开始悲叹自己的不幸。我把他的每一句话都告诉你，我的朋友，请你来审判吧！

他承认，他甚至是怀着品味往事的幸福心情告诉我说，他心里对女东家的恋情与日俱增，后来简直乱了方寸，不知道自己该干什

76

么，该说什么，整天魂不守舍。他吃不进，喝不下，睡不着，嗓子眼里好像堵住了一样，不该做的事，他做了；交待给他的事，他忘了。他仿佛中了邪似的，直到有一天他得知她在楼上房里，于是便追了去，其实是一步步跟着她去的；因为她不肯倾听他的请求，他竟想对她施暴；他自己也弄不清是怎么回事，上帝作证，他对她的意图始终是真诚的，他只想要她嫁给他，同他过一辈子，除此以外，并无别的邪念。他已说了好一阵，所以开始有些停顿了，就像一个人明明还有话要说，但又吞吞吐吐地说不出口。最后他羞答答地向我坦白，她允许他可以有一些小的亲热的表示，还容许他贴近她。讲的过程中他曾中断二三次，一再信誓旦旦地说，他说这些并不是为了败坏她的名誉，他还像以前一样爱她，尊敬她，还说，这样的事从未从他口中透露过，他所以告诉我，只是要让我相信他并不完全是个脑袋发昏的荒唐的人。

我的挚友，说到这里我又要唱那支百唱不厌的老调了：要是我能让你对这个曾经站在我面前，现在还站在我面前的人有个鲜明的印象，那该多好！要是我能毫不走样地告诉你这一切，好让你感觉到我对他的命运有多么同情，又不得不同情，那又该多好！不过，够了，因为你也了解我的命运，也了解我这个人，所以你一定也非常清楚，我为什么关注所有不幸的人，尤其是这个不幸的人。

我重读了这封信，发现忘了讲这个故事的结局，不过这个结局并不难猜想。她拒绝了他；她的弟弟对他本来怀恨已久，早就想把他从家里撵出去，所以这时也插手加以干涉，这是因为他担心，姐姐再婚后他的孩子就要失去财产继承权，她没有孩子，所以现在她弟弟的孩子来继承她的财产的希望是十拿九稳的。因此她弟弟立刻就把他赶出家门，并且把事情闹得沸沸扬扬，使得女东家即使想要再雇他也不可能了。现在她又另雇了一个长工，据说为了这个长工她又同弟弟吵翻了，有人十分肯定地说，她准会嫁给他的，可是她弟弟却坚决不让她再嫁人。

我对你讲的这些，绝无夸大，也无粉饰，甚至可以说讲得平淡无味，极不生动，而且用的是我们历来习惯的一本正经的言辞，所以也就不能讲得丝丝入扣。

这样的爱情，这样的忠诚，这样的激情绝非文学的虚构。它确实存在着，这样纯真的爱情就存在于我们称之为没有教养的粗人的那个阶级之中。我们这些有教养的人，一个个都被教育成糊涂蛋了！我请你以虔诚的态度读一读这个故事。我今天写下它的时候，心情是平静的；你从我的字迹可以看出，我不像往常那样写得龙飞凤舞，乱涂一气。读吧，亲爱的朋友，读的时候你该想到，这也是你朋友的故事啊！是呀，我过去的境遇就是这样，将来也是这样。我的勇气，我的决心还没有这位可怜的不幸者的一半，我简直怀疑自己能否与他相比。

九月五日

她丈夫因事还逗留在乡下，她给他写了一张便笺。信是这样开头的：

"最好的、最亲爱的，一旦能够脱身，就快回来，我怀着无穷的喜悦在等你。"

来了一位朋友，捎来消息，说他因故还不能马上回来。她写的便笺还在那儿放着，晚上落到了我手里。我读着，微微笑了起来；她问我因何而笑？

"想象力真是上帝的赐予，"我大声说，"一瞬间我竟异想天开，仿佛觉得这张便笺是写给我的呢。"

她没有说活，似乎不大高兴，我也沉默不语。

九月六日

我好不容易才下决心，把我第一次同绿蒂跳舞时穿的那件朴素的蓝燕尾服脱了下来。这件衣服穿到后来已经旧得穿不出去了。我又让人照原样做了一件，领子、翻边袖口也和原来这件一模一样，还配了黄坎肩和黄裤子。

可是这套新衣服穿起来总不及原先那套称心。我不知道……我想过些时候大概也会喜欢的。

九月十二日

为了去接阿尔贝特，她外出了几天。今天我走进她的房间，她便向我迎来，我欣喜若狂地吻了她的手。

一只金丝雀从镜台上飞来，落在她的肩上。

"一位新朋友，"她一边说，一边把鸟儿诱到自己手上，"这是给我的弟妹们的。这鸟儿太可爱了！您看！每当我给它喂面包，它就扑腾着翅膀，乖乖地啄食。您瞧，它还吻我呢！"

她向小鸟撅着嘴，它便将喙子凑到她的两片芳唇上，仿佛小鸟儿也能体会到它所领受的这份幸福。

"让它也来亲亲您。"她说着便把小鸟递了过来。

小鸟的喙儿筑起了一条从她的嘴唇通往我的嘴唇之路，它的喙儿和我的嘴唇轻轻一触，我仿佛就闻到了她的一缕甘美的气息，领受了她的绵绵情意。

"它的吻并非完全没有欲求，"我说，"它在寻找食物，光是空空地亲热一下它并不满足，又要缩回去的。"

"它还从我嘴里吃东西呢。"她说。

她用嘴唇夹了些许面包屑喂它，她的唇上绽出了欢乐的微笑，透着天真无邪的爱怜。

我转过脸去。她不该这样做，不该用这种天真无邪、销魂荡魄的动作来刺激我的想象力，不该把我这颗常常对人生感到淡漠的心从酣睡中唤醒！为什么不该？她是如此信赖我！她知道，我是多么爱她！

九月十五日

我真要疯了，威廉！世界上有点价值的东西本来就不多，可是竟有人对之毫不理解，绝无感情。你知道那两棵胡桃树，我和绿蒂一起去看望圣某某的那位坦诚的牧师时曾在树下坐过。就是这两棵美丽的胡桃树，上帝知道，它们始终以最大的欢乐充实我的心！这两棵树使牧师的院子变得多么温馨，多么凉爽！两棵树的枝丫是何等壮美！看到这两棵树就不禁使人怀念多年前栽种它们的两位可敬的牧师。学校老师常常提到其中一位牧师的名字，这个名字他是从祖父那儿听来的，说这位牧师是个老实人，每次到树下我总怀念他，心里充满着神圣的感觉。告诉你，威廉，这两棵树被砍掉了——砍掉了！昨天我同教师先生谈到此事，他流了泪。我简直气疯了，我真想宰了那个砍第一斧头的狗东西。倘若我的院子里有这么几棵树，我不得不眼睁睁地看着其中一棵慢慢地老死，那我定会难过得死去活来的。亲爱的朋友，从这件事情上倒是看到了一点，那就是：人间自有真情在！这两棵胡桃树被砍以后，全村怨声载道，愤愤不平。我希望牧师夫人看到黄油、鸡蛋和别的贡品的减少，就该体会到，她给本村造成的创伤有多大！砍胡桃树的正是她，这新牧师的夫人（我们的老牧师也已去世）。她是个瘦骨伶仃、病病歪歪的女人，因此她根本不留恋这世界，别人也不同情她。这个疯女人，装出一副学识渊博的样子，混入研究经典的行列，甚至下功夫从道德批判的角度对基督教进行新式改革，对于拉瓦特的狂热耸耸肩膀，不以为然，结果损害了自己的健康，所以在上帝的土地上得不到一点欢乐。也只有这种人才会把我的胡桃树砍掉。你看，我真难于平熄胸中之怒火！你可以设想一下：落叶使她的院子不干净并发霉，两棵树遮住了她的光线，而且核桃熟了，男孩子们就会掷石头去砸，这些都触着了她的神经，而当她正在权衡肯尼科特①、塞姆勒②和米夏艾利斯③之间孰优孰劣的时候，就会影响她进行深入思考。我看到村里的人，尤其是老人，个个都如此不满意，就说："你们当时为什么让她砍呢？"

"我们这里，"大伙儿说，"村长同意了，你有什么办法呢？"

但是，有件事倒还算公道。牧师还从未尝过他夫人异想天开带来的甜头，这回他也想捞点油水，就同村长商量好，把卖树的钱对半分了塞进各自腰包。但爵爷设在当地的财务机构得知此事后，便说："把树抬到这里来！"因为这两棵树原本长在牧师的院子里，而地方财务机构又对牧师的院子拥有产权，所以就把这两棵树卖给了出价最高的人。现在这两棵树还在地上！唔，我要是侯爵，我就要把牧师夫人、村长和财务机构全给……侯爵！……对，我要是侯爵，我还去为我领地上的两棵树操什么心！

十月十日

我只要看到她那双乌黑的眸子，心里就非常高兴！你看，使我感到沮丧的，是阿尔贝特看上去好像不那么高兴，不像他……所希望的……不像我……以为的……假如……

我不喜欢用删节号，但这里我没有其他办法来表达……我想这

---

① 肯尼科特(1718—1783)，英国神学家。
② 塞姆勒(1725—1791)，德国新教神学家。
③ 米夏艾利斯(1717—1791)，德国神学家和东方学者。

就够清楚的了。

十月十二日

莪相已把我心中的荷马挤走了。这位伟大的诗人把我引进了怎样的一个世界！我漫游在狂风呼啸的荒原，四周浓雾迷漫，月色朦胧，祖先的幽灵随风飘忽不定。我听到山上传来激流穿过森林的奔腾澎湃的轰鸣，时而还从洞穴中飘来幽灵隐隐约约的呻吟，以及痛不欲生的少女的恸哭，在长满青苔、杂草丛生的四块墓石旁哀悼那位光荣阵亡的战士，她的情人。随后我发现了他呀，这位白发苍苍的游吟诗人，他正在辽阔的荒原上寻找他祖先的足迹。呵，他找到了祖先的墓碑，后来他伤心地凝视着那颗射进滚滚云海之中的可爱的金星，往昔的时光又在英雄心中重现，那时这亲切的星光也曾照亮勇士的险阻，月亮曾辉映着他们扎着花环凯旋的战船。我看到诗人的额上刻着深深的忧伤，看到最后这位孤独的英雄已经筋疲力尽，看到他朝坟墓蹒跚地走去，在逝者虚幻无力的影子中不断吸吮新的、令人灼痛的欢乐，俯视着冰冷的土地和高高的、随风摇曳的野草，嘴里在呼喊："那位旅人将会到来，到来，他曾见过我年轻时美丽的面容，他将会问：'那位歌手，芬戈尔杰出的儿子在哪里？'他的脚步将跨越我的坟墓，他在世上到处找我，但毫无结果。"

哦，朋友！我真愿像高贵的勇士，拔出剑来，一下就让我的侯爵从缓缓死去的痛苦折磨中解脱出来，然后再将我的灵魂遣送给这位获得解脱的半神。

十月十九日

呵，这空白！在这儿我胸中所感到的可怕空白！

我常常想，倘若你仅只一次，仅只一次能将她拥在心口，那么，这个空白整个儿都可填满。

十月二十六日

是的，亲爱的朋友，我确信，而且越来越确信，一个人的生命是无足轻重，微不足道的。绿蒂的一位女友来看她，我便走进隔壁房间，拿起一本书，又读不下去，于是便拿起笔来写信。我听见她们在轻声说话；她们彼此都说了些无关紧要的事，城里的新闻，诸如谁结了婚，谁病了，病得很厉害之类。

"她老是干咳，脸上颧骨也突出来了，而且常常晕过去；我看她的日子不长了。"客人说。

"N. N. 也病得很重。"绿蒂说。

"他身上已经肿起来了。"另一位说。

我那活跃的想象力把我带到了这两个可怜人的床前；我见他们在苦苦挣扎，怎么也不肯告别人生，我见……

威廉呀！两位女士正在谈论他们，就像他们在谈一个陌生人死了一样……我环顾四周，打量着这个房间，我周围挂着绿蒂的衣服，放着阿尔贝特的文稿，还有那些我非常熟悉的家具，甚至连那只墨水瓶。我想：看呀，总而言之，对这家人来说你算什么呀！你的朋友尊敬你！你常常给他们以快乐，你这颗心离开他们就无法活下去了；可是……假如你现在走了，假如你离开了这个圈子呢？他们会感到因失去你而给他们的命运造成的空白吗？这种感觉将会有多久？多久？

啊，人生朝露，即使在他对自己的生活最最确信的地方，在他心爱的人的思念中和心灵里，他也必定会风流云散，荡然无存的，而且这一时刻马上就将到来！

十月二十七日

人们相互之间的情分竟是如此淡薄，气得我常常想撕裂自己的胸膛，撞碎自己的脑袋。呵，爱情、欢乐、温暖、幸福，我不把这些给予别人，别人也不会给予我，而且，即使我心里充满了幸福，假如站在我面前的人是冷冰冰的，有气无力，那我也不会使他幸福呀。

十月二十七日，傍晚

我竟到了如此的境地，对她的感情吞噬了一切；我竟到了如此的境地，没有她我的一切都将付之东流。

十月三十日

我已经上百次起了去搂她脖子的念头！伟大的上帝知道，一个人看到面前有那么多心爱的东西，却不能伸手去拿，他心里多么难受呀！伸手去拿，这原本是人类最自然的本能。婴儿不是见到什么都抓吗？——可我呢？

十一月三日

上帝知道！我躺上床的时候常常怀着这样的愿望，有时甚至是希冀：不要再醒过来。但是，早上我睁开眼睛，又看见了太阳，我心里是多么痛苦呀！我的情绪竟会如此反复无常，要是能归咎于天气，归咎于第三者或一次事业的失败，那么我心中难以忍受的不满意的重负就可以减轻一半。我真痛苦呀！我真切地感觉到，一切罪过全在我一人——不，不是罪过！够了，藏在我心里的一切痛苦之源也正是当初那个一切幸福之源。当初我感情充沛，到处游荡，所到之处，全都是天堂，我的心里可以深情地容纳整个世界，现在的我难道已不是当初的我了？这颗心现在已经死了，从中再也流不出欢乐来了，我的眼睛已经干涸，再也不能以清凉的泪水来滋润我的感官，我怯生生地把额头紧锁。我很痛苦，我失去了生命中的唯一欢乐，失去了我用以创造周围世界的神圣而生气勃勃的力量；这个力量现在已经消逝！

我从窗户里眺望远处的山峦，但见朝阳升上山顶，冲破浓雾，照耀着宁静的草地；一条河流蜿蜒曲折地经过树叶凋落的柳林缓缓向我流来……哦！倘若这壮美的大自然像一幅漆画凝固在我的眼前，然而这欢乐却不能从我心里抽取一滴幸福来注入我的头颅，那么，我这个汉子站在上帝面前不犹如一口干枯的井和一只漏水的瓶！我常常倒伏在地，祈求上帝赐我眼泪，就如在赤日炎炎、土地干裂之时农人向上苍求雨一般。

但是，唉，我感觉到，无论我们怎么苦苦祈求，上帝也不会赐给我们雨水和阳光，可是当年呢，我想起来心里就难受，那时为什么就如此幸福？那时我耐心地等待他的圣灵到来，满怀虔诚和感激的心情来领受他倾洒在我身上的欢乐。

十一月八日

她责备我太没节制！呵，她言语之间含有多少绵绵情意！她说我端起一杯酒，往往就非得喝下一瓶才肯罢休，这就叫没有节制。

"您别这样！"她说，"请您想一想绿蒂吧！"

"想一想！"我说，"要您叫我想吗？我想！……我不想！您时时刻刻都在我心里。今天我就坐在您刚才从马车上下来的地方……"

她扯起了别的，引开话题，免得我就此事一个劲谈下去。我的挚友，我的意志完全被制服了！她可以随心所欲地将我摆布。

十一月十五日

谢谢你，威廉，谢谢你的亲切关怀，谢谢你善意的劝告，而且求你不要着急。让我来忍受吧，虽然我已疲惫不堪，但我支撑下去的力气还是足够的。我崇敬宗教，这你知道，我觉得宗教是许多精疲力竭者的手杖，是许多渴得奄奄一息者的清凉剂。只不过……难道宗教对每个人都能有这样的作用，都必定会起这样的作用吗？倘若你看一看这大千世界，你就会发现成千上万的人，无论信教不信教，宗教对他们未曾有过，而且将来也不会有那样的作用，对我来说，难道宗教一定会是手杖和清凉剂吗？上帝之子自己不是说，在他周围的人都是天父赐予的吗？倘若我不是天父赐予他的呢？倘若如我的心告诉我的那样，天父要把我留在他自己身边呢？……我请你不要误解我的意思，不要把我这些纯洁而恳切的话理解为嘲讽。我们自己的整个灵魂都袒露在你面前了，否则我宁愿沉默：对于大家都跟我一样不甚了然的事，我是一个字也不愿说的。人的命运不就是受尽那份痛苦，喝干那杯苦酒吗？既然这杯酒天上的上帝用嘴唇呷一下都觉得太苦，我为何要硬充好汉，装作喝起来很甜呢？在这一瞬间，我的整个生命正在存在与虚无之间颤抖，往昔犹如闪电，照亮了未来黑暗的深渊，我周围的一切都在沉没，世界正随我走向毁灭，在这可怕的瞬间，我为何还要害羞？"我的上帝，我的上帝，为什么离弃我？"[①]这难道不是上帝之子的声音，不是这甘受折磨、孤苦无助、却又注定要被置于死地的上帝之子徒劳地从内心深处喊出的声音？我为什么就羞于表露自己的想法？他，能像卷布帛一样把天空都卷将起来的他，尚且逃脱不了那一瞬间，我又何必害怕这一瞬间呢？

---

① 据《圣经》，这是耶稣被钉十字架时说的话。

十一月二十一日

她看不出，她感觉不到，她正在酿造毒酒，我和她都将被毁掉；满怀狂喜，我将她递给我的这杯毁灭之酒一饮而尽。那亲切的目光，她那经常……经常？不，不是经常，是有时凝视着我的目光，用意何在？她接受我下意识流露的感情时那喜形于色的样子，还有她额头上表露出来的对我所受痛苦的怜悯，用意又是何在？

昨天我离开的时候，她握着我的手说："再见，亲爱的维特！"

亲爱的维特！这是她第一次叫我"亲爱的"，我听了真是心花怒放，乐不可支。我把这句话反复说了上百次，昨天夜里正要上床的时候，我还自言自语叨叨了好一阵，有次竟脱口说："晚安，亲爱的维特！"说过之后自己也禁不住笑自己了。

十一月二十二日

我不能这样祈祷："让我得到她吧！"可是，我又往往觉得她是我的。

我不能这样祈祷："把她给我吧！"因为她已属于别人。

我没完没了地和自己的痛苦开着玩笑；但是，我一旦迁就自己的愿望，放松了约束，那就会引出一连串相反的论点来。

十一月二十四日

她感觉到了我所受的痛苦。今天她的目光深深地透进我的心里。我发现只有她一个人在；我什么也没有说，她则望着我。在她身上我再也看不到花容的俏丽，再也看不到卓越的精神的光辉，这一切全都在我眼前消失了。但是，她的目光却更加妩媚，流露着最亲切的关怀和最甜蜜的怜悯，她的目光深深打动了我。我为何不可以伏在她的脚下？我为何不可以在她脖子上印上千百个吻来给予回答？她躲开了，逃去弹钢琴了，她那甜美、轻柔的声音合着钢琴的弹奏，唱起了和谐的歌。我还从未见过她的嘴唇如此迷人；微微启开的两片芳唇，仿佛渴望吸吮钢琴中涌流出来的甘美的声音，只有从她纯洁的嘴里发出奇妙的回声——哦，但愿我能把当时的情景给你描述！

我抵挡不住了，便俯身发誓：芳唇呀，我永远不敢冒昧地对你们亲吻，因为唇上飘浮着天上的精灵。

可是……我，想要！……哈！你看，在我的灵魂之前好似耸立着一道隔墙……这份幸福……然后就以毁灭来赎此罪过……罪过？

十一月二十六日

我有时对自己说："你的命运是独一无二的；赞美别人的幸福吧！谁都没有受过你那样的苦！"后来，我吟诵一位古代诗人的诗篇，我觉得好似窥见了自己的心。我呵，已经饱尝了种种痛苦！哎，在我之前的人难道就已经如此不幸了吗？

十一月三十日

我大概……我大概无法恢复理智了！我无论走到哪里，都会碰到一种乱我方寸的情景。今天！呵，命运！呵，人！晌午，我沿河边走去，对于吃饭，我是毫无兴趣。到处是一片荒凉，一阵冷湿的晚风从山上吹来。灰蒙蒙的雨云飘进了山谷。我远远看见一个身穿绿色旧外套的人在岩石间爬来爬去，好像在寻找什么野花野草。我朝他走去，他听到我脚下踩出的声音便转过头来。我看到他脸上的表情十分有趣，总的来说有一种沉痛的悲伤神情，除此之处，则显得诚实与善良；他的头发是黑色，梳了两个髻，用簪子别着，余下的头发编了一条粗辫子，拖在背上。从他的服装来看，此人的地位似乎很低，我想，要是我对他正在做的事表示出兴趣，他大概不会见怪，因此我就问他在找什么。

"我在找花，"他深深叹了口气，回答道，"还没有找着。"

"现在可不是开花的季节呀！"我笑着说。

"现在的花还是很多的，"他边说边朝我走下来，"我园里就有玫瑰花和两种忍冬花，其中的一个品种是我父亲送给我的，长得像野草一样；我已经找了两天了，还是没有找到。在野外，花总是有的，黄的、蓝的、红的都有，矢车菊开的是小花，漂亮极了，可惜我一株也没找到。"

我觉得这事有点怪，所以便拐弯抹角地问："您要这些花干吗？"

他脸上抽搐一下，露出奇怪的笑容。

"假如您不泄露出去，"他用手指按着自己的嘴唇说，"我答应要给我的心上人一束鲜花的。"

"那太好了。"我说。

"嗯，"他说，"她的东西多得很，可富啦。"

"但是，她却喜欢您的一束花。"我接着他的话茬儿说。

"嗯，"他继续说，"她有好多宝石，还有一顶王冠呢。"

"她叫什么名字？"

"要是联省共和国①雇了我，我早就成了另一个人了！"他说，"从前有一阵子我混得挺不错！现在我可完了。我现在……"他眼泪汪汪地望着天空，一切尽在不言中。

---

① 联省共和国，即法国大革命后的尼德兰(今荷兰)，当时在德国人心目中是最富有的国家。

"这么说，您以前很幸福啦？"我问道。

"哎，我真想再像以前那样！"他说，"那时我的日子真不错，过得轻松愉快，简直如鱼得水！"

"亨利希！"一位正在往上走来的老太太喊道，"亨利希，你躲在哪儿？我们到处找你，该回家吃饭了。"

"他是您的儿子吧？"我走到她跟前问道。

"是呀，我这可怜的儿子！"她答道，"上帝让我背上了一个沉重的十字架。"

"他这样子有多久了？"我问。

"像这么安静已有半年了，"她说，"他恢复到这样，还得感谢上帝，在这以前他疯了整整一年，用链子锁着关在疯人院里。现在他并不伤害别人，只是还老在折腾什么国王啦，皇帝啦。得病以前他是个文文静静的好人，帮着赡养我，还写得一手好字，后来情绪突然变得非常忧郁，发了一次高烧，从此便疯了。他现在的情况您已经看见了。如果要我把他的事细细讲给您听，先生……"

我打断了她滔滔不绝的话，问道："他自己说，有段时间他生活得很幸福，很自在，那究竟是什么时候呢？"

"这傻子！"她露出怜悯的笑容大声说，"他指的是他神志不清的那会儿，他还老夸耀这段时间，那时他关在疯人院里，神志完全不清。"

这话简直像是晴天霹雳，我听了之后就往老太太手里塞了一枚钱币，急忙离开了她。

"那时你是幸福的！"我一面喊，一面快步朝城里走去，"那时你很自在，如鱼得水一般！"

天上的上帝呵，人只有在获得理智以前或者丧失理智以后才能幸福，难道这就是你安排给人的命运？可怜的人呀！我可是多么羡慕你的癫狂，羡慕使你受着折磨的神志错乱！在冬天，你满怀希望出去给你的女王采摘鲜花，为没有采到而悲伤，但并不理解为什么找不到花。而我呢——我从屋里出来既无希望，也无目的，随后又像来时一样转回住所。你成天在妄想，如若联省共和国雇了你，你将成为何等样的人。幸福的人呵，你可以把得不到幸福归咎于人间的障碍！你感觉不到，感觉不到，你痛苦的原因就在于你破碎的心和损坏的头脑，世上所有的国王对你也爱莫能助。

假如一个病人为求圣水而去遥远的圣泉，结果反而加重了自己的病情，更增加了死亡的痛苦，谁要是嘲笑这个病人，谁就要死于非命；假如一个人心里受尽折磨，为了摆脱良心的悔恨，消除心灵的痛苦而去朝拜那座圣墓，他的脚在尚未开辟出来的路上每迈出一步，对他充满恐惧的灵魂来说就是一点解痛灵液，每经过一天的跋涉就使他心上减轻了许多烦恼，那谁要自以为比这位朝圣者高明，他也必将死于非命！……能说这是妄想吗？你们这些坐在软垫上耍嘴皮子的人！……妄想！……噢，上帝！你看看我的眼泪吧！你创造的人已经够可怜的了，你为什么还要再给他一些兄弟，让他们去抢夺他那一点儿东西，抢夺他对你，对你这个无所不爱的神的一点点信任？我们信赖能治百病的药草，信赖葡萄的眼泪①，这些不都是对你信赖的表示？因为你赋予了我们周围的一切以治病和缓解痛苦的力量，而这种力量正是我们不可须臾或缺的。父亲，我不认识的父亲！父亲，你曾充满我的整个心灵，而现在却转过脸去，对我不理不睬，父亲呵，把我召唤到你那儿去吧！请你不要再沉默了！对于你的沉默，我这颗焦渴的心灵经受不住了……一个人，一位父亲，当自己突然归来的儿子搂着他的脖子喊着"我回来了，我的父

---

① 葡萄的眼泪，即酒。

亲"时，他会生气吗？他的儿子还说："按照你的意愿，我的旅程本该坚持得更久，但我中断了旅程，请你不要生气。这个世界到处都一样，劳碌和工作换来报酬和欢乐，但这些于我又有何用？唯有在你所在之处，我才感到惬意，在你面前无论遭罪还是享受，我都心甘情愿。"——而你，仁慈的天父，难道会将他撵出大门不成？

十二月一日

威廉！前天信上告诉你的那个人，那位幸福的不幸者，曾当过绿蒂父亲的文书，对绿蒂萌生一片痴情，先是藏在自己心里，后来被发现，他为此丢掉了工作，被遣送回家，结果发了疯。你也许是漠不关心地读这个故事的吧，因为阿尔贝特也是无动于衷地讲给我听的，尽管我写得枯燥干巴，但请你体会一下，这故事对我的震动有多大！

十二月四日

我求你……你看，我这个人完了，我再也无法忍受了！今天我坐在她身边……我坐着，她弹着钢琴，弹出各种曲调，全都是她内心情感的流露！全都是！……全都是！……你以为怎样？……她的小妹妹坐在我的膝上打扮她的布娃娃。我眼里噙着泪水。我低下头，看到了她的结婚戒指……我的眼泪滚滚而流……突然，她弹起了那支天籁般甜美的老曲子，顿时，我心里感到莫大的慰藉，忆起件件往事，忆起以往听这支歌的时光，忆起这中间那些令人烦恼的忧郁的日子，忆起破灭的希望，还有……我在房里走来走去，心里强烈的欲求令我窒息。

"看在上帝份上，"我说，同时情绪激动地走到她跟前，"看在上帝份上，请你别弹了！"

她停了下来，怔怔地望着我。

"维特，"她微笑着说，这笑容渗进了我的心坎，"维特，您病得很厉害，您连最心爱的东西都厌烦了。您走吧，我求您，请您情绪安静下来。"

我立即离开她，冲了出去……上帝呵，你看到了我的痛苦，请你快快将它结束吧！

十二月六日

她的倩影时时跟随着我，寸步不离！无论是醒着还是在梦里，她都充满了我整个心灵！这里，我一闭上眼睛，这里，在我的内视力汇聚的额头里，都有她那双乌黑的眸子显现。就在这里！我无法向你表述！我一闭上眼睛，她的明眸就出现了；她的眸子犹如海洋，犹如深渊，羁留在我的眼前，我的心里，装满我额头里的全部感官。

人到底是什么？这被赞美的半神！难道在他最需要力量的时候，正好就力不从心？无论他在欢乐中飞腾或是在痛苦中沉沦，他都未加阻止，为什么正当他渴望消失在无穷的永恒之中的时候，却偏偏恢复了冷漠、冰凉的意识？

编者致读者

我多么希望，我们的朋友在他引人注目的最后几天里能给我们留下充分的手迹，这样我们就可以挨次发表他的遗书，中间不必用叙述来打断了。

我尽最大努力，走访那些可能了解他情况的人，从他们口中收集确切的材料。他的故事很简单，各种说法大体一致，连几件小事也无出入；只不过对于几个当事人的思想以及他们的判断那就众说纷纭，各执一词了。

因此我们别无他法，只好将我们经过反复努力所获得的情况原原本本地加以叙述，叙述中插进死者的几封遗书，而且对于找到的每一张字条，哪怕是最小的字条也都加以认真研究；再说，这些当事人皆非平庸之辈，所以哪怕只想揭示某一件事的真正原始动机，也是难乎其难的。

恼怒和郁闷在维特心里的根，不但越扎越深，而且盘根错节，渐渐占据了他的全部身心。他精神的和谐完全破坏了，他内心的狂躁和激愤摧毁了他禀赋中固有的全部力量，导致了极坏的后果，最后弄得他筋疲力尽。为了摆脱这种状态，他苦苦挣扎，比他以前同各种弊端作斗争时还要胆怯。他内心的惊恐不安又耗去了他剩下的精神力量、他活泼的天性和机敏，从此悲伤整天陪伴着他，他越来越不幸，越来越不讲道理，因此也就更加不幸。至少阿尔贝特的朋友都是这么说的；他们认为，那位纯洁而温顺的丈夫现在终于获得了渴望已久的幸福，并决心将这幸福永远保持下去，而维特对他却不能正确看待，他就像一个大吃大喝弄得倾家荡产的人，到晚年就只有受苦受罪的份了。他们说，阿尔贝特在这么短的时间里并没有什么变化，他还是维特一开始所认识、所赏识和尊敬的那个人。他爱绿蒂超过一切，他为她感到骄傲，希望别人也都说她是最最出众的女子。如果他希望避免出现任何猜疑，如果他不乐意同别人分享这份珍贵的财富，哪怕只是一瞬间，哪怕是以最最纯洁无邪的方式，难道我们能因此而责怪他吗？他们说，每当维特在绿蒂那儿，阿尔贝特往往就离开妻子的房间，这倒并不是出于对朋友的憎恨和厌恶，而只是因为他感觉到，有他在场维特总显得有些压抑。

绿蒂的父亲染病在家，只好在房里躺着，他派自己的马车来接她，她便坐车出城了。那是个美丽的冬日，刚下了一场很大的初雪，大地披上了银装。

第二天早晨维特也跟了去，他心想，要是阿尔贝特不去接她，他就陪她返城回家。

晴朗的天气也没有能使他阴郁的心情好起来，一种麻木的沉重感压在他的心头，种种悲伤的情景已经深深印入他的脑中，痛苦的思绪一个个接踵而来，除此而外，他的心对什么也不会激动了。

他永远不满意自己，觉得别人的境况就更成问题，更加一团糟，他以为，阿尔贝特夫妇间的美好关系已被破坏，他不但责备自己，还对阿尔贝特暗暗怀着不满。

一路上他都在想这个问题。

"是呀，是呀，"他自言自语说，并暗暗把牙齿咬得吱吱响，"这就是亲切、友好、体贴和富于同情心的关系，这就是稳定而持久的忠诚！这是厌烦和冷淡！哪一件无聊的事不比这位珍贵、可爱的妻子更吸引他？他知道珍惜自己的幸福吗？知道给她以应得的尊重吗？他得到了她，好极了，他得到了她……这我知道，别的我也知道，我已经习惯这样想了，他还会使我发疯的，他还会把我干掉的……他对我的友谊难道无懈可击吗？他不是把我对绿蒂的依恋看作是对他权利的侵犯吗？把我对她的关注看作是对他的无声谴责吗？我知道，我感觉到，他不乐意看到我，他希望我离开，我在这儿对他是个累赘。"

他往往停下自己飞快的步伐，他往往默默地站着，似乎想要转回去；然而他又继续往前走去，心里想着这些事，嘴里唠唠叨叨，好像极不愿意似的来到了猎庄。

他进了门，问起老人，问起绿蒂的情况，他发现一家人的情绪都很激动。最大的男孩告诉他，在瓦尔海姆那边发生了一件不幸的事，一个农民被打死了！——他对这件事毫没在意。——他走进房里，发现绿蒂正在劝阻老人，因为老人要抱病到那边去，到出事地点去调查案情。案犯是谁尚不清楚，被害者是当天早晨在屋门口发现的，人们对此有种种猜测：被害人是一位寡妇的长工，而寡妇先前雇的那位长工又是怀着不满的心情离开的。

听到这些情况，维特心里猛地一震。

"完全可能！"他叫道，"我得立即过去，一刻也不能耽误。"

他急匆匆地往瓦尔海姆奔去，往事历历在目，他毫不怀疑，这案就是那个农民作的，他曾多次与此人交谈过，并且还很喜欢他呢。死者停放在小酒店前面，要去那儿，必须要从那两棵菩提树下经过。他到了那个以前如此喜爱的小场地，不觉心里一震。邻居的孩子常常坐在上面玩耍的那条门槛已经溅满了血。爱情和忠诚，这人间最美好的感情现在变成了暴力和凶杀。粗壮的树木披着严霜，已经片叶无存，隆起在公墓矮墙之上的树篱，叶子也都已凋落，从疏疏落落的空隙中可以看到白雪覆盖的墓碑。

全村人都聚集在酒店前面，当他走近那儿时，突然起了一阵喊声。人们看见一队武装人员正朝这儿走来，大家都在叫喊：凶手抓来了！维特朝那边望去，已经不再怀疑了。是的，就是那个对寡妇爱得刻骨铭心的长工，不久前他默默吞下一团怒火，心灰意懒地四处徘徊时，维特还碰到过他。

"你这不幸的人，都干了些什么呀！"维特边朝被捕者走去，边喊。

凶犯默默地望着他，没有说话，最后泰然自若地说："谁都别想得到她，她也别想嫁人。"

犯人被押进酒店，维特便匆匆离开了这儿。

这件可怕的事对他的触动不小，他的方寸全乱了。刹那间，他摆脱了悲伤，摆脱了压抑，摆脱了一死了之的情绪，现在一种不可抗拒的同情心正左右着他，使他产生一种不可名状的欲望：一定得挽救这个年轻人！他觉得这个农民是那么不幸，相信他即使是案犯也是无辜的。他把自己摆在这个农民的位置上，确信他也能说服别人对此深信不疑。他甚至希望能为他辩护，生动的辩护词都快要从嘴里蹦出来了。他急忙奔向猎庄，路上已忍不住把要向法官陈述的话低声说了出来。

他走进房里，发现阿尔贝特已在那儿了，一时间很使他扫兴；不过他立刻重新振作起精神，激昂慷慨地向法官陈述了自己的看法。但是，法官却屡屡摇头，虽然维特使出浑身解数为青年农民进行辩护，而且依据实情讲得生动感人，热情洋溢，可是法官仍然未为所动，这一点倒是不难想象的。他甚至不让我们的好朋友把话讲完，就激烈地加以反驳，并且责备他是在袒护杀人犯；法官向他指出，如果按照他的意见去办，那么法律就得统统取消，国家的安全也将彻底毁掉；他还补充说，在这样的事情上他不能不负起最大的责任来，一切都必须依法办事，按规定的程序处理。

维特还不甘心，他恳求说，假如有人想帮助犯人逃跑，希望法官能高抬贵手，睁一眼闭一眼！这个请求也遭到法官拒绝。这时，阿尔贝特终于插话了，他也站在老法官一边。维特独木难支，意见得不到支持，法官还屡屡对他说："不行，他没救了！"听了这话，维特怀着极其悲痛的心情走了。

这句话使得维特的精神有多颓丧，我们从一张字条上便可看出。这张字条是从他的文稿中找到的，肯定是当日所写："不幸的人呀，你没救了！我看得出，我们都没救了。"

阿尔贝特最后当着法官的面所说的关于被捕者的那番话，维特听了反感之极：他认为阿尔贝特的话里带刺，是针对他的。经过反复思考，他机敏的头脑虽然也明知法官和阿尔贝特两人是对的，但他觉得如果他承认了，认输了，仿佛就意味着放弃了自己内心深处的依托。

我们在他的文稿中又找到一张与此事有关的字条。这张字条也许表露了他和阿尔贝特的整个关系：

"尽管我对自己说，而且反复地说：他是正派人，是好人，但这有什么用呢，我的五脏六腑都碎了；叫我如何公正得了！"

这天傍晚天气很温和，雪也开始融化了，所以绿蒂便同阿尔贝特步行回家。路上她左顾右盼，仿佛少了维特的陪伴，心里颇为惦念似的。阿尔贝特便开始谈他，谴责他，但同时也为他说了些公道话。他说到维特不幸的激情，希望尽可能不和他来往。

"我希望这样做也是为了我们呀。"他说。"我求你，"他接着说，"设法让他改变对你的态度，让他少来看你。人家在注意了，我知道到处都有人在说闲话呢。"

绿蒂没有吭声，阿尔贝特好像已经感觉到了她的沉默，至少从这时起他不在她面前提维特了，如果她提到，他也不做声，或者把话题岔开。

维特为救那个不幸的人所作的无望的努力，是正在熄灭的火苗最后一次熊熊燃烧；这次努力的失败使他更深地陷入痛苦之中，无所事事；特别是当他听说犯人矢口否认自己的罪行，因此可能要求他出庭证实犯人的罪行时，他几乎气疯了。

他在以往公务生活中所碰到的种种不愉快的遭遇，在公使馆里的恼恨，他遭到的种种失败，受到的种种屈辱，这时一齐在他心头上下翻腾。通过这种种遭遇，他觉得自己一事无成好像是命中注定的，他觉得自己的前途已经毫无希望，就连应付日常生活事务的办法也一无所知；到头来他便完全任凭自己奇怪的感情、想法以及无休无止的激情所摆布，始终没完没了地同那位温柔可爱的女子缠磨，不但扰乱了她的平静，而且既无目的又无希望地耗费着自己的精力，一步步走向悲惨的结局。

这里我们插进他的几封遗书，关于他的迷惘，他的激情，他无休止的奋斗与追求，以及他对生活的厌倦，这些信件就是最有力的证明。

十二月十二日

亲爱的威廉，我现在的情况，那些据说被恶魔撺得四处乱闯的不幸的人大概一定都经历过。有时，我心绪不宁；这既非恐惧，亦非欲念——这是内心的莫名狂涛，它似乎要撕裂我的胸腔，扼住我的咽喉！痛苦呀，痛苦！于是，我只好在这与人作对的季节里到可怕的黑夜中去游荡。

昨天晚上我不得不出去。那时突然开始化雪了，我听说，河水泛滥了，溪水猛涨，洪水从瓦尔海姆冲下来淹没了我那可爱的山谷！夜里十一点多我奔了出去。看到狂暴的山洪在月光映照下回旋激荡，淹没了田地、草场、树篱和一切，宽阔的山谷变成了一片翻腾的汪洋，汹涌的波涛合着狂风的呼啸，那景象真是可怕！后来，月亮又出来了，高悬在乌云之上，山洪映着可怖而瑰丽的反光，在我眼前激浪翻滚，奔腾咆哮；我感到一阵战栗，接着又生出一种渴望！呵，我张开双臂，面对深渊喘息着。跳下去！跳下去！我沉浸在狂喜中，要把我的痛苦和烦恼一股脑儿投进深渊！像波涛一样奔腾咆哮而去！哦！我却不能从地上抬起脚来结束一切苦恼！我的时辰还没有到，这我已觉察！威廉呀，如果能驾狂风去把乌云驱散，将洪水紧锁，我多么愿意为此把我的生命贡献！哈哈！对于那个被囚禁的人不也许会得到这份快乐？

在这下面，我和绿蒂曾兴致勃勃地在那儿散步，还曾在一棵柳树下息歇——现在那地方已被洪水吞没，而那棵柳树我几乎已经不再认识。俯视那个所在，我是多么伤心！威廉呀！我也想到她家的草地，她家猎庄周围的地方！我们的凉亭不知被汹涌的激流毁成了何等模样！想到这些，往昔的阳光照进了我的心灵，犹如囚徒梦见了羊群、牧场和种种荣誉职位。我站立着！我不责骂自己了，因为我有了死的勇气——我要是果真……我现在坐在这里像个老太婆，从篱笆上拣些柴禾，挨门逐户讨些面包，好让行将就木的、毫无乐趣的生活再苟延片刻，轻快一时。

十二月十四日

这是怎么回事，我亲爱的朋友？我对自己都害怕了！我对她的爱难道不是最神圣、最纯洁、最富亲情之爱吗？我曾经感觉到灵魂里存有该受惩罚的企望？我不想保证……然而现在却有这许多的梦！哦！有的人把这些矛盾的结果归咎于鬼怪的捉弄，他们的感觉确是真实无误！这一夜！说来我都发抖……这一夜，我将她搂在怀里，紧紧贴着我的胸脯，在她情话绵绵的嘴上印了千百个吻；我的眼睛在她醉意朦胧的明眸中沉浮！上帝呵！回想起这炽烈的欢乐真是销魂荡魄，我现在仍感到极乐的幸福，难道这也要受到惩罚？绿蒂呀，绿蒂！我是已经完了！我的神志紊乱如麻，整整八天，我已无法思考，我的眼里泪水滚滚。我既然到哪儿都不快乐，那末到处都有快乐。我没有愿望，没有希求。我觉得，走了更好。

　　这期间，在那样的情况下，离开世界的决心在维特心里越来越坚定。自从他回到绿蒂身边以来，谢世始终是他最后的出路和希望；不过他对自己说，不要操之过急，不要迅速采取行动，他要怀着美好的信念，怀着尽可能平静的决心来迈出这一步。

　　他的犹豫不决，他同自己的争辩，从在他文稿中发现的一张字条上便可窥见。这张字条可能是他给威廉写的一封信的开头，还没有署上日期。

　　"她的出现，她的命运，她对我的命运的关注，从我干涸的眼睛里挤出了最后几滴泪水。

　　"拉起帷幕，到幕后去！收场拉倒！为什么还要踌躇、畏缩？是因为不了解幕后是什么情景？是因为去了便不能返回？我们精神的禀赋，便是能预感到混沌和黑暗，对此我们却毫不知晓。"

　　到后来，他同这个悲伤的念头越来越密切，越来越亲近，决心已下，而且坚定不移，下面写给他朋友的这封含义双关的信便是一个证明。

十二月二十日

感谢你的厚爱，威廉，蒙你对那句话作了这样的理解。是的，你说得对：我觉得还是走了好。你建议我回到你们那儿去，我不完全满意；至少我还想绕一回道，尤其是天气还有希望出现持续霜冻，路会比较好走。你想来接我，我也感到非常高兴；只是请你再推迟两个星期，等接到我的下一封信再作考虑。果子尚未成熟，千万不可采摘！十四天左右的时间可以办很多的事。烦你告诉我母亲：请她为她儿子祈祷，并求她原谅我给她造成的种种烦恼。那些我本该使他们欢乐的人，却让他们悲伤，哎，这就是我的命。别了，我最珍贵的朋友！愿苍天赐福予你！别了！

至于这段时间里绿蒂心里有什么变化，她对她丈夫，对她不幸的朋友的感情怎样，我们都不好用语言来表达，虽然根据对她性格的了解，我们在心里对此会有一个大致的看法，只有一颗美丽的女性的心灵才能窥见她的心灵，体会到她的思想感情。

有一点是肯定的，那就是她已下定决心，采取一切办法与维特疏远，如果她还在踌躇的话，那是出于她真诚的友情和爱护，她知道，她这样做维特要付出多大的代价，而且他几乎不可能做到。然而，在这段时间里她为形势所迫，不得不采取严肃的态度；她丈夫对这种关系完全保持沉默，她对此也始终一字不提，正因为这样，她更其觉得要以行动来向丈夫证明，她是珍惜他的感情的。

前面插入的那封维特致友人的信是在圣诞节前的星期天写的。当天晚上，他来到绿蒂那儿，发现只有她一人在。她正在收拾准备作为圣诞礼物送给小弟妹们的玩具。他说，孩子们得到这些礼物该高兴得欢天喜地了，还说，当门突然打开，看到一棵装饰着蜡烛、糖果和苹果的美丽的圣诞树，就像到了天堂一样，定会欣喜若狂的。

"只要您听话，"绿蒂说，同时嫣然一笑，以掩饰自己的窘态，"只要您听话，您也会得到一份礼物的，比如一支长蜡烛什么的。"

"什么叫'只要您听话'？"他嚷道，"您要我怎么样？我可以怎么样？最最好的绿蒂！"

"星期四晚上是圣诞夜，"她说，"那时孩子们都来，我父亲也来，每人都会得到自己的礼物，到时候您也来吧……但在这之前不要来。"

维特一听愣住了。

"我求您，"她接着说，"事到如今，为了我的安宁，我求您，不能，不能再这样下去了。"

他把自己的目光从她身上移开，在房里走来走去，在牙缝里嘟哝着："不能再这样下去了！"

绿蒂感到她的话使他陷入了可怕的境地，于是便想用各种各样的问题来转移他的思想，但全没有用。

"不，绿蒂，"他嚷道，"我不会再见到您了！"

"这是为什么？"她说，"维特，您可以，您必须再见到我们，只不过您要有节制。哎，您怎么生就这么个急性子，抓住什么就对它倾注那么大的激情，而且一发而不可收呢！我求您，"她握着他的手继续说，"请您要克制自己！您的智慧，您的学识，您的才能都会使您获得种种快乐的！做个堂堂男子，放弃对一个女子的苦苦依恋吧，她除了同情您，不能越出雷池一步。"

他把牙咬得吱吱响，阴郁地瞪着她。她握着他的手。

"请您平心静气地想一想，维特！"她说，"您不觉得您是在欺骗自己，甘心毁掉自己吗？为什么非要爱我，维特？为什么爱的偏偏是我？我已经是别人的人了，为什么爱的恰恰是我？我怕，我怕，我对于您的愿望所以有那么大的诱惑力，仅仅是因为您不可能得到我。"

他从她手里抽出了自己的手，同时用呆板而不满的目光瞪着她。

"聪明！"他叫道，"非常聪明！也许是阿尔贝特教的吧？外交辞令！十足的外交辞令！"

"谁都会这么说的，"她回答说，"难道世界上就没有一位姑娘能使您称心如意吗？下决心去找吧，我向您发誓，您一定会找到的；这一阵子您沉迷在这狭小的天地里自寻烦恼，早就让我为您，为我们担心了。下决心去旅行，旅行将会，一定会使您消愁解闷的！您去找吧，您一定会找到另一个令你钟情的对象的，那时您回来，让我们共享真正的友谊的温馨。"

"这番话倒可以印出来，向所有的家庭教师推荐呢，"他冷笑着说，"亲爱的绿蒂！请您让我稍稍安静一会儿，一切都会好的！"

"只有一件事，维特，圣诞夜之前您不要来！"

他正要回答，这时阿尔贝特进屋来了。两人冷冰冰地互道了"晚上好"，便挨肩儿在房里踱来踱去，心里都很尴尬。维特开始讲了些鸡毛蒜皮的事，但很快就找不到词儿了。阿尔贝特也一样，随后他便向妻子问起几件要她办的事，当他听说她还没有办妥时，便说了她几句，维特听来这几句话非但很冷淡，而且颇为严厉。他想走，又不能走，磨磨蹭蹭一直呆到八点，他的气恼和不满也在不断增加，等到摆好晚饭，他便拿起帽子和手杖。阿尔贝特请他留下来吃饭，但维特听来这不过是一句无关紧要的客套话，于是他冷冷地谢绝后就走了。

维特回到家，从要为他照明引路的仆人手中接过蜡烛，独自走进房间，放声大哭，怒气冲冲地自言自语，在屋里剧烈地走来走去，后来便和衣往床上一倒，将近十一点仆人才敢进来，问要不要替少爷把靴子脱掉时，这才发现他躺在床上，连衣服也没有脱。他让仆人替他脱下靴子，并告诉仆人，明天早晨不叫他，他就不许进屋里来。

星期一早晨，十二月二十一日，他给绿蒂写了一封信。信是他死后在他的写字台上发现的，已经封好，便差人给绿蒂送了去。从信里所谈情况可以看出，这封信是分几次写成的，我想按其本来面目，分别插在这里。

已经决定了，绿蒂，我决定死，我写信告诉你这件事并不是浪漫主义地制造紧张，而是十分冷静的，就在今天早上，我将最后见你一面。当你读到此信时，亲爱的，冰冷的坟墓已经盖住了这个不安和不幸者的僵硬的遗体了。在他生命的最后时刻，他能享受到最大的温馨莫过于同你倾心交谈了。我度过了可怕的一夜，哎，也是慈悲的一夜。这一夜加强并且确定了我的决心：死！我昨天离开你的时候，真是悲愤填膺、肝肠寸断，想到在你身边我的生命已经毫无希望，毫无欢乐，我的心就冷得直打颤……

我一回到房间，就疯了似的跪在地上。呵，上帝！你赐我以苦涩的眼泪，这最后一服清凉剂！千百种计划，千百种希望在我心里翻腾，末了只剩下最后的、唯一的念头，坚定不变的念头：死！我躺下睡了，早晨醒来，心情平静，我心里那个念头依然那么强烈，那么坚定：死！这不是绝望，这是确信，我已最后决定，我要为你牺牲。是呀，绿蒂！为什么我要将它隐瞒？我们三人当中必须要有一个离去，而我则甘愿做这一个人！呵，我最亲爱的，一个疯狂的念头确曾常常在我破碎的心里折腾——杀死你丈夫！杀死你！杀死我自己！那就杀了我自己吧！

当你在美丽的夏日黄昏登上山岗时，请你想着我，想着我也曾常常爬上这山头，然后你遥望那边教堂墓地里我的坟墓，看那葳蕤的青草在落日余晖中随风摆动……

我动笔写这封信的时候，心情是平静的，可是现在，现在我周围的一切都变得生动活跃，我像孩子似的哭了。

将近十点钟，维特叫来仆人，边穿衣边对他说，过几天他要出门，因此让仆人把衣服刷干净，将行装收拾好；还叫他去把各处的账目结清，把借出去的几本书取回，给那几位他每月都给予一些周济的穷人预先发放两个月的接济金。他吩咐把饭送到房里来。吃过饭，他骑马去法官家。法官不在，他便在花园里踱来踱去，陷入沉思，似乎还要对以往的种种伤心事最后作一次总的追忆。

可是，孩子们却不让他安静，他们跟着他，在他身边欢欣雀跃，告诉他：明天，再一个明天，还要再过一天，他们就要到绿蒂家去拿圣诞礼物了，并纷纷述说他们小小的想象力所能幻化出来的种种奇迹。

"明天！"他大声说，"再一个明天！还要再过一天！"

他亲切地挨个儿吻了他们，打算离开他们，这时最小的男孩却还要凑着他耳朵说悄悄话。小家伙向他透露，哥哥们都写了几张贺年片，有这么大！一张给爸爸，一张给阿尔贝特和绿蒂，还有一张给维特先生，要在元旦早上送给他们。维特听了深受感动，给每个孩子都送了点东西，接着就跨上马背，让孩子们替他问候他们的父亲，随后便眼含热泪，策马而去。

　　将近五点，他回到寓所，吩咐女仆在炉子里加足木柴，以便把火一直生到深夜。他叫仆人把书籍和内衣装进箱子，放在底下，再将外衣装入护套缝好。随后他在给绿蒂的最后这封信上大概又写了下面的一段。

你一定没有料到！你以为我会听你的话，到圣诞夜才来看你。哦，绿蒂！要么今天见你，要么就永远不见！圣诞夜你手里就拿着这封信了，你一定会哆嗦，你可爱的眼泪将把信纸打湿。我甘愿这样做，我必须这样做！呵，我下了决心，感到多么痛快。

　　这期间绿蒂正处于一种奇怪的心态之中。同维特最后那次谈话之后她就感觉到，要同他分开她会多么难受，而要他离开她，他又将多么痛苦。

　　她在阿尔贝特面前像是随便提起的样子，说在圣诞夜之前维特不会再来了。阿尔贝特因为要同邻近的一位官员办理几件公事，所以便骑马到他府上去了，而且还得在那里过夜。现在她独自坐在家里，弟妹们一个也不在身边，她浮想联翩，反复默默思忖着自己眼下的处境。她看到，她同她丈夫已经永远结合在一起了。她深知他的爱恋和忠诚，她也实心实意地爱他；他的稳重，他的可靠好似上天的特意安排，好让一位淑女凭此营造自己一生的幸福；她感到，他永远是她和她弟妹们的依靠。另一方面，她感到维特是如此可贵，从相识的第一刻起，他俩就志同道合，意气相投，长时间与他的交往以及一些共同经历的情景在她心里产生了不可磨灭的印象。她无论感觉到、想到什么有意思的事，都习惯于同他分享，他的离去必将在她心上撕开一个无法重新填补的裂口。哦，要是她在瞬间能将他变成哥哥，她该多么幸福呀！要是她能撮合自己女友中的一位同他成亲，那么她就可以指望，他同阿尔贝特的关系也会完全得到恢复！

她把她的女友挨个儿想了一遍，发现每个人身上都有某些不足，找不出一个能与他般配。

经过这番考虑她才深深感觉到，虽然没有明说，但自己心里确实暗暗怀着热切的希望，将他为自己留下，同时又在对自己说，不能留下他，不应该留下他；她那纯洁、美丽、平日那么轻松、那么善于应对的心此刻也感到了忧郁的重压，幸福已经无望。她的心里很压抑，她的眼睛上覆着一片乌云。已经六点半了；这时她听到维特在上楼梯，并且听出了他的脚步声以及他询问她在哪儿的声音。在他来到的时候，她的心跳得这么剧烈，我们几乎可以说这还是第一次。她想，真该让人告诉他她不在家的。他走进了房里，她心慌意乱地对他喊道："您没有遵守诺言。"

维特的回答是："我什么都没有答应过。"

"那您至少也该满足我的愿望呀，"她说，"我求过您要为我们两人的安宁着想。"

她简直不知道自己说了些什么，也不知道该做什么，便差人去请几位女友来，以免单独同维特呆在一起。他把带来的几本书放下，又问起其他几本他想读的书。她呢，一会儿希望她的女友快来，一会儿又但愿她们不来。女仆回来了，带来消息，说两位都不能来，请她原谅。

她本想让女仆留在隔壁房间里干活，但随即又改变了主意。维特在房里来回踱步，她则走到钢琴前面，弹起了小步舞曲，但总是弹不流畅。这时维特已在长沙发上他习惯的位置上落座，她竭力控制住自己，泰然自若地坐到维特身边。

"您没有带什么东西来读？"她说。

他没有带。

"我那只抽屉里有您译的几首莪相的诗，"她说，"我还没有读过，我总希望听您自己来念；但是，打那以后一直没有机会，也没有心绪。"

他笑了笑，过去取诗；当他手持诗稿的时候，全身打了一个寒颤；眼望诗句，热泪纵横。他坐下来念道：

黄昏之星呀！你在西方美丽地闪耀，你从云里抬起明亮的头，壮丽地移步山峦。你注目荒原，为寻何物？暴风已经停息，从远处传来湍急的山涧淙淙，咆哮的波涛拍击着岩岸，黄昏的蚊蚋在田野上成群地乘风鼓翅，嗡嗡有声。你在寻觅何物，美丽的星光？你面带笑容，缓缓移动，快乐的波涛萦绕着你，将你的秀发濯洗。别了，安静的光华！辉耀吧，你这莪相心中壮美之光！

莪相之光灿烂地映现了。我看见逝去的友人，他们聚首在洛拉平原上，犹如在那业已逝去的日子里一样——芬戈尔来了，像一根潮湿的雾柱，簇拥着他的是他手下的英雄。看呵，那些游吟歌者：白发苍苍的乌林！魁梧的利诺！歌声悦耳的阿尔品！还有你，娓娓怨诉的密诺娜！想当年，我们在塞尔玛王室大厅举行歌唱比赛，我们的歌声像阵阵春风拂过山丘，吹弯了喁喁私语的青草，自从那次盛会以来，我的朋友，你们的模样有了多大的改变！

婀娜多姿的密诺娜走出来了，她目光低垂，泪水盈盈，她垂着的秀发随着时时从山上吹来的风儿飘洒。英雄们听到她吐出的婉转歌声，他们的心情变得更加阴沉，因为他们常常见到萨尔迦的坟墓，常常看到一身素装的珂尔玛幽暗的住房，珂尔玛孤独地伫立在山岗上，歌声悦耳动听；萨尔迦曾答应前来，但四周已经笼罩着茫茫夜色。听吧，这就是珂尔玛的歌声，她正独坐在山岗上！

珂 尔 玛

夜幕已经降临！我独自一人，被遗弃在暴雨倾盆的山岗上。狂风在群山中呼啸，急流从山岩上跌落，咆哮着滚滚而下。这里没有我避雨的茅屋，我被遗弃在这风雨交加的山岗上。

月亮呀，从云里出来吧！星星呀，在黑夜里闪耀吧！一束亮光引我到我爱人狩猎劳顿后休息的地方，他松了弦的弓摆放在身旁，他的爱犬在他周围到处又闻又嗅！在这树木丛生的河畔，我不得不独自一人坐在峭岩上。激流奔腾，狂风呼啸，可是我听不到我爱人的一丝声音。

我的萨尔迦呵，你为何迟迟不来？莫非他已将自己的诺言遗忘？——这儿就是峭岩、树木，这儿就是奔腾的激流，是我们约会的地方！你答应天一黑就来到这儿；哎！我的萨尔迦迷路到了何方？我愿随你遁去，离开我骄傲的父亲和兄长！我们两家是世仇，但我俩却不是仇人呀，萨尔迦！

风呵，你停一会儿！激流呵，你也安静片刻！让我的声音传遍峰峦山谷，传进我那漫游人的耳中！萨尔迦，我来了，我在呼唤！树木和峭岩就在这里！我的爱人！我的爱人！我在这里，你为何迟迟不来？

看呀，月亮出来了，山谷里的河水在闪光，灰色的岩石从

110

谷底一直伸到山岗，可是岩石之顶我却不见你的身影，他的爱犬也没有先来报信。我不得不坐在这里，独自一人！呵，下面荒野上躺着的是什么人？我的爱人？我的兄长？你们说话呀，我的朋友！可是他们一声不吭，令我心里惊恐万分！呵，他们已经死了！他们的剑上都染着格斗时的鲜血！呵，我的兄长，你为什么杀死我的萨尔迦？呵，我的萨尔迦，你为什么杀死我的兄长？你们两个都是我亲爱的人呀！在山岗旁的比武场上，在成千上万的比武者中，唯有你最英俊！而在战斗中却令人丧胆！你们回答我，你们听着我的声音，呵，我这两个亲爱的人！唉，他们沉默了，沉默了，直到永远！他们的胸膛已经像泥土一样冰凉！

哦，你们说话呀，从山岗的峭岩上，从暴风雨吹打的群山之巅！说话呀，你们死者的亡灵！我绝不会吓得毛骨悚然的呀！你们已去哪儿安息？在群山中的哪个洞穴里我才能把你们找到？在狂风中我听不到一丝微弱的声音，在山上的暴雨中听不到一息悲叹的回音。

我坐在山岗上悲痛得放声大哭，我泪流满面，挨到天明。死者的朋友呀，你们挖好坟墓吧，但在我到来之前，请不要把墓穴封闭。我的生命像一个梦，正在消逝；我怎能苟延残生，活在世上！我要伴我的亲人住在这里，住在这激浪拍岩的岸边——每当夜幕笼罩山岗，狂风在荒野上呼啸，我的灵魂就将在狂风中伫立，哀悼我朋友的死亡。小屋里的猎人听到我的悲恸，他对我的声音将又怕又爱听。我的悲泣声一定非常甜美动听，因为我在悼念我的朋友呀，他们两个都是我亲爱的人！

这就是你唱的歌呀，密诺娜，托尔曼妩媚娇艳的女儿。我们为珂尔玛流泪，我们心里都充满凄楚之情。

乌林怀抱竖琴登场了，弹着琴为我们唱起阿尔品的歌——阿尔品的声音娓娓动听，利诺的心里热情奔放。但是，他们现在都已仙逝，在斗室之中长眠，他们的歌声也不再在塞尔玛上空回荡。从前乌林有次打猎归来，那时英雄们尚未捐躯沙场。他听到他们在山岗上比赛歌唱，他们的歌声缠绵婉转，但充满哀伤。他们咏叹那位群雄中的佼佼者，咏叹莫拉尔的阵亡。他的心灵活像芬戈尔的一样崇高，他的剑像奥斯卡的一样，令人丧胆——可是，他倒下了。他的父亲悲声痛哭，他姐姐的眼里泪水盈眶，英俊的莫拉尔的姐姐密诺娜的眼里泪水盈眶。在乌林歌唱之前她便下场，犹如西天的月亮预感到暴风雨即将来临之前，便将美丽的脸庞在云里躲藏——我和乌林一起弹起竖琴，伴着这悲痛的歌唱。

利　诺

风过雨停，中午天气晴朗，乌云正在散开，时隐时现的太阳又匆匆照耀着山岗。阳光映红山中的溪水，在谷底奔向远方。溪涧的淙淙低吟果然甜美，但我听到的声音，我听到的阿尔品的声音却更加悦耳动人。他在哀哭死去的英雄，他低垂着衰老的头颅，他的双眼哭得通红。阿尔品，杰出的歌手，你为何独自伫立在这默默无语的山岗上？你凄凉的声音为什么像穿林的风，像击岸的浪？

阿　尔　品

利诺呀，我的眼泪为死去的英雄而流，我的歌为墓主人而唱。在山岗上，你何等魁梧，在荒野的儿子中，你是何等俊美！但是，你也将像莫拉尔一样倒下，哀悼者也将坐在你的坟头。山山岭岭将把你忘记，你松了弦的弓将摆放在大厅上。莫拉尔呀，在山岗上你像野鹿，健步如箭，敌人见了你心惊胆战，犹如见了夜里报警的篝火燃得高高，你的愤怒像呼号的狂风，战斗中你挥动利剑犹如荒野上闪闪的电光。你的声音像暴雨后山洪的咆哮，像远山上的雷声隆隆。多少人在你的手下丧身，多少人被你愤怒的火焰吞噬。可是，当你从战场上凯旋，你的额上又显得多么温和！你的面容像雷雨后的太阳，又像静夜里的月亮，你的胸膛平静安谧，犹如风平浪静的海洋。

如今呀，你的居室狭隘，你的住处昏暗！你的坟墓长不过三步，哦，你呀，从前你的身躯是何等高大！如今唯一记得你的就是那四块长满青苔的墓石；一棵枝叶凋零的树木和几许在风中瑟瑟的野草告诉猎人，这里就是威风凛凛的莫拉尔的坟墓。没有母亲为你哭泣，没有少女为你洒下爱的泪水，生你有你者已死，那位莫格兰的女儿早已香消玉碎。

来了一位拄杖者，是谁？他是谁，这位年迈的老人白发苍苍，他的眼睛已经哭得通红？哦，莫拉尔，他是你父亲呀，他只有你独子一人。他曾听说你战场上的威名，他曾听说敌人被你打得落花流水，狼狈逃窜；他曾听说莫拉尔的荣耀！呵，怎么就不知道他身负重伤？哭吧，莫拉尔的父亲，哭吧！可是，你的儿子已经听不到你的呼号。死者头枕一蝗尘泥，睡得又深又沉。他永远不会听到你的呼唤，你永远无法将他唤醒。呵，墓穴中何时才会有黎明，好给酣睡者下令：醒来吧！别了，最高贵的人，战场上的盖世英雄！但是，战场上永远见不到你的英姿了，你那利剑的耀眼光华再也不会照亮勘暗的森林。你没有留下儿子，但歌声将把你的名字传唱，要让后世听到你，听到为国捐躯的莫拉尔的英名。

英雄们个个悲戚，泫然泪下，声音最响的是阿明撕心裂肺的号啕大哭。他想起了自己去世的儿子，儿子死的时候正值青春年华。名声显赫的加马尔的君王卡莫尔正坐在老英雄身旁。"阿明因何如此哀伤？"他说，"因何在此痛哭？听这悠扬的歌声，不使人悦耳赏心？歌声如柔曼的薄雾从湖上升起，弥漫在山谷，滋润着盛开的鲜花；当太阳重新施展它的威力，雾霭就全部消散。你因何如此伤心，阿明，你这四周环海的戈马岛的统领？"

伤心呀！我确是伤心，我的悲痛一言难尽。卡莫尔，你没有失去儿子，没有失去如花似玉的女儿；勇敢的戈尔格还活着，最美的姑娘安妮拉也快快乐乐。哦，卡莫尔，你家是枝繁叶茂，可是，我家的宗脉到我阿明就断了根。哦，道拉呀，你的寝床如此幽暗，你正在你的墓穴安眠。你何时醒来，再用你银铃般的声音歌唱？吹吧，秋风！呼啸吧，在这昏暗的荒野上！澎湃吧，山涧！滂沱吧，栎树林里的暴风雨！月亮呀，钻出破碎的云层，现一现你苍白的脸庞吧！我想起了那个可怕的黑夜，那一夜我子女双亡：勇猛的阿林达尔倒下了，亲爱的道拉也鲜花凋谢。

道拉，我的女儿，你是多美呀，你像高悬在富拉山上的皎月一样俏丽，像天空飘下的雪花一样洁白，像轻拂的微风一样馥郁！阿林达尔，作战时你箭无虚发，长矛神速，你的目光像波涛上的薄雾，你的盾牌冲锋时像暴风雨中的一片火云！

赫赫有名的英雄阿马尔来了，他来向道拉求婚，不久便赢得了她的爱情。朋友们都怀着美好的希望，期待佳期来临。奥德加尔的儿子埃拉特怒火中烧，因为他的弟弟曾在阿马尔手下殒命。他乔装成一个年迈的船夫，驾轻舟一叶，乘风破浪驶来。他的鬈发已白，庄重的面容显得镇定自若。"最美的姑娘呀，阿明可爱的女儿，"他说，"在不远的海里有座岩岛，那里树上红红的果子霞光闪闪，阿马尔就在那里等待道拉；他派我来接他的爱人，乘船越过波涛翻滚的海洋。"她跟他上船走了，一路上不停地呼唤阿马尔；除了岩石的回声，她没有得到一丝回音。"阿马尔！我的爱人！我的爱人！你为什么叫我这么害怕？听着，阿尔那特的儿子！听着，我是道拉，我在把你呼唤！"

奸雄埃拉特大笑着往岸上逃去。道拉以最大的声音，呼唤她的父亲和兄长："阿林达尔！阿明！怎么谁也不来救你们的道拉？"

她的声音从海上传来，听到喊声，阿林达尔，我的儿子，急忙从山上下来。他常年打猎，练得骁勇胆大，他手执强弓，腰插箭矢刷刷作响，五只灰黑色的猎犬紧紧跟随他身旁。他看见胆大包天的埃拉特已到岸上，他就去把他抓住，捆在栎树上，用绳子把他身上绑了又绑，埃拉特禁不住连连呻吟。阿林达尔驾舟破浪向前，要把道拉救上陆地。这时阿马尔也怒气冲冲地赶来了，他射出一支灰色翎箭，嗖的一声中了你的心房，哦，阿林达尔呀，我的儿子！歹徒埃拉特倒没有死，你却为他送了命，船到岸边，他也倒了下来，气绝身亡。哦，道拉！你的脚边流着你兄长的鲜血，你呀，悲痛欲绝！

巨浪击破了小船。阿马尔纵身跳进大海，为的是去救道拉，还是自作了断？山上刮来一阵狂风，海上波涛汹涌。阿马尔沉入海底，再也没有上来。

独自一人，我站在海水击拍的岩石上，听到我女儿的哀号。她呼天唤地，喊声不断，可是她父亲却无法救她上岸。我在岸边站了通宵，在朦胧的月色中望着她，整夜都听到她的呼喊。狂风在呼号，暴雨拍打着山坡。黎明到来之前，她的声音就已经十分虚弱。她去了，像晚风消失在岩石上的草丛中，她死了，心里怀着多大的悲痛，剩下的就我阿明一人，孤苦伶仃！我在战场上的威风已经失去，在女人中的骄傲也荡然无存。

每当山上的暴风雨来到，每当北风掀起巨浪，我就坐在喧嚣激荡的岸上，望着那块可怕的岩石。在月亮西沉时，我常常看见我儿女的幽灵，在朦胧中，他们时隐时现，飘飘邈邈，哀伤而和睦地携手同行……

绿蒂的眼里涌出一股汩汩的泪水，冲泄了她心头的压抑。但她这一哭，维特却念不下去了。他扔下诗稿，抓住她的手，痛苦的眼泪潸潸而下。绿蒂倚在另一只手上，用手帕掩住自己的眼睛。两人都非常激动。他们从这些高尚人物的遭遇中体会到了自己的不幸，他们有着同样的感受，他们的眼泪在一起交融。维特的嘴唇和眼睛，在绿蒂的手臂上灼燃；她全身起了一阵寒战，她想要离开，但痛苦和同情像铅一样压在她心上，她的神经像是麻痹了。她深深吸了口气，好让自己的神智恢复清醒，她抽泣着，求他继续读下去，她恳求时的声音非常动人，宛如来自上天的妙音！维特浑身颤抖，他的心像要爆炸似的，他拿起诗稿，时断时续地念道：

"春风呵，你为何把我唤醒？你柔情缱绻地将我爱抚，并对我说：我要以天上的甘霖将你滋润！但是，我凋谢的时日已近，暴风雨即将来临，它将把我吹打得枝叶飘零！明天那位旅人将会来到，他曾见过我年轻时美丽的面容，他的眼睛将在原野上四处把我寻找，但无法将我找到……"

这些诗句的重量全部落在了这个不幸的人的身上。他完全绝望了。一下跪倒在绿蒂面前，抓着她的两只手，把它们先压在自己的眼睛上，再按在自己的额头上，她好像感觉到他灵魂中有个可怕的盘算正在飞升。她的神志昏乱了，她紧紧抓着他的手，把他的手按在自己胸脯上，她心情忧郁而又深受感动，她向他俯下身来，两人灼燃的面颊偎依在一起。在他们心里世界已经消失了，他紧紧把她搂住，将她贴在自己胸口上，并在她颤抖的、咕哝的嘴唇上印以无数个狂吻。"维特！"她声音窒息地喊道，同时向一边转过脸去，"维特！"她那娇弱的手把他的胸脯从自己的胸上推开；"维特！"她叫道，冷静的声音里流露着高尚的感情。

他没有反抗，把搂着她的手放开，茫然失措地跪在她面前。

她站了起来，心里又怕又乱，又爱又怒，浑身颤抖，说："这是最后一次！维特！您不要再见我了。"说完，她以充满爱意的目光朝这位不幸的人好好看了看，便奔到隔壁房间，锁上了门。

维特向她伸开双臂，但没敢拦住她。他躺在地上，头枕沙发，就这个姿势躺了半个多小时，直到听见有什么声响他才清醒过来。那是女仆进来收拾桌子，准备开饭了。他在屋里踱来踱去，后来发现又只剩下他一个人时，便到隔壁房门前，低声唤道：

"绿蒂！绿蒂！只再说一句话！说一声'永别'！"

她没有出声。

他等着，央求着，等着；后来，他只好离开，走时他喊道：“别了，绿蒂！永别了！”

　　他来到城门口，守卫已经认识他了，一声没说就让他出了城。这时风雪交加，将近十一点他才重新敲响寓所的门。维特进屋时，他的仆人发现主人头上的帽子没有了。仆人没敢多嘴，就帮他脱下衣服，他全身都湿透了。后来有人在一块从山头高坡俯临狭谷的岩石上发现了他的帽子。在那么黑暗的雨雪之夜，他居然攀上了这块悬岩而没有摔下去，真有点不可思议。

　　他躺上床，睡了很久。第二天早晨，仆人听到主人叫唤，给他送咖啡去时，发现他正在写信。他在给绿蒂的信上又写了以下的几段：

　　最后一次，最后一次我睁开眼睛。唉，这双眼睛再也不会见到太阳了，盖住这眼睛的是一个阴沉晦冥、雾气腾腾的长昼。哀悼吧，大自然！你的儿子，你的朋友，你的所爱已经到了他生命的尽头。绿蒂，一个人在对自己说“这是最后一个早晨”时，他的感觉是独一无二的，但与朦胧的梦境最为相似。最后一个！绿蒂，我真不懂“最后一个”这个词！如果说我现在站立于此，精力充沛，那么明天我就将四肢一伸，躺在地上。死！这是什么意思？看呵，每当我们谈起死，我们就是在做梦。我曾见过不少人死去，但人是多么局限，他对自己生命的开始与终结一无所知。现在还是我的，你的！你的，哦，亲爱的！可是，片刻之后……分开，离别……也许是永远？……不，绿蒂，不！……我怎能消逝？你怎能消逝？我们两人都在！……消逝！……这是什么意思？这又是一个词，一个空洞的声音！我的心对它没有任何感觉。……死，绿蒂！埋进冰冷的泥土里，墓穴是多么狭窄！多么黑暗！……我曾有一位女友，在我茫然的少年时代，她就是我的一切；她后来死了，我送她的遗体去安葬，我站在她的墓旁，眼看别人把棺木放下去，再从棺木底下把绳子刷刷地抽上来，然后就往下铲土。土落在棺木上，发出沉浊的响声；响声越来越沉浊，越来越沉浊，最后泥土完全盖住了棺木！……我一下扑倒在墓旁……我心里百感交集，惶恐失措，震惊万分，肝胆俱裂，但我不明白，自己出了什么事……自己会出什么事……死！坟墓！我不了解这些词的意义！

哦，原谅我吧！原谅我吧！原谅我昨天的举动！那真该是我生命的最后一刻。哦，你这天使！那极度快乐的感觉第一次，第一次无可怀疑地在我心灵深处灼燃：她爱我！她爱我！从你唇上蔓过来的神圣的烈火现在还在我的唇上燃烧，我心里还留着新的、温暖的欢乐。原谅我吧！原谅我吧！呵，我知道你爱我，我知道，从你起初对我的几次深情的谛视中，在第一次握手时我就知道，可是当我又要离开时，当我看到阿尔贝特在你身边时，我就疑虑重重，灰心丧气了。你还记得送给我的那些鲜花吗？在那次烦人的聚会上你不能跟我说话，不能同我握手，你就让人给我送来这些花。我在花前跪了半夜，花儿将你的爱情送进了我的深心，可是，哎，这些已经消散，正像在圣餐时领受了圣灵恩赐的基督徒，他对上帝恩惠的情感又将渐渐从他心里淡忘一样。

这一切瞬息即逝，但我昨天在你唇上享受的、现在我心里仍感觉到的生命之火，是永远不会熄灭的！她爱我！我这手臂曾将她搂抱，我的唇曾在她的嘴唇上颤抖，我这嘴曾在她的嘴边呐呐而语。她是我的！你是我的！是的，绿蒂，永远是我的。

阿尔贝特是你的丈夫，这是怎么回事？丈夫！我爱你，我要将你从他的怀里夺到我的怀里来，对这个世界……对这个世界这难道就是罪孽吗？罪孽？好，为此我来惩罚自己；我已经品尝了这罪孽的全部天大的欢乐，已将生命的琼浆和力量吮进了我的心里，从这一刻起你就是我的了！我的，哦，绿蒂！我先走了，去见我的天父，去见你的天父。这一切我都要向天父诉说，他将安慰我，直到你也来到。那时，我将向你飞去，抓着你，在天父面前拥抱在一起，永不分离。

我不是做梦，不是妄想！在快进坟墓之时，我心里更亮堂。我们都是要死的！我们会再见的！我们将见到你的母亲！我将见到她，将找到她，呵，我要在她面前倾诉我的衷肠！你的母亲，和你长得一模一样！

将近十一点，维特问他的仆人，阿尔贝特是不是已经回来了？仆人说，回来了，他看见他骑着马过去的。主人听了，随即写了一张便条交给他，内容是：

我打算出门旅行，把您的手枪借我一用行吗？祝您快乐！

可爱的绿蒂昨天晚上辗转反侧，夜不成眠。她所担心的事，终于作出了抉择，而且是以她既不能预料、又无法担心的方式作出抉择的。她的天性本来一向是和悦温顺的，居然也火冒急燎了；徘徊瞻顾，百感交集扰乱了她美丽的心灵。她胸中感受到的是维特拥抱时的烈火？是对他举止放肆的不满？是她将自己眼前的处境与过去那些自由自在、天真无邪和自信不疑的日子相比而生出的恼怒？她该如何去见自己的丈夫，如何向他坦白那一幕，她理当坦率承认、可又不敢承认的那一幕呢？他俩相对默默无言，这已有很长时间，难道该首先由她来打破沉默，并在这极不适宜的时候使丈夫获得这一意想不到的发现？她担心，单就维特来访这件事就会给他一个不愉快的印象，更何况是那个意想不到的灾难！她能指望她丈夫会完全从好的方面来看待她，不带任何成见地容纳她吗？她能希望她丈夫愿意洞察她的灵魂吗？还有，她在她丈夫面前从来都是光明磊落、问心无愧的，像水晶一样透明，她从未对他，也不可能对他隐讳自己的任何感情，现在她难道能对他装假？她左右为难，忧虑重重，处境十分尴尬；她的思想一再回到维特身上——她失去了维特，她舍不得他，可惜又必须丢开他；而他一旦失去了她，他就什么都没有了。

　　他们夫妻间出现的隔阂，此刻她还弄不太清楚，现在压得她多么沉重呵！那么通情达理、那么善良的两个人，相互之间由于某些不便言明的分歧而开始变得寡言少语了，每人都在想自己是对的，别人不对，各种情况纠缠在一起，乱成一团，在这千钧一发的严重时刻，根本就别想把这个结解开。倘若他们早些恢复愉快的信赖，相亲相爱，和好如初，倘若他们之间能够重新恢复相互间的爱情和宽容，倘若他们各自都把自己的心扉敞开，那么我们的朋友或许还可得救。

　　此外，这里还有一个特别的情况。我们从维特的信中知道，他渴望离开这个世界，这一点他从未隐瞒。对于这个问题，阿尔贝特常常和他争论，绿蒂和她丈夫之间也不时谈起。阿尔贝特对自杀行为是深恶痛绝的，他甚至常常以平时他个性中所没有的极其敏感的方式声称，他完全有理由怀疑那种意图的严肃性，甚至对此开过几次玩笑，并且把自己的怀疑告诉过绿蒂。这一方面使绿蒂在想到眼前这幅悲惨情景时可以感到放心，但另一方面，要她把此刻正在折磨她的种种忧虑告诉丈夫，她又感到难以启齿。

阿尔贝特回来了，绿蒂神情尴尬，匆忙迎去。他心里也不轻松，他的事没有办完，碰上邻区那位官员又是个食古不化、思想狭隘的人，加上路很难走，更使他火冒三丈。他问家里有什么事没有，绿蒂慌忙回答说，维特昨晚来过。他问有没有信，绿蒂说，来了一封信，还有包裹，都放在房里了。他走进房里，绿蒂一人留在那儿。她爱丈夫，敬重丈夫，他的到来在她心里产生了新的印象。想到他的高尚，他的爱情和善良，她心里就平静多了，她感到有种神秘的吸引力，使她情不自禁地跟着他，她便拿起活计，像往常一样，走到他房里。她发现阿尔贝特正在忙着打开邮包和读信，对信里有些问题似乎感到不快。她问了丈夫几个问题，他一一作了简短的回答，随后便坐到写字台前去写信了。

　　他们就这样在一起呆了一小时，绿蒂的心情越来越阴郁，她感到，即使在丈夫情绪最佳的时候，她也很难启齿把自己的心事向他表露；她的心里非常悲伤，而她又要竭力隐藏自己的悲伤，把眼泪往肚里吞，所以这就使她更其害怕。

　　维特的仆人来了，这使她狼狈之至；仆人把主人的便条交给阿尔贝特，他看了便条，就泰然自若地朝妻子转过脸来，说：

　　"把手枪给他。"

　　"我祝他旅途愉快。"他对仆人说。

　　她听到这句话，简直像是个炸雷落在了她身上，她摇摇晃晃站了起来，不知道自己是怎么啦。她慢慢走到墙边，哆哆嗦嗦地把枪取了下来，擦去枪上的灰尘，心里迟疑不决，要不是为阿尔贝特探询的目光所逼，她准定还会犹豫半天。她把这不祥之物给了仆人，一句话也说不出来。仆人走了，她便收拾起自己的活计，回到自己房里，心里惴惴不安。她预感到将有可怕的事情发生。她立刻打算去跪在丈夫脚下，向他披露一切：昨晚的事，她的过错以及她的预感。随后她又看出，这样做不会有什么结果，说服丈夫到维特那儿去看一看的希望微乎其微。晚饭已经摆好，这时她的一位要好的女友来问了点事，本来马上要走的，她把她留下了，这样晚餐时的谈话气氛就好了一些。绿蒂强制着内心的不安，大家一起谈谈说说，也就把别的事忘了。

仆人拿着手枪回到维特那儿，当维特听说枪是绿蒂亲手交给仆人的，心里喜不自胜，便把枪拿了过去。他让人拿来面包和酒，叫仆人去吃饭，自己则坐下来写信：

手枪经过了你的手，你还擦掉了枪上的灰尘，我将这两支枪吻了千百遍，因为你触摸过它们！你，天上的圣灵，玉成了我的决心！你，绿蒂，把手枪交给了我，我曾多么希望从你手中领受死亡呀，呵，现在我领受了！哦，我曾详细问了我的仆人，他说，你把枪递给他时，你在颤抖，你连"再见"都没有说！……唉，天哪，连句"再见"也没有说！……难道为了那一瞬间，那把我永远固定在你身上的一瞬间，你就关闭了你对我的那颗心？绿蒂呀，那个印象即使再过一千年也是不会磨灭的！我感觉到，对于一个为你把爱火燃得如此炽烈的人，你是不会恨他的。

饭后，他叫仆人把东西全部包装好，撕掉了许多信函，出去处理了几笔小额债务。办完以后他回到寓所，不一会又走出大门，冒雨走进伯爵的花园，在那里踯躅徘徊，直到暮色降临才回屋继续写信：

威廉呀，我最后一次去看了田野、森林和天空。我也和你永别了，亲爱的母亲！原谅我吧！请你安慰她，威廉！愿上帝赐福给你们！我的事情都已料理停当。别了！我们会再见的，那时一定比现在欢乐。

阿尔贝特，我对你竟做了亏心事，请原谅我吧。我破坏了你家庭的和睦，造成了你俩之间的猜疑。别了！我愿了结这一切。哦，但愿我的死能带给你们幸福！阿尔贝特，阿尔贝特，请让这位天使幸福！愿上帝永远降福于你！

晚上，他又在信函、文稿中翻找了很久，撕碎很多信件，将它们投进炉里，并在几个写着威廉地址的包裹上加了封条，包里是他的一些短文和没有写完的随感，有几篇我曾见到过。晚上十点钟他叫人给壁炉里添了木柴，并送来一瓶酒，就叫仆人去睡觉。仆人的房间和房东的卧室都在老远的后院，仆人一回去便和衣而睡，好在第二天一早就去伺候主人，因为主人说过，驿站的马车六点以前就会到门口的。

夜里十一点以后

现在更深夜静，我的心里也十分平静。我感谢你，上帝，感谢你在这最后一刻赐我温暖和力量。

我走到窗前，我最亲爱的，透过汹涌飞驰的云层，我看到永恒的天空中有星儿点点！不，你们不会陨落！永恒的主，他在心里撑托着你们，撑托着我。我看见了群星中最最可爱的北斗星。每当我夜里离开你，出了你家大门，北斗星座总是挂在我的头顶。我常常如此沉醉地望着它，常常高举双手把它看作我眼下幸福的标志，当作神圣的记忆的标志！还有——哦，绿蒂，什么都让我想起你！你无时不在我周围！我像个孩子，把你神圣的手所触摸过的各种各样小玩意儿毫不知足地全都抢到了自己手里！

这帧可爱的剪影，我把它遗赠给你，绿蒂，请你将它珍惜。我在这帧剪影上所印的吻何止万千，每当出门或回家时，我都要向它频频挥手致意。

我已给你父亲留了一纸便笺，请他保护我的遗体。在教堂墓地后面朝田野的一隅有两棵菩提树，我希望在那儿安息。他能够，他一定会为他的朋友办这件事的。请你也求求他。我并不指望虔诚的基督徒会将他们的遗体摆放在一个可怜的不幸者旁边①。呵，我希望你们把我葬在路旁或者寂寞的山谷中，祭司和撒马利亚人②走过我的墓碑前将为我祝福，撒马利亚人也将为我洒泪。

绿蒂！在此，我毫不畏缩地握住这冰冷的、可怕的高脚杯，饮下死亡的醇醪！它是你递给我的，那我还有什么畏缩！一切！一切！我生命中的一切愿望和希冀就这样全部得到了满足！我要叩击冥界的铁门了，心情冷静，态度坚毅。

绿蒂呀！我居然有幸去为你死，去为你献身！倘若我能为你重新创造生活的安宁与欢乐，那我就愿意勇敢地、高高兴兴地死。可是，唉，世上只有少数高尚的人，肯为自己的亲人流血献身，并以自己的死激励他们的朋友百倍地生！

我想穿着这套衣服入殓，绿蒂，你接触过这套衣服，并使它变得神圣了；这事我也求了你父亲。我的灵魂将飘荡在灵柩上。请别让人翻我的衣服口袋。这个粉红色的蝴蝶结，就是我第一次在你的弟妹中看到你时，你戴在胸前的那个蝴蝶结……哦，请吻他们一千

---

① 按基督教教规，自杀乃是叛教行为，所以自杀者不能葬入教堂公墓。
② 撒马利亚人指救死扶伤者，典出《圣经·路加福音》第十章。

次，并把他们这位不幸的朋友的遭遇告诉他们。这些可爱的小家伙！他们都围着我呢。呵，我已经紧紧地同你联结在一起了！我对你是一见钟情！……让这个蝴蝶结和我同葬吧。这是我生日那天你送给我的！我是多么贪婪地接受了这一切呵！……唉，没有想到，这条路竟把我引到了这里！……你要镇静！我求你，要镇静！……

枪里装上了子弹……时钟正敲十二点！就这么着吧！……绿蒂！绿蒂！永别了！永别了！

有位邻居看见火光一闪，听到一声枪响；但随后一切都又寂静无声了，所以他也就没有继续留意。

第二天早晨六点，仆人手持蜡烛走过房间，发现主人倒在地板上。身边是手枪和血。他呼喊着，紧紧抓着他；维特一声未答，只是还发着咕噜声。仆人跑去叫医生，又跑去叫阿尔贝特。绿蒂听见门铃响，吓得浑身直哆嗦，手脚都发软。她叫醒丈夫，两人都起了床，仆人哭哭啼啼，结结巴巴地报告了这个消息，绿蒂一听就在阿尔贝特面前昏倒了。

大夫来了，他发现躺在地板上的这位不幸的人已经没救了，脉搏还在跳动，但四肢已经不能活动了，子弹是从右眼上方击穿头部的，脑浆都迸出来了。大夫多此一举地切开他手臂上的一根血管给他放血，血在往外流，但他仍在喘息。根据靠背椅扶手上的血我们可以推断出，维特是坐在写字台前朝自己头上开枪的，随后便倒在地板上，痉挛地围着椅子打滚。他面对窗户仰卧着，一丝力气都没有了，身上着装齐整：长统靴、蓝燕尾服和黄背心。

房东一家、邻里街坊以及全城都震惊了。阿尔贝特赶来了，这时维特已被抬到床上，额上已经包好，面如死灰，四肢一动不动。他的肺部还在发出可怕的咕噜声，时弱时强；大家都在等他咽下最后一口气。

酒，他只喝了一杯。书桌上放着一本摊开的《艾米莉娅·迦洛蒂》①。

关于阿尔贝特的震惊和绿蒂的悲痛，那就不用我说了。

老法官闻讯，策马疾驰而至，热泪盈眶地吻着垂死的维特。他的几个较大的儿子也接踵而至，他们一齐跪在床前，抑制不住内心的悲痛，大哭不已，吻他的手和嘴，尤其是一向最受维特喜爱的老大，一直吻着他的嘴唇不起来，直到维特断了气，人家才强行把这孩子拉开。中午十二点维特去世了。由于法官在场并作了部署，才避免大家蜂拥而至，造成混乱。夜里将近十一点，法官吩咐把维特安葬在他自己选定的地方。老法官和他的儿子跟在遗体后面，为维特送葬，阿尔贝特没能来，他正在为绿蒂的生命担忧。维特的遗体由几位工匠抬着，没有祭司来为他送葬②。

韩耀成　译

---

① 德国剧作家莱辛(1729—1781)的著名悲剧，剧中女主人公的父亲为了不让暴君玷污女儿，亲手杀了女儿。

② 十八世纪末期，安葬死者通常都在晚间或深夜进行，棺材则由某个手工业行会的工匠来抬。在这一点上维特的下葬与一般习俗没有什么区别。所不同的是，维特安葬时没有祭司参加，这在十八世纪是非常惹眼的。因为这一来就等于把维特打成了凶手和罪犯，而在当时，神职人员是不给自杀者安葬的。自杀的人也很难在公墓里得到一块墓地，所以维特预先留下遗书，托 S 法官将他葬在"教堂墓地后面朝田野的一隅有两棵菩提树"的地方。这里的文字是这样表述的："法官吩咐把维特安葬在他自己选定的地方。"十八世纪的读者从这句简短而含蓄的话中便可得知：没有法官的照顾，一切都不可能按维特生前的愿望进行。

阿 道 尔 夫

［法］本雅明·贡斯当

本雅明·贡斯当（Benjamin Constant, 1767—1830），法国文学家、政治家、古典自由主义思想先驱。重要著作有政治论著《政治原则》《古代人的自由与现代人的自由》以及文学作品《阿道尔夫》《塞茜尔》和《红色笔记本》等。

本篇是贡斯当的文学代表作，有"法国《少年维特之烦恼》"之称，又有"女性《少年维特之烦恼》"之称，因为小说中为爱而死的不是男主人公阿道尔夫，而是女主人公艾蕾诺尔。

小说由男主人公阿道尔夫自述其身世：他二十二岁那年，他爱上了美貌动人、但年龄比他大十多岁的艾蕾诺尔。一开始，艾蕾诺尔还拒绝了他，因为除了年龄，她和阿道尔夫的社会地位也不相配——阿道尔夫是贵族之子，而她呢，不但不是贵族，还是个波兰人，所以她只能做一位法国伯爵的情妇，还为这位伯爵生了两个孩子。然而，阿道尔夫却热情而冲动，不顾一切地追求她。这使她难以抗拒，竟报之以更加热烈的爱情，并把终生交付给了阿道尔夫——她不顾一切，和阿道尔夫一起私奔。但不久，阿道尔夫却生了悔恨之心，因为他父亲不赞成他和艾蕾诺尔相爱。出于对父亲的尊重，阿道尔夫觉得自己辜负了父亲的教诲。这样，他一方面想和艾蕾诺尔分手，一方面又不想伤害艾蕾诺尔，所以，犹犹豫豫地拖着。这当然引起了艾蕾诺尔的猜疑。得知真相后，她痛苦万分。她竭力想拯救他们的爱情，但终属徒劳。阿道尔夫在他父亲的一再干预下，终于下定决心，离开了她。就这样，一段不寻常的恋情结束了。这对阿道尔夫来说，或许只是一个小小的"过失"，但对可怜的艾蕾诺尔来说，却是致命的打击。她忧郁成疾，不久便离世而去。

诚然，这是个"始乱终弃"的老故事。但是，在贡斯当笔下，这个故事却为描写人物的复杂心理提供了一个框架。小说中真正称得上"人物"的，其实只有两个，即"我"（阿道尔夫）和艾蕾诺尔，但就如作者在小说单行本的前言中所说，"在一本只有两个人物，而且情景单一的小说中，也可能别具一番情趣"。这"情趣"，就是小说中真实而细腻的心理描写，特别是"我"的心理，很复杂，并不仅仅是"薄情郎"、"负心汉"而已。这里不仅涉及社会、家庭，还涉及一种性格，所以，这篇小说历来被认为是法国早期心理小说之一，甚至被认为是"现代心理小说的发端"。

确实，阿道尔夫和艾蕾诺尔的心理都很复杂，两人的恋情也非同寻常，但这一切却讲述得非常真实可信，毫无作者故意安排的感觉。这或许和贡斯当自身的恋爱经历有关：一般认为，阿道尔夫的原型就是贡斯当自己，而艾蕾诺尔的原型，则是女作家斯达尔夫人——贡斯当曾和她有过一段不寻常的恋情。换言之，这篇小说在很大程度上是作者的自传，也是他的自我忏悔之作。

对此，我们不妨先读一读作者在小说出版前写给出版商的信，然后再读这篇小说，或许会更觉得"别具一番情趣"。他在信中写道：

"这部书中所出现的人物，我大多认识，因为故事本身写得太真实了。我常常见到这个古怪而不幸的阿道尔夫，他既是作者本人，又是书中的主角。那位妩媚可爱的艾蕾诺尔，理应过上更甜蜜的生活，博得一颗更忠贞的心，但她却受制于那个和她一样可怜的有害人物，他以某种魅力俘虏了她，并且由于他的懦弱，把她折磨得心碎欲绝。我曾经好言相劝，试图将艾蕾诺尔从那人的手中拯救出来。哎！我最后一次见她的时候，还以为多少能给她一点力量，能使她的理智战胜情感。后来我们分离了，而且分离的时间太长了，等我回到告别她的地方的时候，我所能找到的只是坟墓一座。

"先生，你应当将这一段故事发表，它从此不会刺痛任何人了，而且，依我看，也不无好处。艾蕾诺尔的不幸证明，即使是最炽热的感情，也无法与现实事物的秩序抗衡。社会太强大了，它以五花八门的面目出现，把苦药掺进它没有加以认可的爱情之中，它助长心灵的病患：那种易变的习性与难耐的腻烦，在知己关系方面，也时而突然受这两者的侵袭。

"那些冷漠薄情的人起劲地打着道德的招牌去非难别人，假借对美德的热忱去损害别人，似乎一见到爱情，他们就讨厌，因为他们根本不可能去爱。一旦有某个借口可以利用的时候，他们便攻击爱情，毁掉爱情，以此为快事。所有的因素都联合起来毒害这种感情，而当社会不必一定要视之为合法而对此尊重的时候，便以人心中最恶毒的一切，去抑制内心一切美好的东西，以反对这种感情，于是，完全依从于这种感情的女人就倒霉了！

"阿道尔夫在抛弃了那爱他的人之后，并不感到稍为安心、稍为平静、稍为舒畅。他以那么大的痛苦、那么多的眼泪换来的自由，对他竟毫无好处；他使得自己该受谴责，也使自己值得别人的同情。如果你还考虑到这些，阿道尔夫的例子也并非没有教育意义。

"先生，如果你还需要证据，那就请你读一读这些文字吧，它能使你了解阿道尔夫的命运。你将会在各种不同场合见到他。他是自私心和同情心的受害者。这种自私心和同情心给他造成不幸，也给别人带来不幸。他明知不对，却偏去作孽，作了孽之后又绝望地退缩；与其说他是因其弱点、倒不如说是因其素质而受惩罚，因为他的素质源于他的冲动，而不是来自他的道德原则。他时而非常忠诚，时而又十分冷酷，但总是以忠诚开始，以冷酷告终，因此他留下的足迹，只是他的过失的记录。"

一

我二十二岁那年，毕业于哥廷根大学。我父亲是某小公国的廷臣，他的愿望是让我游历欧洲最出色的国家，然后把我召回身边，在他属下的部门见习，以便有朝一日接替他。在大学里，虽然周围的人生活放荡，我学习却相当刻苦，所以，在同学中，我的成绩出类拔萃。我父亲因此对我寄予期望，不过，这种期望也许是很不切合实际的。

由于我父亲对我寄予愿望，所以对于我们所出现的许多差错，他总是采取十分宽容的态度，从不让我承担这些差错带来的后果。

大凡我有什么要求，他也总是应允，有时还主动迎合这些要求。

遗憾的是，他为人庄重、宽厚有余，而慈爱、体贴不足。我深信他完全有权利得到我的感激和尊敬。但是，在我们之间，却从来没有存在过真诚信任的关系，他的脑子里总有点什么嘲弄人的东西，这与我的脾性是格格不入的。那时，我只求沉湎于原始的、强烈的感受中，好让心灵脱离寻常状态，使之蔑视周围的一切事物。

我从我父亲身上看到的不是一个学监的形象，而是一个冷漠苛刻的观察员的形象。与你聊天，他总是先同情地微笑一下，然后，很快就不耐烦地把话头掐断。我已经记不起，在我人生的头十七年，曾否有哪一次跟他好好聊上一个小时。不过，他写的信倒是挺亲热的，信中充满着合理的忠告、令人感动的指点。但是，一旦我们面对面相处，他就感到有什么拘束的东西，连我也无法说清楚，并且潜移默化地在我身上产生作用。

羞怯，这内心的痛苦，纠缠着我们直至暮年。它压抑心中最深刻的感受，僵化辞令，往往使到了嘴边的话变了样。于是，我们只好用一些模棱两可的词句或者多少带点苦涩的反话来表达自己的思想，就好像我们不能让别人了解自己感情上的痛苦，便要向这种感情进行报复似的。不过，那时我还不懂得什么叫羞怯。我不知道，我父亲连跟自己的儿子在一起也有羞怯心理，而且常常有这样的情况：他想要我向他表示点亲热，而他冷冰冰的脸色却似乎不许我这样做，经过长久的等待之后，他就含着眼泪离开我，向别人诉说我并不爱他。这些当时我也是不知道的。

我和我父亲在一起的这种别扭劲，对我的性格产生很大的影响。我跟他一样害羞，而且更容易激动，因为我年纪还轻。我惯于将自己所感受的一切埋在心里，形成一些孤独的主意，只靠自己的力量付诸实施，把旁人的意见、关心、帮助，甚至别人在场，统统视为一种束缚、一种障碍。

我还养成这样的习惯：自己内心所想的，绝不向别人透露，如果要与别人聊天，那也不过例行公事地应付一下而已；为了活跃谈话气氛，就滔滔不绝地说笑话，这样也就觉得不那么腻味，同时也有助于隐瞒自己的真实思想。其结果，一方面，缺乏感情的自然流露，这一点，时至今日，朋友们仍有微词；另一方面，不易进行认真的谈话，而要加以克服，总是十分困难。

与此同时，我又产生了强烈的自主愿望，对周围的旧关系深为厌倦，而对建立新关系又感到难以克制的恐惧。只有孤身独处，我才觉得舒服自在。这种情绪的影响就是这样，甚至到现在还是如此，在无关紧要的场合，当我要对什么进行抉择的时候，别人的露面也会使我心慌意乱，我自然而然的动作就是溜走，以便安静地思考一番。不过，这种脾性通常表露的极端利己主义，我却没有：虽然我只想到自己，但对自己关心得并不多。我把某种感情上的需要埋藏到心底深处，自己并没有察觉，但是，这种需要得不到满足，使我接连地疏远一切曾引起我好奇的事物。

我年纪轻轻便受到死的念头的冲击。这个念头使得我对待一切事情的冷漠态度更加牢固。我从来不理解人家为什么那么轻松地过日子，而丝毫不想到死亡，十七岁那年，我亲眼看见一个老太太死去。她的才智出众而又奇特，曾经启迪过我的心智。就像很多别的女人一样，这妇人刚步入人生，就以巨大的勇气和罕有的才干，投进她并不了解的社交界，也像很多别的女人一样，她没有屈从那种矫揉造作然而又是必不可少的礼仪，结果她发现自己的愿望落空，锦瑟年华流逝，而欢乐全无。最后，衰老降临，她还不服气。她在我父亲领地附近的一座城堡度日，郁郁寡欢，深居简出，她的脑子是她唯一的用武之地，她借此揣摩着世上的一切。差不多有一年的时间，在我们没完没了的交谈中，我们曾经从各个角度探讨过人生，并且将死亡看作是一切的归宿。就在我与她大谈特谈死亡之后，我竟亲眼看着死神收拾了她。

这件事使我产生了命运无常之感，脑子里充斥着朦胧的幻觉，甩也甩不开。读诗的时候，我喜欢读那些人生如梦的篇章。我觉得没有任何目标值得努力争取实现。

奇怪的是，这种感受正随着自己年龄的增长而日渐淡薄。难道这是因为期望有其不稳定性，而当期待一旦从人的生活中消失，人生就具有更严肃、更实在的性质吗？正像云开雾散，山巅便清晰地显现在地平线上一样，也许由于一切幻觉消失了，人生才显得更真实？

我离开哥廷根，来到小城 D。这座小城是一位君主的驻在地。与大多数德国君主一样，他温和地统治着一个面积不大的小国，保护前来定居的开明人士，给一切言论以充分的自由。但是，这位君主囿于旧习，只与其廷臣打交道，因此，他所聚集的多半是无足轻重的平庸之辈。

当我来到这个宫廷的时候，我引起了人们的好奇——这是很自然的。任何闯进这个宫廷、打破枯燥刻板生活的来客，都会引起人家的好奇心。在那几个月里，我没有发现任何足以引起我注意的东西。他们对我殷勤备至，我是很感激的。但是，有时是羞怯妨碍我去领受，有时是无目的的躁动叫我疲倦。我宁愿独处，也不愿去分尝他们邀我共享的那种无聊的乐趣。我并不厌恶任何人，但引起称兴趣的人却不多。

然而，人对冷漠是感到不快的，他们认为这是心怀恶意，或是装模作样，他们不愿意相信别人与他们在一起会自然而然地感到厌倦。有时候，我也竭力约束自己不要露出厌倦的样子，于是干脆守口如瓶，一言不发，但他们又把沉默寡言视作倨傲，有时候，当沉默使我闷得发慌时，我禁不住要开几句玩笑。脑子一活动开来，说起话就失去分寸。我竟然把一个月观察到的笑料在一天之内统统倒了出来。

听我突然下意识地吐露真情的知己，并没有因此感激我。他们是对的，因为我这样做不过是出于说话的需要，而不是出于对人家的信任。女士们率先对我的看法大加发挥。我与她们谈话时，对于一切通行的准则、一切刻板的程式，有一种抑制不住的厌恶感。因此，当我听到那班庸人非常得意地谈论有关道德、礼仪和宗教方面既定的、不容争辩的原则时（他们往往将这些等量齐观），我就不由自主地想唱反调。这倒不是我有什么相反的主张，而是因为我对他们那种如此刻板、如此顽固的信念感到不耐烦。此外，我也不知道是什么本能提醒我怀疑这种不受任何限制、纯之又纯的普遍公理。蠢人们把他们的道德变成不可分的铁板一块，使道德尽可能不掺进他们的行动，让他们得以为所欲为，不加检点。

由于我老是这样唱对台戏，不久，我便得了个轻佻随便、爱挖苦人、不怀好意的名声。我的辛辣话语被视为心怀仇恨的表现，开几句玩笑则被看作是对圣贤的亵渎。那些我不该揶揄的人指责我怀疑某些原则，他们认为维护这些原则是理所当然的事。我无意中使他们互相取笑对方，于是大家便对我群起而攻之，似乎我指出他们的可笑之处，便泄露了他们自我倾吐的隐情，似乎他们在我面前显出原来的面目，就可以叫我答应保持沉默。我可无意认许这种昂贵的承诺。他们以放纵自己为快事，我则以观察他们、描绘他们为乐事，他们所谓的背信弃义，在我看来，那是对他们所作所为的无可指责的、理所当然的报应。

我无意在此为自己辩护。那种未经世面的天真汉惯用的不值一提的简单手法，我早就弃之如敝屣。我只是想说：要学会立身处世，适应那个由私利、伪装、虚荣、恐惧所造成的人世，是得花时间的。这对别人是如此，对我这个现在远离社交界的人也是如此。少年时代看到如此弄虚作假、装腔作势的社会觉得惊讶，这表明心地纯洁，而不是灵魂丑恶。那个社会对此是没有什么可担心的：它如此沉重地压在我们头上，暗中的影响如此强大，因此会很快地按通常的模子塑造我们。于是，我们只是对昔日的惊讶感到惊异。我们在这种新形式下怡然自得，就好像是上戏院，人很多，刚进场的时候，透口气都很费力，后来最终也能自由自在地呼吸一样。

某些人一旦摆脱了这种通常的命数，便把内心的不以为然埋藏起来。他们从大多数的笑料中看到罪孽的萌芽，他们不再借此开玩笑，因为轻蔑代替了嘲弄，而轻蔑是不露声色的。

于是，在我置身的小圈子里，众人对我的性格流露出一种隐隐约约的不安情绪。不过，在我的行为举止中，他们抓不住任何把柄，相反，某些事情倒还表明我的厚道和忠诚。这一点，连他们也不能加以否认。但是，他们说我是个缺德的、不可靠的人——他们巧妙地创造这两个形容语，为的是要影射并不存在的事实，让人猜度并不了解的事情。

二

我悠悠忽忽、心不在焉、百无聊赖，没有发觉自己给人造成的印象。我的时间，分别消磨在经常中辍的学业、从未付诸实施的计划，以及不大能引起我兴趣的娱乐之中。正在这时，一件表面上微不足道的事，使我的心情发生了重大变化。

我有一位年轻挚友，几个月来，竭力追求我们社交圈子里的一名绰约出众的女子。对于他的风流韵事，我是个毫无利害关系的知情人。费了一番功夫后，他终于博得了那女子的欢心。以往的挫折坎坷，他不曾对我隐瞒，所以这次他觉得也应该把他的成功告诉我；再说，没有什么比得上他的激动和狂喜了。

眼看着这幸福的情景，我为自己未作一试而深感遗憾。直至那时，我还一直没有遇上什么可以使自尊心得到满足的艳事。新的前景仿佛在眼前展现，新的需要在心底里萌发。这需要带有许多虚荣的成分，不过，也不纯粹是虚荣，或许虚荣比我想象的要少。人的感情是错综复杂的，它由许许多多观察不到的千变万化的感受构成，而言语，又总是过分粗略、过分笼统，虽然它能够反映感情，但却永远无法说明其特性。

在家里，我对待女子的那一套是与道德不大相符的。我父亲虽然严格遵守表面的礼仪，但对有关男女私情的事，却常常不乏轻狂言语。他把这种事情视为儿戏，不是允许，就是原谅，并且认为只有婚姻才需要认真对待。他的原则是，一个年轻人，应小心避免干出别人称之为荒唐的事情，即不要与一个在财产、出身、社会地位方面都不门当户对的人确立持久关系。但是，对待所有的女子，只要不涉及婚姻问题，似乎都可以先占有而后抛弃。有句名言道：此举不会给她们造成多大痛苦，却会给我们带来不少乐趣！对这句名言，我曾经看到我父亲含笑表示赞同。

殊不知，在少年时代，这一类言词已经留下多么深刻的印象。在那样的年纪里，孩子们的思想还没有定型，看到这一类大家赞赏的玩笑与大人教给他们的规矩相矛盾，他们感到多么惊讶。在他们眼中，这些规矩只不过是父母出于职责给他们灌输的俗套，而那些玩笑才真正包含生活的奥秘。

我被朦胧的冲动折磨，心里打着主意：我渴望得到爱。我注视着周围，但是，能够引起我爱的欲望、可以领受我的爱的女子一个也见不到。我扪心自问，觉得自己对谁也没有特别喜爱。我的内心就这样一直躁动不安。

正在这个时候，我认识了 P 伯爵。P 伯爵年纪四十，他家与我家是深交。他提议我到他府上去作客。这真是一次不幸的探访！他有一情妇，叫艾蕾诺尔，是个波兰女子，尽管已非妙龄，但其美貌仍远近闻名。这女子虽然身处逆境，但在许多场合都表现出高贵的品格。她的家在波兰颇负盛名，由于当地的动乱而破了产。父亲被流放，母亲带着她到法国避难。母亲死后，她便处于孤苦伶仃的境地。后来 P 伯爵爱上了她。我第一次见到艾蕾诺尔时，她和伯爵的关系早就建立，并且可以说是固定下来了。我一直不知道他们的关系是如何形成的。她陷进了一种和她的教养、习惯以及高傲的性格都格格不入的生活中，难道是因为不幸的际遇或年少无知吗？在 P 伯爵的财产几乎荡然无存、任凭威胁的时候，艾蕾诺尔居然对他如此忠贞不渝，鄙夷地拒绝各种最有引诱力的追求，以极大的热忱、甚至带着欢快的心情分担他的忧患和贫困。即使按最严格的观点来看，其动机的纯洁、行为的无私，都是不能不加以肯定的。这些我都知道，也是人所共知的。正是由于她的活动、她的勇气、她的理智和她毫无怨言地作出各种牺牲，才使得她的情人收回了部分财产。为了继续打官司——一场会使 P 伯爵完全恢复荣华富贵的官司，他们迁居 D 城，计划住上两年左右。

艾蕾诺尔的智力并无过人之处，但她的见解是正确的，她的话语朴实，有时却能以高尚昂扬的感情去打动人。她诸多偏见，但所有的偏见都与自己的利益背道而驰。她最注重端庄的举止，因为按传统观念，她自己的举止并不端庄；她笃信宗教，是因为宗教严厉谴责她的生活方式；她绝不在聊天时开些在别的女士看来只不过是无伤大雅的玩笑，因为她经常害怕别人利用自己的身分而有意冲她开些有失体统的玩笑。她只打算在家里接待那些身分高贵，人品端正的男子，因为女士们通常结成混杂的小团体，在社交中只求寻欢作乐，甘愿丧失人格。她不愿与这些人同流合污，一想到她们，她就打颤。简言之，艾蕾诺尔时时在和自己的命运作斗争。在某种意义上说，她以自己的一言一行，向自己所属的阶级表示抗议。她感觉到现实比她强大，她的努力无法改变自己的境况，因而她十分不快。

她给 P 伯爵生下了两个孩子，对他们的管教十分严厉。在她倾注给孩子们热烈有余而温柔不足的母爱中，有时似乎夹杂着一种秘而不宣的反感，致使她对孩子们多少有些厌烦。当别人怀着善意跟她谈论孩子的成长、他们所显露的才华以及他们未来的职业时，就会看到她脸上一阵苍白，因为她想到，总有那么一天，要对她们说出他们的身世来。但是，只要稍有风险——哪怕离开孩子们一个小时——她就会带着后悔的心情惶恐不安地回到他们跟前，希望用自己的抚爱，把连她自己也感受不到的幸福给予他们。她的感情和她在社交界的地位之间的极不协调，使得她的脾气变化无常。她通常神情恍惚，沉默寡言；可是，有时说起话来却急风暴雨。由于某种古怪的念头纠缠着她，所以，即便是闲聊，她也从未好好地保持冷静。正因为这样，在她的举止中，总有些激烈的出人意料的成分，使她变得很泼辣，而她的天性本来不是这样的。她缺乏新思想，她的奇特的处境补偿了这一缺陷。人们关切、好奇地打量她，把她看作是泼辣的美人。

正当我的心灵需要爱，我的虚荣心需要成功的时候，艾蕾诺尔出现在我的面前。她是值得我去征服的对象。而艾蕾诺尔呢，在自己的社交圈子里，来了一个与她所见过的男子有别的人，她也感到心情愉快。她那个圈子的人，有她情夫的几个朋友或亲属以及他们的妻子。由于 P 伯爵的声望，大家只好也把她接纳进圈子里来。在那个圈子里，做丈夫的感情贫乏，主见不多；做妻子的与自己的丈夫差不离，只是显得更平庸，更易于激动，因为她们没有男子那种由于处理事务和办事有节奏而养成的宁静心境。一个较为轻浮的玩笑，一次略微出格的谈话，以及某种忧伤与喜悦、沮丧与兴致、热情与轻蔑混集在一起的特殊感情，都使艾蕾诺尔惊愕不已，深深吸引她的注意力。

艾蕾诺尔会说好几种语言，当然不是毫无瑕疵，但也常常说得十分生动，有时还别有韵味。需要说明的意思，似乎要经过克服重重障碍之后才组织起来。通过这么一番努力才表达出来的思想，更加有趣、更为纯真，也更加新颖别致，因为外国语可以活跃思想，使之摆脱时而平淡无奇、时而矫揉造作的表达方式。我们一起念英国诗歌，一起散步。我常常在早晨去看她，晚上还去一趟。我们海阔天空，无所不谈。

我想以冷静的、不偏不倚的观察者身分，对她的性格和内心世界作一全面了解。但是，她的每一句话，我都觉得有说不出的优美。于是，我产生了这样的欲望：博取她的欢心。这个欲望给我的生活注进了新的情趣，以不寻常的方式激励我去生活。这种近乎神奇的效果，我认为完全归功于她的魅力。如果不是被自尊心约束的话，我还会更充分地享受她的妩媚的。在我和艾蕾诺尔之间，这自尊心是个第三者。

我认为自己需要加快步伐，走向预定的目标，因此我没有完全沉溺于个人的感受之中。我迟迟不吐露我的心迹，因为我觉得要说就得马到成功。我并不相信自己爱上艾蕾诺尔，却又忍不住要去讨她的欢心。她一直吸引着我。我制定种种计划，设想种种办法去征服她。我自命不凡，而经验缺乏，也没有经过任何尝试，总以为必定成功无疑。

然而，难以克制的羞怯却使我止步不前。我的话到了嘴边又咽了回去，或者虽然说出来了，却与自己所想的是两码事。我的内心斗争着，我在生自己的气。

我终于找了一个理由，使我觉得能够体面地摆脱这场斗争。我心想，根本用不着性急，艾蕾诺尔对于我所酝酿的求爱是没有思想准备的，最好还是耐心等待。为了心安理得地过日子，我们几乎总要想方设法掩饰自己的无能和软弱的，因为这样做，我们的一部分自我便得到满足，而自我的这一部分可以说是自我的另一部分的旁观者。这种情况在持续下去。每天，我都把第二天铁定为向她表白爱情的日子。但是，每个"第二天"都像前一天一样过去。一离开艾蕾诺尔，羞怯就从我身上消失。于是，我重又捡起巧妙的计谋和深思熟虑的策略。可是，一回到她身旁，我就又浑身颤抖，心慌意乱。若是她不在场，无论谁了解了我的心绪，都会把我看作一个沉着、不易冲动的风月场中的老手，若是在她身边，谁看见了又都会认为我是个多情而又笨拙的新手。这两种判断都错了。在人的身上并没有完全统一的东西，几乎任何人都不会百分之百地真心实意，也不会完全奸诈无义。

这样反复多次的实践，证明我没有勇气对艾蕾诺尔当面直说，于是我便决定给她写信。这时，P伯爵外出不在家。我对自己性格上的弱点所进行的长时间斗争、因为不能克服这种弱点而表现出的急躁、对自己的企图能否成功缺乏把握，这一切便使得我将一种酷似爱情的激动带进信里。此外，由于受到自己笔调的振奋，写到最后，我终于感受到一点激情，那正是我曾竭尽全力想要表达的。

艾蕾诺尔在我的信中看到了她自然会看到的东西——一个男子

短暂的冲动。这个男子比她小十岁，心中闯进了他还不熟悉的情感，他更多的是值得怜悯，而不是惹人生气。她善意地给我回了信，对我进行亲切的诱导，向我表示真诚的友谊，但却声称，在 P 伯爵回来之前，不能接待我。

回信令我震惊。我的幻想由于碰了壁而受刺激，把我的整个身心占据了。一小时以前我还自鸣得意地去假装的爱情，此刻我突然觉得强烈地品尝到了它的滋味。

我立即跑到艾蕾诺尔家去，仆人告诉我，她已经出门去了。于是，我又给她写信，哀求她最后见我一面。我用揪人心肺的言词，把我的绝望以及她的残酷决定引起我的痛苦打算渲染一番。我白白等了大半天，也没有接到回信。我不断地重复：明天我要不顾千难万险闯进艾蕾诺尔家去，跟她说话。只有这样叨念着，我才能压住那不可言状的痛苦。

晚上，有人给我带来了她的回信，言词是温和的，我觉得从中看出她某种后悔和忧愁的情绪。但是，她坚持原来的决定，宣称那个决定是不可改变的。

翌日，我又来到她家，她已经出门到乡下去了，仆人们连村子的名字都不知道。他们甚至无法把信送去。

我长时间呆立在门边，以为再也没有机会见到她了。我感受的痛苦，连我自己也觉得惊奇。想当初，我不过是渴望成功，反正是尝试一下，要放弃不干，也不会难过的。我根本没有料到痛苦会如此强烈，无法抑制，令人心碎。有好几天，日子都是这样过去的。我不思娱乐，也无心学习。我不住地在艾蕾诺尔的门前徘徊。我还在街上游逛，仿佛在每条街道的拐角，都会有希望遇见她似的。

一天早上，我照样漫无目的地闲荡，借疲劳以驱走烦躁。正在这时，我看见 P 伯爵的车子外出归来了。他认出了我，便走下车来。寒暄几句之后，我便一边强隐自己的慌乱，一边跟他谈起艾蕾诺尔突然出门的事。

"对了，"他说，"她有一位朋友，住地离这儿不远，遇上了什么不愉快的事。艾蕾诺尔觉得，她的安慰会对她起作用。于是，她不跟我商量就走了。她这个人，感情高于一切，思想一向活跃，几乎总要做点好事才安心。我身边十分需要她，我马上给她写信，她过几天准会回来的。"

他的这颗定心丸使我平静下来，我顿觉痛苦减轻了。自从艾蕾诺尔走后，我第一次能够畅快地呼吸。她虽然不像P伯爵所希望的那么快回来，但我的生活恢复了正常，焦虑也开始消退了。一个月后，P伯爵派人告知我，艾蕾诺尔晚上就要回来。P伯爵十分注意维护艾蕾诺尔在这个社交圈子里与她的性格相符、而似乎又为她的身分所不配的地位，所以他要邀请几位女亲戚和女友共进晚餐，她们都同意来见见艾蕾诺尔。

往事又萦回我的脑际，先是模糊，不久便鲜明起来。我的自尊心也从中作祟。要和这么个曾经把我当作小孩看待的女人见面，我感到难堪，备受侮辱。我仿佛看见，在我走近的时候，她微笑了，笑的是这么短暂的离别居然平息了一个年轻人的冲动。我分明看到这笑声中包含着对我的鄙视。我的感情是一步一步地炽热起来的。甚至那天起床时，我也没有再想艾蕾诺尔，可是，接到她回来的消息一个小时后，她的形象又闪现在我的眼前，占据我的身心。我居然担心见不到她而焦躁起来。

我一整天都呆在家里，可以说，我是躲起来了，因为我害怕稍微走动会妨碍我们的会面。然而，没有什么比这次会面更简单、更肯定的了，但我还是以巨大的热忱渴望它的到来。我的愿望太强烈了，竟觉得这是不可能似的。我焦急得心如火焚，时时看着表。我不得不打开窗户呼吸，在血管里流动的血液热得烫人。

我终于听到时钟在敲响，上 P 伯爵家去的时间到了，我的焦急一下子变成了羞怯。我慢吞吞地穿衣服，不再有急于到达的想法。我极度惧怕我的期望化为泡影，我可能就要体验痛苦的滋味，这种感觉如此强烈，以至我心甘情愿将一切往后推。

我来到 P 伯爵家，时间已经不早了。我瞥见艾蕾诺尔坐在室内深处。我没敢朝前走。似乎大家的眼睛都在盯着我。我走到大厅的角落里躲了起来，让一群闲聊的男人遮挡住。我就从那儿凝视艾蕾诺尔。我觉得她有点变了，脸色比通常苍白。P 伯爵发现我躲在角落里，便走过来拉起我的手，领着我向艾蕾诺尔走去。

"我向你介绍，"他笑着说，"一位对你的不辞而别深为惊讶的先生。"

艾蕾诺尔正在与一个靠她身旁坐着的女士说话。看见我，她到嘴边的话就停住了，神色呆滞，而我自己更是呆若木鸡。

我们终于聊了起来。我向她提了一些不痛不痒的问题，双方都装出镇静自若的样子。宣布入席了，我伸出手臂让艾蕾诺尔挽着，她没法拒绝这样做。

"要是你不答应明天十一点在家里接待我，"我边领着她走边说，"我就立即出走，抛弃我的故乡、我的家庭、我的父亲，断绝一切社会关系，放弃我应尽的义务，随便到什么地方去，尽早结束我这条你乐意去残害的生命。"

"阿道尔夫！"她回答说，但又犹豫起来。我做了个要走开的动作，我不知道自己的面容表达了什么，但我却从来没有感到如此强烈的挛缩。艾蕾诺尔看着我，脸上露出惊恐与疼爱相夹杂的表情。

"我明天接待你，"她对我说，"但是，我恳求你……"

很多人跟着我们走了过来，她没能够把话说完。我用胳膊夹着她的手，一同入席。

我本想坐在艾蕾诺尔旁边，但主人另有主意，我被安排到差不多正对着她的地方。晚餐开始时，她若有所思，别人跟她说话，她对答温和，却又很快便心不在焉。她的一位朋友见她言语不多、神情沮丧，问她是不是生病了。

"最近这段时间我不大舒服，"她答道，"现在我还相当难受。"

我渴望给予艾蕾诺尔一个好印象，便在她面前表现得聪明可爱，想博得她的好感，并且让她对自己答应我的约会有思想准备。我千方百计吸引她的注意力，总是把话题引到她感兴趣的内容上来。邻座也与我们一起聊了起来，我因为有她在场而受到鼓舞，终于能够使她注意听我说话了。不久，我就看到她脸上绽开了笑容，我为此兴高采烈，眼神中流露出感激，她也不禁受到了感染。她的忧愁不见了，精神也集中了。看到我从她那里得到幸福，一种悄悄的喜悦在她心中扩展开来，她不再抗拒这一喜悦了。当我们离开餐桌时，我们的心是相通的，似乎我们从来没有分离过。

"你瞧，"我领着她回大厅时，对她说，"你支配着我的整个生命，我什么地方惹了你，使得你要折磨我来取乐呢？"

三

我一夜没合眼。我的脑子里再也没有别的考虑和计划了。十分诚恳地说，我确确实实爱上了她。我之所以爱她，不再是出于对成功的渴望，而是心里有了一种需要：见我所爱的人，与她朝夕相处。这一需要固执地支配着我的行动。十一点刚过，我就去见艾蕾诺尔。她正在等我。她想说话，我却要她先听我说。我几乎站立不稳，所以就在她身旁坐下。话不得不常常中断，我是这样说的：

"我并非来抗议你所作出的判决，并非来收回我向你吐露的、然而已经得罪了你的爱情。我要这样做是徒劳的。你所拒绝的爱情无法打消。我现在尽量镇静地和你说话，这种克制本身就是感情强烈的明证，而这感情却把你伤害。不过，我不是要跟你谈这感情才请你听我说的，恰恰相反，我是要你忘记它，要你像从前那样接待我，不再去回想那一时的狂热，不要因为你所了解的、我本该埋在心底里的秘密而惩罚我。你知道我的处境，了解我的所谓奇怪、孤僻的性情，洞悉我这颗不谙世事、在众人中处于孤立却又因孤独而痛苦的心。你的友谊支撑着我，没有这友谊，我就无法生活下去。我已经养成了见你的习惯，这一良好的习惯是你培养和促成的，这是我悲哀、暗淡的生活的唯一慰藉。我做了什么竟致要失去它呢？我太倒霉了，我再也没有勇气去承受如此漫长的不幸。我无所希冀、无所要求，一心只想见到你。要我活下去，就得让我来看你。"

艾蕾诺尔缄默不语。

"你怕什么呢？"我又说道，"我有什么奢求？我所要求的，不外是你给予所有普通人的东西罢了。你害怕的难道是社交界吗？社交界沉湎于一本正经的琐事，不会察觉像我这样的一颗心。我怎能不小心谨慎呢？这难道不是关系着我的生死荣辱吗？艾蕾诺尔，依了我的请求吧，我会从中得到若干快慰的。你这样享受我的爱，看到我就在你的身旁、仅仅属于你一人所有、仅仅为你而存在，看到我因为有了你而脱离苦海和绝境，我所感受到的一切幸福全仰仗着你，你会感到惬意的。"

我就这样磨了很久，排除种种异议，想尽千方百计搬出种种理由为自己辩护。我是那么听话、那么恭顺。我所要求的并不多，要是遭到拒绝，我会感到多么不幸啊！

艾蕾诺尔终于感动了，但她给我提了好几个条件，只同意我偶尔来见她，并且要在许多人都来的场合里，还要我保证绝对不提爱情。她的要求，我全都答应了。我们彼此都很满意，我满意的是夺回了眼看就要失去的宝贝；而她则为自己的宽宏大量、富于同情心和处事谨慎而高兴。

一到第二天，我就利用所得到的允诺，和她聚会，随后的日子也是如此。慢慢地，艾蕾诺尔就忘记要求我少来一些了。不久，她就觉得每天见见我是很自然的事。十年来，艾蕾诺尔对 P 伯爵忠贞不渝，赢得了他的完全信任。他给予她最大限度的自由。他要与那种想把他的情妇驱逐出社交界的舆论作斗争，他喜欢看到艾蕾诺尔的朋友不断增多。在他眼中，家里高朋满座，是他战胜舆论的标志。

每当我一来到，我就看见艾蕾诺尔目光流露出喜悦。与别人闲聊的时候，她的眼睛总是很自然地转向我。要是别人谈到什么有趣的事情，她总叫我去听。但是，她却从来不是一个人单独呆着的。整个晚上，除了几句不痛不痒或断断续续的话之外，我简直无法跟她说上点什么心里话。这种严重的压抑状况很快就令我火冒三丈。我变得忧郁、寡言、阴阳怪气，说起话来尖刻辛辣。如果别人单独与艾蕾诺尔聊天，没有我的分，我就难以自制，我会突然打断他们的谈话，哪怕别人因此而生气我也毫不在乎，也绝不会因为害怕损害她的声誉而有所顾忌。她对我的变化埋怨起来。

"你要我怎么办呢？"我不耐烦地对她说，"你大概以为对我有大恩大德吧，我不得不对你说，你错了。我不理解你这种处世的新花样。你从前深居简出，对浪费精力的社交尽力推脱，回避那些本不应该开始、却又延续下去的没完没了的清谈。今天，你的门户却向着整个地球敞开。我请求你接见我，真好比连整个宇宙也和我一样受到同样恩宠。我得承认，看见你过去那么稳重，真没料到你今天如此轻浮。"

我发现艾蕾诺尔的脸上显出了不快和忧愁，便蓦然间心软了下来。

"亲爱的艾蕾诺尔，"我对她说，"与那些成群成群的死皮赖脸缠你的家伙相比，难道我不该有别于他们吗？难道友谊没有它自身的秘密吗？在大庭广众之下，在喧闹鼓噪声中，怎能没有疑虑和羞怯呢？"

艾蕾诺尔一方面表现出不妥协的姿态，另一方面又害怕我会再做出冒失事来。这种冒失事使她非常不安，她是替自己、也是替我担心的。

于是，她给我规定的那些严格的条条框框很快改变，她开始允许我向她描绘心中的爱，逐渐地熟悉了那一套情话。没过多久，她就承认，她也是爱我的。

我在她的石榴裙下度过了好几个小时，宣称自己是世界上最幸福的男人。我信誓旦旦，保证对她温柔、忠诚，永远永远尊重她。她对我说：当她试图离开我的时候，她是何等地痛苦，有多少次，她多么希望我能透过她竭力装出的假象，了解她的心迹，耳边有那么一点响声，她又如何以为是我来了，一见到我，她又是那样的心慌、那样快乐、那样担心，她为了小心谨慎地掩饰心中的爱情，便在社交界中消遣，并主动与那些过去不愿理睬的人打交道，这时她对自己又是多么藐视。

她说的这些话，我要她把细枝末节重复说了一遍又一遍。这几个星期的事情，我们觉得好像是整整一辈子的经历。

爱情，魔幻般的填补了漫长的记忆。一切别的情感需要追溯往事，爱情则神奇地创造了往事，让我们生活在其中。可以说，爱情给我们这样的感觉：即使是和一个不久前还几乎是陌生的人在一起，也好像共同生活了许多年月那样。爱情不外是个发光点，然而它却似乎支配着时间。不久前，它还不存在，不久之后，它也将不再存在。但是，只要它存在的时候，它就把光芒投向过去的岁月，也射向未来的时光。

可惜，这种平静维持不久。艾蕾诺尔对自己以往的过失记忆犹新，所以对自己的弱点就更加提防。而我呢，幻想、愿望，还有那一套我自己也没有察觉的自负理论，都通通起来造这一爱情的反了。我老是畏葸胆怯，常常动火，我抱怨、发怒，对艾蕾诺尔横加指责。她不止一次打算断绝这种只会给她的生活带来不安和混乱的关系；而我则不止一次地用哀求、否认和眼泪使她平静下来。

有一天，我给她写了信：

　　艾蕾诺尔，你不知道我是多么痛苦。无论是在你身旁，还是远离你，我都同样感到不幸。我们不在一起的时候，我四处踯躅，觉得生活像个大包袱，压得我无法忍受。交际令我讨厌，孤独又使我憋得透不过气来。那些冷眼旁观的人，他们对我的烦恼一无所知，他们对我只有好奇而无关心，只有惊讶而无同情。他们竟敢对我大谈别的事情，而缄口不提你。他们给我心中带来极大的痛苦。我逃离了他们，但我孤零零的，找不到一点空气输进我那受压抑的心胸。我奔向那苍茫的大地，它也许会裂开，把我永远埋没，我把脑袋贴在冰冷的石块上，它也许能平息那吞噬我的高热。我拖着沉重的脚步走上那座可以看见你的房子的山丘。我站在山丘上，眼睛盯着你的幽居之

149

所，我可是永远不能与你一起住在那儿的了。若是我早一点遇上你，你就会属于我的！我就会把天赐的心上唯一的人搂在怀里。现在这颗心痛苦不堪，因为它寻找你，而找到你的时候已经太晚了！

我胡思乱想了几个小时，可以去见你的时间终于到了。我便胆战心惊地踏上通往你的住所的道路。我害怕所有遇见我的人会猜出我的心思，所以我停了下来，复又慢慢地往前走，我要推迟幸福的时光，这幸福，受到种种威胁，我总以为马上就要失去，这是一种不完全的、受干扰的幸福。每时每刻都可能合起来破坏这幸福的，既有各种令人沮丧的事件和嫉妒的目光，也有难以驾驭的任性，还有你自己的意愿！

当我来到你房子的门槛、把门微微打开的时候，一阵新的恐惧竟把我攫住，我像罪人一样向前走去，向眼前所有的物品请求饶恕，似乎它们都是仇人，都在觊觎我要享受的欢乐时光。一点声音都令我惊慌，周围稍有动静便把我吓坏，连自己走路的声音也使我退缩。即使在你身旁，我也害怕你我之间会突然被某种障碍隔开。

终于，我见到你了。见到了你，我才能呼吸。我凝视着你，停住脚步，恰像一个逃犯找到了使他免于一死的靠山。但是，当我的整个身心向着你、当我由于极度焦虑而十分需要安静，需要把头枕在你的膝盖上，需要放声痛哭一场的当儿，我却必须竭力克制自己，甚至在你身旁，我也要小心翼翼地过日子：不可能有一时的流露真情，不可能有须臾的失去分寸。你的目光注视着我，我的慌乱弄得你局促不安，几乎冒犯了你。在那甜蜜的时光，你起码曾经向我吐露了你的爱情，但这样的时光却由于不知什么样的拘谨而被驱走。时间过去了，新的活动吸引着你，你从不忽略这些活动，绝不推迟让我离开你的时间。其他陌生人来了，再也不可能这样看着你，为了摆脱人们对我的重重猜疑，我觉得我必须溜走了。于是，我离开了你，比原先更焦躁不安、更心痛欲裂、更失去理智。我离开了你，又陷进了那可怖的孤独之中。我挣扎着，但遇不到一个可以依靠、可以信赖一会儿的人。

艾蕾诺尔从来没有被人这样狂热地爱过。P伯爵对她有着十分真挚的感情，对她的忠贞无比感激，对她的人品无限尊敬。但是，他的举止始终流露出一种对于一个公开委身于他、而他并没有娶以为妻的女人的优越感。按照大家的议论，他本来可以和她建立更体面的关系，但他并没有对她提这件事，也许他根本就没有想过这件事。不过，不说的事照样存在，凡存在的事就可让人猜着。

我的狂怒、我的不公正以及我对她的指责，只不过是我对她的炽热感情、我和她的生命已经融为一体的无可置疑的证据。然而，在此之前，艾蕾诺尔对于这些是没有任何感受的。她的抗拒刺激了我的全部感官，激发了我的所有思绪。我又变得不可捉摸了，时而脾气大发，令她惧怕，时而言听计从、情意绵绵，对她崇拜得五体投地，视她为天工造物。我的爱情已近乎迷信。由于艾蕾诺尔总是担心反过来会受到侮辱，所以，这种爱情对于她更具有诱惑力。她终于完全委身了。

有些男人初恋的时候，就不相信爱情会是永恒的，这样的男人是多么不幸！有些男人依偎在刚刚征服的情妇的怀抱里，便有了不祥的预感，想着将来可以抛弃她，这样的男人真活该倒霉！一个被自己的心驱遣的女人在这个时候总有感人的神圣的地方。令人堕落的不是享乐，不是天性，也不是肉欲，而是社会使我们养成的盘算习惯和经验带来的各种考虑。艾蕾诺尔委身后，我对她的爱慕和尊敬千百倍地激增。我在男人中间走起路来昂首挺胸、傲气十足，对他们投以支配者的目光。光是我呼吸的空气便是一种享受之物。我面向苍天，感谢它赐予我的出乎意料的无限恩惠。

四

爱情的魅力啊，谁能将你描绘？你是一种信念，令人坚信已经找到天赐的人，你是突如其来的光辉，照亮人生，似乎明示人生的奥秘，你有不可估量的价值，且与微末的机遇密切关联，你是倏忽易逝的韶光，其时的一切小事由于平和以致令人无从回忆，而在心灵中却留下悠长的幸福印记，你是使人喜出望外的快乐，有时也会无端地掺进通常的怜爱之情，你令人相见时无限欢欣，不见时满怀希望，你摆脱一切庸俗的关切，超越所有身边的事物，你也是一种信心，相信我们生活在一起，世人无从加害；你还是相通的灵犀，彼此猜到每一个念头，呼应每一次激动。爱情的魅力啊，连体验过的人也无法将你描绘！

P伯爵因紧急事务不得不离家外出六周。在此期间，我一直呆在艾蕾诺尔家里，几乎没有间断。由于她为我作出了牺牲，她的爱似乎更加炽热。她总是一再挽留我，不轻易让我离开。我要走了，她就问我何时再来。分别两个小时，她也觉得难以忍受。她焦虑而又明确地给我定好相会的时间，我也总是愉快地应诺。我感激她对我表示的深情，我为此感到幸福。不过，公共生活的要求是不会完全符合我们的愿望的。我每走一步都要预先定下来，每时每刻都要算好，有时我就感到不舒服。

我不得不匆忙地进行我的一切活动，并中断大部分的社交。当亲友们提议我参加某些聚会，在一般情况下，我又没有理由加以拒绝时，我真不知道该如何对他们解释才好。我与艾蕾诺尔在一起，并不惋惜那种交际生活的娱乐，我本来对此就不大感兴趣，但我希望她允许我更加自由自在地放弃这种社交。要是我按自己的意愿回到她身边，不必想着时间到了，她在烦躁不安地等我了，要是我不会同时既想到她的痛苦，又想到我见她时就要尝到的快乐，那么我准会享受到更多的甜蜜的。

艾蕾诺尔无疑是我生活中的一大乐趣，但她已不再是追求的目标，而竟成了某种关系。我害怕损害这种关系。我在她家中进进出出，会引起她的佣人、她的孩子的惊奇，他们是会注意我的。一想到会搅乱她的生活，我就颤栗。我觉得，我们不可能永远结合在一起，我在使她确信我爱她的同时，建议她要谨慎些。但是，我越是向她提这类建议，她就越不想听我的。同时，我极为害怕给她带来痛苦。只要我一看见她脸上出现难过的表情，她要我怎样，我便都依她。只有她对我满意时，我才感到轻松自在。我要出去一会儿，就得跟她强调出去的必要性。当我得以离开她的时候，她那痛苦（是我造成的）的形象却寸步不离地跟着我。我忽然后悔得躁动起来，这种情绪每分钟都在增长，终于使我无法忍受，于是我便飞也似的向她跑去，把安慰她视为乐事。但是，随着我慢慢地靠近她的私邸，我对自己这种古怪的冲动却感到不快，这一感情又与我其他的感情混杂在一起。

艾蕾诺尔自己的感情也十分炽热。我相信，这会儿她对我的感情是她对任何人都不曾有过的。在与P伯爵的关系中，她处于难堪的从属地位，她的心受了损伤。而与我在一起时，她却十分舒坦、自然，因为我们完全平等相待。由于有了这种不受任何盘算、任何私利约束的纯真爱情，她觉得自己高大起来，她知道我相信她爱我只是爱我这个人。她待我一片真心，因而任何思想活动对我都不加以掩饰。但是，每当我急于早点见她，匆匆地走进她的房间的时候，总是发觉她愁容满面或者怒气冲冲。我离开她，想到她因为见不到我而难过，自己也有几个小时的难受，我回到她的身旁，在使她平静之前，我也会难过几小时的。

不过，我仍然是个幸运者。我想，得到别人的爱，哪怕是受约束的爱，也还是甜蜜的。我觉得我给她带来了好处。她的幸福对我来说是必要的，而我知道她要幸福，也少不了我。

但是，就事情本身的性质来说，我们的关系是不能持续下去的。我模糊地意识到了这一点。这个从各个角度来看都是可悲的念头，却反而使我在极度疲劳和焦灼的时候镇静下来。艾蕾诺尔与P伯爵的关系、我和她年龄的悬殊、地位的差异、我那期限临近但又因各种情况而推迟的归家日期，所有这些因素都促使我尽可能多给她幸福，并从她那里尽可能多领受乐趣。我自以为把握住未来的岁月，因此，对于眼前的日子并不去斤斤计较。

P伯爵外出归来了。很快，他对我和艾蕾诺尔的关系就产生了疑心，待我越来越冷淡，脸色越来越阴沉。我急忙告诉艾蕾诺尔，她就要大难临头了。我恳求她允许我暂停几天的约会。我向她指出，事情关系到她的声誉、财产和两个孩子。她听我讲了很长时间，一声不响，脸色像死人一般苍白。

"不管怎么样，"她终于开口对我说，"你很快就要走了。请别把离开的时间提前；用不着为我担心。让我们抓紧每一天，每一小时吧，每一天，每一小时就是我所需要的一切。阿道尔夫，我总有某种预感，我会在你的怀抱中死去的。"

我们还是像以往那样过日子。我总是惴惴不安，艾蕾诺尔常常愁眉不展，P伯爵则沉默寡言、心事重重。

终于，我所等待的信来了。父亲在信里命令我回去。我把信拿给艾蕾诺尔看。

"唉，"她看了信后对我说，"想不到这么快。"

接着，她泪眼汪汪地拉着我的手说道：

"阿道尔夫，你看到了，没有你，我就无法生活下去。我不晓得自己前途如何，但我求求你不要马上就走，找个借口拖一拖，请求令尊大人把你的逗留期限再延长六个月吧。"

六个月，难道真要拖那么长吗？我想拒绝她的要求，可是，她哭得很伤心，身子颤抖着，脸上现出痛不欲生的表情，致使我说不下去。我扑通跪到她膝下，一把将她搂在怀里，向她保证继续爱她，然后才出去给父亲写信。我确实受到了艾蕾诺尔的痛苦的感染，信里列出了无数条推迟归期的理由，还说了留下来的好处：有些课程在哥廷根没有上，要在 D 城补上。信刚投邮，我就热切希望我的要求得到我父亲的应允。

晚间，我又上艾蕾诺尔家。她坐在一张沙发上，P 伯爵靠在壁炉边，离她很远，两个孩子则在室内靠里的地方呆着不打不闹，脸上露出带稚气的惊讶神情。这时，艾蕾诺尔觉察到有声响，但并不在意。待她看见我来了，我便打手势告诉她，说她要我办的事情已经办妥。她的眼睛闪出了快乐的光芒，但很快就消失了。我们什么话也没有说。沉默使我们三个人都感到难堪。

"我听说你准备走了。"P 伯爵终于说了话。

我回答说，还不知道走不走呢。

"依我看，"他又说道，"像你这样的年纪，应该早点谋职业。"

他看看艾蕾诺尔，紧接着又补了一句："不过，这儿也许不是人人都像我这样想的。"

父亲给我的回信没等多久就到了。我打开信，担心父亲拒绝延期将会给艾蕾诺尔带来痛苦。我甚至已经设想，我要以同样难过的心情去分担她的痛苦。但是，一读到信，知道他同意了我的要求，我脑子里却突然想到延期带来的各种各样的麻烦。

"还得拘拘束束再过六个月呢！"我不禁喊了起来。在这六个月里，我将要开罪一位曾经向我表示过友谊的男人，要把一个爱我的女人置于危险之中，还有可能使她失去唯一可以安静、体面地生活的环境。我欺骗父亲，为的是什么呢？为的是暂时免于承受这迟早都免不了的痛苦！这种痛苦，我们难道不是天天都在细细地、一点一滴地尝受着吗？我不过是在坑害艾蕾诺尔。我目前这样的感情，是不能使她满足的。我为她作出了牺牲，但这种牺牲对她的幸福全无用处。而我呢，生活在这儿毫无意义，不能自立，没有片刻的自由，连安静地呼吸一个小时也不可能。

我带着满脑子的这些想法来看艾蕾诺尔。只有她一个人在家。

"我还呆六个月。"我对她说。

"你说这消息的口气好冷淡啊！"艾蕾诺尔说。

"因为，我得承认，我十分担心延长归期给你、给我所造成的后果。"

"我觉得，起码对你来说，不会有什么太坏的后果。"

"艾蕾诺尔，你十分清楚，我最关心的从来不是我自己。"

"但也不完全是为别人的幸福。"

谈话已经带火气了。

艾蕾诺尔满以为我会分享她的快乐，不料我却有后悔之意，她的心受到了伤害，而她使我改变了主意，取得了胜利，也伤了我的心。争吵变得激烈了，我们互相指责。她骂我骗了她，对她只不过是逢场作戏，使她失去伯爵的爱，在众目睽睽之下，将她重新置于她一辈子都在力求摆脱的境地。其实，我之所以这样做，只不过是出于听她的话、担心她难过而已。现在，看到她反过来怪我，我也生气了。我埋怨自己太受压抑，埋怨自己虚度青春、无所作为，也埋怨她对我一言一行所采取的专横态度。

我正说着，看见她的脸忽然泪水纵横，于是我不说了。我追回自己的话，否认自己的想法，不停地解释。末了，我们拥抱了起来，但第一枪已经打了出去，第一道堤围已经冲决。我们俩都说了些无法补救的话，这些话，我们可以不提它，但却忘不掉。有些事情，人们可以长时间彼此不说，但是，一旦说了出来，就会不断地加以重复。

我们就这样生活了四个月，关系很不自然，不过，有时候也有过一点甜蜜，但绝对不是无拘无束的，虽有一点乐趣，却再也没有魅力了。

经过最激烈的争吵后，她还是那样急于要见我，那样周全地确定相会的时间，似乎我们的结合是最平和、最亲切的。我常常认为，我的举动本身，促使艾蕾诺尔处于这种欲罢不能的状态。倘若我曾经像她现在爱我那样爱她，她也许会冷静一些，也许会设身处地地想一想她面临的危险。而现在一切谨慎都令她憎恶，因为那是由我提出来的。她绝不计较自己作出的牺牲，因为她一心要我接受她的这些牺牲。她没有工夫冷静下来对待我，因为她把全部时间、全部力气都用来拴住我的心。

重新确定的归家日期临近了。一想到要走，我既感到高兴又感到惋惜，真好比一个要想恢复健康，就得经过痛苦的手术的病人的感受一样。

一天早上，艾蕾诺尔写信叫我上她家去一会儿。

"伯爵不准我接待你，"我来到她家后，她对我说，"我根本不想屈从这一蛮横的命令。在他横遭流放之时，我追随了他，挽救了他的财产，为他的一切利益效力。现在，他可以不再需要我了，但我却不能不需要你。"

她的这种打算，是我没有预料到的。为了使她回心转意，我如何苦苦哀求她，这是不难猜想的。我还把社会上的议论告诉她，她回嘴说：

"这种议论对于我从来都是不公正的。这十年间，我尽了我的义务，比任何女人都做得好，但舆论仍然要把我逐出与我的身分相称的门第。"

当我提起她的孩子时，她却说：

"我的两个孩子是 P 伯爵的，他承认这两个孩子，他会照料他们的。忘却这样一个母亲，不需要分担她的耻辱，孩子们是会感到幸运的。"

我一再请求她别这样做，她说：

"听着，如果我与 P 伯爵断绝关系，那你会拒绝来见我吗？"

她猛然地抓住我的胳膊，重复说："你会拒绝这样做吗？"

这猛烈的举动使得我颤抖起来。

"当然不会，"我回答说，"你越是不幸，我就越忠于你。但是，你得考虑考虑……"

"一切都考虑过了，"她打断我的话，"伯爵就要回来了，现在你出去吧，别再回到这儿来！"

那天余下的时间，我是在难以言状的焦虑中度过的。两天过去了。我没有得到关于艾蕾诺尔的一点消息。我由于不知道她的命运，甚至因为见不到她而十分难受。我对于这种空虚所造成的痛苦感到惊奇。然而，我却希望她放弃她所作出的决定，我为这个决定替她十分担心。

当我开始为此感到庆幸的时候，一个女佣送来了她的一张字条，请我到某某街、某某号住宅的四层楼去见她。

我立即跑到那座楼房去，心里还在暗想：她不能在 P 伯爵家接待我了，所以要另找地方最后一次跟我谈话。我到了那儿，见她在整理房间，准备长期住下去。见我来了，她便走过来，神情又高兴又不好意思，竭力在我的眼睛里寻找我内心的感受。

"一切关系都断绝了，"她说，"我现在完全自由了。我有一笔特别财产——七十路易的年金。这已经够我开销了。再过六周，你就要走了。你走后，或许我能去与你相会，或许你回来探望我。"

她好像是害怕我答话似的，紧接着便详细谈了她的打算，讲得很多很多。她千方百计让我相信她是幸福的，她没有为我作出任何牺牲，她所作的决定完全是她自己的事，与我毫不相干。

显而易见，她对我说这些话是费很大力气的，连她自己也只相信一半。

她害怕听到我的话，竭力用自己的话来自谴。我要是反驳，必然又会令她绝望。为了推迟这个绝望的时刻的到来，她滔滔不绝地讲着，竭力把话拖长。我不忍心反驳她了。

我接受了她所作出的牺牲，并感谢她这样做。我告诉她，我也很幸福。我还进一步说：我向她保证，我一向希望能作出义无反顾的决定，好让我承担永远不离开她的义务。我把自己的犹豫不决归因于体贴入微的感情，为此，我不敢同意做出糟踏她身分的事情。一句话，我要把她的一切痛苦、害怕、后悔以及对我的感情的疑虑都驱除掉。除此之外，我没有其他想法了。当时，我跟她说这些话，是没有任何别的考虑的，我倒是真心实意要遵守诺言的。

五

艾蕾诺尔与P伯爵分道扬镳，在公众中产生了不难预料的后果。转瞬间，她丧失了十年忠贞不渝、坚韧不拔所培育出来的果实。人们将她与她那个阶级所有轻佻佚乐、见异思迁的女人等同起来，抛弃孩子又使得她被视为不近人情的母亲；那些名声无懈可击的女人得意地唠叨，说什么女人最基本的德行忘记了，其他一切品德很快便要抛到九霄云外的。

与此同时，人们又同情她，为的是要责备我，借以取乐。他们透过我的所作所为，看到了色鬼、忘恩负义者的嘴脸，这个人辜负了伯爵的一片好意，为了满足一时的私欲而不惜断送两个人的安宁；对待这两个人，一个他本该尊重，另一个他理应很好地照顾的。

我父亲的一些朋友给我提出严肃的忠告；另一些与我不大相熟的人委婉地向我表示他们的不赞成态度，年轻人却相反，他们对我巧妙地取代P伯爵显得兴高采烈，开了很多玩笑，我想制止也枉然。他们对我的成功表示祝贺，还声称要向我学习。

面对这种严厉的贬责和不光彩的褒奖，我苦不堪言。我相信，要是我真心实意地爱着艾蕾诺尔的话，我就会把舆论引到支持我和她的方面来。这就是真实感情的力量，当它站出来说话的时候，那些谣传和假情假义便没有市场了。但是，我不过是个脆弱、感恩、受支配的男人，又得不到来自内心的任何力量的支持，因此，我说起话来不大自然，而且我总想尽量让谈话快点结束。如果谈话还要继续下去，我就说上几句辛辣激烈的话，让别人知道我准备吵架了。确实，我宁愿与他们干一架，也不想理睬他们。

艾蕾诺尔很快便发现社会舆论与她作对。P伯爵有两个亲戚的夫人，当年伯爵仗着自己的影响，使她们勉强和艾蕾诺尔往来。现在，他们分手了，这两个人嚷得最凶，幸灾乐祸地纵情发泄她们的敌意。这种敌意长期以来是隐藏在伦理道德的最严格准则后面的。

男士们则继续来看望艾蕾诺尔，只是说话口气有点随便，其意思是说：她再没有强大的保护者作靠山了，也不再有几乎是正式的结合为依据了。他们当中有的人之所以来，按他们的说法，是因为一向认识她；另一些人则是因为她美貌尚存，还因为她最近的轻浮举动引起了他们的奢望，这一点，他们也不想对她隐瞒。总之，每一个人都为自己与她的关系找理由，就是说，大家都觉得这种关系是需要有借口的。

这样，可怜的艾蕾诺尔就永远陷进了她毕生都想摆脱的境地。这一切都震动她的心灵，伤害她的自尊心。她把某些人的随便看作鄙视自己的证明，而将另一些人的殷勤视为带侮辱性的非分之想的表现。她为自己的孤独而难过，她羞于参加社交活动。

啊，我无疑应该去抚慰她，应该把她紧紧地搂在怀里，对她说："我们彼此为对方而生活吧，忘却那些鄙视我们的人，为我们唯一的尊严、专一的爱情而高兴吧。"我也试着这样做了。但是，要重新把正在熄灭的感情火花点燃，仅凭那出于义务而下的决心，又怎么可能做到呢？

我和艾蕾诺尔互相隐瞒自己的感情。她不敢向我袒露她的痛苦，这痛苦是她作出的牺牲引起的，而她明知我并没有要求她这样做。我接受了她的这种牺牲，我不敢抱怨自己已经料到却没有能力去防止的不幸。因此我们都不提起那唯一经常缠扰着我们的想法。我们互相表示亲热，我们谈情说爱，但之所以谈情说爱，是怕谈起别的事来。

一旦两颗相爱的心彼此之间有了秘密，一旦其中一颗心决定对另一颗心隐瞒哪怕只是一点点想法，那么，爱情的魅力就会消散，幸福就会毁灭。易动怒、不公正、甚至不专一的毛病都可以补救，但是，隐瞒、掩饰却会给爱情平添一种格格不入的因素，使爱情当场受到糟踏、引起变质。

　　然而，对于冲着艾蕾诺尔的任何一点含沙射影的攻击，我都要怒不可遏地反驳；另一方面，出于某种自相矛盾的古怪态度，我在一般谈话中，却去损害她。我顺从她的意愿，但憎恶一般女人的飞扬跋扈。我不住地痛骂她们的软弱、苛刻以及她们由于悲痛而表现出来的专横。我宣扬最强硬的原则，而我这个人，却见不得一滴眼泪，别人发愁自己就心软，暗地里老是想着自己给别人造成痛苦的形象。就是这样一个人，说起话来却显得咄咄逼人，冷酷无情。我对艾蕾诺尔的直接称赞，抹不掉生硬言词所造成的印象。大家憎恨我，同情艾蕾诺尔，却并不尊重她。他们责怪她，说她没有唤起自己的情人，使他更加尊重女性、更加尊重爱情。

　　有一位男士，以往是艾蕾诺尔的常客。自从艾蕾诺尔与P伯爵断绝关系后，他曾对她垂涎三尺。他很不知趣地再三纠缠她，逼得她没有办法，就不再理睬他。他竟因此对艾蕾诺尔横加侮辱，讽刺挖苦。这种做法，我觉得实在难以忍受。于是我们决斗了。我打伤了他，伤势很重，我自己也受了伤。

　　事件发生后，艾蕾诺尔来看我，脸上交集着不安、恐惧以及对我的感激和爱怜的表情，我简直无法描述。她不顾我的苦苦劝阻，硬住进我的住所里来，一刻也不离开我，直至我康复。白天，她给我念书读报，晚上，守着我过大半夜。她关注着我的一举一动，对我的每一个愿望百依百顺。

　　她的仁慈心肠使她自己的才干得到发挥，力气倍增。她不断地向我保证：我要是死了，她也不会活下去的。我的心中充满着柔情，同时也悔恨交加。我本想在自己身上挤出点什么，去酬答她对我始终不渝和温柔无比的爱。我求助于回忆、想象甚至理智以及责任心，但这一切全都白费力气！想到我们处境的困难，想到我们必定分手的前景，也许还有我对这种无法打破的关系的反抗情绪，我的内心感到焦躁不安。我对她是寡情薄义的，而我却一直隐瞒着。我为此而责备自己。当她似乎不相信她所必需的爱情的时候，我心里十分难受，而当她好像相信这一爱情的时候，我的心里也并不好受一点。我觉得她比我强多了。我配不上她，我蔑视起自己来了。

想爱而得不到爱，是极大的不幸，不想爱却被狂热地爱着，则是件大好事。为了艾蕾诺尔，我已经要豁出性命，为了让她没有我也会感到幸福，我还愿意牺牲千百次。

父亲给我延长的六个月期限到了，得考虑走了。艾蕾诺尔并不反对我走，而且也不打算拖延我的出发日期。但是，她要我答应，两个月后，我要回到她身边，或者允许她去找我。

我庄严地向她作了保证。看着她竭力控制自己的感情，强忍着痛苦，在这种时候，什么样的保证我不能作出呢？她本来是可以要求我不要离开她的。我心里很清楚，只要她眼泪一流，我什么都会依从她的。她没有对我施展威严，我感激她，似乎也因此更爱她。再说，我自己要与一个待我如此忠贞不渝的人分开，也不能不感到莫大遗憾。在这样长期的关系中，有着多么深厚的感情啊！这种关系已经不知不觉地变成我们生活中最贴心的部分。我早就冷静地下决心要把关系打破，并且焦急地等待实行这一决定的时间的到来，但时间一到，我的心中却充满恐惧。这颗可怜的心就是这样地稀奇古怪：有些人，我们跟他们生活在一起并无欢乐，可一旦要离开他们，又感到肝肠欲裂。

我走后，常常给艾蕾诺尔写信。我一方面担心我的信会给她带来痛苦，另一方面又很想在信中只向她叙述自己的真情实感。我本来是要让她猜测一下我的心理活动，希望她猜到时也不感到悲伤。当我能够用感情、友谊、忠诚等词语代替爱情的字眼时，我就觉得高兴。但是，我忽然又想起艾蕾诺尔满脸愁容、孤苦伶仃的样子。是呀，除了我的信之外，她别无慰藉了。于是，我写了两页冷淡、刻板的话之后，又草草加上几句热情、温柔的词句。这纯粹是再次欺骗她！就这样，令她满意的话我从不多说几句，而愚弄她的话我总要说个不够。多么古怪的虚伪啊！其结果适得其反；它延长了我的烦恼，叫我难于忍受。

我惶恐不安地过日子，每一天、每一小时都扳着指头计算着，我情愿时间放慢行进的速度。看到要实践诺言的日子临近了，我感到战栗。我根本没有考虑离家回到她身边，也没有找到任何办法，让艾蕾诺尔来我们城里居住。究其原因，也许是不得不说老实话了，也许是我并不希望她来。

我常常拿我的两种生活作比较，一种是现在没有羁绊的、恬静的生活，另一种是由于她的强烈情欲而迫使我过的整日忙忙碌碌、心烦意乱的苦恼日子。我觉得自由自在，来来去去，进进出出，谁也管不着，那多好啊！可以说，别人对我毫不在意，我也摆脱她那令人厌烦的爱，得到了安静。然而，我不敢让艾蕾诺尔起疑心，怀疑我有放弃原来商定的计划的打算。她从信里看出，要我离开父亲是很难的。于是，她来信告诉我，她只好准备动身上我这儿来。

长久以来，凡是她决定了的事，我从不加以反对。我给她回了信，不说同意她来，也不说不同意她来，只是含糊其词地说很高兴知道她的近况，然后再加上一句，也很高兴使她幸福。

可悲的模棱两可的态度，丢人的吞吞吐吐的话语！看见这言词那样含糊我叹息起来，要把它写清楚，我又害怕得打颤。最后，我决定要和她打开天窗说亮话，我想我应该这样做，唤起自己的良心，克服自身的弱点。想到她会得到精神上的安宁，一改痛苦的容颜，我就变得坚定起来。

我在房里大步踱来踱去，高声背诵我打算对她说的话。但是，刚在信上写了几行，我的态度就变了，我不是按我的话应该包含的意思，而是根据它必然会产生的效果来考虑信的内容，我的手受到一种神奇力量的摆布，完全不听指挥了。我只是在信里建议她推迟几个月再来，至于我打什么主意，却没有告诉她。我的信没有任何诚意，我列举的理由是站不住脚的，因为这些理由并不真实。

艾蕾诺尔的回信措词激烈，对我不愿意与她相会感到愤慨。她求我什么呢？不过是想默默无闻地和我生活在一起。她到这座大城市中找一个不为人所知的住所，谁也不认识她，我有什么可害怕的呢？她为我牺牲了自己的一切，包括财产、孩子和名声。作为她的牺牲的代价，她只要求能像一个卑微的奴仆那样等待我，能每天与我过上几分钟，能享受一下我可以给她的快乐时光。她忍受了两个月的分离，不是因为她觉得有必要，而是因为我似乎希望她那样做。她一天天地熬下去，终于熬到了我规定的期限，而我却要她重新去受这种煎熬！她准是上当了，竟把自己的一生交给了一个严酷、冷漠的男人。我可以主宰自己的行动，但却没有权利强迫她受罪，她，已经被那个人抛弃了，而为了他，她曾牺牲自己的一切。

艾蕾诺尔尾随着那封信来了，并且通知我，她已经到达。于是，我下决心要怀着高高兴兴的心情去见她，赶到她的住处，急不可待地要把她的心安定下来，使她得到幸福和平静，起码是暂时的幸福和平静。但是，她的心已经受了伤害，所以她用怀疑的眼光审视着我，很快便发现我的勉强造作。她指责我，把我的自尊心激怒了，还侮辱我的人格，把我的软弱描绘得十分可悲。她这样做，激起了我对她的反感，这反感比我对自己的不满要强烈得多。

我们都失去了理智，狂怒起来，一切分寸都不顾了，一切斯文都被置诸脑后，就像是受复仇女神的支使，你骂我，我骂你，所有发泄深仇大恨的话语，我们都用上了。这两个可怜虫，世上就数他们互相最熟悉，最能正确评价对方，最能互相理解、相互安慰，而现在却好像是两个不共戴天的死对头，拼命地互相诋毁。

大吵大闹三个小时后，我们分了手。我们分手的时候，没有解释、没有道歉，这平生还是第一次。我刚离开艾蕾诺尔，巨大的痛苦就代替了狂怒。我目瞪口呆，对刚才所发生的事感到茫然。我诧异地重复了刚才说过的话，真不明白自己为什么那样冲动，我竭力从自己身上寻找使我失去理智的原因。

夜很深了，我不敢再去看艾蕾诺尔。我决计第二天一大清早才去看她，便径直回家去了。

家里客人很多。在这大庭广众之中，我轻而易举地躲了起来，也掩盖了内心的纷乱。等到客人走了，只剩下我和父亲的时候，父亲便对我说：

"有人十分肯定地告诉我，P伯爵从前的情妇现在住在本城。我一向给予你充分的自由，你们之间的往来，我从来不愿意四处去打听。但是，你这样年纪轻轻的，就有了一个公开的情妇，那是很不合适的。告诉你，我已经采取了措施，让她离开此地。"

说完这些话，他撇下我就走开了。

我追着他进了他的卧室，他却做了个手势，让我退出去。

"父亲，"我说，"苍天作证，我希望她幸福，只要她幸福，我可以答应永远不再见她。不过，请你三思而行。你以为那样做就能把我和她拆散，而实际上却很可能促使我永远与她结合在一起。"

我马上把那个陪我去旅行的随身男仆叫来，他也知道我与艾蕾诺尔的关系。我吩咐他，如有可能，马上去探明我父亲刚才跟我提到要采取的是些什么措施。过了两个小时，男仆就回来了。我父亲的秘书交代他一定要严守秘密后，便告诉他，艾蕾诺尔第二天将被命令离开此地。

"要赶走艾蕾诺尔！"我嚷了起来，"就这样蒙受耻辱被赶走？"

她，仅仅为了我，才到这儿来；她，是我伤透了她的心；她啊，我曾经看着她热泪横流，对她却没有半点同情之念！

这个不幸的女人，由于我她才失去社会的尊重。如今，在这世界上，她孑然一身，四处流浪，她往哪里找依靠呢？她向谁倾诉自己的苦衷呢？

想到这里，我马上打定主意。我买通男仆，给了他金子，还许下了日后报答他的诺言。我雇了一辆驿站快车，早晨六时从城门出发。为了与艾蕾诺尔永远结合在一块，我制定了各种计划。我从来没有这样爱她，整个心都回到她那里了。我为能保护她而自豪。我真想把她搂在怀里。爱情整个地占据了我的身心，我直觉得脑袋、心脏、五官都在发烧，令我坐卧不安。在这个时候，如果艾蕾诺尔要摆脱我的话，我会不惜死在她面前来挽留她的。

天亮了，我跑到艾蕾诺尔的住处。她哭了一夜，现在还躺着，眼睛湿湿的，头发散乱着。见我进来，她很惊愕。

"来，"我对她说道，"咱们走吧。"

她想答话，我却又说：

"走吧，在这个地球上，除我以外，难道你还有别的保护者、别的朋友吗？我的双臂难道不就是'你唯一的庇护吗'？"

她还不愿意走，我又补充说道：

"我有很重要的理由要你走，这些理由只能私下跟你讲。请以老天爷的名义，跟我走吧。"

我终于说服她，把她带走了。

路上，我对她备加爱抚，让她贴着我的胸口。对她提出的问题，我仅仅以拥抱作答。末了，我才告诉她，我已经发现了父亲要将我们拆散的图谋。我觉得，没有她，我不可能幸福，我愿意为她而牺牲自己的性命；我愿意通过各种纽带，使我俩心心相印，紧紧相连。

一开始，她无限感激，但她很快就抓住了我话中的矛盾。她一再催问，终于从我口中得知了事情的原委。顿时，她的快乐消失了，脸上覆盖着一层忧郁的云翳。

"阿道尔夫，"她说，"你这是自己欺骗自己。你很忠厚，你之所以一心一意为我，那是因为我受到迫害；你以为自己心中充满了爱情，但你所具有的只不过是怜悯罢了。"

她为什么说这些令人沮丧的话呢？这个我不想知道的秘密，她为什么要给我揭开呢？

我竭力安慰她，让她放心。也许我达到了目的，但真相透进了我的心灵，自然的感情已被破坏殆尽。我虽然下决心作出牺牲，然而我并不因此而感到幸福。脑子里已经产生的想法，我不得不又一次将它隐瞒起来。

六

当我们来到国境线上的时候，我便给我父亲写信。信的措词是恭恭敬敬的，但这里面却包含着苦涩的味道。我埋怨我父亲，他企图切断我与艾蕾诺尔的关系，而结果却加强了这种关系。我告诉他，只有艾蕾诺尔安顿好了，不再需要我了，我才能离开她。我恳求他，不要逼她太甚，否则就是逼我与她永远在一起。我等着他的回音，以便决定如何安家。他回信了，信里写道：

> 　　你已经二十四岁了，我不想向你显示即将失去作用的权威，再说，这权威我也从来没有用过。我甚至会尽可能把你的古怪行为掩盖起来。我会放出空气说，你是受我之命出差的。你要花的钱，我将慷慨提供。但是，你不久将会感到，你现在所过的生活对你并不合适。你的出身、你的才智、你的财产，应该使你在社会上有一个相配的伴侣，而不是去陪伴一个无国无家的女人。你的信已经表明，你对自己也不满意。你知道，要是让这种令人为之脸红的状况拖延下去，那将是什么好处也得不到的。你虚度最美好的青春年华，这个损失是无法弥补的。

　　读完父亲的信，我犹如挨匕首捅了千百刀似的。我一遍又一遍地思忖他在信中对我说的话。我对于自己默默无闻、无所事事地消磨生命，感到无限羞愧。我宁愿受到斥责和威胁，这样，我进行反抗也多少有点自豪感。我本来觉得有必要竭尽全力保护艾蕾诺尔，使她免遭灭顶之灾。可是，实际上并没有任何风险，因为父亲让我享有充分的自由，不过，这自由只能使我更不耐烦地戴上枷锁，而那似乎是我自愿选择的。

　　我们在波希米亚小城加当住了下来。我反复想，既然我对艾蕾诺尔的命运负责，那就不能让她吃苦头。我终于克制住自己，把任何不高兴的征象紧紧地封锁住，绞尽脑汁强装欢颜，把我深深的忧伤遮掩起来。这功夫给我带来了预想不到的效果。我们都是变幻不定的天工造物，假装出来的感情，最终竟然感受到了。我掩盖的忧伤，已部分地忘记，我接连不断的玩笑，也把我的惆怅驱除。我对艾蕾诺尔温存体贴，竟致一种甜蜜的近乎爱的感情在我心中弥漫开来。

一些不该想起的往事时而侵扰着我。只要是一人独处，我便忐忑不安起来。我思索着种种古怪的计划，想突然间冲出我不该置身的境地。不过，这些想法，我都当作噩梦摒弃了。既然艾蕾诺尔显露出快快乐乐的神情，我难道可以扰乱她的幸福吗？就这样，日子过了将近五个月。

一天，我发现艾蕾诺尔十分烦躁，竭力对我隐瞒一件什么事。经过我再三请求，她要我答应不反对她已经作出的决定，然后才如实对我说，P伯爵给她来信了。信里说，他的官司打赢了，他一直感激地牢记着她所帮的大忙，也怀念着他们十年的情谊，他要把一半的财产献给她。这样做的目的，当然不是要恢复旧有的关系，因为那已经不可能了，而是要她离开那个将他们拆散的阴险的忘恩负义之徒。她还说：

"我回信了。你准猜得着，我拒绝了他。"

我猜得太对了。我很感动，但又为艾蕾诺尔给我作出的新牺牲感到十分遗憾。不过，我不敢向她表示任何反对意见，因为在这方面，我的企图总是毫无成效的。

我离开了一下，去考虑该拿出什么主意。我清醒地意识到，我们的关系必须断绝。这种关系令我痛苦，对于她也变成有害的了。我已经成了她恢复应有的地位、再赢得别人尊敬的唯一障碍，而在社会上，别人的尊重是迟早会随着你的财富而来的。我也是她和孩子之间的唯一障碍，在我看来，这些都是无法原谅的。在这种情况下，对她让步不再是仁慈宽厚的表现，而是有罪的软弱行径。我已经答应过父亲，一旦艾蕾诺尔不需要我了，我便立即脱身。谋职业、开始过积极进取的生活、争取几个受人重视的头衔、发挥自己的才干、做一番高贵的事业，现在是时候了。

我回到艾蕾诺尔身边，自以为能坚定不移地按自己的计划去做。强迫她不要拒绝 P 伯爵的馈赠，如有必要，还对她声明，我不再爱她了。"亲爱的朋友，"我对她说，"某些时候，人们也与自己的命运搏斗，但总以屈服而告终。社会的法则比人的意志强大得多，即使是最炽热的感情，碰上倒霉的境遇，也会自然破裂。固执地只凭感情用事是徒然的，迟早总得服从理智。我再也不能让你长期置身于这种对你对我都不相称的境地。为了你，也为了我自己，我不能让你这样下去了。"

我一眼也不敢看艾蕾诺尔。说着说着，我觉得思路模糊了，决心也减弱了。我重新鼓起勇气，用一种急促的声音继续说下去：

"我将永远是你的挚友，一往情深对待你。我们两年的情谊绝不会从我的记忆中消失，它将永远是我一生中最美好的时光。但是，艾蕾诺尔啊，那种感官的亢奋、不由自主的陶醉、忘却一切利益和一切义务的爱情，我再也没有了。"

我久久地等待她的回答，不敢抬头看她。等我终于看她的时候，却发现她呆然不动。她眼睛盯着所有物件，像是一件也没有见过似的。我拉起她的手，发觉那手冰冷冰冷的。她推开我，说道：

"你要我怎样？我孑然一身，在这个世界上孤零零的，没有一个人理解我，难道不是这样吗？你还有什么要对我说的呢？你还没有说完吗？一切不是都完了、一去不复返了吗？抛弃我，离开我，这不正是你的希望吗？"

她说完便踉踉跄跄地走开，我想去搀扶她，她却跌倒在我的脚下，昏迷过去了。我扶起她，拥抱她，想把她唤醒。

"艾蕾诺尔，"我大声地呼唤着，"你醒醒，快回到我的身旁，我深情地爱你，以最甜蜜的柔情爱你。我刚才说的话，全是骗你的，只是想让你更自由地选择自己的前途罢了。"

人心啊，是这样的轻信，简直不可理解！这几句普通的话语，跟我以前说过的许许多多谎话，简直是风马牛不相及，但却使艾蕾诺尔苏醒过来，恢复了信心。她让我一再重复刚才说过的话，她自己则似乎在贪婪地呼吸着。她相信了我。她陶醉在自己的爱情中，把单方面的爱情当成我们两人共同的爱情。她给 P 伯爵回信时的态度更坚定了。就这样，我比以往任何时候都陷得更深。

三个月后，艾蕾诺尔的境况又出现了新的转机的可能性。由于派系之事，小公国里政事几经变迁，她的父亲被召回波兰，并且收回了财产。尽管他几乎不认得女儿，因为妻子带着她到法国的时候，她年仅三岁。但是，做父亲的还是想她回到自己身边定居。他逃亡时一直住在俄国，对艾蕾诺尔的艳事只是偶有所闻。艾蕾诺尔是他的独生女，他害怕孤独，希望有人照料、服侍。他四处寻找女儿的下落，一经打听到了，便立即强烈要求她来相聚。

自己是否见过父亲，艾蕾诺尔也记不清楚。对于这样一位父亲，她是不可能有真正的感情的，只是她觉得应该听话，而且，这样也许可以给她的孩子一大笔财产，并且恢复由于她自己的不幸和不检点行为而失去的地位。但是，她却一本正经地声明，只有我陪伴她，她才前往波兰。

"我这样的年纪，"她说，"心灵的大门已经向新鲜事物关闭。父亲对我来说，完全是个陌生人。如果我留下来不去跟随他，别人是会殷勤备至地把他团团围住的，那么，他同样会感到幸福。至于我的孩子，他们会得到 P 伯爵的财产的。我十分清楚，我将受到普遍的指责，被视为不孝的女儿，无情的母亲。但是，我吃的苦头太多了，我已经不那么年轻，我能够承受得了社会舆论对我施加的强大压力。如果说，我的决定有冷酷之处，那么，阿道尔夫，应该责怪的是你自己。要是我对你抱有幻想，我也许会同意去波兰的。这样，分离的痛苦会由于想到日后甜蜜的重逢和持久的结合而被冲淡。不过，你却会巴不得设想我在远离你的地方，悠然自得地过着豪华的家居生活。你会给我写些得体的信，其内容我已料到：它会撕碎我的心。我可不想去冒这个风险。我并不认为：我以一生所作的牺牲，终于使你产生了我所需要的感情。我没有这样的想法来求得自我安慰。不过，你终究还是接受了这一牺牲。你的行为举止的无情、我们关系的冷淡，使我尝尽了苦恼。你强加给我的痛苦，我忍受着，可我不想去承受自愿带来的痛苦。"

　　艾蕾诺尔的声音和语气中有一种不可言传的尖刻和激烈的意味，它所显示出的是坚定的决心，而不是深沉的或感人的激动。一段时间以来，当她问我点什么时，她总是生气在先，好像我已经拒绝了她。她支配我的一举一动，但她也明白，我脑子里的想法却和行动背道而驰。她真恨不得钻进我的灵魂深处，彻底粉碎我的暗中抗拒，这种抗拒使她对我大为反感。我跟她谈我的处境，我父亲的心愿和我本人的希望。我越说火气越大，艾蕾诺尔却不为所动。我想唤起她的宽宏大量，好像我不知道爱情是一切感情中最自私、因而在其受到伤害时也是最小气的那样。我糊里糊涂地竭力用我的不幸去打动她，而这种不幸却是由于我留在她身边而引起的。我不仅没有达到目的，反而将她惹怒了。我答应以后到波兰去看她，但这没有真情、没有诚意的诺言，在她看来，只不过是表明我急于想抛弃她而已。

　　在加当居住的第一年过去了，我们的情况没有什么变化。艾蕾诺尔见我闷闷不乐、垂头丧气，先是感到痛苦，尔后觉得受了伤害，便不断指责我，逼得我把本想掩盖的厌倦情绪直说出来。而我呢，当艾蕾诺尔显得高兴的时候，我看到她的愉快是断送我的幸福换来的，便生起气来，含沙射影，暗示我内心的痛苦，以此来扰乱她短暂的快乐。我们彼此间使用转弯抹角的言词，轮番发起攻击，随后退而作一般的申明和模棱两可的辩解，末了才沉默下来。我们都十分清楚对方要说的是什么，所以我们干脆不开口，以免听到对方的话。有时候，我们中的一方准备让步了，却又缺乏彼此修好的适当时机。我们这两颗心受过伤害，互不信任，是再也不可能和好的了。

我常常自问，为什么我仍然在这种痛苦的处境中生活下去呢？我这样回答自己：如果我离开艾蕾诺尔，她准会跟着我走，那样就会招致她作出新的牺牲。末了我想，应该最后一次满足她，等她回到家中安顿好，她就再也不会有什么要求了。

我正要提议陪她回波兰的时候，她突然接到父亲猝然去世的消息。她父亲去世前，指定她为唯一的继承人，但他的遗嘱却与后来发现的信有矛盾，一些远房亲戚发出威胁，声言要按这些信件去处理财产继承权。艾蕾诺尔虽然与她父亲接触甚少，但对他的去世仍然感到十分悲痛。她责备自己抛弃了父亲。这本来是她的过错，不久她反倒责怪起我来了。

"你使得我没法履行神圣义务。"她说，"现在，我一无所有，只剩下一分财产了。为了你，我可以毫不痛惜地牺牲这笔财产，但我不会只身前往一个我只会碰到敌人的国家去，这是肯定的。"

"我没想过要你放弃任何义务，"我回答她说，"而且，说实在的，我倒希望你肯考虑一下：我也因为没有履行自己的义务而十

174

分难过。这一点公平，我也没有从你那里得到。艾蕾诺尔，我算是服了，你的利益高于一切别的考虑。好吧，你喜欢什么时候走，咱们就一起走吧。"

我们真的出发了。旅途上的消遣，所见到的新鲜事物，加之我们对自己的努力克制，又使得我们之向残存的温情不时地重现。由于我们对待对方有着长期的经验，由于我们共同经历过各种境遇，所以每句话，甚至几乎每一个动作都流露出对往事的回忆。我们又突然置身于过去美好的日子之中，心里不由自主地充溢着柔情蜜意。这一切，恰似几道电光，划破了黑夜，却不能将黑暗驱散。可以说，我们是靠回忆旧情过日子的，这种旧情相当强烈，我们要分开是很痛苦的；但它又太脆弱，我们要结合，也得不到幸福。为了使自己从通常的束缚中解脱，求得安宁，我便沉湎于这种心情中，很想向艾蕾诺尔表示温柔体贴，让她高兴；有时候，我还对她说些情话。但是，这种激动，这些情话，就像几片无精打采地生长在无本之木的枝杈上行将掉落的枯黄叶子一样。

七

艾蕾诺尔一回到波兰，亲戚要与她争夺的那份财产就收了回来，归她所有，但要作出保证，等诉讼案了结后才能动用。她住在父亲的一处领地里。而我父亲呢，在他的来信中，从不直接与我谈任何问题，只是在字里行间处处含沙射影，反对我的波兰之行。他在信里这样写道：

> 你从前跟我说过不走的，你曾对我大讲特讲所有不走的理由，因此，我确信你是要走的。你有着独立不羁的个性，但你

干的总是些违心的事。我同情你的就是这一点。此外，你目前的情况我不十分清楚，我不想加以评论。在此之前，你一直给我这样的印象：你是艾蕾诺尔的保护人，在这方面，你的举动确有某种可贵之处，使你的品格显得更高尚，且不说你所爱慕的对象如何。今天，你们的关系已不同往昔，再也不是你保护她，而是她保护你了。你寄居她家，是她引进去的陌生人。我并不想对你所选择的道路表态，但由于你这样做会招致麻烦，所以我要尽可能减少这些麻烦所产生的不良影响。我给 T 男爵写了信，他是我国驻在你目前居住的国家的公使。我把你介绍给他。我不晓得你要不要利用这一介绍。不过，你起码要将此举视为我对你的关心的表现，而不应看作是对你的独立的干涉。你一向懂得有效地维护这种独立，以此来对抗你的父亲。

我竭力不去思考这封信的笔触在我身上产生的影响。

我和艾蕾诺尔居住的地方离华沙不远。于是，我便进城去，拜访 T 男爵。他友善地接待了我，询问我来波兰的种种缘由和打算。我简直不知道如何回答他。这样拘束地谈了几分钟后，他说道：

"坦率地跟你说吧，我知道你此行的动机，令尊大人写信告诉我了。我甚至可以对你说，我理解这种动机。一个男人，既想断绝不合适的情丝，又怕伤害他爱过的女人，这种感情上的折磨，一个人一生中连一次也没有经历过，那是不可能的。青年人幼稚无知，往往过分夸大这样的困难处境。他们乐于相信痛苦的一切表现形式都是真实的，这种表现在暴躁易怒的女性身上取代力量与理智的全部功能。他们内心为此而难过，但自尊心却感到庆幸。这样的人，诚心诚意地自以为是为自己一手造成的绝望去牺牲，其实只是为空幻的虚荣心断送自己而已。世上如痴如醉的女子比比皆是，她们没

176

有一个不宣称：被别人抛弃，那就是被置于死地。但是，她们一个个全都活得好好的，而且全都受到别人的抚慰。"

男爵说到这里，我想打断他的话，他却说：

"对不起，年轻的朋友，我说话比较直截了当，因为，我听说过你的端正的人品，你所显露的才华，以及你应该从事的职业，这使我不得不开诚布公地与你交谈。不管你相信不相信，我知道你心里想些什么，而且知道得比你更清楚。你现在已经不爱那个支配你、牵着你的鼻子走的女人了。你若是还在爱她，就不会上我这儿来了。你已经知道你父亲给我写了信，你很容易预料我要给你说点什么。从我口里听到那些你自己喋喋不休地重复、而又总是收不到效果的道理，你并没有感到不快。艾蕾诺尔的名声远远不是无可指责的。"

我紧接着回答他说：

"我请求你结束这一番无用的谈话。艾蕾诺尔的早年境况很悲惨，人们可能根据一些道听途说的谣传诋毁她。但是，我认识她已经三年了，在这世界上，没有比她更高尚的灵魂、更高贵的人格、更纯洁、更仁慈的心灵。"

T男爵反驳说：

"那就请便吧。不过，这种微妙的事情，舆论并不加以深究。事实毕竟是事实，掩盖是掩盖不了的。你不让我提起这些事实，你以为可以一笔勾销吗？"

停了片刻，他又继续说道：

"听着，活在这世界上，必须知道自己想做些什么。你不会娶艾蕾诺尔吧？"

"不，毫无疑问，不会的，"我大声地说，"就连她本人，也从来没有这样想过。"

"那你究竟想怎么样呢？她比你大十岁，你今年才二十六，你还得服侍她十年。等她老了，你亦届中年，到那时，可能使自己满意的事，你一件也没有开始干，一件也没有干成。你将会感到厌倦，而她的心境也一定很差。你会觉得她一日不如一日可爱，而她则一日比一日更需要你。其结果是，你虽有显赫的出身、丰厚的财产、出众的智慧，你也只能在波兰的一个角落里无声无息地混日子，被朋友们遗忘，失去博取荣耀的机会。你还会受着这么一个女人的折磨，不管你如何尽心尽意，她也对你不满意。我只补充一句话，这一令你觉得尴尬的话题，我们以后就不再提了。文学、行伍、官场，条条大路对你都畅通无阻。你完全可以憧憬最幸福美满的姻缘，你有资格追求一切。但是，请你紧紧记住：在你和一切功名成就之间，有着一道不可逾越的障碍，这道障碍，就是艾蕾诺尔。"

　　"先生，"我回答说，"你的话，我想我应该洗耳恭听。但是，我也应该告诉你，你的话并未动摇我。我再说一遍，除我以外，谁也不能对艾蕾诺尔评头品足。她那真挚的感情、深厚的情意，谁也没有充分估量到。只要她还需要我，我就留在她身旁。如果让她惨遭不幸，那么，任何功名也无法使我得到安慰。纵使我的职业只是当她的保护人，在困难时支持她，以我的深情厚意去帮助她抗击鄙视她的不公正的舆论，我也以为，我此生没有虚度。"

　　说完这些话，我便走了。但是，驱使我说这些话的感情，在我还没有把话说完以前便已消失了。谁能给我说清楚这是出于什么变幻不定的原因呢？

　　我步行回去，以便推迟去见我刚刚勇敢地保护过的艾蕾诺尔的时间。我急忙穿过市区，这样，我独自呆着的时间就会更长一些。

　　来到原野当中，我放慢了脚步，心头思绪茫茫。"在你和种种功名成就之间，有着一道不可逾越的障碍，这道障碍，就是艾蕾诺尔。"这句一针见血的话，直在我耳边回响。我对不久前无可挽回地逝去的时光作了一次长久、伤心的回顾。我记起青年时代的理想，先前主宰未来的信心，崭露头角时所受到的赞扬，也回想起自己亲眼看到声誉之光的闪耀和熄灭。我反复念着几位同学的名字。过去，我根本不把他们放在眼里，但现在，他们仅仅靠自己顽强的努力，规规矩矩的生活，就在财产、地位和荣誉的大道上，远远地把我甩在后面，而我却碌碌无为，真觉得气闷。吝啬鬼从自己积聚的珍宝中想象出可以买到一切财产，和吝啬鬼一样，我从艾蕾诺尔身上看出我将一事无成，而我本来是可以功成名就的。我所惋惜的不仅是一门职业，我从来未有过任何职业，所以各行各业都想尝试。我从来没有使用过自己的力气，还自以为力大无穷，竟至抱怨起这身力气来了。我情愿天生羸弱、平庸，这样，我起码对于目前自甘堕落的状况也就没有什么可悔恨的了。凡是对我的才智和学识的赞扬和肯定，我都觉得是无法忍受的责备，我仿佛听到人们在赞赏牢笼深处戴着镣铐的斗士那强健有力的双臂。每当我想鼓起勇气，思量着有所作为的时期还没有过去，艾蕾诺尔的形象就如同幽灵一般在我面前出现，使我的勇气和力量化为乌有，我顿觉怒火中烧，冲她而去。而由于各种念头古怪地混杂在一起，这一阵怒气却丝毫没有减轻想到会伤害她而产生的恐惧。

我的心对这种辛酸感情已觉厌倦，忽然间想寻找一种从未体验过的感情，以躲避折磨，求得安宁。T男爵随口说出的关于甜蜜、宁静的姻缘的那几句话，使我的脑子产生了求偶的理想。我想到这样的姻缘给我带来的安宁、地位，以至独立。因为，我如此长时间艰难维持的关系，使我受到了约束，这比得到承认的合法婚姻所产生的约束力还要大千百倍。我想到，要是真有这种良缘，父亲该多么高兴。于是，我产生了一个急切的愿望：回到我的祖国，在我的同伴的圈子中，恢复我应有的地位。我要以自己严肃的、无懈可击的行动，驳斥那些冷酷、无聊的恶言恶语对我的一切中伤，并以此回敬艾蕾诺尔对我的责难。

"她不住地斥责我，"我自言自语道，"说我冷酷无情、毫无同情心。啊！若是上帝赐给我这么一个妻子，社会风尚允许我承认她，若是我父亲收她为媳妇也不觉得脸红的话，那么，我会无限高兴地使她得到幸福的。这种令人痛苦、而且受过创伤、因而不受重视的感情，这种人家强烈要求证实、而我的心又不愿意向狂怒和威胁妥协的感情，要是我能同心爱的人、同在正常的受人尊重的生活中的伴侣一起去尽情领略，那该多甜美啊！为了艾蕾诺尔，我不是什么都豁出去了吗？为了她，我离开了我的祖国，离开了我的家庭；为了她，我把老父亲的心伤透，他还在远离我的地方叹息；为了她，我蛰居此地，青春悄悄流逝，没有光采，没有荣耀，也得不到欢乐。并非出于义务，而且已经没有爱情，也能作出如此巨大的牺牲，这不恰好表明了，爱情和义务会使我能够做出多少事情来吗？一个靠其痛苦左右我的女人，我尚且如此惧怕她的痛苦，那么，对于可以毫不后悔、毫无保留地献身于她的女子，为了给她驱除悲哀痛苦，我多少心血不能花啊！人们将会看到，那时的我和现在的我相比，简直判若两人！人家因不明原委而将其当作是我的罪过造成的这种苦恼，便会迅速地远远离开我。若能如此，我真要对上帝无限感激，对人们千恩万谢了！"

我这样说着，眼睛里溢出了泪水。无数的回忆像潮水一般涌进我的心头。我与艾蕾诺尔的关系使这些回忆令我十分不快。幸福的童年、我度过青少年时代的地方、儿时一起玩耍的伙伴、最先给予我深切关怀的父母，回想起这一切，我便感到快快不乐，心里难受极了。我不得不把最富于诱惑力的形象、最合情合理的心愿驱走，仿佛想起这些都是一种罪过似的。但是，我想象中突然出现的情侣总是与这些形象结合在一块，她赞同我的所有心愿，她分担我的一切义务，分享我的一切欢乐，她和我有着共同的兴趣，她将我目前的生活与过去青年时代联系在一起——那时，远大的前程曾在我面前展开，是艾蕾诺尔设置了万丈深渊，才把我与这一美好年华分隔开来的。

往事的细微末节，最渺小的物件，都重新浮现在我的脑际，我仿佛重又看到我曾和父亲一起居住的古老城堡。城堡树木环抱，小河流经城墙脚下而过，自城堡极目远眺，视野所及，一片青山。所有这一切景物依然历历在目，充满生机，令我激动得颤抖，难以忍受。我幻想着，在这些景物旁边，有一位天真活泼的少女，用理想之花，把这一切打扮得分外妖娆，生气勃勃。

我堕入这梦一般的幻想之中，毫无计划地徘徊游荡，也不思考自己是否该同艾蕾诺尔断绝关系，因为我对所面临的现实没有明朗的观念，认识很模糊。我犹如一个饱受苦难的人，只有睡眠时才能用梦幻来自我安慰，却又预感到这个梦幻行将结束。

突然，我瞥见了艾蕾诺尔的邸宅，我不知不觉地靠近她了。我停住脚步，往另一条路走去。快要再听到她的声音了，我能够推迟这个时刻的到来，感到由衷的高兴。

日光渐弱，天空澄澈晶莹，原野一片空荡，人们已经停止了劳作，让大自然歇息。我的思想逐渐抹上了一层更阴沉、更浓重的色彩。夜，越来越深，四周万籁俱寂，只有偶尔来自远方的声音才将寂静打破。与我的想象随之而来的是一片更宁静，更庄严的感情。我放眼远望，地平线上灰蒙蒙的，看不到边，多少令我产生广漠无垠之感。

我已经很长时间没有这样的感受了，因为我一心思考个人的问题，眼睛老盯着自己的处境，连一切普普通通的观念都与我不相干了。我心里装着的只有艾蕾诺尔和我自己。我之所以想着艾蕾诺尔，是因为她使我既同情又厌倦；之所以想到自己，是因为我再也瞧不起自己了。我已经陷进了新式的利己主义之中，陷进了懦弱、不满和丢脸的利己主义的泥潭之中，可以说，我变得渺小了。此刻，我抱着另一套想法，恢复了忘我的灵性，从而能对事情进行公正的思考。我为此感到满意。我的心灵仿佛从漫长、不光彩的堕落中重新振作起来。

差不多整整一夜就这样过去了。我漫无目的地走着，跑遍了田野、树林和静谧的村庄。我不时地瞥见，在远处的房子里，一道清悠悠的亮光，把黑夜划破。

"那儿，"我暗暗在想，"就在那儿，也许某个倒霉的人正在痛苦中挣扎，或者正与死亡搏斗。死亡，这是一个无法解开的谜，平日的见闻似乎还不足以令人洞悉；这是不可移易的终结，它既不能使我们得到安慰，也不能使我们平静，死亡，通常大家都不在意，却又引起人们短暂的惊恐！"

"而我也是如此，"我继续想着，"我也陷入了这种糊涂的混乱中。我与生命抗争，好像生命不会完结似的：为了多赢得几年悲惨的岁月，我竟然在自己周围自造灾难，而时间很快就要将这些岁月夺走！别再作这些无谓的努力，看着这时间过去，看着我的日子匆匆流逝，我应当高兴；面对过去了一半的人生，应该不为所动，做个满不在乎的观众；让人家占据这生命也罢，把它毁掉也罢，可就是不要让它延长了！这生命，难道还值得去争吗？"

死的念头一向对我有着强大的支配力。当我的感情冲动时，这个念头足以使我立即安静下来，它在我的心灵中产生了它通常产生的效果：我对艾蕾诺尔的厌恶感没有那么强烈了，我的全部怒气烟消云散了；这一夜狂怒留下的痕迹，现在只有平和的、几乎是宁静的感受了。也许，我身体上的疲倦导致这种平静。

天快亮了，我已经能够分辨出各种物体。我认出我离艾蕾诺尔的住处已经相当远。想到她会焦虑不安，我便不顾疲劳加快步子去见她。

正在这时候，我遇见了一个骑马人，他是艾蕾诺尔派来寻找我的。他告诉我，这一整天，艾蕾诺尔一直处于极度惶恐中，为了找我，她到了华沙，跑遍了四周；回到家里，满脸的焦虑神情，难以名状。村民们也四处出动，分头在田野中寻找我。

听了那番话，我浑身不自在，十分烦躁。我发觉自己受到艾蕾诺尔的监视，生气极了。虽然我自言自语地重复说，这原因仅仅是出于她对我的爱，但还是无法息怒。这爱情不也就是我一切不幸的根源吗？然而，我终究克制住了这种情绪，并为此而责备自己。我知道，她现在准会惊惶失措，痛苦不堪。我于是跨上马背，飞也似的越过那段把我们隔开的路程，回到她身边。她喜滋滋地迎接了我，我被她的激奋感动了。我们只谈了一会儿话，因为很快她就想到我该休息了。起码这一次，我没有说任何使她伤心的话就告辞了。

八

翌日，我重又被昨天引起不安的思绪困扰，随后的日子，我的情绪波动更加厉害。艾蕾诺尔想了解其中原因，但没有成功。对于她再三提出的尖锐问题，我只是出于无奈，才用"啊、哦、是"这一类单音词作答。无论她怎样纠缠，我都顶住，因为我十分清楚，我的坦率将会引起她的痛苦，而她的痛苦又会迫使我再次藏匿内心的隐秘。

她指责我隐藏了什么秘密，忐忑不安地求助她的一个女友去把这个秘密揭开。她存心自己欺骗自己，本来这只不过是感情上的变化，可她却要寻找什么事实。

她的这位女友来跟我谈了，说我脾气古怪，费尽苦心要摒弃一切建立持久关系的想法，说我渴望断绝关系，孤身独处，不可理解。我静静地听她讲了很长时间。在此之前，我一直未对任何人说过，我不再爱艾蕾诺尔了，我的嘴巴不喜欢说这样的话，我觉得这样是背信弃义的。不过，我仍然想为自己辩解。我很有分寸地讲了我的前前后后的情况，对艾蕾诺尔大大称赞了一番，承认了我的行为有自相矛盾之处，同时又把这归咎于自己的困难处境。但是，真正的困难是我对艾蕾诺尔没有爱情，这样的话我一句也没有明说。那女友听我的诉说，受到了感动：在我称之为软弱的事情中，她看到了宽厚；而在所谓冷酷中，她看到了不幸。同样的话，偏激的艾蕾诺尔听了暴跳如雷，而她的不偏不倚的女友却深信不疑。

一个人，当他没有私心杂念的时候，竟是如此的公正！

不管你是谁，千万别把心里事托付给别人！唯独自己的心灵能够为自己辩护，只有它才能探明自己的痛处，而一切居间人不过成为裁判者。居间人分析、调和、理解爱情的淡漠，承认这种淡漠是可能的，而且视为不可避免，并由此而原谅这种淡漠。这样，出乎意料之外，在当事人眼中，淡漠倒是合情合理的了。

艾蕾诺尔的责备使我相信自己是有罪的。而从那个自认为维护艾蕾诺尔的女人的谈话中，我晓得自己不过是个不幸的人而已。我不知不觉地把自己的思想感情和盘托出。我说，我对艾蕾诺尔是忠贞的，并且抱有同情和怜悯之心，但我又补充一句：我现在强迫自己承担义务，这样做，却不是爱情促使的。这句真心话，我一直深埋在心里，只是有时心境不佳以及盛怒之下才对艾蕾诺尔泄露；这句真心话此刻在我眼中更有现实性，更有力量，因为它已经得到旁人的了解。当人们突然在第三者的眼前表露男女关系的隐情，这就跨出了一大步、不可挽回的一步。黑夜用阴影将心灵圣殿的毁坏之处掩盖起来，阳光透进去了，便将其暴露，并彻底完成这种破坏，如同埋葬着的尸骸，在坟墓中常常能够保持原貌，一旦受到外界的空气侵蚀，便被破坏，终至化为尘埃。

艾蕾诺尔的女友走了，我不知道她怎样向艾蕾诺尔转达我们谈话的内容。但是，当我走近沙龙的时候，我听到艾蕾诺尔在说话，声音十分激动。看见我来了，她便住了口。不一会儿，她又以种种方式，把一般的话题再搬出来，无非是旁敲侧击。

"某些友人的热情是最奇怪不过的。"她说道，"有的人热心来过问你的利益，而实际上为的是更好地背弃你的事业。他们将这种举动称之为友爱。如果这也称作友爱，那我宁可要怨恨。"

不难理解，艾蕾诺尔的女友是站在我这一边反对她的，并且似乎也不认为我的举动是什么大逆不道，这就激怒了她。我觉得，在对付艾蕾诺尔方面，我和另外一个人是相通的。这样，在我们两颗心之间，又增加了一道障碍。

过了几天，艾蕾诺尔走得更远了。她已经完全不能控制自己了。只要她认为有理由抱怨什么，她就单刀直入，嚷嚷起来，不讲分寸，不考虑后果，甘冒关系破裂的风险，也不愿意强制自己去掩饰。她和女友就这样永远吵翻了。

"为什么要让外人介入我们的争论中去？"我问艾蕾诺尔，"难道需要第三者介入才能使我们和睦相处吗？倘若我们无法再和睦相处，那么，什么样的第三者能够改变这种状况呢？"

"你说得对，"她回答说，"不过，那可是你的过错。从前，我不需要通过任何人，就可以了解你的心。"

突然，艾蕾诺尔宣称她打算改变生活方式。看得出来，她话中之意是，我之所以快快不乐，是因为我们生活在孤独中。她作了种种的虚假解释，最后不得已承认实情。我们面对面度过了许多枯燥单调的夜晚，时而沉默不语，时而脾气大作。长谈的源泉干涸了。

艾蕾诺尔决定，要把住在附近或者华沙的贵族人家吸引到她家里来。显而易见，她的试图不容易实现，而且也有风险。那些与她争夺财产的亲戚透露了她过去的放荡行为，散布了无数流言蜚语。我为她即将面临的侮辱而担忧，竭力劝阻她不要这样做。但是，我的一番劝告是白费气力了。虽然我表示我的担心时很谨慎，但还是伤害了她的自尊心。她猜想我是为我们之间的关系而感到难堪，因为她的生活有令人生疑的不检点之处。所以，她就更急于要恢复她在上流社会的体面地位了。她的努力取得了某些成功。她拥有的财产，她的美貌（岁月仅仅使她的姿容略减），甚至她的风流艳事的传闻，总之，她身上的一切，都撩拨着人们的好奇心。不久，她的住宅便门庭若市，宾客如云。但是，一种困惑不安的秘密思绪袭扰着她。本来是我对自己的处境深感不满，但她却以为我对她的状况不满。她挣扎着要摆脱这种困境，其愿望的强烈，使她不大考虑后果。她的虚假地位又使得她行为乖戾，处事急于求成。她的头脑精确，但思想狭隘。头脑的精确因其性情偏激而受损，而思想的狭隘则使她不能明察秋毫，探微辩异。她第一次有了目标，她急于要达到这个目标，结果适得其反，欲速则不达。

啊！她没有告诉我就悄悄往肚子里咽的苦水该有多少啊！有多少次，我一想起这一切就替她脸红，却又没有勇气对她说！

矜持和稳重会对人们产生极大的影响：我曾看到她作为 P 伯爵

的情人更受他的朋友的尊敬，而作为巨额财富的继承人，她却没有得到她的亲戚的敬重。她时而傲气十足，时而低声下气；时而殷勤备至，时而暴跳如雷，言谈之中有一种无可名状的破坏性激情，打消人家对她的尊重；要别人敬重，那是要保持冷静的。

我这样数落着艾蕾诺尔的不是，实际上是在控诉自己、谴责自己，只要说一句话就会使她平静下来，为什么我不能说这句话呢？

虽然如此，我们在一起的生活还是比较平静的。娱乐活动使我们摆脱了往常的思绪，感到轻松一些。我们只是偶尔才两人单独在一起。除了有关内心深处的隐情外，我们互相无限信任；我们不去涉及这种隐情，而是谈论见闻和趣事。这样，我们的谈话又恢复了某些情趣。

但是，没过多久，这种新的生活方式对于我又成了新的烦恼之源。我与艾蕾诺尔周围的人打交道，发现他们用诧异的眼光看待我，我成了他们指责的对象。

艾蕾诺尔继承财产权一案判决的日期临近了。她的对手硬说她有着数不清的过失，把父亲的心伤透，而我的出现又为他们的说法提供了证据。她的朋友则责备我害了她。他们原谅她对我的一片痴情，却反过来骂我举止不端，说我滥用人家的感情，而我本来是不应该去激发这种感情的。唯有我自己心里明白，如果我抛弃她，她会紧跟着我不舍的；为了追随我，她会不顾自己的家业，也不会细细考虑是否慎重。这个秘密我不能让公众知道。因此，在艾蕾诺尔家里，对于即将决定她命运的官司，看来我只不过是个有碍它成功的局外人而已。本来是她固执己见，我深受其害，但人们同情的却是她，把她看成是被我控制的受害者。这真是莫名其妙的是非颠倒。

这时，又出现了一个新情况，使这一痛苦的局面更复杂了。

艾蕾诺尔的行为举止，待人接物，突然发生了引人注目的变化。在此以前，艾蕾诺尔的心一直是只向着我的，蓦然间，我发现她接受并寻求周围男人的奉承。这个女人，本来是那样的矜持、冷漠、多疑，刹那间性格似乎变了样。她怂恿一群少男的浪漫感情和非分之想。他们有的被她的容貌吸引，另一些人虽然也知道她昔日的过失，却正而八经地追求起她来，而她也常常与他们单独促膝长谈。她与这些男人调情用了费人捉摸的方式，颇具诱惑力，也就是作出欲拒还留，半推半就的姿态。因为这样做所表明的是犹豫，而不是冷漠；是拖延，而不是拒绝。后来，我从她那里得知，并且事实也证明了，她这样做是打错算盘，真是可悲。她以为通过挑起我的嫉妒心，就可以重新激发我的爱情。可惜，这正像搅动灰烬无法使死灰复燃一样，爱情怎样也激发不起来。也许，她这种盘算还夹杂着女人的某些虚荣心，虽然她自己并没有觉察出来。她被我的冷漠反应刺痛了，她要向自己表明，她还是有办法讨人喜欢的。我冷落了她，在她内心孤寂的情况下，她听到别人重复那些我很长时间已不再说的情话，也许终于得到某种安慰。

话虽是这么说，有一段时间，我还是弄错了她的意图。我似乎看到了自己未来自由的曙光，并为此而感到庆幸。我把我的解脱寄托在这种骤变中，深怕这样的局面会被什么鲁莽举动破坏掉，我便变得比较温和，也做出高高兴兴的样子。可是，艾蕾诺尔却把我的温和错误地当作柔情；我希望最终看到她没有我也同样感到幸福，她又把这一希望当作是要使她幸福的愿望。她为自己的计谋奏效而十分自得。然而，有时候她看到我并没有不安的情绪，反倒惶惑起来。她指责我，说我看着别人跟她拉关系，看着别人可能从我手中夺走她，也不加防范。我用开玩笑的形式回驳她的非难，但仍然未能使她放心。她那费尽心机的伪装已经不顶事，她的脾性又表露出来了。吵闹又从另一方面发作，依然是那么激烈。艾蕾诺尔把她的过错归罪于我，向我暗示说，只需我说一声，她就会回心转意。后来，我的沉默触怒了她，她便又气急败坏地向别人卖弄风情。

我感觉得出来，尤其是在这种场合，人们是会责怪我软弱无能的。我希望得到自由，我能够得到自由，而且会受到普遍的赞许，或许我还应该得到自由，因为艾蕾诺尔的所作所为允许我这样做，而且好像还迫使我这样做。但是，她的所作所为，完全是我促成的，难道我不知道这一点吗？艾蕾诺尔一直从心底里爱着我，难道我不晓得吗？她的不检点行为是我逼出来的，难道我能够惩罚她吗？我能够做个冷酷的伪君子，以不检点为借口，无情地把她抛弃吗？

诚然，我并不想原谅自己，我谴责了自己，其严厉程度，倘是别人，也许做不到。但是，我起码可以在这儿为自己庄严作证：我处事从不出于某种邪念，而是一向受真挚、纯洁的感情所驱使。可是，抱着这种感情，我怎么竟然给我自己和别人长期造成不幸呢？

然而，社交界却用诧异的眼光注视着我。我与艾蕾诺尔居住在一起，只能说明我对她无限依恋。但是，对于她随时准备与他人建立的关系，我的态度却毫不在乎，又否定了这种依恋。人们把这种无法解释的宽容归因于对道德原则的轻浮态度，对待伦理风尚的满不在乎。他们说，这种行为表明我是一个极端自私的人，受到败坏的世风的腐蚀。这种猜测，特别适合那些喜欢胡编瞎造者的胃口，引起他们强烈的兴趣，所以大受欢迎，被广为传播。

这些风言风语也终于灌进了我的耳朵。这一意料不到的情况令我十分气愤。遭人白眼、被诽谤中伤，这竟是我长期来为她的幸福而不辞辛劳所得到的报答。为了一个女人，我把一切利益置之不顾，把人生的一切乐趣抛开，然而，受谴责的反倒是我。我气鼓鼓地向艾蕾诺尔作了解释，一句话就把那一伙厚颜无耻的爱慕者轰走。艾蕾诺尔求助于那伙人不外是想使我害怕失去她。她把她的圈子缩小了，现在只剩下几个女士和为数不多的上了年纪的男人。我们四周的一切又恢复了从前那种表面的平静。但是，这种局面使我们更感到不幸。艾蕾诺尔自以为获得新的权利，而我却感到被戴上新的锁链。

我们之间这种复杂化了的关系究竟导致多大的痛苦，多少的辛酸，我是说不清楚的。我们的生活只不过是一场无休止的暴风雨。亲密已经失去了它所有的魅力，而爱情也没有任何甜蜜可言。在我们之间，甚至似乎可以暂时医治那无法治愈的伤口的短暂的旧情，也不复存在了。真相大白了，为了让对方了解我的意思，我使用了最冷酷无情的话语。只是当我看见艾蕾诺尔眼睛淌着泪水时，我才住口。她的泪水就像滚烫的岩浆，一滴滴地落在我心上，使我疼痛得大叫起来，然而却不能叫我说一句违心的话。这时，我看见她不止一次地站起来，脸色苍白，预言式地大声嚷道：

"阿道尔夫，你对我的伤害，你现在是不晓得的。但是，总有一天，你会知道。当你把我送进坟墓的时候，你就会从我身上知道了。"

不幸的人啊！既然她已经这样说了，为什么我自己不在她之前先进坟墓呢？

九

自从上回叩见 T 男爵后，我一直没有去拜访过他。一天早上，我收到了他的一张便笺，上面这样写道：

我给你的忠告并不值得你如此长久的避开。对于关系到你的事情，不管你打什么主意，你仍然是我最亲密朋友的儿子，我仍然高兴地分享你们社交圈子的愉悦。我还将高兴地把你引进新的社交圈子，我不揣冒昧地断言，你是会乐意成为其中一员的。请允许我多饶舌两句，我并不想非难你的生活方式，但你的生活方式越是有某些不同寻常之处，你越应该出入上流社会，以消除某些毫无根据的偏见。

一位长者对我表示关怀，委实令我深受感动。于是，我立即登门造访。我们没有谈及艾蕾诺尔。男爵挽留我用晚餐，席上只有几位才智横溢、和蔼可亲的男士。开始时我颇感拘束，但我竭力使自己自然一些。终于我也活跃起来，并且说了话。我尽了最大努力，施展自己的小聪明，搬弄见识。我发现自己成功地博得他们的赞赏。我的自尊心在这种成功中得到了满足，这是我长久以来所得不到的，它使我觉得 T 男爵的圈子更令人愉快。

拜访 T 男爵的次数越来越频繁了。他还委托我办些与他的使命有关的事，认为可以完全信赖我，没有什么不便之处。

对于我生活的变化，起初艾蕾诺尔感到意外，但我给她讲了 T 男爵对我父亲的深厚情谊，也谈到了我安慰我父亲所尝到的乐趣：我远离他，应该做出珍爱自己的样子，以免他操心。可怜的艾蕾诺尔——这段时间里，我信里写到她，总是带着后悔的心情——见我显得较为安详，感到很高兴，虽然常常大半天与我分开，也听之任之，没有多加抱怨。而男爵呢，一旦我们之间建立起一些信任感，就又与我提起艾蕾诺尔来了。我的本意总是想说她的好话，但是，说起她来，又不知不觉带上随便的、放肆的口吻。我时而引经据典，说明我已经认识到脱身的必要性，时而又开点玩笑给自己解围。我嘻嘻哈哈地谈论女人，谈论与他们断绝关系的难处。这些话把一位迂腐的老公给逗乐了，他依稀记得，他年轻的时候，也曾备受这种男女之情的折磨。

这样，由于我掩盖了真情，也就或多或少地欺骗了别人：我欺骗艾蕾诺尔，因为我知道 T 男爵要将我和她分开，我对她却缄口不言；我欺骗 T 男爵，因为我让他指望我会断绝和艾蕾诺尔的关系。

这种口是心非的行为与我的天性相差十万八千里。然而，一个人一旦心上有了点秘密、又总要隐藏起来，这个人就会堕落下去。

迄今为止，在 T 男爵府上，我只不过认识了他的那个特殊圈子里的男士们。一天，他建议我留下来，参加他为老师的生日举行的盛宴。

"你将会在宴会上见到波兰最漂亮的女子。" T 男爵对我说，"诚然，你在这盛会上会见不到你所喜爱的那个女子，我为此感到遗憾。但是，有一些女子，只有在她们家里才见得到的。"

男爵的这番话使我十分难受。我沉默不语，但内心责备自己没有维护艾蕾诺尔，而她呢，要是有人当着她的面攻击我，她是会十分激动地站出来袒护我的。

参加宴会的人数众多，他们十分注意观察我。我听到他们在我周围窃窃私语，说着我父亲的名字、艾蕾诺尔的名字和 P 伯爵的名字。我一靠近去，他们就不说了，一走开，他们又说起来。这表明，他们在说我的闲话。毫无疑问，各人又都是爱怎么说就怎么说的。我的处境实在难堪，脑门上冷汗淋漓，脸上红一阵白一阵。

男爵发现了我这窘态，便向我走来，对我关怀备至，十分殷勤，寻求一切机会赞扬我。由于他的崇高威望，不久其他人也不得不跟着对我表示尊重。

众人走后，T 男爵对我说道：

"我想再与你开诚布公地谈一谈。你为什么甘愿处于这种令你痛苦的境地呢？你这样对谁有好处呢？你以为别人不知道你和艾蕾诺尔之间发生了什么吗？你们相互讥讽，互不满意，这是大家都知道的。由于你的软弱，你损害了自己，而你的冷酷也对自己造成损害；因为，最不合情理的是：这个把你折磨得如此凄惨的女人，你却无法给她带来幸福。"

我饱尝了痛苦，现在心头还有创伤。这时，T男爵给我展示出我父亲写给他的几封信，信里表明我父亲的痛苦比我设想的严重得多。我受到了很大震动。想到我是在延长艾蕾诺尔的不安，我的决心动摇了。末了，好像一切都联合起来与她作对似的，当我还在犹豫的时候，她却以激烈的言辞使我下了决心。

我已经整整一天未归。宴会后，男爵把我留在他家里。夜渐深了，有人来当着男爵的面，把艾蕾诺尔的一封信交给我。我发现，男爵眼睛里流露出一种对我备受束缚的处境深表同情的神色。艾蕾诺尔的信如哭如诉，充满怨恨。

"啊！"我自言自语道，"我不能自由地度过一天，连安静地呼吸一小时也不可能。她处处跟踪我，把我当作奴仆，牵着我的鼻子跟着她走。"

我越是感到自己软弱无能，就越是暴躁。

"好，"我高声对男爵说，"我保证与艾蕾诺尔断绝关系，我敢于当面向她表明我的态度，你可以事先告知我父亲！"

说完这些话，我就向男爵告辞，匆匆离去。我刚刚说过的话，把我压得透不过气来，我很难相信自己所许下的诺言。

艾蕾诺尔在家里心急如焚地等着我。我外出后，一次十分偶然的机会，有人第一次跟她谈起T男爵正在千方百计地要我摆脱她，还把我说过的话，开过的玩笑都告诉了她。于是，她生了疑心，把脑子里想到的、她认为可以证实她的推测的各种各样的情况都凑在一起。我突然与一位从未见过面的人搭上线，这个人与我父亲之间又有着深厚的交情。这些，在她眼中都是毋庸置疑的证据。在短短的时间内，她的惶惑不安剧增，以致于她完完全全地相信了她自己给我下的结论：背信弃义。

我来到她身旁，打定主意把一切如实跟她说了。但是，我受到她的指责，只顾得要把事情通通回避掉，你们会相信这点吗？我甚至否认，是的，那一天我否认了我打定主意要在第二天向她明说的事情。

夜深了，我离开了她，匆匆上床睡觉，打发这漫长的一天。当我肯定这一天已经过去了，我暂时有一种如释重负的感觉。

第二天，快到中午我才起床，仿佛推迟我们的见面时间，就推迟了那致命的时刻。

昨夜，艾蕾诺尔的心就踏实下来了。这不仅是她反复思考的结果，而且也是我昨夜的话产生了效果。她与我谈论她自己的事情，充满了信任的神情，这就最好不过地表明，在她眼中，我们两人的生命是紧密地联系在一起的。在这种情况下，我还能往哪儿去寻找话头，把她推回到孤独中去呢？

时间飞也似的流逝。每过去一分钟，就更有必要把事情对她说清楚。我向 T 男爵立下的三天期限，两天已差不多过去了，最迟后天，T 男爵就得要我回复。给我父亲的信已经寄走，如果我纹丝不动，不作任何尝试，就会食言。我从房里走出来，又走回去，拉起艾蕾诺尔的手，刚开始说一句话，马上又停了下来。我眼睁睁地看着太阳缓缓向地平线落下。夜，又来临了，我再次延期。现在，只剩下一天了，其实，要把事情说清楚，有一个小时就足够了。

这一天又像前一天那样过去了。我只好给 T 男爵写信，要求他再给点时间。就跟那些生性软弱的人自然而然地要做的那样，我在信中列举了一大堆理由，为我的拖延辩护，同时还说明，我的拖延并不改变我所下的决心。甚至眼前，就可以把我和艾蕾诺尔的关系看作永远破裂了。

+

往后的日子过得比较平稳。我已经把向她宣布我的决定的必要性置诸脑后。这件事也不再像个幽灵，总跟在我后面紧追不舍。我认为现在有充分的时间，使艾蕾诺尔的思想有所准备。我很愿意对她更和蔼、更温柔，以便日后起码能够保留友谊的记忆。

我心中的纷乱，与我在这以前所经历过的慌乱大不相同。我曾经向老天爷求情，要它在我和艾蕾诺尔之间，突然筑起一道障碍，使我无法逾越。这道障碍已经修筑起来了。

我凝视着艾蕾诺尔，有如盯着一个即将失去的人。过去曾经多少次令我无法忍受的要求，如今我再也不害怕了。我事前已有了获得解放的感觉。尽管我再次对她让步，但我更自由了，我再也感受不到过去那种不断吞噬我的气愤。在我身上，再也看不到焦急的情绪，相反，有的只是一个秘密的愿望：推迟那个不祥的时刻的到来。

这种情绪在艾蕾诺尔看来反而觉得更亲热、更富于感情，她自己也没有那么痛苦了。而我呢，以前尽量避免的闲聊，现在却求之不得，那些缠绵悱恻的情话，过去听了就腻味，现在却感到宝贵。我尽情地品味着这些情话，仿佛每一句都有可能是最后一句似的。

一天晚上，我们比往常更亲热、更甜蜜地聊着，聊过后，就各自走了。深埋在心中的秘密使我变得郁悒不乐，不过，这种郁悒倒也并不强烈。我希望分手，而时间还未确定，这使我将分离的念头暂时排除了。

夜里，我突然听到城堡里响起了一阵少有的嘈杂声，声音很快就停止了，我根本就不在意。清晨，我记起了那声音，想知道个究竟，便举步向艾蕾诺尔房间走去。人们告诉我，半夜里，艾蕾诺尔得了高烧，仆人请来的医生说，她生命垂危。她严格禁止人家把事情告诉我，禁止让我走进她房间去。听到这些，我简直惊呆了！

我坚决要求进去。医生亲自走出来告诉我，必须让她安静，绝不能使她激动。医生其实并不知道个中内情，他认为艾蕾诺尔之所以禁止我进去，是希望不要引起我的惊恐。

我慌慌张张地询问她的仆人，她何以这么突然病危。他们告诉我，昨天夜里，我走后，她收到了一封从华沙来的信，是一个骑马人送来的。她打开信看过后：就昏迷过去了；醒来时，她一声不响扑到床上去。她的一个随身女仆见她受刺激到这种地步，便悄悄留在房间里，不让她知道。半夜，女仆见她周身发抖，把床震得嘎嘎直响。女仆想去叫我，她竭力阻止，神情十分恐怖，大家都不敢不听从她的。人们派人去请来了医生。艾蕾诺尔一开始就拒绝与医生说话，现在也还不理睬他。她断断续续地说了一些叫人无法听懂的话，常常把手绢往嘴里塞，像是要避免说出话来。这一夜她就这样度过了。

正当他们把这些详细情况告诉我的时候，守护艾蕾诺尔的另一女仆惊恐万状地跑了过来。她说，艾蕾诺尔几乎失去了知觉，周围的东西什么也分辨不出了。她有时候发出叫喊声，反复地叫着我的名字；然后惊骇地做了个手势，像是示意要人家驱除某样令她憎恶的东西。

我走进了她的房间，看见她床下飘落着两封信，一封是我写给

T 男爵的，另一封是 T 男爵写给她的。这一噩梦般的谜的谜底，我心里最清楚不过了。我原想竭尽全力，争取时间，让我们最后分手前更好地相处，不料这种努力反倒把我想抚慰的这个不幸的女人坑害了。抛弃她，这是我向 T 男爵许下的诺言，艾蕾诺尔已经看到我亲手写在纸上了。但是，我许下这诺言仅仅是为了拖延时间，出于要与她多相处一些日子的愿望。这愿望如此强烈，甚至使我以各种方式重复和说明我的诺言。T 男爵以其冷漠的眼光，透过信中字里行间再三的保证，不难发现我竭力加以掩饰的优柔寡断以及我的缓兵之计。但是，这狠心的男爵竟估计到艾蕾诺尔会从中看出这是无法挽回的判决。

我走近她身旁，她看着我，没有认出我来，我跟她说话，她却瑟瑟发抖。

"这是什么响声？"她大声地说，"这是给我带来灾难的声音。"

医生发现我在场会使她更狂乱，便请我离开。这漫长的三小时里，我所感受的痛苦该如何描述啊！医生终于走了出来，他说，艾蕾诺尔已经进入昏睡状态，如果她醒来时热度能退下来，他就有信心把她抢救过来。

艾蕾诺尔睡了很久。获悉她醒过来，我便给她写了一张纸条，要求准许我进去探望她。她让人把我叫了进去。我跟她说话，却被她打断了。

"但愿我不要从你那里听到任何冷酷无情的话语了。"她说道，"我不再祈求也不再阻止什么。不过，我曾经珍爱的这声音，曾经在我心底里回响的这声音，但愿它不要渗进来把我的心撕碎。阿道尔夫，阿道尔夫，我过去很暴躁，我可能得罪了你。但是，你不知道，我经受了多大的痛苦。老天爷啊，但愿你永远不会知晓！”

她激动到了极点。她将前额贴在我手上，前额是滚烫滚烫的。她全身剧烈地挛缩起来，使脸部变了形。

“亲爱的艾蕾诺尔，”我高声地说，“看在老天爷名分上、请你听我说。是的，我是个罪人，这封信……”

她打颤了，想走开，我把她拉住。

“我太软弱了，受人纠缠，”我继续说道，“对 T 男爵的残酷要求，我一时让了步。然而，我是不会同意把我们分开的，你自己不是有无数的证据足以证明这一点吗？我曾经感到不满，心情不愉快，也不够公正；也许，你在同不安于现状的幻想猛烈搏斗时，过分看重了那转瞬即逝的没有行动的微弱愿望，而我今天是鄙视那种愿望的。但是，你能因此而怀疑我的深情厚意吗？咱俩的心灵不是有着千丝万缕的联系，什么东西也无法打破的吗？我们的一切经历不是有其共同之处吗？在回顾刚刚过去的三年的时候，我们能够不想一想我们曾经有着相同的感受，曾经甘苦与共吗？艾蕾诺尔，从今天起，咱们开拓一个新局面吧，记住那幸福和相亲相爱的时光吧！”

她用怀疑的眼光看了我好一会儿，才说道：

“那么，令尊大人，还有你的义务、你的家庭、人们寄希望于你的，就……”

“毫无疑问，”我回答说，“一旦，也许有一天……”

她注意到我说话时的犹豫。

“天呀，”她大声地自言自语道，“为什么他刚给我以希望，便又立即从我手中夺走呢？”

接着，她对我说：

“阿道尔夫，感谢你所作的努力，这种努力对我很有好处，尤其是它不需要你作出任何牺牲,但愿如此!不过,我求求你,将来的事,咱们就别谈了……不管出现什么情况,你什么也别责怪自己。你曾经对我很好,我过去所希望的是不可能实现的事。爱情是我的命根子,而不会是你的命根子。现在,请你再侍候我几天吧。"

说完,她眼睛淌着泪水,如泉喷涌,但呼吸却顺了一些。她把头枕在我肩膀上,说道:

"我始终希望,就靠在你的肩膀上死去。"

我把她搂在怀里,贴在我的心口,我又一次发誓放弃我的计划,否认了我的残忍的狂暴举动。

"不,"她又说道,"你应该自由,应该高兴。"

"如果你身处不幸,我能够自由和高兴吗?"

"我不幸的时间不会太长了,你也不会有很长时间怜惜我了。"

"我远远抛开恐惧,我愿意认为那是毫无根据的。"

"不,不,亲爱的阿道尔夫,当一个人久久地祈求一死的时候,老天爷终归会送来某种可靠的预兆,告诉我们,我们的祈求正得到满足。"

我向她发誓,永远不离开她。她却说:

"我过去一直希望死去,现在我确信这点了。"

时值冬日,太阳愁惨惨地照耀着灰蒙蒙的原野,似乎是在同情地看着这块它不再给予温暖的大地。艾蕾诺尔提议出去散散步。

"天气很冷。"我对她说。

"没关系,"她说,"我想和你一起散散步。"

她挽着我的胳膊出去了。我们走了很久,一句话也没说。她步履艰难,几乎整个地靠在我身上。

"咱们歇一会儿吧。"我提议。

"不,"她回答说,"能够再让你搀扶着,我觉得很愉快。"

我们重又沉默不语。天空多么明净,可惜树木光溜溜的,没有一片叶子,没有一丝风吹来,没有一只鸟掠过,一切都寂然不动。唯一能听到的只是结冰的草地在我们脚下劈啪作响的声音。

"这一切多么静谧啊!"艾蕾诺尔对我说,"大自然是多么温顺!人的心难道不应学得温顺一点吗?"

她在一块石头上坐下,突然扑通一声跪在地上,旋即把头低下,用双手抱着。我听到她低声地说了几句话,我知道她是在祈祷。后来,她终于站了起来。

"回去吧,"她说,"我着凉了。我耽心自己的身体支持不住了。什么也别跟我说了。听你说话,我是受不了的。"

自从那天起,艾蕾诺尔的身体日渐衰弱,气息奄奄。我邀集了四方医生给她诊治。有的医生宣称这是不治之症,有的则用渺茫的希望来安慰我。但是,阴森可怖、不声不响的老天爷正用它那无形的手臂继续去干它那无情的活计。艾蕾诺尔时昏时醒。有时候,那压在她身上的铁胳膊好像已经移开。她把疲惫不堪的脑袋抬起来,脸颊上呈现了一点血色,眼睛也明亮有神了。可是,顷刻之间,在一种无名的力量的残酷作用下,这一转好的假象消失了,连医生也不能测出其中原因来。

就这样,我眼睁睁地看着她一步步走向末日,死亡的征象印上了这张曾经是那样高贵、那样富于感情的脸庞。我目睹这个性格刚毅、自负的人,由于肉体上的痛苦,脸上出现了纷繁复杂的表情,宛如那受肉体压制的灵魂,在这可怕的时刻,完全改变了形态,以便于顺应器官的衰败。这情景真是目不忍睹,催人泪下啊!

艾蕾诺尔心中只有一种感情是永远不变的,这就是她对我的爱。她身体虚弱，很少能跟我说话，但她的双眸默默地注视着我。在我看来，这目光好像是在恳求我给予她我再也无法给她挽回的生命。

我怕引起她的过度激动，便找借口出去了。我信步而行，凡是我与她到过的地方都跑遍了，石头上、大树下，一切引起我对她的回忆的物件，都洒满了我的泪水。

这并非对爱情的惋惜，而是一种更忧郁、更悲伤的感情。爱情与被爱的对象融汇在一起，即使是面临绝境，也还有某些魅力。爱情与现实搏斗，与命运搏斗，其热烈的愿望，会使它错看自身的力量，并使它在痛苦中受到激发。我的痛苦浓重，而且无人相告。我并不希望与艾蕾诺尔一起死去。她去后，我就要独自生活在这个荒凉的世界上，过去，我曾多少次渴望无拘无束地周游这世界。我毁掉了这个爱我的人，撕碎了这颗陪伴我的心；正是这颗心，以其不懈的爱，为我奉献自己的一切。现在，孤独感已经向我袭来。艾蕾诺尔虽然还在呼吸，但我再也不能向她倾诉自己的感受了。在这个地球上，我已经茕茕一身，再也不能生活在她为我安排的爱的乐园中了。我感到，我所呼吸的空气更苦涩，我所遇到的人表情更加冷漠。整个大自然似乎在对我说：我即将永远失去爱。

艾蕾诺尔的生命须臾间变得十分危急。有些不可轻视的症状表明她已临近末日了，教区的牧师已如实告诉了她。

她叫我把一只盒子拿来，盒子里装着许多信件，她让人当着她的面烧毁了好几封。但她好像还要找一封，却没有找到，因此焦灼到了极点。在翻寻过程中，她两次昏迷过去。我哀求她停止这种令她极度不安的寻觅。

"我答应你的请求，"她回答说，"但是，亲爱的阿道尔夫，我有一个要求，请你别拒绝。你会在这堆信里，找到一封给你的信。请你不要读这封信，把它付之一炬吧，以我们爱情的名义，以你使之变得融洽了的这最后时刻的名义，我求求你。"

我答应了她，她才平静下来。

"让我现在来尽尽宗教的义务吧，"她对我说，"我有很多过错需要补赎，我对你的爱情也许就是一个过错。当然，如果这爱情曾经使你幸福，我就不会这样认为了。"

我离开她出去了，后来我才与她的所有仆人一起回来。我们是来参加最后的庄严的祷告仪式的。我双膝跪在她房间的一隅，时而沉思默想，时而不由自主地好奇地打量着所有汇集在这里的人，他们有的神色惊恐，有的心不在焉。我还注视这种习以为常的怪事，即把冷漠带进一切规定的习俗中，使人把最庄严、最肃穆的仪式视作家常便饭和纯粹形式的东西。我听到他们机械地跟着念挽词，好像他们就不会有一天也在同样的场合中成为当事人似的，好像他们自己就不会有一天也要死去似的。我并不鄙视这类习俗。有哪一种习俗人类敢于无知地宣布它没有用处呢？正是这一类习俗使艾蕾诺尔恢复了宁静，帮助她跨过这可怕的一步。我们人人都在向这一步靠近，但我们没有一个人能预料到时会有何感受。人需要宗教，这一点我并不感到诧异，奇怪的是，人们一旦自以为有本事，能够躲避灾难，就敢于拒绝某种宗教。其实，依我看，人在衰弱的时候，就得祈求一切宗教的庇护。当茫茫黑夜笼罩着我们的时候，亮起了一丝光线，我们可以将它驱除吗？当惊涛骇浪要吞噬我们的时候，遇上了一根树枝，我们敢于拒绝去抓住它吗？

这种如此凄恻的庄重仪式，似乎使艾蕾诺尔觉得疲乏。她昏睡过去了，睡得相当安稳，醒来时痛苦略为缓和。

房间里只剩下我了，我们不时说说话，但每说一次，都要停歇很长时间。

医生是料事的行家，他预言，艾蕾诺尔活不到二十四小时了。我时而看着墙上指示时间的挂钟，时而看着艾蕾诺尔的脸庞。这张脸上没有任何新的变化。每过去一分钟，都重新燃起我的希望，我甚至怀疑骗人医生的预兆。

突然，艾蕾诺尔出其不意地向前扑去，我赶紧把她抱在怀里。她全身抽搐，双眸在寻找着我，但眼神惊骇、茫然，像是要向某个我看不见的可怕的妖魔求饶似的。她再度起来，又跌倒下去，大家看到她竭力想逃避的样子，似乎正与一个隐形魔鬼搏斗。魔鬼等待那致命的时刻等得不耐烦了，硬要拉住她，把她按倒在这张死人床上。她拗不过凶恶的死神，最后只好让步了。她的四肢逐渐瘫软下来，但又好像是恢复了一点知觉，因为她拉着我的手。她想哭泣，但没有眼泪，她想说话，然而却没有声音。她像一个逆来顺受的人一样，任由自己倒下去，脑袋靠着我那扶持她的胳膊上，呼吸变得更加微弱了，不一会儿，她就离开了人间。

我久久地木然呆立在死去的艾蕾诺尔身旁，心里还一直不相信她已经死去。眼睛愣愣地盯着这具毫无生气的躯体。

一个女仆进来了，接着，她把噩耗传遍了整座住宅。

我完全陷于麻木状态中，周围的嘈杂声才使我回过神来。我站起来，这时候，才感受到撕心裂肺的痛苦和永别的可怖。多少日常的繁忙活动，多少与她再也无缘的事务和生活中的熙来攘往，驱散了我长时间的幻觉，这幻觉，使我以为还跟艾蕾诺尔在一起。我感到最后一丝联系割断了，残酷的现实永远将我和艾蕾诺尔分隔开来。过去，我渴望自由，现在，自由令我多么难受！过去，我厌恶依附关系，现在，我的心多么需要依靠！从前，我的一切行动都有目标，每做一件事都确信可以免除痛苦，或者带来欢悦。那时，有一双友爱的眼睛关注着我的举动，而这举动又与他人的幸福息息相关，我对此却感到不耐烦，我曾为此而抱怨。现在好了，谁也不去注意我的一举一动了，我的举动也不会引起任何人的兴趣了，再也没有人来争夺我的光阴和时日了。当我出门的时候，也没有谁把我叫住了。我确确实实自由了，可再也得不到爱，在大家的眼中，我成了陌生人。

　　仆人按照艾蕾诺尔生前的嘱咐，给我拿来了她所有的信件。每封信上的字里行间，都充满了她对我的爱，可以看到她为我所作出、却又瞒着我的牺牲的新证据。我终于找到了她说过要烧掉的那封信。一开始，我没有辨认出来，因为信上没有抬头，也不套信封。可是，有些词句吸引了我的视线，我试图将视线移开，但没有成功。我实在无法抵挡通读全信的欲望。艾蕾诺尔是在得病前的一场激烈争吵后写下这封信的。我真没有气力将信转抄在这里。信是这样写的：

　　　阿道尔夫，你对我为何如此狠心？我犯了什么罪？是因为我爱你，是因为我活着不可能没有你吗？你出于何种古怪的怜悯心情，才不敢断绝令你难受的关系，才去伤害你出于怜悯才呆在她身边的这个不幸的女人呢？我只要相信你起码是宽厚的，就会从悲伤中得到一点欢悦，但你为什么连这点乐趣也拒绝给我呢？你为什么老是怒气冲冲，却又软弱无能呢？我的痛苦你一直是知道的，而其惨状却未能使你罢休！你到底要怎样呢？要我离开你吗？难道你看不出我没有力量这样做吗？啊，你已经没有了爱情，那就该你，该由你来找出这力量。这力量就在那颗对我已经厌烦的心中，不管多么深厚热烈的爱情，也无法将它打动，这力量你是给不了我的，你只会让我在泪水中受煎熬，你只会叫我死在你的跟前。

她接着又写道:

　　你说吧，会有哪一处地方，我不跟随你去的呢？我愿在隐居处藏匿起来与你过日子，不成为你的包袱；有哪一处幽居之所我不愿意去啊？可是，你却不愿意这样。我畏畏缩缩、胆战心惊（因为你把我吓坏了）地向你提出的一切计划，你都不耐烦地加以拒绝。我所得到的，如果是沉默，就算万幸了，你这般冷酷无情，与你的性格并不相符。你的本性善良，行为高尚、忠诚。但是，你有哪些行动能抵偿你说过的话呢？这些尖酸刻薄的话在我耳边回响。连夜里也能听到；这些话缠扰着我，令我肝肠寸断，使你所做的一切为之失色。阿道尔夫，难道我还得死去吗？好吧，你会满意的；这个你曾经保护过、现在却又沉重地加以打击的可怜的女人，她会死去的，这个一心追随你而你却不能容忍、并视为障碍的讨厌的艾蕾诺尔，她会死去的；因为她，你在地球上无法找到一块不令你厌烦的地方。她会死去的，你会独自一人到那群人当中去，你现在正急不可待地要跻身于他们的行列了，你今天感谢他们冷眼旁观的那些人，你是会认识他们的。也许有那么一天，你被那些冷漠的心伤害了，你会为失去你曾支配过的这颗心感到痛惜。这颗心全赖着你的爱泉滋润，为了保护你甘冒千难万险，而你却不屑报以一瞥。

黄天源　译

苦命的丽莎

［俄］尼古拉·卡拉姆辛

尼古拉·卡拉姆辛（Николай Михайлович Карамзин 1766—1826），俄国作家、历史学家、著名文学月刊《莫斯科杂志》创始人，以短篇小说《苦命的丽莎》开俄国感伤文学之先河，后又发表一系列作品，重要的有中篇历史小说《诺夫哥罗德征服记》和 12 卷本《俄罗斯国家史》等。

本篇是卡拉姆辛的成名作，曾被认为是"最出色的俄国小说"[①]，但在今天看来，毋庸讳言，这是一篇陈旧的老式小说。小说讲述的是一个似落俗套的悲剧故事：一个贫家女和一个富家子相爱，结果遭弃，投水自尽。不过，尽管故事老而又老，卡拉姆辛却把它讲得缠绵悱恻、委婉动人，因为他是真诚而动情地讲述这个故事的，因为他坚信，爱情是神圣的、不可亵渎的；因为他对苦命的丽莎充满了怜悯与悲愤之情。这曾经使无数读者为之流泪，但在今天这个"性开放"年代，这种多愁善感或许会使人觉得有点"傻乎乎"。你或许会想，那苦命的丽莎是否有点"反应过度"，何必为一个薄情郎而轻生？但是，如果你内心还有一点真情，如果你对爱情还有一丝珍惜，那

---

① 实际上，卡拉姆辛是俄国近代文学的开创者之一，在他之前，俄国几无小说可言。

么，当你读完这篇小说后，那苦命的丽莎仍会使你黯然神伤。

在莫斯科居民里也许就没有人像我那样熟悉这个城市的四郊，因为，没有人比我更经常到田野里去，没有人比我更经常信步漫游于草地和松林，山坡和平地之间，漫无目的，毫无计划，走到哪里就是哪里。每年夏季，我都可以发现一些新的佳境，或在旧地重游中发现新的美景。

但最令我神往的，是矗立着西蒙寺阴郁的哥特式高塔的地方。站在这座山上，向右，几乎可以望见整个莫斯科，这屋宇与教堂群集而成的庞然大物，看起来就像是一座宏伟的古罗马斗技场；这是一幅多么壮丽的图画啊，特别是当太阳照亮它，当夕晖燃烧着它那无数金色教堂圆顶、无数高入云霄的十字架的时候！山下是一片茂盛的、绿油油的、百花盛开的草地。草地的尽头，黄沙地上流着一条闪闪泛光的河，河水或是被渔船的轻桨打起波浪，或是在驳船的舵下轰轰作响；那些驳船是从俄罗斯帝国最肥沃的地区驶出，给贪婪的莫斯科运送粮食来的。在河的对岸，可以看见一片橡树林，树林旁边牧放着大群的牲畜；牧童们坐在树荫下，唱着纯朴而悲怆的歌儿，来消磨他们觉得是如此单调的漫长的夏日。再远些，在古榆的丛绿中，闪耀着金顶的达尼尔寺；更远些，几乎已到地平线边上，是青葱的麻雀山。左方则可看见广阔的、种着庄稼的田地、小树林、三四座小村落，再远就是柯洛明镇和它那座高大的行宫了。

我常到这地方去，并且几乎总在那里迎候春的到来；但在阴郁的秋日，我也上那里去和大自然一同发愁。在废寺的院子里，在长满深草的墓地间，在僧房的黑暗甬道里，风可怕地号叫着。在那里，我凭靠在塌圮的墓石上，倾听着被远古的深渊吞没了的时代发出的呻吟，我的心就会不寒而栗。有时，我走进僧房，想象着曾在里面居住过的人们——那是些多么凄凉的图画！这里，我仿佛看见一位白发老人，跪在有耶稣受难像的十字架前，祈祷上苍早日解脱他现世的枷锁，因为在他的生命中，一切欢愉已经消逝，除痛楚和衰弱的感觉外，一切感觉已经死灭。那里还有一个童僧，带着惨白的脸，用痛苦的眼光通过窗格望着田野，看见在广阔的天空中自由飞翔的快活的小鸟，看着看着，他不禁流出辛酸之泪。他苦闷、衰颓、日渐憔悴，最后，一阵凄凉的钟声向我宣告了他的早夭。有时，我在寺门上细看曾经发生在这座寺院里的种种奇迹的图画，那边，天上落下许多鱼来，给被无数敌人围困的寺院居民充饥；这边，圣母的圣像使敌人溃逃。这些故事使我对祖国历史的记忆焕然一新——我所说的祖国历史是残忍的鞑靼人和立陶宛人用火和剑蹂躏俄罗斯的京郊，不幸的莫斯科像一个无人保护的孀妇，只能等待上帝来帮她度过大难的那些时候的悲惨历史。

但是，最吸引我常到西蒙寺去的则是对于丽莎、苦命的丽莎的悲惨命运的追怀。啊！我是多么怀念那些使我感动、使我抛洒缠绵凄恻之泪的往事啊！

离寺院七十俄丈①桦树林旁，绿色草地中间，有一座没有门窗、没有地板的废圮的茅屋；屋顶早已朽坏塌落了。三十年前，这茅屋里住过美丽的、令人怜惜的丽莎和她的老母。

丽莎的父亲又勤快，又会种地，日子过得很俭省，是个相当富裕的农人。但他死后不久，他的妻子和女儿就穷困下来。雇工手懒，不好好耕作，庄稼也就不再丰产了。她们只好把自己的田地租

---

① 1俄丈约合2.134公尺。

出去，但得到的租金极少。加之，这可怜的寡妇自从丈夫死后眼泪几乎没有干过，——农家人也懂得爱啊！——她一天比一天衰弱，终于完全不能劳动了。只有丽莎一个人（父亲死时她才十五岁），只有她一个人日夜地干活，不顾自己那么幼小，也不怜惜自己罕见的美貌；她又织布，又编织袜子，春天摘花，夏天采莓子，拿到莫斯科去卖。善感的、慈祥的老妇人，看见女儿不倦地干活，常常把她抱在微弱地跳动着的心口上，称她是上帝所赐的恩惠，是奉养自己的孝女，是晚年的安慰，并且祷告上帝，祈求上帝对她为母亲所做的一切给予她应有的赏赐。

丽莎说："上帝给我一双手，是要我干活的；我小的时候，是你用奶喂我，抚育我，现在该轮到我来伺候你了；你再别老是伤心，再别痛哭吧，我们的眼泪不能使爹爹起死回生。"

但是，柔情的丽莎也常常不能忍住自己的眼泪——唉！她记得，她原是有父亲的，只是他已不在了；但是，为了安慰母亲，她只好竭力把自己心里的悲痛掩藏起来，装出平静快活的样子。

伤心的老妇人回答说："到了另一个世界，亲爱的丽莎，到了那一个世界我就不哭了。听说，在那个世界里，人人都快活；等我见到了你的爸爸，我一定也会快活了。不过，我还不愿意现在死，因为没有我，你怎样办呢？我把你交给谁呢？不行，先得请求上帝给你找一个安身的地方！也许，不久就能找到一个好人。到那时，我就为你们俩，为我亲爱的好孩子们划十字祝福，然后无牵无挂地躺进湿润的土地里去。"

丽莎父亲死后，差不多两年过去了。草地上开满鲜花，丽莎就摘了些铃兰花拿到莫斯科去卖。她在街上遇到一个服饰华丽、模样悦人的年轻人。她把花递给他，自己羞得满脸通红。

"姑娘，你是卖花的吗？"他含着微笑问。

"我是卖花的。"她回答。

"你要卖多少钱？"

"五个戈比。"

"这太便宜了。给你一个卢布吧。"

丽莎奇怪起来，壮起胆望了望这个年轻人；她的脸更红了，她盯着地上对他说，她不能收一个卢布。

"为什么呀？"

"我不能多要。"

"我以为，漂亮姑娘的手采下来的漂亮的铃兰花，应该值一个卢布。你既然不肯要一个卢布，那就给你五戈比吧。我真愿意永远买你的花，真希望你只采给我。"

丽莎给了花，拿了五戈比，弯身行了一个礼，要走了；但，这个素不相识的人却捉住她的手不放。

"姑娘，你上哪儿去？"

"回家。"

"你的家在哪儿？"

丽莎告诉他，她住在什么地方；她说完就走了。这年轻人没有再留难她，这也许是因为过路的人开始停下来看着他们，在狡猾地冷笑了。

丽莎回到家，把她遇到的事告诉了母亲。

"你不拿这个卢布是对的。也许那是个坏人……"

"啊，妈妈，不会的。我可不这么想。他的面貌那样善良，他的声音那样和气……"

"可是，丽莎，宁可靠自己的力气吃饭，别白白拿别人什么。我的孩子，你还不知道，坏人怎样糟蹋穷苦的姑娘呢！你每回进城，我都不放心；我总在圣像面前点上蜡烛，祷告上帝，求他保佑你，别让你遭什么灾祸。"

丽莎眼里充满泪水；她吻了吻她的母亲。

第二天，丽莎采了一些最好的铃兰花，又拿进城去。她的眼睛暗暗地在找寻着什么。许多人要买她的花，她总是回答，花是不卖的；同时老是一会儿望望这边，一会儿望望那边。天晚了，该回家了，她把花扔进了莫斯科河。

"我不让你们给旁人拿去！"丽莎对花说，心里感到有些惆怅。

第二天傍晚，她坐在窗前纺纱，一面低声唱着伤心的歌儿；但突然间她跳起来，叫了一声："啊！……"——那个不相识的年轻人就站在窗下。

"你怎么了？"坐在她旁边的母亲吓了一跳，问道。

"妈妈，没什么，"丽莎用羞怯的声音回答，"只不过是看见了他。"

"谁？"

"买我花儿的那位先生。"

老妇人向窗外望了一眼。那年轻人恭恭敬敬向她弯身行礼，那悦人的样子，使她除了认为他不错之外，不能再有旁的想法。

"你好，慈祥的老太太！"他说，"我累得很，你有没有新鲜牛奶？"

殷勤的丽莎不等母亲回答——也许她已预先知道了回答——就跑到地窖里去，提出一只用干净的木碗盖着的干净的瓦壶，她又拿了一只大杯子，洗干净了，用洁白的擦巾擦了，斟了一杯牛奶，从窗口递出去，她自己却低头望着地上。不相识的年轻人喝完牛奶，他觉得，就是海贝①亲手斟的甘露，滋味也不会更好了。谁都能料

---

① 海贝是希腊神话里宙斯与海拉所生的女儿。诸神大宴时，海贝斟酒，那就是所谓甘露，喝了可以长生不老。

到，他随后向丽莎道谢，而且，与其说是用言语，还不如说是用目光道谢的。这时候，好心肠的老妇人已对他叙述了她的悲苦和慰藉——丈夫的死亡以及女儿可爱的性情，她的勤快，她的温柔，等等，等等。他注意地听她说着，但他的眼光落在哪里，那还用说吗？至于丽莎，羞怯的丽莎，偶尔也瞧这年轻人一眼，但当她的蓝眼睛和他的目光相遇的时候，就迅速转向地面，闪电在云里明灭也没有那样快。

"我倒愿意，"他对那位母亲说，"除了我以外，你的女儿不用把她做的活儿卖给别人了。这样，她就可以不用常常进城，也可以不必离开你身边。我会按时亲自上你们这里来的。"

这时，丽莎的眼里闪出了欢快的光芒，她想掩饰也不行；她的脸颊绯红，像是夏天晴朗的傍晚的彩霞；她望着自己左手的袖子，同时用右手捻着它。老妇人高兴地接受了这个建议，也不疑心这建议里有什么坏念头，并且要这个陌生人相信，丽莎织出来的麻布，丽莎编织的袜子，手工精致，比别人编织的耐穿得多。说着，天黑下来，那年轻人已经要走了。

"我们怎样称呼你呢，好心的、和气的少爷？"老妇人问。

"我叫埃拉斯特。"他回答。

"埃拉斯特，"丽莎低声念道，"埃拉斯特！"她把这个名字反复念了四五遍，好像尽力要把它记住似的。

埃拉斯特和她们道过再见，走了。丽莎目送着他，母亲坐着出神，后来，抓住女儿的手，对她说：

"啊，丽莎！他多么漂亮，多么和气！要是你的未婚夫也是这个样儿就好了！"

丽莎整个的心颤动起来。

"妈妈！妈妈！这怎么成？他是一个少爷；可是，在庄稼人里面……"丽莎没有说完自己的话。

现在，应该让读者知道，这个年轻人，这个埃拉斯特，是一个相当富有的贵族，相当聪明，也有一颗善良的心，一颗本性善良但不免柔弱而轻浮的心。他过着无忧无虑的生活，只想着自己的快乐，他在世俗的逸乐中找寻欢快，却常常找不到；因此他感到苦闷，抱怨自己的命运。丽莎的美貌，在第一次见面时就在他心里留下了印象。他常常读些小说，田园诗；他有相当活泼的想象力，并且常常在想象中置身于那些（有过的或是从未有过的）美好的时代；假如相信诗人的话，在那样的时代里，所有的人全都无牵无挂地在绿茵上散步，在清泉里沐浴，像雉鸠那样交颈贴颊，在玫瑰花和桃金娘花荫下休息，天天都在幸福的悠闲生活中度过。他感到，在丽莎身上，他找到了他的心找寻了很久的东西。"大自然召唤我到它的怀抱中去，去享受它那纯洁的欢愉。"他想着，决定放弃上流社会的生活——至少，在那个时候，他是这样决定的。

让我们来看看丽莎吧。夜来临了，母亲为自己的女儿祝了福，祝她睡个好觉；可是，这一次，她的愿望没有实现：丽莎睡得很不好。她的心上的新客埃拉斯特的风貌，老是活生生地呈现在她面前，使她几乎每一分钟都要从睡梦里醒过来，醒来以后她就叹气。太阳还没有升起，丽莎就起来了，她走到莫斯科河畔，坐在草茵上发愁，望着白色的朝雾，朝雾上升，在空中翻腾，把晶莹的水珠留在大自然的绿毯上。到处是沉寂。但不一会儿，冉冉上升的太阳惊醒了万物：树林和灌木丛生机勃勃；鸟儿振翅起飞，啾啾歌唱；花儿抬起头来，尽情地承受使万物苏醒的阳光。但是，丽莎仍旧坐着发愁。唉，丽莎，丽莎！你怎么了？在这以前，你总是和鸟儿同时睡醒，一早晨和它们一同欢乐，你的纯洁的欢乐的灵魂在你的眼睛里发光，一如太阳在天上降落的露珠中发光一样。可是，现在，你心事重重，闷闷不乐，整个自然界的欢愉你都无动于衷。这时，一个年轻的牧人吹着芦笛把畜群赶到河边来。丽莎把目光投向他，想道：

"如果现在占据我的心的人生来是个普通庄稼人，是个牧童，而且，如果他现在赶着他的畜群在我身旁走过，唉！那我就可以微笑地招呼他，亲切地对他说：'你好，亲爱的牧人！你把你的牲畜赶到哪儿去啊？这里也长着青草，可以给你的羊吃；这里也开着红花，可以给你的帽子编一个花环。'那他就会用亲热的眼光瞧着我，也许，还会拉住我的手……这真是梦想！"

牧人吹着芦笛，从旁边走过去，带着他的斑驳的畜群消失在最近的一座小山后面了。

突然，丽莎听见一阵桨声，她向河上望去，看见一只小船，船上正是埃拉斯特。

她全身的血管都搏动起来，当然并不是由于恐惧。她站起来想走，但不能够。埃拉斯特跳上岸来，走近丽莎，于是她的梦想一部分实现了，因为他用亲热的眼光瞧着她，拉住她的手……可是，丽莎，丽莎低下眼来，双颊通红，心怦怦地跳着，站在那里——她没有力量推开他的双手，当他的红红的嘴唇凑近她时，她也没有力量躲开……啊呀！他亲了她，那样热烈地亲了她，使她觉得整个世界都在燃烧！

"好丽莎！"埃拉斯特说，"好丽莎！我爱你！"这几个词儿像天上令人心醉的仙乐在她灵魂深处回荡；她简直不敢相信自己的耳朵了。接着……但我现在要放下画笔了。我只想说，在这狂喜的一刻，丽莎的羞怯已无影无踪——埃拉斯特知道他已被一颗新的、纯洁的、诚挚的心在热烈地爱着了。

他们同坐在草茵上，挨得那么拢，在他们之间几乎没有空隙——他们互相凝视，互相说着：爱我呀！这样，两个钟头对他们就像一刹那似的。最后，丽莎想起来，她的母亲会惦记她的。只好分手了。

"啊，埃拉斯特，"她说，"你会永远爱我吗？"

"永远，好丽莎，永远！"他回答。

"那么你能对我发誓吗？"

"可以，亲丽莎，可以！"

"不，我不要你发誓。我相信你，埃拉斯特，我相信你。难道你会骗苦命的丽莎吗？当然不会的吧？"

"不会的，不会的，好丽莎！"

"那我可真幸福呀！要是妈妈知道你爱我，她该多高兴啊！"

"啊呀，丽莎，可别告诉她，什么也不用告诉她。"

"这又为什么呢？"

"老年人总喜欢多疑。她会往坏处想的。"

"不会的。"

"可是，我还是要你一个字也别告诉她。"

"好吧；我该听你的话，虽然我倒并不愿意有什么事瞒着她。"

他们道了别，吻了最后一次，约定每天傍晚会面，在河边，在桦树林里，或是在丽莎家的茅屋附近随便什么地方，只是一定要会面。丽莎走了，但她的眼睛向埃拉斯特回顾了总有一百次；他一直站在河边，目送着她。

丽莎回到自己家茅屋里，心情跟离家的时候完全不一样了。在她脸上，在她的一举一动中，都流露出发自内心的欢快。"他爱我！"她想着，想到这一点就心花怒放了。

"啊，妈妈！"丽莎对刚刚睡醒的母亲说，"啊，妈妈！多美的早晨！野地里一切都是多么愉快啊！云雀从来没有唱得这样好听过；太阳从来也没有照耀得这样亮堂过；花儿也从来没有这样好闻过！”

老妇人拄着拐杖走到外面草地上，来欣赏丽莎用那样迷人的色彩描绘的早晨。她真的也觉得这早晨特别愉快；心爱的女儿的欢快使母亲觉得整个大自然喜气洋溢了。

“啊，丽莎！”她说，“上帝创造的万物都是那么好！我在这世界上活了六十年，总是看不够上帝的创造；看不够这个恰像高高的帐幕那样清净的天空，看不够这个年年铺满新草鲜花的大地。一定是上帝非常爱人类，他才为人类把这个世界点缀得这么好啊。唉，丽莎！假如我们永远没有痛苦的话，谁又愿意死呀？……当然，一定是这样的。假如我们的眼睛里永远不会再流泪的话，那么，也许我们就会忘记自己的灵魂了。”

丽莎想：“啊呀！可是，我却宁愿忘记自己的灵魂，也不愿忘记我的好朋友！”

这以后，埃拉斯特和丽莎唯恐失约，每天晚间（当丽莎的母亲睡了的时候）他们都要相见，不是在河边，就是在桦树林里，他们最常去的地方是那些百年老橡树的树阴下（离茅屋有八十俄丈光景）——那些老橡树遮蔽着一口古时掘成的深湛而清澈的池塘。在那里，娴静的月亮常常透过绿色的枝叶，在轻风和好朋友的手抚弄的丽莎的光洁头发上洒下银色的光辉，这月光也常常在温柔的丽莎的眼睛里照亮那总是为埃拉斯特的亲吻所吸干的闪耀的爱情之泪。他们拥抱了——但贞洁怕羞的月神并没有躲进云里去避开他们；因为他们的拥抱是纯洁无邪的。

“当你，”丽莎对埃拉斯特说，“当你对我说：我的朋友，我爱你！当你把我紧贴在你的心口，用你动人的眼色望着我的时候——啊，那时候啊，我是那样的快活，那样的快活，快活得忘了自己，忘了一切，只记得有个埃拉斯特。真奇怪，我的朋友，在我没认识你以前，我竟能又安静又快活地过活，真奇怪！现在，这我就不能明白了；因为现在我觉得，假如没有你，那么生活便不是生活，而只是痛苦和烦恼。没有你的眼睛，明月也是暗的；没有你的声音，夜莺的歌唱也是单调的；没有你的呼吸，轻风我也会觉得是不柔和的。"

埃拉斯特赞赏着他的女牧童——他这样称丽莎，看见她这样爱他，也就觉得自己更其可爱了。他觉得，一切上流社会的浮华的作乐，与这种天真无邪的灵魂的真诚友谊注在他心里的欢愉比起来，全都是毫无价值的了。他想到从前沉湎于卑下情欲的那种感情，感到非常厌恶。他想："我要和丽莎像兄妹一样地一同生活：不滥用她的爱情，我就永远是幸福的了！"——轻率的年轻人啊！你何尝了解自己的心呢？你能永远对你的行动负责吗？理智能永远主宰你的感情吗？

丽莎要求埃拉斯特常去看看她的母亲。

"我爱她，"丽莎说，"我希望她快活，我觉得，任何人看见你都会是极大的愉快。"

老妇人看见他的时候确实总是愉快的。她喜欢向他叙述已故的丈夫以及她青年时代的日子：她怎样第一次遇见她的亲爱的伊凡，他怎样爱她，他是在怎样一种爱情中，在怎样一种和谐中和她一同过活的。

"啊！我们俩永远互相看不厌，直到残酷的死神夺走他的那一刻，一直都是这样。他是死在我手臂上的！"

埃拉斯特怀着真挚的愉快心情听着她的讲述。他从她那里购买丽莎做的活计，每次都要付给她比她的要价高十倍的钱；但老妇人

217

从来不肯多拿。

　　这样过了几个星期。有一天傍晚，埃拉斯特等他的丽莎，等了很久。最后，她来了；但她是那样地不快活，竟使他吓了一跳；她的眼睛哭得红红的。

　　"丽莎，丽莎！你出了什么事？"

　　"啊，埃拉斯特！我哭过了！"

　　"为什么？怎么回事？"

　　"我一定全告诉你。邻村有个富农家的儿子，托人来说媒；妈要我嫁给他。"

　　"你答应了吗？"

　　"狠心的！你怎么问得出口？我真可怜妈，她边哭边说，说我不让她安心；又说，假如她不能亲自把我嫁出去，她死的时候也不会放心。啊！妈不知道，我已有了你这样一个好朋友了！"

　　埃拉斯特吻着丽莎；他说，她的幸福对于他比世界上所有的东西都宝贵。又说，等她母亲死后，他要把她接去，和她在乡村里，在茂密的树林里，就像在天堂乐园里一样，一同过活，永不分离。

　　"可是，你不能做我的丈夫！"丽莎低声叹着气说。

　　"为什么？"

　　"因为我是个乡下姑娘。"

　　"你把我看错了。你的朋友是最看重心灵——多情的、纯洁的心灵的。所以，丽莎将永远最贴近我的心。"

　　她投入他的怀抱——这时，贞洁必须毁灭了！埃拉斯特感到他的血液不同寻常地沸腾起来，他感到丽莎从来没有像今天这样迷人，她的爱抚从来没有这样强烈地触动他，她的亲吻从来没有这样的火热。她什么也不知道，什么也不怀疑，什么也不害怕——漆黑的夜晚助长了欲念,天上没有一颗星星发光,没有一道光线能照亮迷雾。埃拉斯特感到一阵颤动,丽莎也不知道为什么,不知道她身上发生了什么,也感到一阵颤动……啊,丽莎,丽莎!你的守护天使哪里去了呢?你的贞洁哪里去了呢?

迷误一会儿就过去了。丽莎不明白自己的感觉,奇怪起来,问询着。埃拉斯特不作声——他在找寻言语,但找不到。

"啊!我害怕,"丽莎说,"我害怕我们之间发生的事!我觉得我要死了;我的灵魂……不行,我说不出!……你怎么不作声,埃拉斯特?你在叹气?……我的上帝!怎么一回事?"这时候亮起闪电,响起雷声,丽莎浑身战栗。"埃拉斯特,埃拉斯特!"她说,"我害怕!我怕雷要劈死我这个罪人!"

暴风雨雷霆万钧地轰响着;雨从乌云里倾泻下来,好像是大自然在为丽莎失去贞洁而痛哭。埃拉斯特竭力安慰丽莎,陪她走到她家的茅屋。当她和他道别时,泪珠从她的眼里滚滚而下。

"啊,埃拉斯特。你要让我相信,我们将和以前一样幸福!"

"当然,丽莎,当然这样!"他回答。

"天哪!我不能不相信你的话;因为我爱你!只是我心里总……可是,算了!再见吧。明天,明天再见吧。"

他们的幽会继续着;但是,一切都变了!埃拉斯特已经不能单以丽莎的无邪的爱抚为满足,已经不能单以她充满爱情的眼色为满足,已经不能单以手的接触、亲吻、纯洁的拥抱为满足。他的需求愈来愈多,愈来愈多,最后到了没有什么再可要求的地步。任何了解自己的心的人,任何考虑过他的最温柔的欢乐的性质的人,当然都会同意我的意见,这就是:满足一切愿望是爱情的最危险的试探。对于埃拉斯特,丽莎已不再是无瑕的天使,不再能点燃他的幻想,使他的灵魂感到狂喜。柏拉图式的爱情已让位给他并不引以为荣、对他说来也并不陌生的那种欲念。至于丽莎，既然完全委身于他，她就只能为了他而活着、呼吸着，像羔羊似的，什么事都听从他的意志，从他的愉快中求得自己的幸福。她在他身上看出了变化，所以常常对他说："你现在不如以前那么愉快；我们也不如以前那么安心和快乐了；以前我也不像现在这样地总怕失去你的爱！"

有时候，在和她道别的时候，他对她说：

"丽莎，明天我不能和你见面；我有要紧的事情。"每次听见这种话，丽莎只有叹气。

最后一次，她一连五天没有见到他，因此感到极大的不安；第六天上，他面色阴沉地来了，对她说：

"亲爱的丽莎！我得和你分别一段时间了。你知道，我们和别国开战了；我是有军职的人；我们的团队要出发了。"

丽莎脸色发白，几乎晕倒。

埃拉斯特跟她亲热了一阵；他说，他将永远爱着可爱的丽莎，希望在他回来以后就永远不再和她分离。她沉默了许久；后来流出伤心的眼泪，握住他的手，带着全部柔情望了望他，问道：

"你不能留下吗？"

"不去也行，"他回答，"不过那太不光荣了，对于我的名誉是一个极大的污点。所有的人都会看不起我；所有的人都会认为我是胆小鬼，是祖国的不肖子孙，轻视我。"

"啊呀！既然这样，"丽莎说，"那你去吧，到上帝要你去的地方去吧！可是，你也许会打仗打死的。"

"为祖国而死并没有什么可怕，亲爱的丽莎。"

"你要是不在了，我也就不活了。"

"可是，你干吗这样想呢？我想我能活下来，能回到你身边来，回到我的好朋友身边来。"

"愿上帝保佑！愿上帝保佑！我将每天、每时为这个祈祷。唉！可惜我不识字，也不会写字！不然，你可以把你的情况写信告诉我；我也能把我流的眼泪写信告诉你！"

"别这样，丽莎，你该保重自己；为了你的好朋友，多多保重。我不喜欢你在我不在的时候老是哭。"

"狠心的人！连这一点安慰你都不让我有！不行！和你分别以后，要等我的心哭干了才会不哭。"

"你多想想我们重见时的快活吧。"

"我会想的，我会想那个时候的！啊！如果那个时候快点到来那该多好！亲爱的，好埃拉斯特！你要记住，记住你可怜的丽莎，她爱你胜过爱她自己！"

但我不能把他们当时所说的话都记述下来。第二天就是最后一次会面了。

埃拉斯特要向丽莎的母亲也告别一下，老妇人听到这样一个和善可爱的少爷都得去打仗，忍不住流出眼泪来。他留了一些钱硬要她收下，他说：

"我不愿意丽莎在我走后卖她做的活计，因为这本来说定是由我来买的。"

老妇人向他说了许多祝福的话。

"求上帝保佑，"她说，"让你平安回到我们这里来，让我今生能再看见你。也许，在你回来之前，丽莎会找到一个中意的丈夫。假如说，你能来吃喜酒，那我该多么感谢上帝！等丽莎有了孩子，你知道，少爷，那就请你做他们的教父！啊！我真希望能够活到那一天！"

丽莎站在母亲旁边，不敢看她。读者可以很容易地想象，在那一刻她心里是什么滋味。

可是，当埃拉斯特最后一次拥抱她，把她贴在心口上，说"再见，丽莎！"的时候，她心里又是什么滋味呢？……多么令人感动的场面呀！朝霞像红色的海洋一样泛滥在东方的天空。埃拉斯特站在高高的橡树枝下，拥抱着他的可怜的、哭得精疲力竭的、伤心的、用她整个心灵在和他告别的女友。整个大自然保持着沉默。

丽莎号啕大哭，埃拉斯特也哭了。他离开了她。她倒下去，跪在地上，双手举向天空，眼望着逐渐远去的埃拉斯特。他愈走愈远，最后看不见了。太阳升起来了，被丢下的苦命的丽莎则失去了知觉和记忆。

等她醒过来时，她觉得这世界又阴沉又凄凉。大自然的一切美景，在她看来都已和她心爱的人一同消失了。她想："啊！我为什么留在这荒地上？我为什么不跟着亲爱的埃拉斯特飞走呢？对于我战争并不可怕，可怕的是我的朋友已离去的这个地方。我要和他同生共死，或是用我的死来拯救他的宝贵生命。慢走，慢走，亲爱的！我赶上来了！"她真想去追埃拉斯特；但是，她想到：我还有母亲呢！她只好留了下来。丽莎叹了一口气，垂下头，用悄悄的步子走回自己的茅屋去。从这时候起，她的日子便成了忧愁痛苦的日子，而且还必须对慈爱的母亲隐瞒自己的忧愁痛苦，这样她的心就更痛苦！只有当丽莎一个人躲在密林里，能够自由地流泪，自由地诉说与爱人离别之苦的时候，她心里才好受一点。啼声凄切的斑鸠常常用自己的哀鸣应和她的叹息。但有时候，即使次数极少，一线希望的金光，一线慰藉的光明，也照亮了她的悲伤的深渊。"等他回到我的身边来时，我该多么幸福呀！那时一切都会改变呀！"一想到这个，她的眼珠就明亮起来，她面颊上的红晕就变得鲜艳起来，于是丽莎笑了，像经过雷雨之夜的五月的清晨一样清新——这样，大约过了两个月。

有一天，丽莎上莫斯科去为她母亲买治眼病的玫瑰露。她在一条大街上迎面遇见一辆华丽的马车，她看见，马车里坐的正是埃拉斯特。"啊哟！"丽莎叫了一声，向他奔去，可是马车在她身边驶过，拐进一个院子里去了。埃拉斯特下了车，正要踏上一座大楼的台阶时，被丽莎一把抱住。他面色发白，接着，也不回答她的呼唤，抓住她的手，带她走进自己的书房，关上门对她说：

"丽莎！情况变了。我已经订婚了。你应该放掉我，为了你自己的安宁，更应该忘掉我。我从前爱你，现在也仍旧爱你，这就是说，我要祝你一切幸福。这是一百卢布，你收下吧(说着他把钱放在她的口袋里)，让我最后吻你一次；然后回家去吧。"

丽莎还没弄明白是怎么一回事，他已领着她走出书房，对一个仆人说：

"带这位姑娘出去。"

这时，我义愤填膺。我忘记埃拉斯特还是一个人，真想痛骂他一顿，可是我的舌头不能动弹；我仰望天空，泪流满面。啊！为什么我不写一部爱情的传奇，而要讲这个伤心的故事呢？

那么，埃拉斯特对丽莎说他去参加军队，难道是骗她的吗？这倒并不，他确实到过军队里；可是，他并不是去和敌人打仗，而是去赌纸牌的，并且几乎输掉了他的全部家财。很快就停战讲和了，埃拉斯特却背了一身赌债，回到莫斯科。他只有一个办法摆脱他的困境，那就是和一个久已爱上了他的老富孀结婚。他决定之后就搬到她的住宅里去了，而奉献给他的丽莎的则是一声真诚的叹息。但，这一切就可以替他辩解吗？

丽莎到了街上，她那时的心境不是笔墨所能形容的。"他，他

223

把我赶出来了吗？他爱上别人了吗？我完了！"这就是她的思想，她的感觉！一阵猛烈的昏厥把这思想和感觉切断了。一位过路的慈祥的妇人停下来救援躺在地上的丽莎，想法把她救醒。不幸的姑娘睁开了眼睛，慈祥的妇人扶她站了起来；她道谢之后就走了，连自己也不知上哪儿去。"我没法活下去了（丽莎自然会这样想的），没法活下去了！……但愿天塌下来压死我！但愿地张开口吞下我这可怜人！……可是，不！天不会塌下来，地也不会动！我多么苦啊！"她出了城，不知不觉间突然发觉自己到了那口深水池边，老橡树的树阴下；那些橡树在好几个星期以前充当她的欢愉的无言的见证。这些回忆震撼了她的灵魂；她脸上透露出内心的最可怕的痛楚。但，她在某种念头里浸沉了好几分钟，然后向四周顾盼起来。她看见在大路上走着一个邻家姑娘（一个十五岁的女孩子），她就叫她过来，从口袋里拿出那十个帝国金币①交给她说：

"亲爱的阿纽达，亲爱的好朋友，请你把这些钱交给我妈，这些钱不是偷来的，请你告诉她，丽莎没有听她的话，做了错事；你告诉她，我瞒着她爱上了一个狠心的人，爱上了埃……何必把名字告诉她呢？你就说，他欺骗了我；你求求她，请她原谅我。上帝会帮助她的。请你吻一下她的手，像我现在吻你的手一样。你就说，是苦命的丽莎要你吻她的，你就说，我……"说到这里，她纵身跳进水里。阿纽达连喊带哭，但无法救她；她跑到村子里，叫来了人把丽莎捞起，但她已经死了。

这样就结束了这个灵魂和肉体都美丽的生命。温顺的丽莎，当我们在新生中在那里见面的时候，我会认出你来的。

人们把她葬在池边，阴郁的橡树下，在她的墓上插了一个木头

---

① 旧俄硬币，每个值十卢布。

224

的十字架。在这里，我常常倚在安葬丽莎遗骸的土丘上，坐着沉思；池水在我眼前流动；树叶在我头上飒飒作响。

丽莎的母亲听到女儿的惨死，悲痛得浑身发凉，就此永远闭上了眼睛。茅屋空了。风常在里面悲鸣。迷信的村民晚上听见这声音，就说：鬼在里面哭，苦命的丽莎在里面哭！

埃拉斯特一直到死都抑郁不乐。知道丽莎的下场之后，他不能自解，认为自己就是杀人的凶手。我在他逝世前一年认识了他。他亲口告诉我这个故事，还带我去看过丽莎的坟墓。——现在，他们也许已经和解了吧！

吉洪　译

驿 站 长^①

[俄] 亚历山大·普希金

亚历山大·普希金（Александр Сергеевич Пушкин 1799—1837），俄国大诗人、小说家。重要作品有诗体小说《叶甫盖尼·奥涅金》、中篇小说《上尉的女儿》和短篇小说集《别尔金小说集》等。本篇选自《别尔金小说集》，普希金的短篇名作之一。

我们知道，欧美悲情小说主要有两大类：一类写爱情悲剧，这是最常见的，另一类写亲情悲剧（或家庭悲剧），虽不像爱情悲剧那样常见，但也仅次于爱情悲剧，一度还非常流行。本篇就属后者，一篇写亲情悲剧的悲情小说。

在这类小说中，最有名的也许就是 18 世纪英国感伤派小说家哥尔斯密（Olive Goldsmith）的代表作《威克菲牧师传》（1766），一部曾在欧美各国产生巨大影响的长篇悲情小说。为什么要提到这部小说呢？因为本篇和它有"亲缘关系"，或者说，和它有相似之处，即：两者都由一位慈爱的父亲讲述女儿被拐的故事，而且同样以这位父亲的忍辱负重使读者为之动容。所以，如果说本篇的创作灵感很可能来自《威克菲牧师传》，也不为过——

---

① 帝俄时代，僻远地区设有官方驿站，供来往官员住宿。有的驿站很小，就是驿站长家里的几间客房而已。本篇所写的这位驿站长，就是在家里接待来往官员的。

因为哥尔斯密的这部小说太有名了，普希金不可能没有读过。

当然，这并不是说，本篇是《威克菲牧师传》的模仿之作。实际上，两者有着极大区别。尽管故事有点相像，但由于处理得截然不同，可谓风格迥异。《威克菲牧师传》是一部典型的英国小说，本篇则是一篇地道的俄国小说。譬如，《威克菲牧师传》中的主人公是个牧师，本篇主人公则是个驿站长；牧师在英国本来就被普遍认为是"好人"，而驿站长在俄国则被普遍认为是"坏人"；也就是说，普希金要把一个通常令人讨厌的"坏人"塑造成一个令人感动的"好人"，这或许只有俄国小说家才会这么做（请想想陀思妥耶夫斯基的小说，是不是这样？）。再譬如，威克菲牧师遭遇种种不幸后，终于好有好报，有个大善人为他匡正一切——这是典型的英国作风（请想想狄更斯的小说，是不是这样？）；而本篇中的驿站长呢，连一个同情他的人也没有，最后孤独地、忧郁地死去，令人更加伤心。还有，威克菲牧师的女儿被诱拐后又被抛弃——这几成俗套，为的是让女儿回心转意，最终给父亲以某种安慰；而在本篇中，驿站长的女儿被一个军官诱拐后，并没有被抛弃，而是成了军官太太，这对她父亲来说也许更惨，因为连看到女儿回心转意的可能都没有了（正因为如此，小说中写到驿站长说他女儿一定会被抛弃，可谓父亲心理的逼真表现）。那么，他女儿最终想到父亲了吗？如果她忘了父亲，这当然令人心酸。但是，她最终想到了父亲，却又为时已晚，只能到父亲的墓前哭泣——这不是更有可能、更加真实、更令人心酸吗？

由此可见，本篇在艺术效果上甚至超过了《威克菲牧师传》。在《威克菲牧师传》中，还有一种英国式的温情，还有一种理想化的"好人终有好报"的安慰，而在本篇中，这些都没有了，取而代之的是一种阴郁而冷峻的、俄国式的现实感；所以，读来更令人叹息，更令人悲哀。

十四品文官，

驿站的独裁者①。

——维亚捷姆斯基公爵②

一

谁没有咒骂过驿站长，谁没有和他们吵过架？谁没有在气愤的时候向他们索取过那本致命的簿子，以便在上面写下自己对他们的压制、粗暴和怠慢的无济于事的控诉？谁不把他们当作人类的恶棍，相当于过去衙门里的师爷，或者，至少也和摩罗姆③的强盗无异？但是，我们如果公平一些，尽量为他们设身处地着想，也许，我们批评他们的时候就会宽容得多。什么是驿站长呢？一个真正的、十四品的受苦受难者，他的官职只能使他免于挨打，而且也并非永远能做到（我可以请我的读者的良心来作证）。维亚捷姆斯基开玩笑称他是独裁者，他的职务是怎样的呢？是不是真正的苦役？白天黑夜都不得安宁。旅客把在枯燥乏味的旅行中积聚起来的全部怨气都发泄在驿站长身上。天气恶劣，道路难行，车夫脾气孬，马不

---

① 十四品文官，帝俄时代最低级官员，此处指驿站长；"驿站的独裁者"，是对驿站长的嘲讽。

② 维亚捷姆斯基公爵(1792—1878)，俄国诗人。这两行诗引自他的诗《驿站》。

③ 摩罗姆是奥卡河畔的一座森林，常有强盗出没。

肯拉车——都成了驿站长的过错。旅客走进他的贫寒的住所，像望着敌人似的望着他。要是他能赶快打发掉这个不速之客，还好；但是，如果碰上没有马呢？……天哪！怎样的咒骂、怎样的威吓会像雨点般的落到他的头上啊！他得冒着雨、踩着泥泞挨家挨户奔走。他在暴风雨中，在受洗节前后的严寒中避进门厅，只是为了休息片刻，躲避激怒的投宿客人的叫嚷和撞搡。来了一个将军，浑身发抖的驿站长给了他最后的两辆三套马车，其中包括一辆急行车。将军连谢也不谢一声就走了。过了五分钟……又是铃声！……一个信使把自己的路条往他桌上一扔！……如果我们把这一切好好地仔细想一想，那么我们心里就会充满真挚的同情而不再是愤闷。再说几句话：在连续二十年里，我走遍了俄罗斯的东西南北。差不多所有的驿道我都知道；好几代的车夫我都熟悉；很少有驿站长我不面熟；很少有驿站长我不曾跟他们打过交道。我希望在不久的将来，我所积累的饶有趣味的旅途见闻能够问世。目前我只能说，舆论对驿站长阶层的看法是极其错误的。这些备受诽谤的驿站长，一般说来都是和善的人，生性愿意为人效劳，容易相处，对荣誉看得很淡泊，不太爱钱财。从他们的言谈中（不巧得很，过路的老爷们却瞧不起这种言谈），可以汲取许多有趣的东西，得到许多教益。至于我呢，我是宁愿听他们谈话，也不要听一位因公外出的六品文官的高谈阔论。

不难猜到，我有一些朋友就是属于可尊敬的驿站长阶层的。真的，关于一个驿站长的记忆对我是很珍贵的。情况曾使我们一度接近过，关于他，我现在准备和亲爱的读者谈谈。

二

一八一六年五月，我曾经乘车在一条现在已经废弃的大道上经过某省。我官卑职小，只能乘驿车，只付得起两匹驿马的租钱。因此，驿站长们对我并不客气，我常常要用一番争执才能得到我应该得到的东西。由于少年气盛，要是驿站长把给我预备的三匹马套到一位官老爷的马车上，我对他的低贱和胆怯就感到愤慨；在省长的宴会上，如果善于逢迎的仆人上菜时把我漏掉，我也总是耿耿于怀。如今呢，我觉得这两件事都是理所当然的了。真的，"官官相护"是一条大家称便的规律，如果用另一条规律，比方说，用"惺惺相惜"来代替它，那我们会碰到什么事呢？会发生怎样的争论啊！仆人上菜又从谁开始呢？但是，我要讲我的故事了。

那是一个炎热的日子。离某站三俄里的地方开始落下稀疏的雨点，转眼之间，倾盆大雨已经把我淋得浑身湿透。到了驿站，第一件要办的事就是赶快换衣服，第二件事是给自己要一杯茶。

"嗳，杜妮亚！"驿站长叫道，"生好茶炊，再去拿点奶油。"

一听到这两句话，从隔扇后面出来一个十四五岁的小姑娘，跑到门厅里。她的美使我吃惊。

"这是你的女儿吗？"我问驿站长。

"是我的女儿，"他带着得意洋洋的神气回答说，"这么聪明，这么麻利，跟死去的母亲一模一样。"

这时他动手登记我的路条，我就来欣赏点缀他那简朴而整洁的住屋的图画。它们画的是浪子回家的故事①：第一幅画上画着一个头戴尖顶帽、身穿长袍的可敬的老人给一个样子浮躁的年轻人送行，年轻人急匆匆地接受他的祝福和一口袋金钱。另一幅画以鲜明的线条画出一个年轻人的放荡行为：他坐在桌旁，一群虚情假意的朋友和无耻的女人围着他。再往下，一个把钱挥霍尽了的年轻人衣

---

① 见《圣经·新约·路加福音》。

衫褴褛，戴着三角帽在喂猪，并且和猪分食；他脸上露出深切的悲伤和忏悔。最后画着他回到父亲那里。仍旧戴着尖顶帽、穿着长袍的、慈祥的老人跑出来迎接他。浪子跪着，远景是厨子在宰一头肥牛犊，哥哥向仆人们询问这样欢乐的原因。在每一幅画下面我都读到相应的德文诗句。这一切，也像那几盆风仙花、接着花布幔帐的床，以及当时围绕着我的其他物件一样，至今还保存在我的记忆中。五十来岁的主人本人，精神饱满、容光焕发，绿色长礼服上用褪色的绶带挂着三枚奖章，如今好像还历历在目。

我还没有跟我的老车夫把账算清，杜妮亚已经拿着茶炊回来了。小姑娘看了我第二眼就察觉了她对我产生的印象；她垂下浅蓝的大眼睛。我开始和她说话，她很大方地回答我，像个见过世面的姑娘。我请她父亲喝一杯潘趣酒①，给杜妮亚一杯茶，我们三人就聊起天来，仿佛认识很久似的。

马匹早就准备好了，可是我仍旧不愿意跟驿站长和他的女儿分手。最后我和他们告别了；父亲祝我一路平安，女儿送我上车。到门厅里我停下来，请她允许我吻她一下。杜妮亚同意了……

从我做这件事以来，我可以数出许许多多的亲吻，但没有一次亲吻曾在我心中留下这样悠长、这样愉快的回忆。

三

过了几年，事务又把我带到那条大道，使我重临旧地。我想起老驿站长的女儿，想到又可以看到她而感到高兴。但是，我想，老驿站长也许已被撤换，杜妮亚大概已经出嫁。我的头脑里也闪过他

① 一种酒精饮料。

或她会不会死去的念头。我怀着悲伤的预感走近某站。马停在驿舍旁边。一走进房间，我立刻认出了描绘着浪子回家的故事的画，桌子和床还放在原来的地方。但是，窗台上已经没有花，四周的一切都显示出破旧和无人照管的景象。驿站长盖着皮袄睡着；我的到来把他惊醒，他稍稍抬起身来……这正是西米翁·维林，但他衰老得多么厉害啊！在他准备抄下我的路条的时候，我望着他的灰发，望着他那好久没有刮过胡子的脸上的深深的皱纹，望着他那驼背——不能不感到惊奇，怎么三四年的工夫竟会把一个精力旺盛的汉子变成一个虚弱的老头。

"你认得我吗？"我问他，"我和你是老相识了。"

"可能，"他阴沉地回答道，"这里是大路，来往旅客到过我这里的很多。"

"你的杜妮亚身体好吗？"我继续问。

老头的眉头皱起来了。"天知道她。"他回答说。

"那么她是嫁人了吧？"我说。

老头装作没有听见我问的话，继续轻声念我的路条。我不再问下去，吩咐烧茶。好奇心开始使我不安，我希望潘趣酒能使我的老相识开口。

我没有想错，老头没有拒绝送过去的杯子。我发觉，潘趣酒扫清了他的阴郁。一杯下肚，他变得爱说话了。不知是他记起来了呢，还是装出记起我的样子，于是我便从他口中知道了当时强烈吸引了我并且使我感动的故事。

"这样说来，您认识我的杜妮亚？"他开始了，"有谁不认识她呢？唉，杜妮亚，杜妮亚！是一个多么好的姑娘啊！以前，凡是过路的人，都要夸她，谁也不会责备她。太太们有的送她一块小手帕，有的送她一副耳环。过路的老爷们故意停下来，好像要用午餐或是晚餐，其实只是为了多看她几眼。不管火气多么大的老爷，一看见她就会平静下来，亲切地和我谈话。您相信吗，先生：信使们跟她一谈就是半个钟头。家由她管：收拾屋子啦，做饭啦，样样都安排得妥妥当当。我这个老傻瓜，对她看也看不厌，有时，连高兴都高兴不过来；是我不爱我的杜妮亚，不疼我的孩子呢，还是她的日子过得不称心呢？不是，灾祸是免不了的；命中注定是躲不掉的。"

四

于是，他开始向我详细讲述他的痛苦。三年前，在一个冬天的晚上，驿站长在新的簿子上划格子，他的女儿在隔扇后面缝衣服，这时候，来了一辆三套马车，一个头戴契尔克斯帽、身穿军装外套、裹着披肩的旅客走进来要马。马都派出去了。一听到这个消息，旅客就提高嗓门，扬起马鞭。见惯这种场面的杜妮亚，从隔扇后面跑出来，殷勤地问那个旅客，要不要吃点什么？杜妮亚的出现起了它惯有的效用。旅客的怒火烟消云散了，他同意等待马匹，并且要了晚餐。旅客脱下毛茸茸的湿帽子，解下披肩，脱掉外套，原来是一个年轻的骠骑兵，体格匀称，蓄着黑胡子。他坐到驿站长旁边，开始高高兴兴地跟他和他的女儿交谈。晚餐端上来了。这时有几匹马回来了，驿站长吩咐不用喂食，马上把它们套在旅客的车上。但是，他回来的时候，却发现那个年轻人躺在长凳上，几乎失去知觉：他感到非常不舒服，头痛得厉害，不能上路……怎么办呢？驿站长把自己的床让给他，并且预定如果病情不见好转，第二天一早就派人到 C 地去请医生。

第二天，骠骑兵的病情更恶化了。他的仆从骑了马到城里去请医生。杜妮亚用醋浸的手帕包扎他的头，坐在他床边做针线活。当着驿站长的面，病人直哼，几乎一言不发，但却喝了两杯咖啡，并且哼哼着要了午餐。杜妮亚没有离开过他。他时刻要喝水，杜妮亚就把她做的柠檬水端给他。病人润着嘴唇，每次递还杯子的时候，都用他的无力的手握握杜纽什卡[①]的手，表示感谢。午餐前医生来了。他把了把病人的脉，用德语和他谈了几句，然后用俄语宣称，病人只需要静养，过两三天就可以上路。骠骑兵付给他二十五个卢布作为出诊费，并请他用午餐。医生同意了，两人的胃口都很好，喝了一瓶酒，才彼此非常满意地分别。

再过一天，骠骑兵精神完全恢复了。他非常高兴，不停地一会儿跟杜妮亚、一会儿跟驿站长开玩笑。他吹着曲子，和旅客们交谈，把他们的路条登记在驿站册子上。他大大博得了好心的驿站长的喜欢，到了第三天早上，驿站长竟舍不得和他亲切的客人分别。那天是星期日，杜妮亚预备去做午祷。骠骑兵的马车拉来了。他向驿站长告别，为了在这里又吃又住，重重地赏了驿站长。他也和杜妮亚告别，并且表示愿意送她到村边的教堂。杜妮亚犹豫不决地站着……

"你怕什么？"父亲对她说，"大人又不是狼，不会把你吃掉；你就坐车子去教堂吧。"

杜妮亚上了车挨着骠骑兵坐下，仆人跳上赶车的座位，车夫吹了一声口哨，马儿就奔驰起来。

可怜的驿站长不明白，他怎能让他的杜妮亚和骠骑兵一起出去？他怎么会瞎了眼，真是鬼迷了心窍。过了不到半小时，他的心已经开始作痛了，作痛了。他感到六神不安，忍不住自己也跑去做午祷去了。到了教堂跟前，他看到人们已经散去，但杜妮亚既不在

---

　　①　"杜纽什卡"是杜妮亚的爱称。

围墙边，也不在台阶口。他急忙走进教堂：神父正从祭坛上走出来，教堂执事在吹灭蜡烛，有两个老妇人还在角落里祈祷，但杜妮亚却不在教堂里。可怜的父亲好容易才下决心去问教堂执事，她有没有来做过午祷。教堂执事回答说没有来过。驿站长半死不活地走回家去。他只留下一个希望：也许，杜妮亚因为年轻不懂事，竟忽发奇想，乘车到下一站去看她的教母去了。他在痛苦的激动中等待他让她乘坐的那辆三驾马车回来。车夫没有回来。最后，到傍晚时分，车夫独自醉醺醺来了，带来了骇人的消息："杜妮亚从那一站跟着骠骑兵走了。"

老头受不住自身的不幸，他立时倒在那个年轻骗子昨夜躺过的床上。现在驿站长回想一切情形，猜到病是假的。可怜的人儿患起了极其厉害的热病，他被送到C城，派了一个人暂时来代替他。给他治病的就是给骠骑兵看病的那个医生。他对驿站长确凿有据地说，那年轻人身体完全健康，当时他就猜到他是不怀好意，但因为怕他的鞭子，所以没有作声。德国人的话不知是真的呢，还是只想夸耀自己有先见之明，但他的话丝毫安慰不了可怜的病人。驿站长的病体刚好，他就向C城的邮政局长请了两个月的假，对任何人都不提自己的意图，步行去找寻女儿去了。他从路条上知道骑兵大尉明斯基是从斯摩棱斯克去彼得堡。给他驾车的车夫说：杜妮亚一路啼哭，尽管她似乎是自己情愿去的。

"也许，"驿站长想道，"我能把我的迷途的羔羊带回家来。"

他怀着这个念头到了彼得堡，在伊兹马伊尔军团一个退职的上士，他的老同事家里住下，就开始四下寻找。不久他就打听出来，骑兵大尉明斯基是在彼得堡，住在杰摩托夫饭店。驿站长决定去看他。

一清早，他来到明斯基的前厅，请求通报大人，说有一个老兵求见。一个勤务兵在擦用鞋楦撑着的皮靴，他说主人在睡觉，十一点钟以前不接见任何人。驿站长走了，到指定的时间又回来。明斯基穿着晨衣、戴着红色小帽亲自出来见他。

"老兄，你要什么？"他问他。

老头的心沸腾起来，泪水涌到眼睛里，他只是用颤抖的声音说出来："大人！……请行行好吧！……"

明斯基迅速地瞥了他一眼，脸一红，就抓住他的手，把他带到书房里，随手关上门。

"大人！"老头接下去说，"过去的事情就算了；至少，请您把我可怜的杜妮亚交给我吧。您已经把她玩够了；别平白无故地毁了她吧。"

"生米已成熟饭，无法挽回了，"年轻人极度慌乱地说，"我对不起你，很希望求得你的宽恕。可是，你别以为我会抛弃杜妮亚：她会幸福的，我可以向你保证。你要她做什么？她爱我，她对以前的环境已经不习惯了。无论是你是她——你们都忘不掉发生过的事情。"接着，他把一样东西塞到他的衣袖里，打开了门。驿站长自己也不记得，他是怎样到了街上的。

他呆呆地站了好久，最后在自己衣袖的折袖里看到一卷纸；他抽出来打开一看，是几张揉皱的五十卢布的钞票。泪水又涌到他的眼睛里，是愤慨的泪水啊！他把钞票揉做一团，扔在地上，又用鞋跟踩了一脚，走了……走了几步，他停了下来，想了一想，又回转身来……但是，钞票已经不见了。一个衣着华丽的年轻人一看见他，就奔向一辆出租马车，急忙坐上车，喊道："走！……"

驿站长没有去追他。他决定回自己的驿站，但先要看看他的可怜的杜妮亚，哪怕看一次也好。为了这，两天之后，他又回到明斯基那里；但是，勤务兵厉声告诉他，主人不接见任何人，胸一挺就

把他挤出前厅，冲着他的脸砰地关上了门。驿站长站了一会，只好
走了。

五

就在这一天晚上，他在悲伤人教堂做过祈祷，在李吉伊区里走
着。忽然，他前面驰过一辆华丽的马车，驿站长认出了明斯基。马
车在一座三层楼房的大门口停下，骠骑兵就跑上了台阶。驿站长的
头脑里闪过一个侥幸的念头。他折了回来，和车夫并肩站住。

"老弟，是谁的马？"他问，"不是明斯基的吗？"

"正是，"车夫回答，"你要什么？"

"是这么回事：你的主人吩咐我送一张字条给他的杜妮亚，可
是我把他的杜妮亚住在哪里忘记了。"

"就在这儿二层楼上。你和你的字条都来晚了，老兄，现在他
本人已经在她那里了。"

"不要紧，"驿站长表示不同意，他心里激动得不可名状，
"谢谢你的指点，可是我还要把我的事办到。"说着这话他就走上
楼梯。

门锁着。他按了铃，他在焦急的等待中过了几秒钟。钥匙响
了，有人给他开了门。

"阿芙多佳·西米翁诺芙娜①在这里吗？"他问。

"在这里，"一个年轻的女仆回答着，"你找她做什么？"

驿站长并不回答，径自走进客厅。

---

① 阿芙多佳·西米翁诺芙娜，即杜妮亚。"阿芙多佳"是其大名，"杜妮亚"是其小名；
"西米翁诺芙娜"则是其父名(俄国人的姓名由三部分组成，即：名、父名、姓)，其中"西米翁"
是其父亲的名字，"诺芙娜"是"之女"的意思。

"不行，不行！"女仆跟在他后面叫道，"阿芙多佳·西米翁诺芙娜有客。"

但是，驿站长不听，继续往前走。头两间屋子很暗，第三间里有灯光。他走到开着的门边，停了下来。在布置得很精致的房间里，明斯基沉思地坐着。杜妮亚穿着极其华丽的时装，坐在他的安乐椅的扶手上，像女骑士坐在她的英国马鞍上一样。她深情地望着明斯基，把他的乌黑的鬈发绕在她的闪闪发光的手指上。可怜的驿站长啊！他从来不曾觉得他的女儿有这么美，他情不自禁地叹赏起来。

"是谁？"她并没有抬起头来，问道。

他仍旧不做声。

没有听到回答，杜妮亚抬起头来……一声惊叫就倒在地毯上。明斯基吓了一跳，跑过去扶她，猛然看见老驿站长站在门口。他放下杜妮亚，走到他跟前，气得浑身发抖。

"你要什么？"他咬牙切齿地对他说，"你怎么像强盗似的悄悄跟着我？你是不是想杀死我？你给我滚！"说着就用一只有力的手抓住老头的衣领，把他推到楼梯上。

老头回到自己的住处。他的朋友劝他去控诉，但驿站长想了一想，把手一摆，决定让步。两天之后，他从彼得堡动身回到自己的驿站，重又履行自己的职责。

"我失去了杜妮亚单独生活，没有得到她的一点消息，"他结束道，"到现在已经是第三个年头了。她是死是活，只有上帝知道。什么事都可能发生。被过路的浪子勾引的，她不是第一个，也不是最后一个，把她弄去供养一阵，然后就抛弃了。在彼得堡，这种年轻的傻丫头多的是，今天穿绸缎，穿天鹅绒，可是明天，你瞧吧，就会跟穷酒鬼在一起扫大街了。有时候一想到杜妮亚也许会流

238

落在那边，就不由得要犯罪，希望她进坟墓……"

这就是我的朋友，年老的驿站长的故事，不止一次被泪水打断的故事——他像德米特里耶夫①的美丽的叙事诗里的热心的杰连吉伊奇那样用衣裾拭着眼泪，样子非常感人。这眼泪部分是由于他在继续讲述时喝的五杯潘趣酒所引起的，但不管怎样，这眼泪使我的心十分感动。和他分别后，我久久不能忘掉年老的驿站长，我久久想念着可怜的杜妮亚……

六

还在不久以前，我路过某地的时候，想起了我的朋友。我知道他主管的驿站已经撤销。对我的问题——"老站长还活着吗？"——没有人能够给我满意的答复。我决定去重访旧地，就向私人租了几匹马，前往 H 村。

这发生在秋天。满天灰色的云朵；冷风从收割过的田野吹来，风过之处，树上的红叶和黄叶都被吹走。我进村时太阳已经落山，我在驿舍旁边停下。门厅里(可怜的杜妮亚曾在那里吻过我)走出了一个胖胖的村妇，她回答我说，老站长已经死了快一年了，他家里搬来一个做啤酒的师傅，她就是啤酒师傅的妻子。我开始为白跑一趟和白白花掉的七个卢布感到惋惜。

"他是怎么死的？"我问啤酒师傅的妻子。

"喝酒喝死的，老兄。"她回答说。

"他葬在什么地方呢？"

"在郊外，在他死去的妻子旁边。"

---

① 德米特里耶夫，和普希金同时代的诗人。

"能带我到他坟上去吗？"

"怎么不能。哎，万卡！你玩猫该玩够了。陪这位老爷到坟地去，指给他看老站长的坟在哪里。"

她这样说的当儿，一个穿得破破烂烂、红头发、独眼的男孩跑到我面前，立即带我到郊外去。

"你认识死者吗？"路上我问他。

"怎么不认识！他教我削风笛。从前（愿他进天国）他从酒店出来，我们就跟着他："老爷爷，老爷爷！给点榛子！"他就把榛子分给我们。从前，他总是跟我们玩。"

"那么，旅客们还记得他吗？"

"不过现在旅客少了，有时候陪审员弯过来，可是他也想不到死人。夏天倒来了一位太太，她问起老站长，后来到他的坟上去过。"

"什么样的太太？"我好奇地问。

"一位美极了的太太，"小男孩回答道，"她坐着一辆六匹马拉的马车，带着三个小少爷和一个保姆，还有一只黑哈巴狗。她一听说老站长死了，就哭起来，对孩子们说："你们乖乖地坐着，我到坟场去一下。"我说我愿意领她去，可是那位太太说："我自己认得路。"还给我一个五戈比的银币——真是个好心的太太！……"

我们到了墓地，一片光秃秃的，毫无遮拦，满眼都是木头十字架，没有一棵小树遮阴。有生以来我不曾见过这样凄凉的墓地。

"这就是老站长的坟。"小男孩跳上一个沙墩，告诉我说。沙墩上插着一个有铜质圣像的黑十字架。

"那位太太也到这儿来过吗？"我问。

"来过，"万卡回答说，"我远远地望着她。她趴在这儿，趴了好久。后来那位太太到了村子里，唤来了牧师，给了他一些钱，走了。我呢，她给了一个五戈比的银币——真是个好太太！"

我也给了小男孩一个五戈比银币，而且已经不为这次旅行和花掉的七个卢布惋惜了。

叶水夫　译

不幸的姑娘

［俄］伊凡·屠格涅夫

  伊凡·屠格涅夫（Иван Сергеевич Тургенев 1818—1883），
"俄罗斯三大小说家"之一（另两位是陀思妥耶夫斯基和托尔斯
泰）。主要作品有"六大长篇"，即《罗亭》《贵族之家》《处
女地》《前夜》《父与子》和《烟》，以及短篇随笔集《猎人笔
记》等。

  如果说悲情小说主要有两类，即爱情悲剧和家庭悲剧，那
么本篇可说是双重悲剧，既是爱情悲剧，又是家庭悲剧；或者
说（更准确一点），是由家庭悲剧造成的爱情悲剧。悲剧主人
公，即"不幸的姑娘"苏珊娜，是庄园主伊凡·柯尔多夫斯基
的私生女。她的不幸身世，大概是这样的：她的母亲是个犹太
女人，长得漂亮，但因为地位低下，庄园主伊凡·柯尔多夫斯
基虽和她生了孩子，仍不愿娶她，而是把她嫁给了庄园管家拉
奇先生，一个有捷克血统的俄罗斯人。这样，苏珊娜就随母到
了拉奇先生家，成了拉奇先生的继女。后来，她母亲死了。此
时，她已长大成人，不仅美貌动人，而且多才多艺。但是，她
在继父拉奇先生眼里却一直低人一等。不久，她的生父伊凡·
柯尔多夫斯基也死了，她成了孤儿，而拉奇先生又续了弦；这
样，她不仅要受继父的歧视，还要受继母的欺凌。更不幸的

是，继母又生了儿子，这个男孩一懂事就开始欺侮她这个"姐姐"。这些，已经够不幸了。然而，还有更大的不幸：她的生父伊凡·柯尔多夫斯基死后，她的叔叔谢苗·柯尔多夫斯基继承他哥哥的家产，成了庄园的主人，而这个谢苗·柯尔多斯夫基，简直就是畜生，竟然想诱奸她——他的亲侄女。可怜的苏珊娜孤独无助，便把感情寄托在谢苗·柯尔多斯夫基的儿子（也就是她的堂兄）米舍尔·柯尔多夫斯基身上，想就此得到保护。然而，她和米舍尔的两情相爱，却招来了谢苗·柯尔多斯夫的蛮横干涉——他把儿子关在房间里，不让他见她，还命令拉奇先生把她也关起来；接着，他还命令拉奇先生带着一家人搬到莫斯科去。这样，她和米舍尔便相隔千里，再也无法见面了。她苦苦地等待，等待着有一天能和米舍尔重逢。然而，等来的却是米舍尔的死讯……这之后，她在莫斯科又和一个叫弗斯托夫的年轻人相爱。弗斯托夫是拉奇先生的朋友，常到他们家来。她爱弗斯托夫，把他视为自己唯一的希望。然而，她真是不幸透了，弗斯托夫是个不大有爱心的人，他听说她叔叔曾想诱奸她，便疑神疑鬼，抛弃了她。这样，她被逼上了绝路。没过几天，她便死了。拉奇先生说她死于心力衰竭，但知情者都深信，她是自杀身亡。

本篇也许是屠格涅夫所有小说中人物和情节最多的一篇，而且也是屠格涅夫所有小说中叙事结构最为复杂的一篇[①]。上述故事，在小说中是这样叙述的：先用第三人称开头，有个叫彼得·加夫利洛维奇的人说，他要把一个"令人伤心"的故事

[①] 屠格涅夫的小说以简洁著称，大凡人物不多、情节比较简单，通常是平铺直叙，即便是长篇，也是如此。本篇可说是个例外。

讲给大家听；于是，他就用第一人称"我"开始讲，他如何到他的朋友弗斯托夫那里去，如何偶尔认识弗斯托夫的朋友拉奇先生，后来又如何去了拉奇先生的家，以及在那里最初见到苏珊娜，如何为她的美貌和才艺所吸引，又如何对她的忧郁神情感到好奇——这样制造了一个悬念，为后面揭示苏珊娜的身世作了铺垫——接着，他从旁观者的角度讲述弗斯托夫和苏珊娜的恋爱，直到苏珊娜有一天突然来找他，并给了他一份自述身世的手稿。这样，由于苏珊娜的身世之谜由苏珊娜自己来揭开，小说中出现了第二个"我"（即苏珊娜）。其实，苏珊娜的手稿就是她的绝命书。接着，他和弗斯托夫便得知了苏珊娜的死讯。他这才知道，原来是弗斯托夫抛弃了苏珊娜。最后，他讲到苏珊娜的葬礼，还描述了葬礼上那些人的嘴脸，更令人为这个"不幸的姑娘"感到无限悲哀。

"真是，真是，"彼得·加夫利洛维奇说，"那时候的情景真是令人伤心啊……我本不该去回想那些事情……但是，我已经答应了你们，所以我不得不把这个故事从头到尾给你们说一遍。听吧！"

一

那时候（一八三五年冬天）我在莫斯科，住在我的姨母——先母的妹妹——家里。我才十八岁，刚从莫斯科大学的"文科"（当时的名称是这样的）二年级升到三年级。我的姨母是个温柔、宁静的女人——她是个寡妇。她在奥斯托仁卡区有一所木料盖的大房子，那一类温暖、安适的房子，我看除了莫斯科而外，别的地方是找不到

244

的。她和任何人都很少见面，一天到晚只是和两个女伴坐在会客室里，喝花茶，打纸牌，并且不断地吩咐着要把屋里熏香。那两个女伴一听她的吩咐，就跑到过道里；几分钟之后，就有一个穿号衣的老仆人端着一个铜盘进来，盘里放着一块烧红了的砖，上面放着一束薄荷草，老仆人急急忙忙地在那狭长的地毯上走过来，在薄荷上撒上一点醋。于是，白色的烟往上冒出来，升腾到他那皱纹的面孔周围，他皱一皱眉头，转过脸去，餐室里的金丝雀受了薄荷所发的咝咝声的刺激，就吱吱地拼命叫起来。

　　我的姨母非常溺爱我这父母双亡的孤儿。她把底下那一层房子完全归我安排。我的房间里摆着精美而雅致的家具，实在丝毫也不像一个大学生住的房间：寝室里挂着桃红色的窗帏，床上挂着洋纱的帐子，上面还装饰着蓝色的花结。我得承认，我是相当讨厌这些花结的，据我看来，这类"女孩子的装饰"在我的朋友们心目中不免降低我的身价。他们本来就给我取了个绰号，叫作"大学里的千金小姐"。我虽然拼命想学抽烟，却老是不会。我的功课很不好——何必遮瞒我的短处呢？——尤其是初开学的时候。我常常到外面去玩。我的姨母给了我一辆大雪橇、一对肥壮的马，雪橇上还铺着熊皮垫子，即便给一个将军乘坐也很合适。"绅士们"的家里我很少去拜访，但我一到剧场就很自在，还有糖食店里的点心，我简直不知吃了多少。但是，我虽然有这些嗜好，却从来不许自己做什么不规矩的事，一切行为都是很慎重的，真不愧为一个有教养的青年。总之，无论如何，我决不肯使我那善良的姨母操心，而且我的性格生来就是很沉静的。

二

　　我从小就喜欢下棋；我对于这种游戏并没有什么研究，不过玩得还不算太坏。有一天，我在一个咖啡店里看见两个人下棋，许久没有胜负，其中的一个是个约莫二十五岁的金发青年，我一看就觉得他的棋下得很好。那一盘棋毕竟是他赢了；我就向他提议，要和他比一盘。他答应了……我们只下了一个小时，他就毫不费力地一连赢了我三次。

他大致是看见我伤了自尊心，就很客气地说，"你对这个玩艺儿倒是有点天才。不过你可惜不会开局。你应该找一本棋谱研究研究，阿尔加耶尔或彼得洛夫①的棋谱都可以。"

"是吗？不过我到哪儿去找这种书呢？"

"你到我那儿来吧；我给你一本好了。"

于是，他把他的名字告诉我，还说明了他的住处。第二天我就去拜访他，过了一个星期，我们就差不多是形影不离了。

三

我这位新交的朋友叫亚历山大·达维多维奇·弗斯托夫。他的母亲很有钱，是个枢密顾问官的寡妇。他和她住在一起，不过他所住的房子并不和她的相连接，所以他过的完全是自由的生活，正和我在我的姨母家里一样。他在宫廷事务部里有个差事。我和他的交情渐渐深厚起来。我一生从来没有见过一个比他更可爱的青年。他的一切都是讨人欢喜、具有吸引力的：他那匀称的身材、他的风度、他的声调，尤其是他那副秀气的小面孔，上面长着那双金黄中透出蓝色的眼睛，和那优美的、似乎带几分媚态的小鼻子，以及经常挂在那红润的嘴边的可爱的微笑，还有那相当狭窄而又雪白的额

---

① 阿尔加耶尔、彼得洛夫，均为俄国象棋大师。

部披着的几卷松松的、细软的头发。弗斯托夫的性格的特点是异常的沉静，和一种可爱的、含蓄的温文尔雅、彬彬有礼的气质；他从来不陷入沉思，对一切事情老是心满意足；但是，同时他对于任何事情却也决不会有什么狂热的表示。凡是过分的事情，即便是表示善意，也使他感到不愉快；他见着就要说："这是狂野的表现，粗野的表现！"一面说着，一面微微地耸耸肩，半闭着他那双金黄色的眼睛。弗斯托夫那双眼睛真是绝妙啊！这双眼睛无时不是流露着同情和善意，甚至还流露出忠诚的神情。直到后来过了些日子，我才看出他那双眼睛的表情完全是由于它们的特殊气质的关系，这种表情即便是在他喝菜汤或是吸雪茄烟的时候，也是毫无变化的。他那种认真的作风常常成为我们的谈笑资料。他的祖母是德国人。他天生就有各种才能。他擅长跳舞，骑马也很出风头，游泳也是头等角色；此外他还能做细木工、会做锥磨和胶合活儿，又能装订书籍、剪侧面像，还会用水彩画花球，或是画拿破仑穿着蓝色军服的侧面像；他弹德国三角琴很带感情；他会玩许多种纸牌戏法和其他戏法；关于机械学和物理、化学，他都多少知道一些，而且都恰到好处。唯有对于语言，不大能行；连法国话他都说得相当糟糕。他通常是很少说话的，我们这些学生在一起讨论什么问题的时候，他大半都不插嘴，只有他那双眼睛的闪光和他的微笑表示他的愉快的同感。在女人们看起来，弗斯托夫是具有魔力的，这自然不消说，但是，关于这个问题，一般年轻人虽然非常重视，他却并不愿意多谈；他的伙伴们给他取了个外号，叫"谨慎的堂璜"①，真是恰当极了。我见了弗斯托夫，并不觉得他有惊人出众的神采；他本是没有

———————————

① 堂璜，传说中的一个风流人物，最初在西班牙的一个剧本里出现，后来欧洲各国的文学作品和歌曲里都有这个人物。

什么特别惊人的地方，但他对我的好感，我却看得很宝贵，其实这种好感的表现也不过是在我访问他的时候，他从来没有拒绝接待罢了。在我看来，弗斯托夫真是世界上最幸福的人。他的一生真是过得特别顺利。他的母亲和兄弟姊妹、姑母和叔伯等等都把他爱得要命，他和他们都处得非常和睦，因此他在家庭里有模范成员的声誉。

四

有一天，我清早就去找他，可是不见他在书房里。他从隔壁那间房子里喊我；我同时听见喘气和溅水的声音从那里传过来。弗斯托夫每天早晨洗一次冷水淋浴，随后就做一刻来钟的体操，有许多运动他都练得非常之精了。对于身体的健康过分担心，他是不赞成的，但他却不忽略应有的注意。（"你务必要保重身体，不要过于激动，工作要有节制。"这是他的名言。）弗斯托夫还没有露面，我在里面等候的那间房子通着外面的门突然大开了，一个年约五十的人穿着一身浅蓝色的制服从外面走进来。他是个身体强壮、骨架宽大的人，脸色红里带黑，生着一双乳白色的眼睛，头上长满了很密的斑白鬈发。这个人突然站住，望了望我，把嘴张得很大，发出一种金属似的声音，咯咯地笑起来，同时把他的腿往上一踢，自己在大腿上使劲拍了一下。

"是伊凡·杰米扬尼奇吗？"我的朋友从隔壁房间里问道。

"正是，"这位新来的人回答说，"您在干什么？洗脸打扮吗？有意思！有意思！"（被称为伊凡·杰米扬尼奇这个人的声音也和他的笑声是一样的粗、一样的像金属声音。）"我本想来教您那小弟弟的功课；可是他伤风了，您知道吧，他现在不住地打喷嚏。他不能做功课。所以我就顺便上您这儿来待一会儿，暖和暖和。"

伊凡·杰米扬尼奇又是那样怪声地笑了一阵，又在腿上拍了一下，拍得响声很大，然后从衣袋里掏出一条格子布的手巾，使劲擤了擤鼻子，恶狠狠地转动他的眼睛，又朝手巾里吐了一口唾沫，使尽他的肺量发出"啐啐"的声音。

弗斯托夫走进这间屋子里来，和我们两人一面握手，一面问我们是否相识。

"一点也不认得！"伊凡·杰米扬尼奇立刻大声说，"一二年①的退役军人还没有那种荣幸哩！"

于是，弗斯托夫先说了我的名字，然后指着这位"一二年的退役军人"介绍道："这位是伊凡·杰米扬尼奇·拉奇，教书先生……教……各种各样的功课。"

"正是这样，的确是各种各样，一点也不假，"拉奇先生表示同意说，"你想想看，说到教书，哪一样我没有教过，哪一样我现在不在教呀！数学、地理、统计、意大利式的簿记，哈哈！还有音乐！您不相信吗，好心的先生？"他突然对我说，"您问一问亚历山大·达维第奇②，我是不是吹竖笛的头等角色吧。要说我不是，那我就算不得一个波希米亚人——亦即捷克人是也。是呀，先生，我是个捷克人，我的老家就在布拉格古城！喂，我问你，亚历山大·达维第奇，怎么这么久没有见着你！我们该来个合奏了……哈哈！真的！"

"前天我还到你家里去了哪，伊凡·杰米扬尼奇。"弗斯托夫回答说。

---

① "一二年"指一八一二年，即拿破仑侵略俄国的军队被迫从莫斯科撤退的一年。
② "达维第奇"是达维多维奇的简称。

"可是我认为这两天就是很久了，哈哈！"

拉奇先生笑的时候，他那双白眼睛很古怪地向两边不住地来回转动。

"年轻人，我看您对我的举动有些惊讶吧，"他又对我说，"不过这是因为您不懂得我的脾气。您只要问一问我们的这位好朋友，亚历山大·达维第奇，要他跟您说说我的事情就行了。他会对您说些什么呢？他一定会说，老拉奇是个老老实实的、好心肠的人，是个地道的俄国人，原籍虽然不是俄国，心却是俄国人的心，哈哈！他受洗礼的时候取的教名是约翰·蒂特里赫，可是人家老爱叫他伊凡·杰米扬诺夫①！我是个心直口快的人，心里有什么，嘴里就说什么；说句老话，我这就叫作肝胆照人。各式各样的礼貌我一点也不懂，也不愿意讲究这些！这一套我简直受不了！哪天晚上您到我那儿来，您自然就会明白。我的老伴儿……就是说，我的老婆……也没有一点虚套；她会给您做些……非常好吃的东西！亚历山大·达维第奇，我说的是不是真话呢？"

弗斯托夫只是微笑，我也始终没有说话。

"不要嫌弃老头子，请来玩吧，"拉奇先生继续说，"不过现在……（他从衣袋里掏出一只大银表，拿起来靠近他那只暴出的右眼）我看还是开步走为好。另外还有一个小家伙等着我……鬼才知道我教他的是什么呢……神话学，真的！他又住得挺远，这混蛋，在红门哪！不要紧；我还是走着去。幸亏你弟弟缺这次课，我又可以省十五个戈比雇雪橇的钱！哈哈！再会吧，你们两位，下次再见！……怎样？……我们得搞一次合奏才行！"拉奇先生从过道里大声地喊着，一面穿上套鞋，弄出很大的响声，我们又听见他最后

---

① "约翰·蒂特里赫"和"伊凡·杰米扬诺夫"是同一人名，前者是德文，后者是俄文。

发出一阵金属似的笑声。

五

这时候，弗斯托夫已经在他那镟床前面开始工作，我对他说："真是个古怪的人！他难道还是个外国人吗？他的俄国话说得真流利。"

"他是个外国人；不过他住在俄国约莫有三十年了。早在一八零二年的时候，记不清是哪一个亲王把他从外国带来的……算是秘书吧……恐怕多半还是个随从，我想应该是。他的俄国话说得很流利。"

"他居然说得那样神气十足，还能说出那些生僻的句子哩。"我插嘴说。

"啊，不错。不过究竟说得太不自然了。他们都是这样，这些归化俄国的德国人。"

"可是，他是个捷克人哪，是不是？"

"我不知道；也许是。他和他老婆说的是德国话。"

"他为什么自称为一二年的退役军人呢？他在义勇军里面待过，还是干过别的？"

"他哪在什么义勇军里！大火灾的时候，他留在莫斯科，所有的财产都烧光了……他服役的经历就是这样。"

"可是，他留在莫斯科干什么呢？"

弗斯托夫还是继续转动着他的镟床。

"天知道。我听说他是我们这边的间谍；不过那一定是瞎说。可是，他得过政府的钱，赔偿他的损失，那却是事实。"

"他穿的似乎是制服……那么我猜他是在政府机关里干事

情吧？"

"对了。他是陆军学校的教官。他还是一个七等文官。"

"他的老婆是个怎样的人呢？"

"她是个侨居此地的德国人，做腊肠的……也许是个肉铺掌柜的女儿……"

"你常去找他吗？"

"常去。"

"怎么，难道他那儿还好玩吗？"

"还算好玩。"

"他有儿女吗？"

"有。这个德国老婆生了四个，还有一个儿子和一个女儿是他的前妻生的。"

"最大的女儿有多大年纪？"

"大概是二十五岁吧。"

我似乎觉得，这时弗斯托夫的头朝他的镟床又低下去了一些，镟床也转得更快了，他的脚均匀地踏着镟床，转得嗡嗡地叫。

"她长得好吗？"

"这要看各人的眼光如何。她的面孔是绝妙的，整个儿说起来……也是个绝妙的姑娘。"

"啊哈！"我想道。弗斯托夫特别专心地继续工作，我再问了一句，他就只是"嗯"一声了事。

"我非跟她认识认识不可。"我暗自打定了主意。

六

过了几天之后，弗斯托夫和我同到拉奇先生家里去消遣那一个夜晚。他住在离布列启斯坚斯基林荫大道不远的克利沃依胡同，住的是一所木头房子，院子和花园都很大。他走到过道里来迎接我们，发出他那特有的粗暴笑声，立刻把我们领到客厅里，给我介绍一个穿羽纱紧身袍的肥胖妇人；她叫爱利安诺拉·卡尔波芙娜，就是他的妻子。她年轻的时候大概是具有法国人不知为什么称为"妖艳的"或是"鲜嫩的"那种美；但是，我和她相识的时候，她却使我心里不知不觉地联想到刚由屠夫放在一个干干净净的大理石桌子上的一大块肉。我特意用了"干干净净"这几个字；这不仅是因为我们这位女主人自己似乎是一个清洁模范，就连她周围的一切、她家里的一切，都光彩夺目；样样东西都擦得干干净净、漂漂亮亮，而且还洗刷过、熨过、用肥皂洗过：圆桌上的茶炉好像是火一般的光芒四射；窗前的帖帘、桌上的茶巾都是新上过浆、熨得很平的，还有坐在这里的拉奇先生的四个孩子身上穿的小罩褂和衬衣也是一样，这几个结结实实的、胖胖的小把戏，非常像他们的母亲，面孔生得粗大而健壮，额部垂着鬈发，手指都是红红的，胖得看不出轮廓来。他们四个的鼻子都有点塌，嘴唇都很厚，好像肿了似的，眼睛都很小，微带灰色。

"这就是我的近卫队！"拉奇先生把他那笨重的手先后按在那几个孩子的头上，大声说，"柯利亚、奥丽雅、萨施卡、玛施卡！这个八岁、这个七岁、那个四岁、这个还只有两周岁！哈！哈！哈！您可以看得出，我的老婆和我并没有浪费时间呀！嗨，爱利安诺拉·卡尔波芙娜，你说是不是？"

"你老爱说这种话。"爱利安诺拉·卡尔波芙娜一面这么说着，就掉转脸去不睬他。

"她给她这些爱哭爱闹的小家伙取的名字都是地道的俄国名字哩！"拉奇先生继续说，"还有一件事，她要叫他们都受正教的洗礼！她是个斯拉夫人，一点不假，我可以发誓，虽然她是属于德国血统的！爱利安诺拉·卡尔波芙娜，你不是斯拉夫人吧？"

爱利安诺拉·卡尔波芙娜禁不住生气了。

"我是个七等文官的老婆，这才是实话！所以我倒是一个俄国太太，随你怎么说……"

"嘿，她又要说她如何爱俄罗斯了，一说就没个完！"伊凡·杰米扬尼奇打断她的话说，"简直激动得像地震似的，哈哈！"

"哼，那又怎么样？"爱利安诺拉·卡尔波芙娜继续说，"当然我爱俄罗斯，因为我还能在什么别的地方找到贵族的头衔呢？我的孩子们现在也是挺高贵的，是不是？柯利亚，老实点坐着，脚不要动！"

拉奇向她摆了摆手。

"啊，公主，不要动气嘛！那位出身高贵的维克多哪儿去了？不消说，他是常在外面乱跑的！这几天迟早他总会碰见那个学监！他当然要教训他一顿！这个维克多真是个没出息的东西哪！"

"我可管不了你那个维克多，伊凡·杰米扬尼奇。您是知道得很清楚的！"爱利安诺拉·卡尔波芙娜嘟哝着说。

我望了望弗斯托夫，似乎是想要明了他为什么要到这种人家来……但是，正当这时候，有一个穿黑衣服的高身材的姑娘走进这间屋里来，那就是拉奇先生的大女儿，弗斯托夫提起过的……于是，我就看出我的朋友之所以常到这里来的道理了。

七

我记得莎士比亚的戏剧里有一处地方说过"一群黑乌鸦当中的一只白鸽"；现在进来的那个姑娘给我的印象正是这样。她周围的世界和她自己之间似乎太少有相同之点；她自己也好像是暗自莫名其妙，不知她怎么会落到这个环境里来的。拉奇先生全家的人都显得自满自足、心地单纯、身体健壮；她那美丽却又失去青春活力的面孔带着抑郁、自尊和病态的痕迹。其余的都是些不成问题的鄙俗的人，一切举动都是毫无拘束，也许是粗鄙，却又很单纯；唯独她那毫无疑问的贵族气质中显然流露出一种难言的隐痛。从她的外表看来，并没有什么痕迹足以代表日耳曼族的特点；她倒是有些使人联想到生长在南俄的人。那异常浓密而又没有光彩的黑头发，那双深陷的、同样乌黑而没有光彩、却又很美丽的眼睛，那低低的突出的额部，那鹰嘴般的鼻子，那光润的皮肤的苍白色，那薄薄的嘴唇边上和微微陷下的两颊上，有一条悲惨的面纹，她的一举一动表现出几分生硬而又无可奈何的意味，有一种高雅而不带娇媚的风度……要是在意大利，这一切决不会使我觉得不寻常，但在莫斯科，在布列契斯金斯基林荫大道附近，这简直就使我大为惊叹！她进门的时候，我就从座位上站起来；她很迅速地、怪不自在地瞟了我一眼，随即垂下她那双黑眼睛，在靠近窗户的地方坐下，"像达吉雅娜①似的"（普希金的《奥涅金》当时在大家心中还印象深刻）。我瞧了弗斯托夫一眼，但我这位朋友却是背向我站着，从爱利安诺拉·卡尔波芙娜那双肥大的手中接过一杯茶来。我还看出了那个姑娘进来的时候，似乎是带来了一股凄凉的气息……我心里想："真是活像一尊雕像啊！"

八

"彼得·加夫利里奇②，"拉奇先生转过脸来向着我大声喊道，

---

① 达吉雅娜是普希金的长篇叙事诗《叶甫盖尼·奥涅金》中的女主人公。
② "加夫利里奇"是加夫里洛维奇的简称。

"我来给您介绍我的……介绍我的……我的老大，哈！哈！哈！给您介绍苏珊娜·伊凡诺芙娜！"

我默默地鞠了一躬，马上就想到："啥，这个名字也跟其余那几个不一样呀！"同时苏珊娜稍稍站起了一下，但并不带笑容，也不松开她那双紧握在一起的手。

"合奏的事怎么样？"伊凡·杰米扬尼奇继续说，"亚历山大·达维第奇，怎么啦？我的好人！您的三角琴还留在我们这里哪，我也把竖笛从匣子里拿出来了。我们来奏点美妙的音乐给我们这些高尚的人大家听听吧！"（拉奇先生喜欢表现表现他的俄文；他说起话来时常爱掺些成语，像维亚曾斯基亲王那些极端低俗的诗歌里通篇都可以碰见的词句，他就最喜欢引用。不说"一切都行"，而说"好手"，还爱说"我们这儿不时兴"、"只管讨好，不顾观瞻"。伊凡·杰米扬尼奇特别热衷于字尾音节重浊的拗口令；记得有一次，他神气十足地告诉我说，他庭园里到处都是石灰石子儿、灌木林子儿和断落树枝儿。）伊凡·杰米扬尼奇看见弗斯托夫并不表示反对，他就大声说，"你说怎么样？照办吧？柯尔卡，往书房开步走，把乐谱架拿到这里来！奥丽雅，把多弦琴拿到这边去！请你费心给我们点几支蜡烛放在乐谱架旁边吧，我的贤慧太太！"（拉奇先生像一个陀螺似的在屋子里转动着。）"彼得·加夫利里奇，您喜欢音乐吗，嘿？您要是不爱听，您就只好谈谈话消遣，可是，您要记着，只能悄悄地说，声音不要太大了！哈！哈！哈！可是，维克多那个死鬼哪儿去了？他也应该在这儿听呀！您简直把他太娇养坏了，爱利安诺拉·卡尔波芙娜。"

爱利安诺拉·卡尔波芙娜听了不耐烦，又生气了。

"可是，我有什么办法呢，伊凡·杰米扬尼奇……"

"好吧，好吧，不要嚷！安静点，你懂吗？亚历山大·达维第奇！请您赏个脸吧，先生！"

那几个小孩遵照他们的父亲的吩咐，立刻就照办了。乐谱架已经支好，音乐开始了。我已经说过，弗斯托夫弹三角琴弹得非常好，但这种乐器却常常使我产生一种最不痛快的印象。我一向觉得三角琴里大概藏着一个放高利贷的老犹太人的鬼魂，无情的奏乐者强迫他发声，他就很不情愿地发出那鼻音的悲鸣和哭诉来，直到现在，我也还是这么想。拉奇先生所吹的竖笛也不足以给我多大的快感，不但如此，他的面孔还忽然变成紫色，现出狰狞的神气，同时他那双灰白的眼睛凶狠地转来转去，似乎是他正想要用他的竖笛把谁打死，所以就把那些令人气闷的噪音调子一个又一个地喷吐出来，借此恐吓和咒骂一番，作为预先警告。我移到苏珊娜身边，一面等着音乐暂时停止一会儿，一面问她是否和她的爸爸一样爱好音乐。

她让开一些，好像我碰了她一下似的，突然反问道："谁？"

"您的父亲，"我重复说，"拉奇先生。"

"拉奇先生不是我的父亲。"

"不是您的父亲！对不起……那一定是我弄错了……不过我记得亚历山大·达维第奇……"

苏珊娜吃惊地定睛望着我。

"您听错弗斯托夫先生的话了。拉奇先生是我的继父。"

我沉默了一会儿。

"您不喜欢音乐吗？"我又问了一声。

苏珊娜又看了我一眼。不消说，她的眼睛里含着一种不耐烦的神情。她显然是没有料到我们的谈话会继续进行，也不愿意它继续。

"我并没有说这话。"她慢慢地说。

"嘟——嘟——嘟——嘟——嘟——呜——呜……"竖笛突然在那边狂叫起来，吹出最后的花腔装饰音。我回过头来，看见拉奇先生那个通红的脖子，涨得像一条大蟒蛇的脖子一般，他那两只耳朵分外地耸出，我觉得他是非常讨厌的。

"可是，那个……乐器，您一定不喜欢吧。"我低声说。

"对……我不喜欢那个东西。"她好像是体会了我的暗示似的，这么回答说。

"啊嘀！"我心里这么想，同时似乎觉得有什么事情使我高兴了。

"苏珊娜·伊凡诺芙娜，"爱利安诺拉·卡尔波芙娜忽然用她那半德国腔的俄国话说，"音乐非常爱，她自己很弹得钢琴好听，可是，人家十分勉强她弹的时候，她却不高兴弹。"

苏珊娜并不答理爱利安诺拉——她连望都不望她一眼——不过她的眼睛却在那下垂的眼睑底下向她那边微微转动了一下。只从这一转动——从她的眼珠子这一转动——我就可以看出苏珊娜对于她的继父的后妻怀着什么样的心理……于是，我又觉得有什么事情使我高兴了。

这时候合奏已经完了。苏珊娜和我坐在窗户附近；弗斯托夫站起来，用那犹豫的脚步走近窗前，问她是否收到了他向彼得堡连哥尔得书店替她定购的那本乐谱。

"从《魔鬼罗伯特》里面选出来的曲子，"他转过头来接着对我说，"从大家都捧得上了天的那个新歌剧里选出来的。"

"没有，我还没有收到。"苏珊娜回答说。她接着把脸转向窗户，低声说："你行行好，亚历山大·达维第奇，我求你，今天千万不要叫我弹琴。我一点也不开心。"

"你们说的是什么？梅耶毕尔的《魔鬼罗伯特》吗？"伊凡·

杰米扬尼奇走到我们身边，粗声粗气地吼道，"我可以打赌，那是头等的作品！他是个犹太人，犹太人正像所有的捷克人一样，都是天生的音乐家。尤其是犹太人。这话不错？是不是？苏珊娜·伊凡诺芙娜？嘿？哈哈！哈哈！"

拉奇先生最后那两句话里，这一次甚至在他那粗鲁的笑声里，都可以听出他平时那种取笑的声调以外的意味——显然他是居心要伤人。至少我是这么想，苏珊娜也明白他这种用意。她自然而然地惊了一下，脸也涨红了，同时还用牙齿咬着下唇。一点亮光，像是一颗泪珠的闪光似的，从她的眼眶里放射出来，她急忙站起，马上走出这间屋子去了。

"您上哪儿去，苏珊娜·伊凡诺芙娜？"拉奇先生向她背后粗声喊道。

"随她去吧，伊凡·杰米扬尼奇，"爱利安诺拉·卡尔波芙娜插嘴说，"她脑子里既然常有那种念头……"

拉奇先生一面转动脚跟，旋转身体，一面拍着自己的大腿，肯定地说："神经过敏的脾气总是要引起太阳神经丛①的毛病。啊！您何必拿这种神气看着我，彼得·加夫利里奇！我还学过解剖学哩，哈哈！我还能给人治病哩！您问问爱利安诺拉·卡尔波芙娜吧……她有什么小毛病都是我给她治！啊，我治这个简直是能手！"

"你老是爱开玩笑，伊凡·杰米扬尼奇。"爱利安诺拉露出不高兴的神气回答说，同时弗斯托夫只顾笑，而且很文雅地来回摆动着，眼睛望着这对夫妻。

"可是，为什么不开开玩笑呢，我的好妈妈，"伊凡·杰米扬

---

① "太阳神经丛"的现代名称是"腹腔神经丛"。

尼奇反驳说，"生命是给我们用的，尤其是让我们爱美的，这话有哪位著名的诗人曾经说过。柯尔卡，把你的鼻子擦擦干净吧，小蛮子！"

九

"我今晚上让你弄得真难为情哪，"那天晚上和弗斯托夫一路回家的时候，我对他说，"你告诉我说那个姑娘……对不起，她叫什么名字来着？……苏珊娜，是拉奇先生的女儿，可是，她却是他的继女。"

"哎呀！我真的对你说过她是他的女儿吗？可是……那不是一样吗？"

"拉奇那家伙，"我接着说，"啊，亚历山大，我多么讨厌他！你注意到他在她面前说到犹太人时的那种讥讽的口气吗？莫非她是个……犹太姑娘？"

弗斯托夫摆动着胳臂，只顾往前走；那时候天气很冷，我们脚下的雪像盐一样，咔嚓咔嚓响。

"不错，我记得，我的确听说过这类的话，"他终于说，"她母亲，我想，大概是犹太人吧。"

"那么拉奇第一次娶的一定是个寡妇喽？"

"想必是吧。"

"哼……那么今晚上没有回来的那个维克多也是他的继子吗？"

"不……那是他亲生的儿子。不过你也知道，我是不爱管别人的闲事的，我也不喜欢盘问人家。我向来不喜欢问三问四。"

于是，我住嘴了。弗斯托夫仍旧一直往前走。后来我们快到家了，我就赶上前面儿步，偷看他的脸色。

"啊！"我问道，"苏珊娜当真是很长于音乐吗？"

弗斯托夫皱了皱眉头。

"她弹钢琴弹得挺好。"他低声说。随即又稍微露出了不自然的神态，补充说："不过她是很害羞的，我得提醒你一下！"他好像是后悔不该使我和她相识似的。

我没有说什么话，两人就分手了。

十

第二天早上我又到弗斯托夫家里去了。那时候我每天早晨到他那里去消遣，已经成了一个摆不掉的习惯。这次他还是热诚地接待我，和平时一样。但是，关于前一天晚上我们到拉奇家里的事，却一字不提！好像俗话所说，他嘴里含着水似的。于是，我就拿最近一期《望远镜》杂志一页一页地翻阅起来。

有一个和我不相识的人走进这间屋子里来。原来他就是拉奇先生的儿子，就是前一天晚上他的父亲骂他不在家的那个维克多。

他是个十八岁上下的青年，但已经露出行为放荡和不健康的神气，他那不洁净的脸上含着一种可憎的傲慢的狞笑，那双发肿的眼睛里有一种疲乏的神情。他很像他的父亲，只是他的面庞较小，而且多少要算是有几分漂亮。然而就连他这种漂亮的相貌也还是有些令人生厌的气味。他的服装是很不整洁的；他那大学生的制服有几个钮扣已经脱落了，有一只靴子上还有一个裂口，他嘴里呼出强烈的烟味。

"您好。我本打算到大学里去的，可是，又到这儿来了。胸口有点难受。给我一支雪茄烟吧。"他用倦怠的声音说，同时头和肩膀都只是抽动，做出那古怪的样子，这种动作，我常常发现娇养惯了和自高自大的青年人都是有的。他无精打采地拖着两条腿，两手插在裤袋里，一直走到这间屋子的对面，沉重地倒在沙发上。

"您着凉了吗？"弗斯托夫一面问他，一面给我们介绍了一下。我和他都是大学生，但不在一个系。

"不！……怎么会呀！昨天，我老实说……"（小拉奇先生说到这里，咧着嘴微笑了一下，这一笑又不能说是没有几分漂亮．虽然他露出了一排很坏的牙齿。）"我喝醉了，醉得要命。是的，"他点着了一支雪茄，轻轻地咳了两声，"给阿毕何多夫饯行。"

"他到哪儿去？"

"到高加索去，而且还带着他那年轻的老婆同去。您知道那个黑眼睛的姑娘吧，脸上有雀斑的。小傻子！"

"您父亲昨天还打听您到什么地方去了哩。"弗斯托夫说。

维克多向旁边啐了一下。他说："不错，我听说了。那么您昨天又上我们那个窝里去了吧。怎么样，又是音乐吗？"

"照常喽。"

"那么她……见了一个新客人，"（他说到这里，向我这边掉转头来。）"她一定又装模作样喽，我敢说。不肯弹琴，是不是？"

"您说的是谁呀？"弗斯托夫问道。

"嗨，自然是指那个高贵得了不得的苏珊娜·伊凡诺芙娜喽！"

维克多躺得更舒服了，他把一只胳臂伸上去，挽住自己的头，眼睛仔细望着自己的手，粗声地咳了一下。

我瞟了弗斯托夫一眼。他只耸了耸肩膀，似乎是要使我明白，和这种蠢材谈话是谈不出什么名堂的。

十一

维克多睁眼望着天花板，从从容容地用鼻音开始谈起剧场的事情来，谈到他所认识的两个演员，还谈到一个叫作塞拉菲玛·塞拉菲玛芙娜的，说她"玩弄"了他，还谈到那个新教授 P 先生，把 P 先生叫作畜生。"因为，您想想看，他那种办法多么古怪！每次讲课都是先把学生的名字叫一遍，还自认为是个自由党人哪！我简直要把你们这些自由党人通统关在牢里才行！"他说到这里，全身转过来，正面对着弗斯托夫，用一种半似哀求、半似讽刺的声调慢慢地说："我要请求您一件事情，亚历山大·达维第奇……您可以替我向老头儿说说情吗？……您和他合奏，是不是……您看他每月只给我五张可怜的蓝色卢布票①……这够做什么用？！连抽烟都不够。而且他还说不许我向人借钱！我真想叫他来处一处我这种地位，那我们就明白了！我可是什么津贴也没有，比不得某些人那样，"（维克多说到某些人那几个字的时候，特别加重了语气。）"不过，他现在弄到不少钱，我知道！他老是诉穷，那有什么用处，无论如何也骗不了我。骗不了！他很捞了一票！"

弗斯托夫以鄙夷的眼光望着维克多。

"只要您愿意，我可以跟您父亲说一下，"他说，"要不然，您要是愿意的话……暂时就……随便拿点零用钱去吧……"

"啊，不要！还是请您跟老头儿说说好了……"维克多伸出他所有的手指抓一抓鼻子，接着又说，"不过您要是觉得没有关系，那您就拿二十五卢布给我也可以……啊，我通共欠您多少了？"

---

① 当时的蓝色卢布是每张五卢布的钞票。

"您在我这儿借了八十五卢布了。"

"对……好吧，那不要紧，那么……凑成一百一吧。我一块儿还您好了。"

弗斯托夫走到隔壁那间屋子里，拿了一张二十五卢布的钞票过来，不声不响地交给维克多。维克多把钞票接过来，张嘴打了个呵欠，嘟哝着道了声谢，扭动了一下，伸了伸懒腰，就从沙发上站起来。

"哦！我可是……有点儿闷，"他含含糊糊地说，"也许还不如到'意大利'①去。"

他向门口走去。

弗斯托夫在背后望着他。他似乎是心里有什么事打不定主意。

"您刚才说的是个什么津贴，维克多·伊凡尼奇？"他终于问道。

维克多在门口停住了脚步，把帽子戴上。

"啊，您还不知道吗？是苏珊娜·伊凡诺芙娜的……她有一笔津贴。这真是一桩非常奇怪的事情，我跟您说吧！过两天我再告诉您。那才叫有趣哪，我的妈哟，真有意思。不过，喂，那老头儿，您可别把他忘记了，费心！他的皮是很厚的，不消说——德国式的，还经过俄国的鞣制，不过总是可以戳得穿的。可是，千万当心，要趁我继母爱连诺卡不在旁边的时候才行！我爹是怕她的，她只想把什么东西都留着给她那些鬼仔子！不过，好在您知道相机行事！再见吧！"

"哎呀，这孩子真是个下流畜生！"弗斯托夫只待关上门，就大声这么说。

_____

① 餐馆名。

他的脸发红了，好像是火把他烤得这样似的，随即他就把脸转过去。我并没有问他什么话，不久就告辞了。

十二

那一天，我一心思量着弗斯托夫，思量着苏珊娜和她的亲属，整日的工夫都花在这上面了。我脑子里模模糊糊地有一些印象，像一出家庭戏剧似的。据我推测，我这位朋友对苏珊娜不是无意的。但是，她呢？她也喜欢他吗？她为什么显得那么忧郁呢？而且归根说起来，她究竟是怎样一种人呢？这些问题老是在我心里萦绕着。当时我却有一种隐约而又强烈的信心，认定我要想找弗斯托夫解决这些疑团是不中用的。结果我就在第二天独自到拉奇先生家里去了。

我刚走进那黑暗的小门廊里，立刻就觉得很不安，心里慌张起来。"她说不定根本就不露面，"我心里突然想道，"我恐怕只好和那讨厌的退役军人和那厨娘似的老婆坐一坐了事……而且实在说，即便她出来一下，又怎样？……她也许连话都不说……那一天她对我的态度简直就没有半点亲热的表现。我究竟为什么要上这儿来呢？"我还在这么想来想去，那个小听差已经跑去报告了，随后隔壁那间屋子里发出了"是谁？是谁呀，你说？"这么两声诧异的问话，我就听见慢吞吞的便鞋声响得很重，双折门微微地开了，门的两半的开口里伸出伊凡·杰米扬尼奇那副蓬乱而阴沉的面孔来。它瞪着眼睛望着我，它的神情并没有马上就改变……显然是拉奇先生没有即刻把我认出来；但是，他的两颊忽然显得更圆了，眼睛眯成了两条线，他那张大了的嘴里迸出欢呼的声音："啊！好朋友！是您呀？请进来吧！"同时他还发出一阵粗暴的笑声。

我跟着他进去，心里实在更不愿意了，因为我觉得这位和蔼可亲的拉奇先生心里似乎是讨厌我去。然而他却没有办法。他领着我到客厅里，那儿坐着的你猜是谁呀？原来正是苏珊娜，低头查看着一本账簿。她用那双凄然的眼睛瞟了我一眼，一面轻柔地咬着她的左手上的指甲……这是她的习惯，我看出来了，这种习惯是神经质的人所特有的。那间屋子里另外就没有别人了。

"您瞧，先生，"拉奇先生在他的大腿上拍了一下，开始说，"您看苏珊娜和我在这儿忙着干什么：我们在这儿算账哪。我的老婆的脑子是不长于计算的，我呢，老实说，我又要爱护我的眼睛。我不戴眼镜看字就看不清楚，有什么办法？让他们年轻人费点力吧，哈哈！应该这么办，可是，那也不用着急……越着急，就越捉不着虱子，呵呵！"

苏珊娜把账簿合上，预备出去。

"等一会儿，等一会儿，"拉奇先生说，"你没有梳妆打扮，那并没多大关系……"（苏珊娜身上穿的是一件很旧的、几乎是孩子们穿的衫子，袖子也很短。）"我们这位要好的客人并不是爱讲客气的，我很想把前一星期的账算清楚……您不见怪吧？"他对我说，"我们跟您无须讲客气吧？"

"请你们不要为了我耽误事情吧！"我大声回答说。

"当然喽，好朋友。您记得吧，已故的那个皇上亚历克赛·米海伊洛维奇·罗曼诺夫常说，'时间是做正经事的，只有一分钟可以用来寻乐！'我们可只用一分钟来干这种正经事……哈哈！那十三卢布零三十戈比是怎么回事？"他掉转背向着我，低声继续说。

"维克多从爱利安诺拉·卡尔波芙娜手里拿去的；他说是您答应他了。"苏珊娜也用低声回答。

"他说……他说……我答应了……"伊凡·杰米扬尼奇怒气冲

冲地说，"我自己就在这儿，我记得。尽可以问问我。还有那十七卢布又是谁拿去了？"

"修家具的。"

"啊……修家具的。买什么的钱？"

"欠他的账。"

"欠他的账。把账单给我看看！"他从苏珊娜手里把账簿夺过来，在鼻梁上架上一副银边的圆眼镜，随即用手指点着账簿一行一行地看起来，"修家具的……修家具的……您恐怕要把所有的钱都扔出门外去了！那您就顶痛快了！好像是克罗地亚人一样！欠他的账，真是！"他说到这里，又转身过来向着我，把眼镜从鼻梁上取下来，大声说，"可是，归根说起来，现在为什么要搞这个？我等一等自有工夫细算这些孽账。苏珊娜·伊凡诺芙娜，劳驾把这本账簿拿走，再回到这儿来，把你那些音乐的本领拿点出来，让我们这位好客人听一听，我就是说要你弹一弹钢琴……怎么样？"

苏珊娜掉转头去不睬他。

我急忙说："要是能让我听一听苏珊娜·伊凡诺芙娜弹琴，那我就太荣幸了。可是，无论如何，我决不愿意打搅你们……"

"打搅，真是，这是哪来的话！喂，苏珊娜，一、二、三！"苏珊娜没有回答，就走出去了。

十三

我没有想到她还会再来；但是，她却不久就回来了。她连衣服都没有换，在屋里的一个角落上坐下，定睛望了我两次。她也许是从我对她的态度觉出了我对她有一种自己都莫名其妙的、不由自主的敬意——她引起我这种敬意，甚于她所引起的好奇心，甚至还甚于她所引起的同情——也许是碰巧她那一天心境比较平和一点，总之，她忽然走到钢琴前面，犹豫不决地把她的手按在钢琴的琴键上，稍微把头回转几分向着我，问我愿意要她弹奏什么。我还没有来得及回答，她已经在琴前坐下，拿了一本乐谱，急忙翻开，开始弹奏起来了。我从小就爱好音乐，但那时候我还不十分懂得，对于大音乐家们的作品也知道得很少，要不是拉奇先生稍露不满的神气，嘟哝了一句，"呵哈！又是贝多芬！"我简直就不会猜着苏珊娜所选的是什么。我后来才弄清楚，那就是那个有名的"F短调57号奏鸣曲"。苏珊娜所弹的曲子给我的印象，我简直形容不出来；我没有想到她会有那股气势、那股热情、那种大胆的弹奏法。她刚奏着那曲子开始一段里的热情洋溢的轻快节拍，我就起了那种麻木的感觉，那种由狂喜引起的微颤和甜蜜的恐怖，这种感觉，每逢美感突然飞落在人的心灵上的时候，就会马上控制他的全部身心。我一直听到末了，丝毫没有动弹一下。我老想叹息，却又不敢。我坐在苏珊娜后面，看不见她的面孔；我只随时看见她那很长的黑头发在她的肩膀上一上一下地起落．她的身子很兴奋地摇摆着，她那纤秀的双手和那赤裸的两肘急速而又有些不大柔和地移动着。最后的琴声沉寂下去了。我终于叹了一口气。苏珊娜仍旧坐在钢琴前面。

"啊，啊，浪漫派的音乐！"拉奇先生说——他刚才也是专心听着的——"现在这是非常时髦的。不过，为什么不按规矩奏？咦？同时把一个手指头按在两个琴键上——那是为什么？咦？不消说，你只求快快地弹，快快地弹！这样就更热烈吧，咦？热煎饼呀！"他像一个街头叫卖的人一般，放声叫喊起来了。

苏珊娜微微地转身向着拉奇先生。我从侧面看见了她的面孔。纤秀的眉毛在她低垂的眼皮上扬起来，一阵不调匀的红晕涨满了面颊，小小的耳朵在那挽在耳后的鬓发底下，也涨得通红了。

"所有的演奏名家，我都亲耳听过了，"拉奇先生忽然皱起眉头，继续说，"要是和已故的那个费尔德比起来，那简直都是……呸！一钱不值里瞎闹！他那才是个了不起的！那才真是个地道的演奏能手！他自己所作的曲子也是绝妙的东西！至于现在这些'哆——哆——哆'和'哒——哒——哒'，我看多半是给初学的人写的。这儿用不着什么技巧！反正只要拼命按键就行了……好歹没关系！反正会按出声音来！土耳其的音乐！呸！"（伊凡·杰米扬尼奇用手巾擦了擦脑门子。）"可是，我说这些话并不是指您，苏珊娜·伊凡诺芙娜；您弹得很好，不必为了我的批评而抱屈。"

"各人自有各人的脾胃，"苏珊娜低声说，嘴唇颤动起来，"不过您的批评，伊凡·杰米扬尼奇，您要知道，并不足以使我委屈。"

"啊！当然喽！可是，您别以为，"拉奇先生转过脸来对我说，"先生，请别以为那是由于脾气太好、性情温和的结果；干脆就是因为我和苏珊娜·伊凡诺芙娜太自命不凡，得意忘形，所以就……呜……呜！……像俄国一句俗话所说的，我们简直就觉得头上的帽子都戴不住了，那么当然，无论听到什么批评都会满不在乎。真狂妄呀，先生，真狂妄呀！"

我听着拉奇先生的话，不免吃了一惊。他所说的每一个字里似乎都含着恶意——最刻毒的恶意——简直是愤怒不堪的口气……而且这种怒气一定是郁积了很久了！他气得话都说不出来。他想用照例的笑声来了结他这段滔滔不绝的高论，但没有笑成，却突然发作了一阵痉挛性的嘶哑的咳嗽。苏珊娜连一个字也没有说出口来回答他。她只是摇摇头，抬起脸来，两臂交叉着，用手握住肘节，圆睁着眼睛直瞪着他。从她那沉滞的、圆睁睁的眼睛的深处，可以看出多年的仇恨像微明的、不可扑灭的火一样，隐隐地燃烧着。于是，我心里就感到恐怖不安了。

"你们在音乐方面属于不同的两代人，"我竭力装出若无其事的神情，开始这么说；我希望以这种神气表示我并没有发现什么问题——"所以你们的意见不一致并不奇怪……可是，伊凡·杰米扬尼奇，别怪我不客气，我是比较赞成……年轻一辈的。我是个门外汉，不消说；可是，我老实说，从来没有哪一种音乐给我的印象比得上……比得上苏珊娜刚才给我们弹奏的那个曲子。"

拉奇立刻就抓住我作为对手了。

"您凭什么认为我们会希望您赞成我们这一边呢？"他大声吼道——刚才他咳嗽了那一阵，直到这时候脸上还是发紫——"我们绝不存这种希望，十二万分的感谢！自由的人该有自由，得救的人就该得救呀！至于说到两代人的话，那是不错的；我们老年人觉得很难和你们这班年轻人合帮，很难！我们无论对什么事情的看法都不会一致：对于艺术是如此，对于人生是如此，甚至对于道德也是如此；是不是，苏珊娜·伊凡诺芙娜？"

苏珊娜很轻蔑地冷笑了一下。

"尤其是关于道德方面，像您说的，我们的见解总是不一致，也不能一致。"她回答说，眉宇间已经有怒气待发的预兆了，同时她的嘴唇还是像刚才那样微微地颤动着。

"当然！当然！"拉奇插嘴说，"我不是一个哲学家！我不能……有那么高超！我是个平凡的人，为偏见所支配……真是！"

苏珊娜又冷笑了一下。

"伊凡·杰米扬尼奇，我觉得您有时候也太不理会您说的'偏见'了。"

"为什么？我是说，怎么的？我不知道您指的是哪一回事。"

"您不知道我说的是哪一回事？您未免太健忘了！"

拉奇先生被她这么一说，似乎是狼狈不堪了。

"我……我……"他结结巴巴地说，"我……"

"是呀，就是您，拉奇先生。"

暂时沉默了一会儿。

"可是，请问，请问，"拉奇先生开始说，"您怎能……这么无礼呢？……"

苏珊娜突然全身挺直地站起来；她还是双手握着两肘，紧紧地抓住，用手指弹着肘节，面向拉奇静立着。她似乎是要向他挑战，对他进攻。她脸上的神色也变了；一刹那间，忽然变得分外地美，也分外地可怕；一种鲜明的、冷酷的神色——钢铁的神色——忽然在她那双阴郁的眼睛里闪射出来；刚才微颤着的嘴唇忽然挤成了一条严酷无情的直线。苏珊娜向拉奇挑战，他却只是呆呆地定睛直视，忽然不做声了，照俗话说，一下子缩回了头，甚至往回退了一步。这位一二年的退役军人害怕起来了；那是毫无疑问的。

苏珊娜慢慢地把她的视线从他身上移到我身上，好像是要请我做见证，看看她的胜利和她的敌人的屈辱似的；她最后又冷笑了一下，就走出了那间屋子。

拉奇在他的靠手椅上呆呆地出神，稍坐了一会；最后他好像一个忘记了剧情的演员想起了他的动作和台词似的，忽然惊醒过来，一下子站起来，伸手在我肩膀上拍一拍，又发出一阵粗鄙的笑声。

"嗨，真糟糕！你想想看，我和那个姑娘相处已经不止十年了，可是，她有时还不懂得我哪是开玩笑，哪是认真！还有您，敬爱的先生，也有点莫名其妙，我敢说……哈哈哈！那是因为您还不了解老拉奇呀！"

我心里不免起了一种惊慌和厌恶的感觉，暗自想道："不……我现在完全了解你了。"

"您不了解我这老头，不了解！"他一面陪我到过道里，自己在肚子上摸一摸，重复说了一遍，"我也许是一个难以对付的人，饱经忧患，哈哈！可是，我却是一个好心肠的人，我的确是！"

我急忙从台阶上一直跑到街上，一心只希望赶快离开这位好心肠的人。

十四

"他们彼此相恨，这是很明显的，"我一路回家，心里想道；"而且他是个混蛋东西，她是个好姑娘，这也是不成问题的。可是，他们彼此有什么嫌隙呢？他们这样越来越激烈地冒火又为的是什么缘故呢？那些暗示是什么意思呢？这么突如其来地就爆发了！表面上却只是为了那么一点不相干的小事情！"

第二天，弗斯托夫和我约定了到剧场去，看施杰普金演《智慧的痛苦》。那时候格利鲍耶陀夫①这出喜剧首先经过审查官的删改，弄得面目全非之后，才得到上演的许可。我们热烈地向法穆索夫和斯卡洛茹布鼓掌。我记不清是哪一个演员扮的恰茨基②了，不过我记得很清楚，这个角色演得坏透了，简直是无法形容。他初登台的时候，穿着一件匈牙利式的背心，靴子上带链子，后来又换了一件当时很时髦的"甜酒色"外衫，那件外套要是给我们那个老管家穿上，大概也会是同样的合适。我还记得第三幕里举行跳舞会的时候，我们大家都高兴得发疯似的。虽然实际上也许从来没有人跳过那种步法。大家却都承认那是不错的，我相信现在演那出剧的也还

---

① 格利鲍耶陀夫(1794—1829)，俄国剧作家，《智慧的痛苦》是其代表作。
② 恰茨基，《智慧的痛苦》中的男主人公。

是那么演。客人当中有一个人跳得特别高，他的假发从这边摆到那边，观众看了就发出一阵狂笑。我们走出剧场的时候，在走廊里碰上维克多了。

"你们也来看戏呀！"他把两臂乱摆，一面说。"我怎么没有看见你们呢？现在碰见你们，真是高兴极了。你们一定得和我一起吃顿晚饭。走，我请客！"

小拉奇似乎是心情很好，表示出兴奋甚至是狂喜的神气。他那双小眼睛来回转动，得意地微笑着，脸上显出一些红斑。

"为什么这么高兴？"弗斯托夫问道。

"为什么？您愿意知道吗，嗯？"

维克多把我们稍稍拉到一边，从他的裤袋里掏出一大捆当时通用的红色和蓝色钞票，在空中挥动。

弗斯托夫吃了一惊。

"你父亲居然这么慷慨吗？"

维克多哈哈大笑起来。

"他会慷慨！想都别这么想吧！……今天早上，我指望着靠您疏通的面子，问他要钱。您猜这老吝啬鬼怎么回答我？他说，'我来替你还债，你要是愿意的话。总共还到二十五卢布为止！'您听见吗，总共！您猜错了，先生，这是上帝看见我没钱花，特为送给我的。总算碰上了好运气。"

"抢来的吗？"弗斯托夫随口说了一句。

维克多皱起眉头来。

"嗬，就算是抢吧！是我赢来的，赢得一个军官的，他是近卫军的军官。他昨天才从彼得堡到这里来。一连串的事情都很凑巧！这才值得说一说哪……不过这不是说话的地方。走，我们到雅尔斋去；没有几步路。我请客，刚才已经说过了！"

我们也许应该拒绝他才对；但是，我们却一句反对的话也没有说，就跟着他去了。

十五

我们到了雅尔斋，被引进一间包房；晚餐开来了，香槟酒也拿来了。维克多向我们叙述他如何在某一处游乐场中遇见这个近卫军的军官，说他很英俊，出身也好，只是半点脑筋也没有；又说他们如何交了朋友，说他——就是说那个军官——如何提议用几张旧牌和维克多打"杜拉克"①，输赢小到极点，而且订了条件，军官赢的统统归维廉敏娜，维克多赢的归他自己；又说他们后来玩得劲头大了，就认真赌起钱来。他从头到尾说了一遍，连细节都没有遗漏。

"可是我，可是我，"维克多说到这里，跳起来拍着手大声说，"我口袋里的钱总共不过六卢布。你想想看！起初我完全输光了……这才真悬哪！恰巧在这时候……不知道是谁的祷告灵验了……忽然运气好转。那个人渐渐慌张了，老是把他所有的牌翻出来……没过一会儿的工夫，他就输了七百五十卢布！他要求我再往下赌，但我并不是个大傻瓜，我觉得；我才不干哪，那种运气谁也不肯糟蹋；于是，我戴上帽子，马上就走开了。现在我也不必再受老头儿那份儿气，也能够招待朋友吃吃饭了……嘻，伙计！再来一瓶！先生们，我们来碰杯吧！"

我们就真和维克多碰了杯，继续和他一面喝酒，一面大笑，虽然他这个故事我们根本不爱听，他跟我们在一起也绝不能引起我们多大的快感。他越来越殷勤了，还耍些滑稽的花样，尽量开心解

---

① "杜拉克"是一种纸牌游戏，意为"捉傻瓜"。

闷，但他比平常更显得讨厌了。后来维克多终于看出了我们对他的印象不好，他的脸色就渐渐阴沉起来；他的话越来越乱。神色越来越沉闷了。他开始打起呵欠来，说他疲倦了，后来因为堂倌拿来一根擦得不干净的烟斗．他就用他那惯有的粗鄙口气骂了他一顿，忽然又向弗斯托夫说话，他那变了样的脸上透出一股挑战的神情。

"喂，亚历山大·达维第奇，"他说，"您告诉我吧，您凭什么看不起我？"

"何以见得？"我的朋友一时简直不知怎么回答才好。

"我告诉您这是怎么回事吧……我很明白您是看我不起的，还有那个人也是一样，"（他用手指头指着我。）"真是奇怪！好像你们自己讲究那些高尚的道德，就有什么了不起似的，以为你们就不是和我们其余这些人一样的龌龊东西。其实甚至还要更坏啊。静水①……您知道那句俗话吧？"

弗斯托夫脸上有些涨红了。

"您这些话是什么意思？"他问道。

"嗨，我的意思就是说我还不是个瞎子，无论什么事情摆在我眼前，我全明白，您和我姐姐眉来眼去，我都看到了……我也并不反对：第一，不关我的事，第二呢，我那姐姐苏珊娜·伊凡诺芙娜自己也是很放荡的……不过，您凭什么看不起我？"

"您在那儿胡说八道，大概您自己也不知道说的是什么？您喝醉了。"弗斯托夫从墙上取下大衣来，一面说，"他把那个傻子的钱骗来了，现在却到这儿来胡说八道，撒一堆谎！"

维克多仍旧靠在沙发上，只把他搭在沙发的靠手上的两条腿摆动着。

_____

① 俄国有句俗话，"静水底下有鬼"，意思是表面正派的人心灵并不纯洁。

"骗来的！那么您为什么也喝这个酒？这酒是我赢来的钱买的，您要知道。至于说谎呢，我用不着说什么谎。苏珊娜的事情反正不能怪我，她从前……"

"住嘴！"弗斯托夫向他喝道，"住嘴……要不然……"

"要不然又怎样？"

"你自然会知道怎样。走吧，彼得。"

"啊哈！"维克多继续说，"我们这位宽宏大量的骑士只好一跑了事。他不愿意听实话，这是显而易见的！那是刺耳的——实话总是刺耳，那是很显然的！"

"走吧，彼得，"弗斯托夫重复说，他那惯有的冷静和泰然的态度现在完全消失了，"我们躲开这个混小子吧！"

"这小子并不怕您，您听见吗，"维克多向我们背后嚷道，"这小子呀，他还瞧不起您哪。瞧——不——起！您听见吗！"

弗斯托夫顺着大街走得非常之快，我简直难于跟上他。后来他忽然一下子停住脚步，猛然回转身去。

"你上哪儿去？"我问道。

"啊. 我非得问清楚这傻子……他喝醉了，不成问题，天知道他说的是……不过你不要跟我来……我们明天见吧。再会！"

弗斯托夫匆匆忙忙地和我握了握手，就往雅尔斋去了。

第二天，我没有工夫去找弗斯托夫；又过了一天，我到他住的地方去，听说他到莫斯科附近的乡下他叔父家里去了。我问了问他是否留下了什么字条子给我，但找不出什么字条子。于是，我又问那仆人是否知道达维第奇在乡下要住多久才回来。他回答说："两星期，或是还要久一点，也说不定。"我好歹还是把弗斯托夫的详细通信处写下了，懒洋洋地走回家，一路不断地沉思。他在严寒的冬天这样出乎意外地离开了莫斯科，更使我莫名其妙。吃午饭的时候，我那好心的姨妈对我说，我似乎老是有所期待，瞪着眼睛望着菜包子，好像是生平第一次看见这种东西似的。后来她把她的女伴们都打发走了，终于大声问道："彼得，你莫非是在跟谁恋爱吗？"但是，我请她不必操心：不，我并没有跟谁恋爱。

十六

三天过去了。我心里暗自感到一种要求，想到拉奇家里去。我觉得到他家里去一趟，一定可以解决我心头萦绕着的一切无法猜出的疑团……但是，我又非碰见那老鬼不可……我一想到这点，就把那个念头打消了。后来在一个暴风的晚上——二月里的狂风在外面怒吼，冻结了的雪时而飞打在窗户上，好似一只巨人的手抛来的粗沙子一般——我坐在我的房间里，想要读书。我的仆人走进来，带一种神秘的态度告诉我，说是有一位女士要见我。我登时吃了一惊……女士们是不来拜访我的，尤其是在那么晚的时候；不过我还是吩咐他请她进来。门开了，有一个女子快步走进来，身上裹着一件夏天穿的薄斗篷和一条黄披肩。斗篷和披肩上都有许多雪，她猝然把它们甩开，我一看原来是苏珊娜站在我面前。我诧异得什么似的，一句话也说不出来。同时她走到窗前，把肩膀靠在墙上，站在那儿一动也不动；只有她的胸部急剧地起伏着，眼睛不住地转动，她那苍白的嘴唇里有一点轻微的哀叹声伴着她的呼吸发出来。我明白了她来找我一定不是为了什么小小的烦恼；我虽然是那么年轻，那么没有见识，却也明白了那时候在我眼前有一个人的终生命运要等待解决——那是辛酸的、悲惨的命运啊。

"苏珊娜·伊凡诺芙娜，"我开始说，"怎么……"

她猝然用她那冰冷的手指紧紧地抓住我的手，但她却说不出话来。她断断续续地叹了一口气，把眼睛望着地下。她那黑色的大股发髻披散在脸旁……那上面的雪花还没有抖掉。

"请您不要激动，坐下吧，"我又开口说，"喂，这儿，坐在沙发上吧。出了什么事？坐下吧，我求您。"

"不，"她说得声音很清楚，但低得几乎听不见，同时她随势在窗台上坐下，"我就在这儿很好……随我吧……您当然想不到……可是，您要是知道……我要是能……要是……"

她竭力想要镇定下去，但眼泪却猛然从她的眼睛里迸出来，以致她周身都颤动起来了，随着就是一阵呜咽的、急促的、伤心得要命的痛哭声——整个房间里充满了那哭声。我觉得心头紧张起来……我简直不知所措了。我只看见过苏珊娜两次；我曾经揣测她的生活一定是很难堪的，但我以为她是一个骄傲的女子．性格很刚强，谁知她突然洒出了这些不可抑制的、绝望的眼泪……天哪！唔，一个人只有逢着死的威胁才像这样哭呀！

我呆呆地站着，自己也像个判了死刑的人一般。

"对不起，"她有几次几乎是含怒似地擦一擦这一只眼睛，又擦一擦那一只，终于说，"一会儿就好了。我到您这儿来……"她还在哭泣着，但没有眼泪了，"我来……您不是知道亚历山大·达维第奇走了吗？"

在这一句简单的问话里，苏珊娜把一切问题都表示明白了，她瞟了我一眼，好似是要说："您当然明白了，您对我表同情吧，是不是？"不幸的姑娘啊！这时候她再也没有别的路可走了！

我不知道如何回答才好……

同时，苏珊娜说："他走开了，他走开了……他相信他了！他连问都不问我一下；他以为我不会把实话通统告诉他，他居然忍心这么猜我！好像我什么时候骗过他似的！"

她咬着下嘴唇，微微地弯下腰去，开始用指甲刮那玻璃窗上冻结的冰花。我急忙走到隔壁那间屋里，把仆人打发出去，立刻又回来，再点了一支蜡烛。我为什么有这些举动，自己也莫名其妙……我简直惊惶得神经错乱了。

　　苏珊娜还是照样坐在窗台上，这时候我才看出她穿的衣服多么单薄：一件白钮扣的灰色外衣，一条宽皮带，此外再没有什么了。我走到她面前，但她完全没有注意我。

　　"他相信了……他相信了，"她轻轻地向两边摇摆着，低声说，"他毫不迟疑，他给了我这一下最后的……最后的打击，"她忽然转过脸向着我，"您知道他的住址吗？"

　　"知道的，苏珊娜·伊凡诺芙娜……我在他家里……向他的佣人打听的。他事先根本没有和我说要走；后来我有两天没见着他……等我去找他的时候，他已经离开莫斯科了。"

　　"您知道他的住址吗？"她又说，"那么，好吧，请您写封信给他，只说他要了我的命。您是个好人，我知道。他没有跟您谈到我的事情吧，恐怕是，不过他可跟我谈到过您。请您写封信去……啊，请您告诉他，要是他想要我活着和他见面，那就叫他赶快回来！……不！等他回来，我一定活不成了……"

　　苏珊娜的声音一句比一句平静，而且她的全副身心都比较地平静下来了。但是，我觉得这种平静似乎比刚才的哭泣更可怕。

　　"他相信他了……"她又说，一面把她的下巴靠在她那双交叉着的手上。

　　一阵骤然的暴风打在窗户上，发出尖厉的叫声，还吹来许多雪，打得窗户沙沙地响。一阵寒气吹到屋里来了……蜡烛的火焰只是闪动……苏珊娜打了一个冷战。

　　我又请她到沙发上来坐。

"不，不，随我吧。"她回答说，"我在这儿很好。多谢，多谢。"她紧靠着冰冷的玻璃窗，向后缩拢，好像觉得那窗户的凹处就是她的栖身之所似的。

"可是，您在发抖呀，您冻坏了，"我大声说，"瞧，您的鞋也湿透了。"

"随我吧……谢谢……"她低声说，随即把眼睛闭上了。

一阵恐怖的感觉侵袭着我。

"苏珊娜·伊凡诺芙娜！"我几乎放声叫喊起来，"您振作振作精神吧，我求您！您怎么回事呀？为什么这样绝望？您等着吧，什么事都可以说得清楚，有什么误会……有什么意外的事情……您等着吧！他马上就会回来。我写信告诉他……我今天就给他写信去……可是，我不把您的话写在上面……哪会有那种事呀！"

"他见不着我了，"苏珊娜还是用那低微的声音喃喃地说，"您想一想，我要不是自己知道活不长了，我会到这儿来找您这个不熟识的人吗？啊，我最后的希望都算是毁灭了，无法挽回了！您瞧，叫我这样孤零零地、无声无息地死去，我真是受不了啊，也不能跟谁说一声，'我一切都完了……我要死了……看哪！'"

她又缩回到她那冰冷的小角落里……我永远也忘不了那个头，忘不了那双定睛注视的眼睛，含着那股深沉的、绝望的神情，还有那些衬托在惨白的玻璃窗上的蓬乱的黑头发，甚至那窄小的灰色外衣我也忘不了——那件外衣的每一个褶叠下面都跳动着那种青春的、热情的生命！

我不知不觉地把两手往上一甩。

"您……您要死，苏珊娜·伊凡诺芙娜！您正是应该活下去呀……您非活下去不可！"

她望着我……我的话似乎使她吃了一惊。

"啊，您不知道，"她开口说，同时把双手从容地垂下，"我不能活下去了，太难受了，我过去不能不忍受的苦痛太多了，太多了！我吃了一辈子的苦……我原来还希望……可是，现在……连这个希望都给我打断了……连……"

她抬起眼睛来望着天花板，似乎是陷入了沉思。我从前在她的嘴唇旁边发现的那条悲惨的面纹，现在显得更加清楚了；这条面纹似乎是布满了她的整个面孔。好像是有一只无情的手划了这么一条纹路。在这迷途的苦命人身上永远留下了一个符号，无法改变了。

她还是沉默着。

"苏珊娜·伊凡诺芙娜，"我为了要说句话来打破那种可怕的沉寂，就说，"他一定会回来，我担保！"

苏珊娜又望了我一下。

"您说什么？"她很吃力地问了这么一声。

"他一定会回来，苏珊娜，亚历山大一定会回来！"

"他会回来？"她随声说，"可是，即便他当真回来了，我也不能原谅他这种侮辱，这种不信任的态度……"

她伸手揪着自己的头。

"我的老天爷！我的老天爷！我在说什么，我为什么到这儿来了？这究竟是怎么回事呢？我……我来要求什么……要求谁？啊，我真是快发疯了啊……"

她的眼睛呆滞不动了。

"您打算叫我写信给亚历山大。"我赶紧提醒她。

她一听又吃了一惊。

"是呀，写信，写信给他……随您怎么写吧……还有这个……"她急忙在衣袋里摸索了一会儿，掏出一本小的手稿来，"这是我为他写的……在他还没有跑掉的时候……可是，他相信……他相信他了！"

　　我知道她的话所指的是维克多；苏珊娜始终不愿意明说，始终不肯说出那个可恶的名字。

　　"可是，苏珊娜·伊凡诺芙娜，对不起，"我说，"您为什么猜到达维第奇和……和那个人谈过什么话呢？"

　　"为什么？为什么？嗨，那个人自己跑到我那儿通统对我说了，还说得很得意的……而且还笑起来，正像他父亲那么笑！喂，这个，这个，您接着吧，"她一面往下说，一面把那本手稿塞到我手里，"您看一看，再把它寄给他，烧了也成，扔了也成，您爱怎么办就怎么办，随您的便……可是，我不能就是这样死，谁也不明白……现在时候不早了……我要走了。"

　　她从窗台上站起来……我拦住她，叫她别忙走。

　　"您上哪儿去，苏珊娜·伊凡诺芙娜，我的天哪！你听，多大的暴风雪在那儿叫！您穿得又是这么单薄……您家也离这儿不近。至少也要让我派人去雇辆马车，或是雇辆雪橇……"

　　"不，不，我什么也不要，"她坚决地说，一面阻止我，一面拿起她那件外衣和披肩，"别留我，看上帝的面子！要不然……有什么冒犯可别怪我。我觉得脚下有个深渊，漆黑的无底深渊……别走近我，别挨我！"她疯了似地急忙穿上外衣，披好披肩，"再会……再会……啊，我们这些倒霉透顶的人，永远是漂泊天涯、无家可归，命里注定要遭天罚呀！从来就没有谁对我好，为什么要有他呢？……"她忽然停住了。"不，有一个人是爱我的，"她又说，一面两手互相扭着，"可是，到处都是死路，到处都是躲不开的死路！现在轮到我了……别跟着我，"她尖声喊道，"别来！别来！"

　　我吓得发呆，同时她急步冲出去；片刻之后，我就听见楼下那扇笨重的街门砰地响了一声，玻璃窗户又因狂风的猛袭而震动了。

　　我的心情一时简直平静不下来。我在当时还只是开始体会到人生的滋味：以前我既没有体验过热情，也没有尝到过痛苦，也很少看见别人表现过什么强烈的情感……但是，这次我所看到的痛苦和热情都很真实，使我大为感动了。要不是有那本手稿在我手中，我也许会以为刚才那些经过完全是我做的梦——那真是非常离奇，忽来忽去，像一阵急骤的暴风雨一般。我捧读那本手稿，一直读到半夜。那本稿子是用一些信笺写成的，满纸都是很密的大字，写得很不整齐，几乎连一处删改都没有。通篇没有一行字是平整的，每一行里都似乎叫人感觉得出那执笔的手在惊慌地颤动。这份手稿我一直保存着，下面我就来读给你们听吧：

十七

我 的 身 世

　　我今年二十八岁了。现在我要叙述一下童年时期的回忆，我那时住在旦波夫省的乡下一个阔地主伊凡·马特维伊奇·柯尔多夫斯基家里二层楼上的一间小屋里。我的母亲和我住在一起，她是个犹太人，她的父亲已经死了，原是个来自国外的画家。我的母亲是个时常有病的女人，面孔生得非常美丽，像蜡一样苍白，她那双眼睛时常含着愁苦的神情，有时候她对我凝神注视多时，我即便不望着她，也感觉得出她那双充满了悲哀的眼睛，于是我就禁不住哭起来，跑向前去抱住她。我有家庭教师来教我；我也学音乐，还被称为"小姐"。我和我的母亲都跟主人同桌吃饭。柯尔多夫斯基先生是一个高身材的漂亮的老人，态度很庄严；他常常有一股琥珀的香味。他虽然很亲昵地把我叫作苏珊，而且常把他那干燥多筋的手从挑花褶边的袖口里伸出来，让我亲吻，我对他却怕得要命。他对我的母亲竭力装出客气的样子，但是，他甚至跟她也很少说话。他总是向她说两三句和气话，她就立刻急急忙忙地回答他；于是，他就再也不做声了，只是坐着向四周张望，显出一副尊严的神气，慢慢地从他那刻着叶卡捷琳娜女王的纹章的金质圆鼻烟盒里捏一撮西班牙鼻烟出来。

　　我九岁那一年的光景，直到现在始终活现在我的回忆中……那时候我从仆人住的房间里那些女仆们嘴里知道伊凡·马特维伊奇·柯尔多夫斯基是我的父亲，而且差不多就在那一天，我的母亲却遵照他的命令嫁给了拉奇先生——拉奇是他的管家这一类的人。我真是怎么也无法理解这种事情，我简直心乱如麻，几乎病倒了，我的脑子遭了这个刺激，很感痛苦，心灵上蒙了一层阴影。"真的吗，真的吗，妈妈？"我问她说，"那个有香味的妖怪（这就是我给伊凡·马特维伊奇取的名字）真是我的父亲吗？"我的母亲一听就吓得要命，赶紧按住我的嘴……"千万不要跟人家说这种话，你听见吗，苏珊娜，你听见吗，一字也不要提起！"……她用发颤的声音向我一再叮嘱，把我的头按在她胸前……我也就永远没有把这回事向任何人说过……我的母亲那番告诫，我是懂得的……我知道我一定要守秘密，我知道我的母亲恳求我原谅！

　　从那天起，我的不幸的生活就开始了。拉奇先生并不爱我的母亲，她也不爱他。他娶她为的是钱，而她是为势所迫，不得不服从。柯尔多夫斯基先生也许以为这么办就算是把一切都处置得最适当了——都安排停当了。我还记得我的母亲结婚的前一天，她和我互相拥抱着，差不多整整哭了半天——伤心地、伤心地哭着——不声不响地哭着。她不说话，那是无足为奇的……她向我说什么好呢？但是，我也没有问她什么话，足见不幸的孩子学会懂事比幸福的孩子还要早……这是他们很吃亏的事情。

　　柯尔多夫斯基先生仍然关心我的教育，甚至还渐渐地使我和他比以前更亲近了几分。他并不和我说话……但是，在早晨和晚上，他爱用两只手指把他胸前的花边上的鼻烟末子弹下去，随后再用那两只手指——常是冰冷的——在我脸上拍一拍，给我一点黑色的糖果那一类东西，这种糖果也有琥珀气味，我从来没有吃过。十二岁的时候，我就当了替他读书的人，sa petite lectrice①。我给他读前一世纪的法文书，如圣西门、马布莱、雷诺尔、爱尔维修②这些人的言行录，伏尔泰的书信，以及其他博学的人的作品，当然我是一字也不懂得的，哪怕他有时候微笑一下，做一个怪相，吩咐我说："把刚才这一段再念一遍吧，这段真是妙极了！"伊凡·马特维伊奇真是个十足的法国人。他住在巴黎一直到大革命的时候，他还曾经向玛丽·安东涅特③献礼致敬，而且接过她的请柬，让他到特里安农行宫去见她。他也见过米拉波④，据他说，他的衣服上钉着很大的钮扣——一切都超越常规，他这个人简直是门第尽管高贵，审美观念却并不见强！但是，伊凡·马特维伊奇很少谈到那个时候的事情。他雇用了一个驼背的老侨民在他家里，不知为什么缘故，把他称为"司令先生"，马特维伊奇一年里总有

---

①　法语，朗读员（即为贵族读书解闷的人）。
②　均为法国著名学者。
③　玛丽·安东涅特(1765—1793)，法国大革命时的王后。
④　米拉波(1749—1791)，法国大革命时期的政治家。

两三次用他那从容的鼻音向这个人谈 他在波利纳公爵夫人的一次夜宴 上口占的诗。我只记得开首的两行……这两行是关于法国人和俄国人相比较的话：

　　　　 欢险峻之地，

　　　 望尘莫及……

　　司令先生每次总是大声赞赏，这真是有圣奥雷尔的风格呀！

　　伊凡·马特维伊奇直到死的时候，还显得很年轻：他的两颊是 色的， 是白的，眉毛密而不动，眼睛可爱而善表情，亮 的一双黑眼睛，真像 的玛瑙。他绝不是不讲理的人，无论对什么人都是很和蔼的，即便对仆人们也是一样……但是，我的天哪，我和他在一起的时候多么倒霉啊，我每次离开他的时候多么高兴啊，我在他面前有多少恶 的念头在我心中 啊！哦，这都不是我的过错！……他们把我弄到那种地步，我原是无罪的啊！……

　　拉奇先生结婚之后，他的主人就指定了离那所大房子不远的一所侧屋给他。我就在那里和我的母亲同住。我在那里过的日子是毫无生趣的。她不久就生了一个儿子维克多，这个维克多无论如何我都应该认为是我的仇人，而且要这么称呼他才行。我的母亲向来是身体很弱的，自从生他以后，就一直没有恢复健康。那时候拉奇先生总觉得不应该像现在这样时常表示得意：他常是显出一种怏 不乐的神情，竭力装作一个忙碌而 的人。他对我既凶狠，又粗野。我从伊凡·马特维伊奇面前告退的时候，就觉得轻松愉快；然而我自己的家我也是很愿意离开的……我的幼年时期真是不幸啊！无时不是从这岸滚到那岸，心中却是在哪一岸都不愿停留！我在冬天常常穿着一件薄外衣从那很深的雪里跑过庭院——跑到那所大房子里，替伊凡·马特维伊奇读书，心头似乎很高兴……但是，我一到那边，看见那些死气沉沉的大房间，那些装着锦缎套子的家具，那个和蔼而又毫无心肝的老头子穿着那开胸的绸子棉背心，胸前有白色的花饰和白色的领带，挑花的褶边披在他的手指上，他那往后梳理的头发上稍微扑了一点粉（他的侍仆是这样说的）——我一看见这些情形，就觉得那闷人的琥珀气味把我憋得难受，我的心情也就沉重起来了。伊凡·马特维伊奇经常坐在一把椅背很高的伏尔泰式大安乐椅上；他的头后面的墙上挂着一张画像，上面画的是一个年轻的女人，她脸上的表情是活泼而爽朗的，身上穿的是一套华丽的犹太人的服装，全身戴满了贵重的宝石和珍珠……我常常偷着向这张画像瞟一眼，但直到后来，我才听说这是我的母亲的肖像，是伊凡·马特维伊奇要她的父亲给她画的。她的相貌从那以后真是大变了啊！他对她的摧残和糟蹋总算是很见效了！"她居然爱他！爱这么个老头子！"这是我心里的念头……"怎么会有这种事！爱他！"然而，有时候我记起我的母亲闪动眼睛的神情，和有一些半吞半吐的话和不知不觉的手势……就不由得怀着恐怖的心情，反复想道，"是呀，是呀，她的确爱他！"啊，上帝，请您不要让别人也尝到这种滋味吧！

每天，我都给伊凡·马特维伊奇读书，有时候一连读到三四小时之久……那么高声朗诵这么久，对我是有伤身体的。我们的医生很替我的肺部担心，有一次甚至把他这种意思向伊凡·马特维伊奇说了。但是，这老头子只是微微地一笑——

不；他根本不是笑，不过是微微地把嘴唇向前伸了一下——告诉他说你不知道，这正是年轻人的本领。医生又冒昧地说，"可是，在早年，司令先生……"伊凡·马特维伊奇仍旧只是冷笑一下。"你在说梦话，好朋友，"他插嘴说，"司令现在已经连牙都没有了，而且他总是说不到一句话就要啐唾沫。我喜欢年轻人的声音。"

于是，我仍旧继续替他读书，虽然我在早晨和晚间总是咳嗽得很厉害……

有时候，伊凡·马特维伊奇还要叫我弹钢琴。但是，音乐对于他的神经常常有一种催眠的影响。他的眼睛立刻就闭起来，他的头随着音乐节奏一摆一摆，有时我会听见他说："这是史泰贝尔，是不是？你就给我弹奏史泰贝尔吧！"伊凡·马特维伊奇认为史泰贝尔是一个大天才，因为他能够克服掉自己身上那种"德国人的拙笨"。他对他所不满意的只有一点："太热烈了！想象太多了！"……伊凡·马特维伊奇一见我奏得太疲倦了，就拿点"博罗尼口香丸"给我。时光如流水，一天一天就是这样过去了……

后来，有一天夜里——那一夜是永远不能忘记的啊！——一个可怕的灾祸降到我身上来了。我的母亲几乎是忽然死了。那时候我还只有十五岁。啊，那是多么悲哀的事，这种不幸猝然扑到我身上来，多么残酷！那是我第一次看见死亡，我是多么惊骇呀！我的可怜的母亲！我们的关系实在是离奇；我们热烈地彼此相爱……热烈而又毫无希望地相爱；一切的事情我们虽然都在内心深处完全明白，却似乎是彼此都把我们这共同的秘密保藏起来，互相隐瞒着，绝对地始终保持缄默！即便是关于往事，关于她自己早年的往事，我的母亲也从来不曾向我说过，而且她也从来没有说过什么抱怨的话，虽然她的整个生命根本就无非是一种哑口无言的控诉。我和她老是避免一切认真的谈话。可怜呀！我一心指望着有一天会来到，希望她终究会向我披肝沥胆，我也可以尽情地说出心中的话来，我们俩也就可以比较安心了……但是，那些日常的烦琐小事，她那踌躇不决的、畏葸的脾气，和她的疾病，还有拉奇先生常在身边，还有最要紧的一点，就是那永远存在的疑问——说了又有什么好处呢？以及时光和生命那么毫不留情地、不断地飞逝……一切都突然完结，似乎是被一声霹雳炸毁了一般；我所期待的那些话本是可以使我们松一松心头的隐痛，不再为我们那种秘密所苦，但我却没有运气听见我的母亲向我说——连那最后的临终告别的话，我也没有听到！我的脑子里所留下的印象唯有拉奇先生喊我的声音，"苏珊娜·伊凡诺芙娜，请你快去吧，你母亲想要给你祝福！"随后就是她那只苍白的手从笨重的被窝里伸出来，那拼命挣扎的呼吸，那双垂死的眼睛……啊，够了！够了！

第二天和出殡的那一天，我凝神望着我的父亲脸上的时候，我的心头感到多大的恐怖、多大的愤怒和凄凉的好奇心啊！……是呀，我的"父亲"！我的母亲死后，在她的首饰匣里发现了他的信件。我以为他会露出一点苍白和苦痛的神色……但是，不！他那铁石心肠居然完全无动于衷。一星期之后，他照旧把我叫到他的房间里去，恰恰和从前一样；他还是要我给他读书，那声音也恰恰和从前一样："要是您方便的话，请念马布莱的《法国史评论》，从七十四页念起……上次我们是念到那儿的。"连我母亲的画像他都还没有撤去哩！他让我走开的时候，倒是把我喊到他身边，一面拿他的手给我再亲吻一次，一面说："苏珊娜，你母亲死了，使你失去一种固有的帮助，不过，你尽管放心，我永远会照应你的。"同时他却用另一只手轻轻地在我肩膀上推一下，以他那惯有的神气把嘴角一伸，接着说："去吧，我的孩子。"我恨不得对他高声喊叫："喂，你可是明知你是我的父亲呀！"然而我什么也没有说出来，就离开他的房间了。

第二天清早，我就到坟地里去了。那时已经是五月，百花齐放，绿叶葱茏，非常艳丽；我在新坟上坐了很久。我既不哭泣，也不悲伤；只有一个念头占据着我的心灵："您听见吗，母亲？他还打算把他的照应扩张到我身上来哪！"这个念头不知不觉地在我的嘴边引起了一阵微笑，我当时似乎觉得我的母亲应该不会因此而伤心。

有时候，我自己也莫名其妙，究竟为什么我会那么一心一意地想要逼着伊凡·马特维伊奇……并不是叫他供认事实——当然不是！但是，至少希望他说一句做父亲的亲密话？我难道不知道他是什么人吗？难道不知道他和我在梦想中所揣摹的"父亲"完全不一样吗？……但是，我在这世界上实在是太孤单了，太寂寞了！还有呢，那个念头也常来心头萦绕，使我不得安宁："她不是爱他吗？她到底是为了哪一点才爱上了他呢？"

又是三年像流水般的过去了。给我们安排好了的单调的生活过程始终没有什么变动。维克多渐渐长成个大孩子了。我比他大八岁，本是乐于看护他的，但拉奇先生却不让我管。他给他雇了一个保姆，而且还吩咐她格外留心看管，不要让这孩子"学坏了"，换句话说，就是不要让我接近他。维克多自己也老是见了我就回避。有一天拉奇先生到我的房间里来，显出心烦意乱、激动而又恼怒的神气。前一天晚上我已经听见了一些关于我的继父的不吉利的谣言；仆人们都在议论，说他侵吞了家主一笔巨款，而且还受了一个商人的贿赂，恰巧被发觉了。

"你可以帮帮我的忙，"他急躁地用手指敲着桌子，一面开始说，"你去替我向伊凡·马特维伊奇说说吧。"

"替您去说说？凭什么理由？说什么事情？"

"替我说说情……我究竟不是一个和你毫无关系的人……我被告发了……哎，是这么回事，我弄得不好就会连饭都吃不成了，还有你，也是一样。"

"可是我怎么能去找他呢？我怎么能去打搅他呢？"

"你真说得新鲜！你尽可以去打搅他。你有这种权利！"

"什么权利，伊凡·杰米扬尼奇？"

"得了，别装蒜吧……他决不能不答应你，有种种原因。难道你还不明白我的意思吗？"

他盛气凌人地望着我的眼睛。我当时觉得脸上简直就像火一般的发烧。憎恨与鄙视都在我心头激起来了，像狂涛巨浪似的向我冲过来，把我淹没了。

"是呀，我明白您的意思，伊凡·杰米扬尼奇，"我终于回答说——我的声音，自己听着都觉得有些奇怪——"可是我偏不上伊凡·马特维伊奇那儿去，我也决不向他说什么情。没饭吃就没饭吃吧！"

拉奇先生气得发抖，他磨着牙齿，握起拳头来了。

"好，等着瞧吧，千岁娘娘！"他用嘶哑的声音喃喃地说，"我绝不罢休！"

就在这一天，伊凡·马特维伊奇叫人来找他去，后来我听说，这老头子挥着手杖（这根手杖就是他有一次和罗施普古尔德公爵交换的)直指着他,破口骂道:"你是个流氓,是个骗子!我叫你滚蛋!"伊凡·马特维伊奇几乎完全不会说俄国话,而且还鄙视我们这种"蛮子话",说这是又俗又粗的土话。有一次有人在他面前说:"这是不言而喻的。"伊凡·马特维伊奇听了很生气,后来他一说到俄国话如何糊涂可笑,就常引这句话做例子。"这是什么意思:'这是不言而喻的?'"他老是用俄国话这么问,每个字都说得很重,"为什么不干脆说'这是显而易见的',偏要说什么'不言而喻'呢?"

但是,伊凡·马特维伊奇并没有把拉奇先生撵出去,甚至连他的职务都没有给撤销。我的继父可是记住了他那句话:他绝不罢休。

从此,我就看出伊凡·马特维伊奇渐渐变了。他显得意气消沉、精神沮丧,健康有些衰退了。他那张生气勃勃的、玫瑰色的面孔渐渐变黄了,而且起了皱纹;他的门牙也掉了一颗。他再也不出门了;他从前规定不要教士插手,亲自接待农民,现在他把这个习惯也取消了。从前逢着那种日子,伊凡·马特维伊奇总是习以为常地在胸前的翻领钮扣孔里插着一朵玫瑰花,到大厅里或是阳台上参加那些农民的宴会,他把一只盛着伏特加酒的银杯子举到嘴边,对他们讲话,大致总是这一类的话:"你们都很满意我的举动,正像我满意你们的热心一样,这是我十分高兴的。我们彼此都是'弟兄',我们生来都是平等的;我现在喝这杯酒给你们祝福!"他说完就对他们鞠躬,农民们也对他鞠躬,可是只弯一弯腰,并不扑倒在地下,那是绝对不许的。后来农民们也还是兴致很浓地受到主人的款待,和从前一样,但伊凡·马特维伊奇现在却再也不在他这班手下人面前出现了。有时候我正给他读书，他却插嘴喊道："机器被破坏了！一切都变坏了！"连他的眼睛——那双亮晶晶的、冷酷无情的眼睛——也渐渐暗淡无光了，而且还似乎是变小了；他昏昏睡去的时候比从前多起来，睡着之后呼吸也很吃力了。他对我的态度还是没有改变，只是添了几分骑士式的殷勤，这是渐渐看得出来的。我进来的时候，他每次都不会忘记从椅子上站起来——虽然那是很吃力的——他每次都把我送到门口，用他的手挽着我的胳膊肘；有时候他不叫我苏珊，改口叫"我的亲爱的姑娘"，有时候叫"我的安提戈涅①"。司令先生在我的母亲死后两年就死了；他的去世似乎使伊凡·马特维伊奇所起的感伤深得多了。因为司令死了，他就失去了一个同年的人：这是使他痛心的缘由。但是，司令先生到了晚年，唯一的任务就是逢着伊凡·马特维伊奇和拉奇先生打台球没有打中或是球没有落入袋中的时候，就大声喊道："打得很好，可惜很少打中！"再有就是伊凡·马特维伊奇在吃饭的时候拿这类问题问他："对不对，司令先生，孟德斯鸿是不是在他的《波斯通信》里说过这话？"他也还是意味深长地回答说："啊，孟德斯鸿先生吗？他是个大作家，先生，是个大作家！"——有时候一面说，一面把一羹匙菜汤泼在胸衣衬巾上。只有一次，伊凡·马特维伊奇对他说："那些有神论的博爱主义者毕竟有点好处！"这老头子就用一种兴奋的声调大声说："柯仑道斯科·伊先生。"（他过了二十五年之久，始终不曾学会说他那保护人的姓，老是发音不正确）"柯仑道斯科·伊先生！这一派的倡导者和庇护者，那个李维勒·拉布，

---

① 安提戈涅，希腊神话中国王俄狄浦斯的孝女。

293

他是个红帽子①！"伊凡·马特维伊奇却微笑一下，捏着一撮鼻烟，一面说："不，不，有些花，有些年轻的处女，崇拜自然的一派……她们都是有点好处的，他们都是有点好处的！……"伊凡·马特维伊奇的学识是很渊博的，可是那对他自己毫无用处，这是常常使我诧异的。

伊凡·马特维伊奇显然衰弱起来了，但他仍然勉强装出满不在乎的样子。在他临死之前三个礼拜，有一天，他刚吃过午饭，就暴发了一阵昏迷症。他凝神沉思了一阵，随后说，"末日到了"，随即强自振作，休息了一下，写了一封信到彼得堡，给他的兄弟——他的唯一的继承者，他们已经有二十年彼此不通音讯了。有一个邻居听说伊凡·马特维伊奇病了，就来看他——他是个德国人，信天主教的，从前是一个有名的医生，那时候隐居在乡下。他很少到伊凡·马特维伊奇家里来，但伊凡却常是特别客气地接待他，实在说起来，他对他真有很深的敬意。世界上受他尊敬的，几乎就只有他这么一个人。这老头子劝伊凡·马特维伊奇请一个牧师来，但伊凡·马特维伊奇却回答说，"这些先生们和我呀，我们再没有什么可说的了。"说罢就请他不要再提这件事情。后来这位邻居告辞走了，他就吩咐他的侍仆，以后不要让什么人进来会他。于是，他又把我叫去。我一见他就吃了一惊；他那双眼睛底下一块块地发青，他的面孔也显得皱缩呆滞起来，下颏也向下垂了。他说："你现在长大了，苏珊，"他说话的时候，有些字母说得很吃力，但他还竭力做出笑容（那时候我十九岁！），"你大概

---

①　"红帽子"是法国革命时代急进党所戴的帽子，红色是自由的象征。李维勒·拉布(1753—1824)，法国民主党人，曾为执政的政府委员，在宗教上属于信仰有神论的博爱主义一派。

不久就要独自过日子了。你时时都要多动脑筋，好好做人。这是我这……"——他说到这里，咳嗽了几声——"我这老头子最后的劝告，我唯愿你好。我已经托我弟弟照应你，我想他决不会不尊重我的意思……"他又咳嗽了，而且很焦急地抚摸胸部，"而且，我还希望在我的遗嘱里提到您。"最后这一句话真是像一把刀似的割痛了我的心。啊，这真是太……太鄙视人、太侮辱人了！伊凡·马特维伊奇看见我脸上的表情，也许是当成了一种别的情绪——悲哀或是感激的情绪——于是，他好像想要安慰我似的，在我肩膀上拍一拍，同时还是像平常一样，轻轻地推开我，一面说："好了，我的孩子，拿出点勇气来！我们都是要死的！不过现在还没有什么危险。我只是随便提醒一下……去吧！"这一次又和我的母亲死后他把我叫去的时候一样，我只想对他高声叫喊，"可是我是你的女儿呀！你的女儿！"但是，我再一转念，就想到他听了这句话，听了这内心的呼声，一定也不会了解其中所含的意义，反而会以为这是表示我要求继承他的财产，表示我要得他的钱……啊，算了吧，无论如何我决不向这个人说半句话，他连一次也不曾向我提过我的母亲的名字，我在他的心目中根本就算不了什么，甚至我究竟是否明白自己的身世，他也全不关心！或者也许他猜想到了，甚至完全明白了，只是不愿意"平地起风波"（这是他爱说的一句话，几乎是他所说的唯一的一句俄国成语），不愿意使他自己失去一个声音娇柔的年轻朗读者！算了吧！算了吧！随他去继续辜负他的女儿，就像他当初辜负她的母亲一样吧！随他把这两重罪恶一起带到坟墓里去吧！我发誓不说，发誓不让他听到我嘴里说出那两个字来，我要是说出来，无论谁听了，一定会感到一种悦耳的圣洁的意味——可是我偏不说给他听！我决不叫他一声"父亲"！我为我的母亲着想，为我自己着想，决不能原谅他！他也觉得并不需要我的原谅，并不需要这种称呼……可是那决不可能，他决不会没有这种需要！只是他不配得到原谅，他不配，他不配！

天知道我究竟能否始终坚守我的誓言，究竟我的心肠是否会软下来，究竟我是否会克服我的羞怯心理、我的耻辱和我的自尊心……但是，伊凡·马特维伊奇所遭的结局也和我的母亲一样。忽然之间死神就把他带走了，而且也是在夜间。这次又是拉奇先生来把我叫醒，和我一同跑到那所大房子里，跑进伊凡·马特维伊奇的寝室……但是，我连那最后的垂死的动作都没有见着——当初我在母亲床前所看到的那些临死的动作，在我的回忆里还留下了深刻的印象！在那镶着花边的绣花枕头上，躺着一颗干枯了的、木偶似的黑色人头，鼻子尖尖的，灰白的眉毛乱蓬蓬的……我当时又是恐怖、又是恶心，不由得惊喊起来，飞步跑开，我走过一重一重的门的时候，撞着许多有胡子的农民，他们都穿着粗布外套，上面还系着节日的红腰带，我跑了一会，不知怎么的，终于跑到露天的地方了……

后来别人告诉我说，侍仆听见叫铃猛然响了一阵，就跑进寝室里，他一看伊凡·马特维伊奇不在床上，却在离床两步的地方。他在地板上坐着，缩成一团，接连两次重复地说，"啊，您这可糟糕了。"这就是他最后的话。但是，我不相信这个。为什么他在那种时候居然肯说俄国话，而且还是这种本地的俄国老俗话！

我们等那新主人谢苗·马特维伊奇·柯尔多夫斯基，整整等了两个星期之久。他先派了人来吩咐，无论什么都不许动，无论什么人也不要辞退，等他来亲自考察一切。于是，所有的门，所有的家具、柜子、桌子——统统锁起来了，还加上了封条。所有的仆人都很沮丧，心里惶恐不安。我忽然成了这一家之中最重要的人物之一，也许就是最重要的一个。从前他们说到我，总是称"大小姐"；现在这个称呼似乎有了一种新的意义，他们说的时候，都特别加重语气。大家开始私自议论，说"老主人忽然死了，来不及请一个牧师，而且他已经有许多日子没有祈祷忏悔了；可是遗嘱究竟是不要许多时间就可以立好的"。拉奇先生也觉得应该把他的态度改变一下。他并不假装出和善和抚爱的神气；他知道他骗不了我，但他脸上却显出一种敢怒不敢言的顺服的神态。他似乎是说："你瞧，我让步了。"人人都巴结我，竭力奉承我……我却不知道如何是好，也不知如何自处，只是感到诧异，不知这些人怎么看不出他们使我多么难为情。后来谢苗·马特维伊奇终于来到了。

谢苗·马特维伊奇比伊凡·马特维伊奇小十岁，他的一生所经历的途径完全不同。他是彼得堡的一个官吏，位置相当重要……他曾经结过婚，妻子早就死了；他有一个儿子。从面貌上看起来，谢苗·马特维伊奇很像他的哥哥，不过他比较矮一点、胖一点，头又圆又秃，眼睛又亮又黑，和伊凡·马特维伊奇的一样，只是有点懒洋洋的神情，他的嘴唇又厚又红。谢苗·马特维伊奇经常说俄国话，几乎毫无例外，他说得声音很大，而且很流利，这是和他的哥哥不同的，他甚至在他的哥哥死后说到他，也还是称他为一个法国哲学家，有时候粗鲁一点，就说他是个怪物。他时常大笑，笑的时候老爱把眼睛完全闭上，笑得周身发抖，好像因暴怒而发抖似的。他管理一切事情都非常严厉，无论什么事都要亲自去考察，而且他还要每个人都给他报告最详细的账目。他初到的第一天，就请来一个牧

师和全体教会服务人员举行了一次洒圣水的仪式，无论什么上
面都洒上水——全家所有的房间里，甚至那些顶楼上和地窖
里，都洒上水——据他说，这是为的要"根本驱除那种伏尔泰
和雅各宾党的风气①"。在第一个礼拜之内，伊凡·马特维伊奇
所宠爱的人当中就有几个被革除了，其中有一个甚至被流放到
一个别的地方，另外有些人受了体罚；那个老侍仆——他是个
土耳其人，会说法国话，是已故的元帅加明斯基送给伊凡·马
特维伊奇的——现在恢复了自由，但同时却接到主人一道命
令，叫他在二十四小时内离开，"免得别的佣人援引他的先
例"。原来谢苗·马特维伊奇是个刻薄的主人；有许多人大概
是不免追念他们的旧东家。"老主人伊凡·马特维伊奇在世的
时候，"一个年老力衰的管家在我面前哭诉着说，"我们所要
担心的只是留神把洗出来的衬衣和被单弄得干干净净，屋里熏
香一点，再让过道里听不见佣人的声音——啊，那是铁定的规
矩！其余的事情，尽可以将就。老主人一生连一只苍蝇都没有
伤害过！哎，现在才叫受罪哪！这简直是该死的日子到了！"

　　我的地位也变得很快，这就是说，前几天里我不由自主地
所处的那种地位，现在改变了……伊凡·马特维伊奇的文件里
根本找不出什么遗嘱，一行有利于我的话也没有发现。于是，
人人都似乎是赶紧躲避我……我并不是专指拉奇先生……别的
人也个个都生我的气，而且还竭力表示他们的愤怒，好像我骗
了他们这里所说的伏尔泰和雅各宾的风气，就是革新和革命的
风气似的。每次举行早祷的时候，谢苗·马特维伊奇照例在神
座前面听着；有一个礼拜天早祷之后，他吩咐佣人把我叫过

①　伏尔泰(1694—1778)，法国启蒙思想家；"雅各宾党"是一七八九年的法国革命党。

298

去。在这一天以前，我只间或瞥见他几次，他也似乎并不曾注意我。这一回他在书房里接待我，我进去的时候，他在窗前站着。他穿的是一套制服，佩着两星的肩章。我在门边静立不动；心头感觉着恐惧和另外一种情绪——虽然是模模糊糊的，却也使我憋得难受——因此我的心剧烈地跳起来。"我愿意跟你见见面，姑娘。"谢苗·马特维伊奇闪动着眼睛先望了望我的脚，然后忽然直视着我的脸，开始这么说。他这一阵注视简直像是打了我一巴掌。"我愿意和你见见面，把我的决心告诉你，好使你放心，知道我已经毫不迟疑地打定了主意要帮你的忙。"他说到这里，就提高了声音，"要求产权，当然你是没有份的，可是你是……给我哥哥读书的人，你凭这个身份，以后你尽可以指望我的……我的照应。我……当然是很佩服你的知识和你的品行。你的继父，拉奇先生，我已经嘱咐他随时留意。说到这里，我还要补充一句，我觉得你这可爱的外表似乎是可以给我保证你有善良的情操。"谢苗·马特维伊奇说到这里，轻声地嘻笑起来，而我……我并不算十分恼怒……但是，我忽然觉得暗自伤心……那一刹那间，我十足地觉出了我是多么孤苦伶仃、无依无靠。谢苗·马特维伊奇用短促而稳重的脚步走到桌子前面，从抽屉里拿出一捆钞票来，放在我手里，继续说："我这里随便拿几个钱，给你零花。我以后永远也不会忘记你，我的宝贝；可是现在暂且分手吧，你千万要做个听话的好姑娘。"我机械地接着那捆钞票，无论他送给我什么东西，我大概也都会收下的；随后我回到自己屋里，坐在床上，哭了很久。我把那捆钞票掉在地下，自己都不知道。拉奇先生看见了，就把它拾起来，他问了问我拿这些钱打算怎样办，就由他自己收起来了。

299

他的命运在那几天之中也起了一个重大的变化。他和谢苗·马特维伊奇谈了几次话之后，就成了他的心腹人，不久就得到了总管家的地位。从那时起，他的得意生活——他那永久不绝的大笑——就开始了，起初本是由于他要取悦于他的恩主，才竭力做出那种样子……到后来终于成为一种习惯了。也是在那个时候，他成了一个俄国的爱国者。谢苗·马特维伊奇是对于一切本国的事物都很崇拜的人，他自称为一个"地道的俄国好汉"，他虽然自己也穿日耳曼式的衣服，却爱拿它取笑。他把一个厨子打发到一个很远的村庄上去，这个厨子是当初伊凡·马特维伊奇费了许多钱设法训练出来的；他把他打发出去，只是因为他不会做鹅脖咸黄瓜汤。谢苗·马特维伊奇惯爱站在神座前面，随着那些助祭们同声唱颂歌，婢女们聚集在一起跳舞和合唱的时候，他也和她们和唱，用他的脚打着拍子，而且还要捏一捏她们的脸蛋儿……但是，不久他就回彼得堡去了，几乎把管理全部产业的大权完全交给我的继父了。

　　我的悲惨的日子开始了……我的唯一的安慰就是音乐，于是我把全副精神寄托在这上面。幸而拉奇先生的事情很忙，没有闲空，但他一有机会，就要向我表示他的敌意；正如他当初说的，他遭了我的拒绝，"不肯罢休"。他虐待我，叫我替他抄写那很长的满纸诳话的报告书给谢苗·马特维伊奇，还要我替他改正别字。我被逼着不得不绝对服从他，于是我也就居然服从他了。他明说他有意要收拾我，要使我变成丝一般柔和。"你睁起那双不服气的眼睛是什么意思？"他有时候正当吃着饭，一面喝着啤酒，一面伸手在桌上一拍，大声嚷道，"你也许以为你像一只绵羊似的不声不响，所以你就毫无问题……不行啊！还要请你望着我的时候，也要像一只绵羊才行。"我的处境真是痛苦不堪，无法忍受……我的心越来越悲伤了。渐渐有一种危险的念头常常在我心里蠢动起来。我一夜一夜地熬过去，觉也睡不成，灯也不点。只是不住地想呀，想呀；身外是黑暗的，心中是凄凉的，在这黑暗和凄凉之中，有一种可怕的决心渐渐形成了。恰巧谢苗·马特维伊奇又回来了，于是我的念头又起了一种转变。

谁也没有想到他会回来，因为秋天早就降临了。原来他这一次是因为不得志，特地回来退隐；他本来希望获得一个亚历山大勋章，人家却只给了他一个鼻烟盒。因此他觉得政府不能赏识他的才能，就大为不满。他又觉得彼得堡那些人对他太没有同情，而且对他的愤慨也不抱同感，所以他对彼得堡也不满意，于是就决意回到乡间来安居，专心来管理他的产业。他是独自回来的。随后到了新年，他的儿子米哈依尔·谢苗尼奇也回来过节了。我的继父几乎无时不在谢苗·马特维伊奇的房间里；他仍旧很受他的宠用。我因此就平安无事，不受他的搅扰；这时候他也没有工夫来管我……谢苗·马特维伊奇想起了一个主意，要开办一个造纸厂。拉奇先生对于开办工厂丝毫也不懂，谢苗·马特维伊奇也明白这种情形，但我的继父是个灵活的角色（按当时流行的说法），是个"阿拉克切耶夫"①！这就是谢苗·马特维伊奇常常用来喊他的称呼——"我的阿拉克切耶夫！""只要是这样，我就认为满意了，"谢苗·马特维伊奇坚持说，"只要你有干劲儿，我可以亲自来指导。"谢苗·马特维伊奇在他那许多繁忙事务之中——他必须督导造纸厂的

① 阿拉克切耶夫(1769—1834)，俄皇保罗一世和亚历山大一世两朝的得力宠臣，他执政的时期是俄国历史上最专制的黑暗时期。

事情，又要管理产业，此外还有建设账房、起草账房规则、拟定新的称号和职务等事，都要由他主持——他却还是有工夫来照顾我。有一天晚上，他把我叫到客厅里，让我弹钢琴。其实谢苗·马特维伊奇对于音乐的兴趣甚至比他的哥哥还不如；但是，他却称赞我，向我道谢，第二天还把我请去和他同席吃饭。饭后谢苗·马特维伊奇和我谈了不少时候的话，问了我许多问题，他听到我某些回答就大笑起来，其实我记得那些话里面并没有什么有趣的地方。他瞪着眼睛望着我，那种神气十分古怪……我就觉得怪不自在了。我不喜欢他那双眼睛，我不喜欢他的眼睛所流露的那种直率的表情和那明亮的眼色……我常常觉得正是这种直率的表情里隐藏着邪恶的意图，正是那炯炯的目光之下掩盖着他那肮脏的灵魂。"您不用替我读书了，"谢苗·马特维伊奇终于对我说，一面扯正他的衣服，打扮得令人生厌，"多谢上帝，我还没有瞎，自己可以看书；不过喝的咖啡要是能从您那双小手里拿过来，味道一定要好一点，而且我还很乐于听您奏乐哩。"从那天起，我就经常过去到那所大房子里吃饭，有时候还在那客厅里一直待到晚上。我也和我的继父一样，很受宠爱：这在我却并不足以引起愉快。我凭良心说，谢苗·马特维伊奇对我很有几分敬意，但我总觉得他这个人有些使我憎恶、使我慌张的地方。这种特别的地方并不是在言语中表现出来，而是表现在他那双眼睛里，那双邪恶的眼睛里，和他的笑声里。他始终不向我提到我的父亲——他的哥哥——我觉得他故意避着这点，并不是因为他不愿意引起我的野心或是要求，而是为了一种别的原因，这种原因我也说不清究竟是怎么回事，可是很使我羞愧，使我心里烦乱……快到圣诞节的时候，他的儿子米哈依尔·谢苗尼奇回来了。

啊，我觉得我不能再像以前那么说下去了；这些回忆真是太伤心啊。尤其是现在我不能心平气和地叙述我的身世了……何必隐瞒呢？我爱上了米哈依尔，他也爱上了我。

　　至于当初的经过——我也不打算细说。那天晚上，他走进客厅里——我坐在钢琴前面，他进来的时候，我正弹着韦伯①的一支奏鸣曲——他长得又漂亮、又秀气，身上穿着一件羊皮里子的绒大衣，脚上穿着高统毡靴，都没有脱去，一直从外面的严寒中走进来；他还没有向他的父亲问安，就把他那撒满了雪的貂皮帽甩一甩，迅速地瞟了我一眼，露出惊讶的神情——我知道从那天晚上起，我就永远也不能忘记他——我永远也忘不了那张和善的、年轻的面孔。他开始说话……他的声音一直钻进我心里去了……他的声音是气概不凡而又柔和悦耳的，每一字音里都流露出一股真纯、坦白的天性！谢苗·马特维伊奇看见他的儿子回来了，当然高兴，他拥抱他，可是马上就问："在家里住两个礼拜吧，嗯？休假回来的，是吧？"一面叫我离开。我在窗前坐了很久，凝神望着大房子里那些房间里的灯光来回移动。我仔细望着，静听那些新的、不曾听惯的声音；我被那令人愉快的骚动所吸引了，一股新奇的、不习惯的快感闪进了我的心灵……

　　第二天饭前，我就和他作了第一次谈话。他受了谢苗·马特维伊奇的吩咐，到我们这边来会我的继父，商量什么事情，他在我们那小小的客堂里看见了我。我正想起身要走，他却把我留下了。他的一举一动和他的谈话都是活泼而不拘束的，但目空一切的傲慢态度和一般彼得堡的人那种自大的口气，他却

---

① 韦伯(1786—1826)，德国作曲家。

又丝毫也没有，而且一点也不像那些军官或是近卫军官的神气……他别有一种风度：正是他那随随便便的神态里，却含着一股温柔的意味，几乎是羞答答的，好像是有什么事求你不要介意似的。有些人的眼睛是永远不露笑容的，哪怕正在大声笑着的时候也是那样；至于他呢，他的嘴唇几乎永不改变那美妙的轮廓，他那双眼睛几乎时常在微笑。我和他大约闲谈了一个小时……谈些什么，我记不清了；我只记得我自始至终都是直视着他的脸上，啊，我和他在一起是多么愉快、多么安然自若啊！到了晚上，我就过去弹钢琴。他很爱好音乐，他在一把安乐椅上坐下，把他那白发的头支在胳臂上，聚精会神地静听着。他始终没有称赞我，但我知道他喜欢我弹的音乐，因此我就全神贯注地弹奏。谢苗·马特维伊奇坐在他的儿子身边，审阅着一份计划书。他忽然皱了皱眉头，一面照他平时的习惯整一整衣襟，扣起衣扣，一面说："喂，姑娘，这就够了；为什么要弹得像金丝雀叫似的，老是吱吱响？这真是叫人头痛。"他随即又低声接着说，"要是为我们这班老头子，您就不会这样卖力气了。……"说罢，他又把我打发走了。米舍尔[①]把我目送到门口，又从座位上站起来。"你到哪儿去？你到哪儿去？"谢苗·马特维伊奇大声喊道，他忽然又大笑起来，再说了些话……我听不见他说的是什么；但是，拉奇先生也笑了，他的笑声传到了我的耳朵里。那天晚上他也在场，坐在客厅的一个角落里（他时常都"在场"，那一次是送计划书去的）。……第二天晚上又是同样的经过——也可以说是差不多同样的经过——重演了一遍……谢苗·马特维伊奇忽然对我冷淡

---

① "米舍尔"是"米哈依尔"的小名。

起来，嫌弃我了。

那所大房子是分成两部分的，中间以一条过道为界。四天之后，我在这个过道里遇着米舍尔。他握着我的手，把我引到餐室附近的一间屋里，那间屋子叫肖像陈列室。我随着他走，心里不免有几分兴奋，但毫无疑虑。就在那时候，我相信，他即便引着我到海角天涯，我也还是会随他去的，虽然我还不知道他究竟对我是怎样的态度。哎，我以满腔的热情爱上了他；我心中本来充满了一个不幸的年轻女子的绝望情绪——不仅没有爱情的对象，而且还觉得自己是一个多余的不速之客，置身在陌生人当中，置身在仇人当中——现在我就是怀着这种心情把他爱上了。

米舍尔向我说——那真是稀奇啊！我大胆地直视着他的面孔，他却不望着我，而且还微微地涨红了脸——他向我说，他了解我的处境，对我的处境很表同情，而且还求我原谅他的父亲……"至于我呢，"他接着又说，"我求您时常信任我，相信我，您对我就算是个妹妹——对了，真是个妹妹。"他说到这里，很热烈地紧握着我的手。我的心却乱了，现在轮到我低下头来；不知怎么的，我好像希望他有某种表示，希望他说句别的话。但是，我却向他道谢。他急忙打断我的话，"不，请您不要这么说……不过您要知道，做哥哥的理应保护他的妹妹，您无论什么时候需要保护，不管是要抵抗谁，您都信任我吧。我到这里不久，可是我已经明白许多情况了……别的不消说，您那继父我总算看透了。"他又把我的手紧握了一下，就离开我了。

后来我才知道，米舍尔初次和拉奇先生相见，就对他感到了厌恶。拉奇先生起初还竭力向他讨好，后来知道白费气力没

305

有好处，就立即对他改取了一种仇视的态度，他不但不对谢
苗·马特维伊奇隐瞒他这种态度，而且还时常向他表示出来，
同时还声明他的歉意，说他不能得到少东家的欢心，实在是件
憾事。拉奇先生很细心地研究了谢苗·马特维伊奇的性格；他
的估计并没有使他上当。"这个人对我的忠心是无可置疑的，
因为我死了之后，他就要随着完蛋，我的儿子是不会容他
的"……这个念头在老头子的脑子里不断增长，越来越坚定
了。据说凡是当权的人年纪越老的时候，常是容易中这个圈
套——绝对忠于一个人的圈套……

　　谢苗·马特维伊奇称拉奇先生为他的"阿拉克切耶夫"是
很有道理的……可是他也很可以用一个什么别的名字称呼他。
他时常对他说："你是我身边最驯服的人。"他从最初就是用
这种赏识的亲密口吻和他说话，我的继父也就老是柔顺地注视
着谢苗·马特维伊奇，把头歪在一边，装出一副孤苦伶仃的可
怜相，笑时的神态也好像是很忠厚的，似乎是说："我就在这
里，完全听凭你老支配。"啊，现在我觉得我的手颤抖起来
了，我的心靠着我现在写字的桌子边上，也猛跳起来……我回
想起那时候的往事，真是可怕，我的血也沸腾起来……但是，
我还是要把一切的事一直叙述到底……叙述到底！

　　在我得到谢苗·马特维伊奇的厚待那一段短短的期间里，
拉奇先生待我的态度有了一种新的成分。他对我渐渐表示敬
意，很谦和地跟我亲近，好像我比以前懂事了，比较可以和他
并列似的。"你现在把你那些做作的习气都去掉了，"有一天
我和他从那所大房子里回我们的住所时，他在半路上对我说，
"你这才做得很对哪！一切高尚的情操、丰富的感情——那都
是文选里才读得到的东西——对我们这种人是不相宜的，姑

娘，对我们这班穷人是不相宜的。"后来我失宠了，米舍尔又毫不隐瞒他对拉奇先生的鄙视和他对我的同情，于是拉奇先生对我就突然加倍地严酷了，他随时随地都尾随着我，好像我什么罪都犯得出来，必须加以严格看管似的。"你可要记住我的话，"他有一次脚上穿着粘满了泥的靴子，头上戴着他那顶便帽，连门也不敲，就一直冲进我的房里，大声嚷道，"这样搞下去我是不能容忍的！你这种趾高气扬的神气我受不了！你再也别想骗我了。我要打掉你这种骄傲的派头。"于是，有一天早晨，他告诉我说，谢苗·马特维伊奇已经下了命令，以后除非有特别的召唤，不许我再在他的餐席上露面……这样下去，要不是又发生了一件意外的事，给我的命运作一个最后的转机，我真不知道会得到一个怎样的结局……

米舍尔爱马爱得入迷。他打定了主意要驯一匹小马，那匹马起初还好，后来就放起蹄来，把他从雪橇上甩出去了……他们把他抬回家来，他已经失去了知觉，一只胳臂摔断了，胸部也有伤痕。他的父亲惊慌失措，派人到城里请来了几位最好的医生。他们想尽方法诊治米舍尔；但是，他非躺一个月不可。他是不打牌的，医生又禁止他谈话，他要是看书，又只能老用一只手把书举起，所以也很不方便。结果谢苗·马特维伊奇就把我叫去，陪他的儿子——还是干我从前那份差事，替他读书。此后就有些时候，我永远也忘记不了！我常常刚吃完饭就立即到米舍尔那里去，在这半暗的窗前一个小圆桌前面坐下。他时常在那所大房子的尽头客厅外面的一间小屋里，躺在一把帝国式的大皮沙发上，那高而直的椅背上有一块金质浮雕，雕的是一个古代人结婚的仪式。米舍尔的头靠在枕头上略往后仰，我一进去，他就立即掉转头来，把他那苍白的脸向着我：

他微笑着，满脸欢颜，他把头向后一甩，把他那柔润的头发甩到后面，同时温柔地向我说，"早安，温柔可爱的姑娘。"我拿起书来——当时瓦尔特·司各特①的小说是最享盛名的——我那时候诵读《艾凡赫》②的光景在我心里留下了一段非常鲜明的回忆……我读到瑞白佳③所说的话，我的声音不禁因激于热情而颤动起来。我也有犹太人的血统，而且我的命运不是和她相似吗？我岂不也是和瑞白佳似的，服侍着一个病人，而且是我所心爱的病人吗？我每次把视线从书页上移开，抬起头来望着他，总是碰到他那双眼睛，他老是满脸含着柔和而愉快的微笑。我们谈话的时候很少；通着客厅的门经常都是开着的，客厅里又总是有人；但是，每逢那边没有人声，我自己也不知道为什么，老是停止读书，把书本放在膝盖上，凝神望着米舍尔，他也望着我，这时候我们俩都觉得很快活，而且似乎是又高兴、又害羞；就在这种时候，我们把一切一切的心情都在不言不动中互相倾诉了！哎！我们的心彼此接近了，各自的心跑过来互相结合，好似地下的暗流汇合起来一般，没有人看见，也没有人听见……而且是无法阻止的。

"您会下象棋或跳棋吗？"有一天他问我。

"我稍微会下一点象棋。"我回答说。

"那就好了。叫他们拿一个象棋盘来，把桌子推过来。"

我在沙发旁边坐下，我的心情紧张起来了，我不敢转眼望米舍尔……但是，我坐在窗户那边的时候，从对面注视着他，那却是多么自在啊！

---

① 瓦尔特·司各特(1771—1832)，英国著名历史小说家。
② 《艾凡赫》，瓦尔特·司各特的著名历史小说。
③ 《艾凡赫》中女主人公，是个遭遇不幸的犹太女子，她爱上了艾凡赫，但没能如愿。

我开始摆棋子……我的手指发抖了。

"我提议这个……并不是为的要下棋……"米舍尔也动手摆棋子，一面低声说，"我是为的要让你离我近一点。"

我没有回答，但我不问一问谁先走，就动了一个卒子……米舍尔并没有跟着走棋子……我望了望他，他的头稍微向前伸出了一点；他脸色苍白，眼睛里含着乞求的神情，向我的手只是点头示意……

是否我明白了他的意思……我不记得，只记得当时有一种模糊的意识飞速地钻进了我的脑子里……我迟疑着，几乎喘不出气来，终于拿起一个后，一直走到棋盘对面尽头。米舍尔迅速地低下头来，用他的嘴唇按住我的手指，使劲向棋盘上压着，开始无声无息地、狂热地亲吻起来……我无力把手指抽回来，也不愿意那么做；我用另外那只手遮住脸，泪珠一颗一颗地滴在桌上——我至今还记得，冷清清的、却又是快乐无比的……那是多么幸福的眼泪呀！……啊，我知道了，他这样据有了我的手，在那一刹那间，我满心觉出了他是怎样的一个人！我知道他不是一个轻薄少年，不是因一时的冲动而痴狂，不是一个堂璜，不是一个军队里的浪荡子，而是一个最高尚的、最好的人……我知道他爱我！

"啊，我的苏珊娜！"我听见米舍尔低声说，"我使你流了这些泪，永远也不会使你流别种的泪了。"

他说错了……他还使我流了别种的泪。

但是，老说这些回忆有什么用处呢……尤其是，尤其是现在！

米舍尔和我彼此发誓永远相爱。他明知谢苗·马特维伊奇决不会允许他和我结婚，这一点他并不曾隐瞒我。我自己对于这一点也毫无疑问，但我很高兴，高兴的并不是因为他没有欺骗我——他根本就不会骗人——而是因为他并不打算欺哄他自己。我为我自己一无所求，随他要我到什么地方，随他要我怎么办，我都会听从的。"你做我的妻子吧，"他重复对我说，"我不是艾凡赫；我知道幸福是和罗维纳小姐①无缘的。"米舍尔不久就恢复了健康。我从此就不能再去看他，但我俩之间一切都已经决定了。我完全沉醉于美好的将来；周围的一切究竟如何，我一点也没有看见，好像我在一条壮阔、平静而又是急流的河上，隐藏在大雾里漂浮着一般。但是，我们是受着监视的，是随时有人窥伺着的。有一两次我看出了我的继父那股恶毒的眼色，听见了他那可憎的笑声……但是，那种笑声和那双眼睛似乎只是片刻间从大雾之中浮现出来的……我不禁打了个冷战，可是随即就忘却了，仍旧让我自己沉迷于那条壮阔的、急流的大河……

　　米舍尔动身的前一天——我们事先早已约定了，他在中途私自折回，把我接去——他派他的心腹仆人送了一封短信给我，信里说要我在晚上九点半到那夏天打台球的屋子里和他相会，那间台球室是一个屋脊很低的大房间，在花园那边连着那所大房子建筑起来的。他在信里说，他非和我面谈、安排一切不可。我在那间台球室里已经和米舍尔相会过两次了……我有开外面那道门的钥匙。时钟刚打九点半，我就立即在肩膀上披了一件温暖的背心，悄悄地走出我们那所小房子，在那嚓嚓响着的雪地上走过去，安然到了台球室。那时候月亮裹在浮云里，恰巧在屋脊上留着一团模糊的影子，风也围着墙角尖声地

---

① 《艾凡赫》中另一女角，她因门第和艾凡赫相当，和他结婚了。

呼啸。我周身打了一个寒战，但我还是用钥匙把锁打开了，走到屋里去，随后把门关好，再转过身去……一个漆黑的人影映在窗间的墙壁上，隐隐约约地可以看得出来，那人影向前走了两步，停住了……

"米舍尔。"我低声喊道。

"米舍尔已经由我吩咐他们锁起来了，这是我！"一个声音回答道，这声音真是好似划破了我的心啊……

原来是谢苗·马特维伊奇站在我面前！

我正待急忙逃跑，他却抓住了我的胳臂。

"你打算往哪儿跑，你这不要脸的烂货！"他恶狠狠地说，"你既然有本事和这班年轻的蠢东西私会，那么你惹出来的祸，你就应该有本事担当。"

我惊惶得什么似的，脸都发白了，但我还是挣扎着要向门边走去……没有用！谢苗·马特维伊奇的手指像铁钩似的把我紧紧揪住了。

"放了我吧，放了我吧！"我终于哀求着说。

"我叫您不许动！"

谢苗·马特维伊奇强迫着我坐下。在那半明半暗之中，我辨别不清他的面孔，而且我也掉转了脸不看他，但我听见他很急促地喘气，磨着牙齿。我既不觉得恐怖，也不觉得绝望，只感到一种茫然的诧异……一只被捉的小鸟在鹰鹞的爪中，我想大概也是这样麻木吧……谢苗·马特维伊奇的手还是那么紧紧地揪着我，正如一只凶猛狂暴的爪子似的要把我钳住……

"啊哈！啊哈！"他重复说，"原来就是这么回事呀……原来是弄出这种把戏来了……啊，等等吧！"

我竭力要站起来，但他很粗暴地把我推了几下，我几乎痛得叫喊起来，随着就是一阵不堪入耳的辱骂和威胁向我爆发了……

"米舍尔，米舍尔，你在哪儿？救救我吧！"我呜咽着说。

谢苗·马特维伊奇又推了我几下……这一次我却抑制不住我自己了……于是，我就大声叫喊起来。

这一叫似乎对他起了一点作用。他稍微平静了一点，而且把我的胳臂放开了，但他还是站在那里不动，离我几步，挡在我和门之间。

过了几分钟的工夫……我没动；他还是像刚才那样急促地喘气。

"老实坐着，"他终于又开口说，"回答我的话。让我看看您的品行是不是还没有糟到极点，看看您是不是还能够听我讲点道理。由于一时的冲动干出来的傻事，我可以宽恕，一味的固执……那可是不行！我的儿子……"他说到这里，停住了一下呼吸，"米哈依尔·谢苗尼奇答应了和您结婚吗？是不是这样？对我说呀！他答应了没有，嗯？"

我当然是什么话也没有回答。

谢苗·马特维伊奇几乎又要暴怒起来了。

"您不说，我就当作您是表示默认了，"他稍停了一会儿，又继续说，"那么您是打算要做我的儿媳妇喽？真是异想天开！可是您并不是一个三岁小孩子，您应该完全明白，这班年轻的蠢东西都是绝不怕胡乱答应人的，只要能达到他们的目的……可是丢开这些不提，您难道以为我这么一个……世代相传的高贵人物，谢苗·马特维伊奇·柯尔多夫斯基，会承认这种婚姻吗？要不然您还打算不要他的父亲祝福吗？……您打算偷跑出去，私自结了婚再回来，玩一套小把戏，跪在我脚

312

下，希望我这老头子可怜您吗……说呀，混账东西！"

我只是低下头来。他尽可以要我的命，可是要想强迫我说话，那可不是他的威力所能做得到的。

他稍微来回地走动了一下。

"嘿，听我说吧，"他改了一种比较和平的声调说，"你千万不要以为……不要想象着……我看还是要换一种别的态度跟你来说才行。听着吧，我很了解你的处境。你吓坏了，神经错乱了……提起精神来吧。现在这时候，你一定觉得我是个怪物似的……像个专制魔王。可是你也设身处地替我想想吧：我怎么能禁得住不生气，怎么能不多说一些话呢？可是无论如何，你现在总该明白了，我并不是个怪物，我也有良心。你想想我初到这里的时候和后来一段时间里，都待你多么好，直到后来……直到近来……直到米舍尔摔坏了的时候。我并不愿意向你夸口，说我待你有多大的恩惠，不过我觉得光是感激的心情就应该能把你阻止住，不让你走你近来决定要走的那条不可靠的、有严重后果的路！……"

谢苗·马特维伊奇又来回走动着，走了一会，又停住脚步站着，轻轻地在我胳臂上拍一拍——他拍的这只胳臂正是他刚才使劲揪住的那只胳臂，那时候还没有止痛，后来过了很久，还老是留着青紫的伤痕……

"当然喽，"他又开始说，"我们是太急躁一点……就是稍微急躁了一点！我们总是不肯费点心想一想，我们总是不斟酌斟酌，究竟怎么办才有好处，究竟应该如何得到这种好处。您也要问问我：那种好处在什么地方呢？您无须往远处看……这也许就在眼前……拿我来说吧。做了父亲，做了一家之主，我就不得不讲究规矩……这是我的责任。可是同时我也是个人，这是您很知道的。不消说，我是个讲求实际的人，我当然不能容许那些痴情的傻事；那些各方面都不合理的妄想，您当然应该不放在心里才好，因为实在说起来，这些妄想有什么意义呢？——还不消说那种事情是不道德的……您自己一定可以明白这些道理，只要您好好地想一想。而且我老实告诉您，不瞒您说，我以前待您的一切，我并不打算到此为止。我一向都打算着……现在还是打算着……要使您的幸福有巩固的基础，要保障您一个牢靠的地位，因为我知道您的长处，我赏识您的天才，和您的智慧，还有，凭心说……（谢苗·马特维伊奇说到这里，微微向我弯下身来）您长着那么漂亮的一双眼睛，我老实说……我虽然不是个年轻人，可是要我看了您那双眼睛会不动心……我知道……那是不容易的事情，简直不是容易的事情。”

这些话使我周身打了一阵冷战。我简直不能相信我的耳朵了。我在起初的片刻中，以为谢苗·马特维伊奇打算贿赂我，要我和米舍尔断绝关系，打算“补偿”我——但是，他说的是什么呀！这时候我的眼睛已经在黑暗中习惯了，因此我可以勉强看得出谢苗·马特维伊奇的面孔。他那张脸，那张老脸，正在微笑，他来回地用小步走动，在我面前心神不安地踱来踱去……

“喂，您说怎样，”他终于问道，“我提出的要求使您高兴吗？”

“要求？”……我不知不觉地随着说……他的话我一个字也不曾听懂。

谢苗·马特维伊奇笑起来了……正是笑出他那令人作呕的、勉强做作的笑声。

"当然喽！"他大声说，"你们都是一样，你们这些年轻的女人，"——他又改口说——"年轻的姑娘……年轻的姑娘……你们只梦想一件事……你们一定要年轻小伙子！你们离了爱情就不能生活！当然不行喽。不错，不错！年轻人自然是很好的！可是你以为只有年轻人才能恋爱吗？……有些年纪老点的人，他们的心肠更热烈……而且一个老年人只要看中了谁，哼——他简直就像一座岩石那么牢靠！真是天长地久，永不变心了。不像这些没胡子的轻浮小傻子！是呀，是呀；您千万不要看不起老年人！他们什么都行！只是应该懂得怎样对待他们！是呀……是呀！至于恩恩爱爱，老年人也完全懂得那一套，嘻！嘻！嘻……"谢苗·马特维伊奇又笑了，"来吧，喂……把您那小手儿……让我试一下……只是试一下……那就行了……"

我从椅子上跳起来，用我全副的力量在他胸膛上打了一拳。他被我打得蹒跚了几下，发出一种老朽的、惊慌的声音，几乎跌倒在地下。我简直说不出当时他在我心目中显得多么令人作呕、坏得多么不像话，人类的语言里面我真找不出什么话来形容。我的恐惧心理连一点影子都没有了。

"滚开，不要脸的老鬼，"我冲口而出地说，"滚开，柯尔多夫斯基先生，您这世代相传的高贵人物！我……也是和您同一个血统，柯尔多夫斯基家里的血统，我可要诅咒我在这个世家出生的那一天，诅咒那个时辰！"

"什么！……你说什么！……什么！"谢苗·马特维伊奇连气都喘不出来，结结巴巴地说。"你敢……正是我抓住你的时候……正是你来和米沙私会的时候……啊？啊？啊？"

但是，我还是无法住口……我心头已经激起了一股无情的、不顾一切的怒火。

"哼，您，您，您哥哥的……兄弟，您敢无礼，您敢……您拿我当作什么人？您难道瞎了眼睛，不知道您早已使我觉得讨厌了吗？……您居然敢说出这两个字：要求！……快让我出去吧，马上！"

于是，我向门口走去。

"啊，真是！啊，啊！原来她还说这些话哪！"谢苗·马特维伊奇在一阵狂怒之中，尖声地叫喊起来，但他显然不能打定主意走近我……"等一等，拉奇先生，伊凡·杰米扬尼奇，到这儿来！"

台球室里与我靠近的门相对的那扇门突然大大地敞开了，我的继父走进来，每只手里拿着一个点着的烛台。他那圆圆的、通红的面孔两边都照得很亮；他心满意足地报了仇，又替主子帮了大忙，心中充满了奴才的喜悦，因此满脸闪出得意的光彩……啊，那双可憎的白眼睛啊！我什么时候才能不再看见它们呢？

"劳你的神，马上把这姑娘带走！"谢苗·马特维伊奇转过脸来向着我的继父，一面用那颤抖的手命令式地指着我，大声喊道，"劳你的神，把她带回家去锁起来……使她……连一个手指头都动弹不了，让她关在里面，连苍蝇都进不去！再等我的命令处置！要是还不稳当，那就连窗户也要拿板子钉上。你要是让她逃跑了，我就要叫你的脑袋搬家！"

拉奇先生把烛台放在台球桌上，向谢苗·马特维伊奇深深地鞠了一躬，脸上含着一种恶意的狞笑，稍有几分大摇大摆的神气，向我这边走过来。一只猫走近一只无路逃脱的老鼠，我想就是这种神气。我的勇气片刻间就完全烟消云散了。我知道这个人是很可能……要打我的。于是，我就战栗起来；是呀……啊，羞耻呀！啊，丢脸呀！我战栗起来了。

"那么，好吧，小姐，"拉奇先生说，"请您跟我走吧。"

他不慌不忙地揿住我的胳臂肘……他知道我不会抵抗。我就自动地疾步向门口走去；那时候我心里只有一个念头，就是要赶快从谢苗·马特维伊奇面前走开。

但是，这可恶的老头子却从后面跑上前来，拉奇就叫我站住，把我拉转身去，面对面向着他的恩主。

"啊！"老头子挥着拳头，大声嚷道，"啊！那么我是我的哥哥的……兄弟，是不是？血统关系！唔？可是一个堂兄弟，嫡亲的堂兄，你却可以跟他结婚？那就可以，是吗？把她带走，我叫你！"他转过脸向着我的继父。"千万要记住，小心看管她！如果让她和外面通半点消息——那我给你的处罚可就不知会有多么厉害……把她带走！"

拉奇先生把我领到我的房里。一路穿过院子里的时候，他什么话也没有说，只是无声无息地暗自笑个不停。他把百叶窗和门都关好，然后回到我面前，像他向谢苗·马特维伊奇鞠躬那样，深深地向我鞠了一躬，随即就怪得意地粗声笑起来了。

"千岁娘娘，晚安，"他喘着气、哽着嗓子说，"她没有找到她那天仙王子！多么可惜呀！这个主意总算是不错！这可以作为将来的一个教训：不要再通信了！嘻嘻嘻！可是这一手多么妙呀！"他说到这里就走出去，但忽然又在门口伸进头来，继续说："怎么样？我没有忘记您，是不是？嘿？我当初说的话，现在兑现了，是不是？嘻嘻！"钥匙咔嚓一声把门锁上了。于是，我又自由自在地呼吸了。我起初惟恐他捆住我的手……但是，手还是我的，还是自由的！我立刻从我的睡衣上扯下一条丝带，做了一个活圈套，预备套在脖子上，但我马上又把这条丝带抛开了。"我才不让你痛快哩！"我大声说，"简直是发了疯，真是！我的生命我已经付托给米舍尔了，现在我没有得他的同意就可以断送自己的性命吗？不，狠心的恶鬼！不！这套把戏还不能算是你们赢了！他会救我，他会从这个地狱里把我拉出去，他……我的米舍尔啊！"

但是，我又想起他也是像我一样被囚禁了，于是一下子倒在床上，面孔朝下，抽抽噎噎地哭呀……哭呀……唯有一个念头——那个折磨我的冤家或许还在门口静听着，正在得意——唯有这个念头强制着我，使我咽下了我的眼泪……

现在我疲倦极了。我从清早起就在写，现在已经是晚上了；我假如一离开这张纸，就不能再拿起笔来写了……我必须赶紧写，赶紧写，一直写完！而且，要我把那个可怕的日子以后所发生的那些令人恐怖的事情详细叙述一遍，我实在没有那种精力！

二十四小时之后，他们用一辆封得严严实实的大车把我送到一个空荡荡的茅屋里，四面都是些农民，他们都是看管我的，我就在那里整整关了六个星期！我无时无刻不是身边有人守着……后来我听说自从米舍尔回家之后，我的继父就派了些密探随时监视着米舍尔和我两人，后来又收买了从米舍尔那里送那封信给我的那个仆人。我再探听，又知道第二天早晨米舍尔和他的父亲之间发生了一场可怕的、令人愤慨的惨剧……他的父亲把他咒骂了一顿。米舍尔也就发誓永不到他父亲家里来，随即就往彼得堡去了。但是，我的继父给我的这次打击，却打到他自己身上去了。谢苗·马特维伊奇声明不能让他再在他那里管理他的产业。大概凡是不近人情的讨好就是无可饶恕的罪过，惹出了丑事，反正要有一个人遭殃，承担后果。不过谢苗·马特维伊奇还是慷慨地给了拉奇先生相当的补偿：他给了他足够的钱财，使他能迁移到莫斯科，在那里安居立业。在向莫斯科出发之前，我又被带回到那所小房子里，但仍旧受着极严格的看守。"多蒙我的成全。"我的继父失去了他那个小小的"安乐窝"，这就比以前更增加他对我存心报复的愤怒了。

"您为什么要这么大惊小怪呢？"他由于愤怒，几乎总是哼着鼻子这么说，"真糟糕！那老头儿当然未免太性急了，他来得太猛了一点，所以他就把这桩事情弄糟了，现在，当然他是恼羞成怒了，您闯的祸已经无法挽回了！您当初要是再等一两天，那准是万无一失；您也不至于老在这儿吃干面包，我也还是过从前那种日子！啊，真是，女人的头发很长……心机可是很短！好吧，不要紧；反正我已经达到目的了，那个小宝贝（他指的是米舍尔）当然会记住我！"

我当然只好忍受这些侮辱，不声不响。谢苗·马特维伊奇我再也没有见过一次了。他的儿子和他断绝关系，究竟是使他受了打击，也不知是由于他觉得忏悔，还是——多半是——由于他想把我永远束缚在我的屋里，束缚在我的家——我的家里！——总之，他拨了一笔津贴，陆续付给我的继父，算是给我的，直到我结婚为止……这种可耻的施舍，这种津贴，我至今还在接受……那就是说，拉奇先生替我接受了……

我们在莫斯科住下了。为了纪念我那可怜的母亲，我深信只等一到莫斯科，我就不会跟我的继父在一起待上两天，甚至连两小时都待不下去。我一定会跑开，也不知跑到什么地方……或许跑去找警察；我一定会跪倒在总督的脚下，或是参议员们的脚下。但是，偏巧我们从乡下动身的时候，正逢从前做过我们的丫头的那个姑娘设法从米舍尔那里带了一封信给我。要不是为了那封信，我真不知道我会干出什么事情！啊，那封信呀！我把每行都读过多少遍啊，我在那上面亲吻过多少次啊！米舍尔恳求我不要灰心，要我继续存着希望，要我相信他的坚定不移的爱情；他发誓除我而外，永不会属于别人；他称我为他的妻子，他说要排除一切障碍，他把我们俩的将来描绘了一幅图画，他只求我一件事，要我忍耐，稍等一等……于是，我就决心忍耐、决心等待。哎！只要是按照他的意志行事，我还有什么事不肯同意，还有什么苦不肯忍受呢！那一封信成了我的神圣的东西，我的指路明灯，我的铁锚。有时候我的继父虐待我，辱骂我，我就轻轻地把我的手按在胸口（我把米舍尔的信缝在我的护身符里面），笑一笑了事。拉奇先生对我越是横暴，骂我骂得越不堪入耳，我的内心就越觉得轻松，越觉得甜蜜……后来我从他的眼色看去，常常看出他渐渐感到稀奇，不知道我是不是神经错乱了……随着这第一封信之后，又来了第二封信；更是充满了希望……信里面说到我们不久就要会面。

哎！谁知会面不成，却在一天早晨……我看见拉奇先生来找我——又是满脸得意的神气，幸灾乐祸的得意神气——手里拿着一张《荣誉军人》小报，那上面登载了近卫军骑兵上尉米舍尔·柯尔多夫斯基的死讯——他的名字已经从军籍里删除了。

我还有什么可说呢？我仍旧活着，继续在拉奇先生家里住下去。他还是像从前一样恨我——比以前更厉害了——他在我面前把他那黑心肠暴露得太多了，这就是他永远不能原谅我的原因。但是，那对我并没有什么关系。我似乎是成为无所感觉的了，我再也不关心自己的命运了。想他啊，想他啊！我除此而外，没有兴趣，没有欢乐。我那可怜的米舍尔临死时嘴里还念着我……这是一个仆人告诉我的，他对他很忠心，当初米舍尔回乡下去的时候，他是陪着一起去的。就在这一年，我的继父娶了爱利安诺拉·卡尔波芙娜。谢苗·马特维伊奇不久就死了。他在遗嘱里又把他给我的津贴明白规定下来，而且还增加了数目……如果我死了，那笔钱就转归拉奇先生……

　　两年——三年过去了……六年，七年……生命不断地逝去，像潮水退落一样……而我却只是望着它怎样退落。这正如儿童时期的情景，我们在河边做一个小池，用堤坝把它挡住，用尽种种方法不使外面的水渗入，不使外面的水冲进来。但是，最后外面的水还是冲进来了，于是你就把你那白费的苦心完全放弃，而且你还很高兴地望着你所积蓄起来的水往外流去，直到流尽了最后一滴……

　　我就是这样生活着，这样生存着，直到后来，又有了一线新的、意外的温暖和光明。

　　……

　　手稿在这里中断了；后面的几页已经被撕去，最后一句话末尾那几行的字迹也被划掉，涂得看不清了。

十八

　　当初我读了这手稿，非常激动，苏珊娜来找我，也给我留下了深刻的印象，以至我整夜都睡不成觉；第二天清早我就派了一个火急的信差送一封信到弗斯托夫那里去，我在信里请他赶紧到莫斯科来，因为他再不来也许要引起极可怕的后果。我还提到了苏珊娜和我面谈的经过，和她交给我的手稿。我把这封信发出去之后，整天没有出门，时时都在默想着拉奇家里会发生什么事情。我想亲自到那里去看看，又打不定主意。但是，我却不由得看出我的姨妈老是显得心神不安；她时时吩咐仆人烧线香，老在那里独自按照一种名叫"旅客"的打法打纸牌，这种打法是以永远打不通而出名的。一个陌生的姑娘忽然来找我，而且是在那么晚的时候，这个消息已经让她知道了，她脑子里马上就描绘出一个可怕的深渊，我就在这深渊的边缘上站着；她不住地悲叹呻吟，同时嘟哝着一些法国警句，那都是从一本名叫"读书札记"的小抄本里引出来的。当天晚上，我的床边那个小桌子上放着纪兰多①的一部论文，翻到《论情欲的祸害》那一章。这本书是我的姨妈那个年纪较大的女伴放在我的屋里的，这当然是由于姨母的指使；这个女伴因为相貌有些和一只名叫安米施卡的卷毛狗相似，所以这家的人就叫她安米施卡；她是个多情甚至有点浪漫的老处女。第二天我整天老是盼着弗斯托夫回来，盼着他来一封信，盼着拉奇家里的消息……其实他们凭什么会有消息送到我这里来呢？苏珊娜——多半是盼着我去看她的……但是，我在没有先和弗斯托夫谈话之前，无论如何也不能拿出勇气去找她。我回想了我给他的信里所有的词句……我认为那是够迫切的；后来直到夜深，他终于露面了。

十九

他用平日那种迅速而平稳的脚步，走进我的房间。我一见他就

---

① 纪兰多，法国哲学家。

看出他的脸色苍白，脸上虽然表现出旅行之后疲劳的痕迹，却还有一种惊异、好奇和不满的神情——这都是他通常很少有过的情绪。我连忙跑到他面前，拥抱着他，热烈地谢谢他听从我的话，随后我简单地叙述了一下我和苏珊娜的谈话，就把那份手稿交给他。他走到窗前——正是两天之前苏珊娜所坐的那个窗户——一句话也没跟我说，就拿起那本手稿来读。我立刻退到屋里对面那个角落，随便拿起一本书来，装作读书的样子；但是，我老实说，我时时都在从书顶上偷偷地望着弗斯托夫。起初他读得还算安静，同时老是用左手扯他嘴上的茸毛；后来他就把那只手垂下，弯腰向前，再也不动了。他的眼睛似乎是顺着一行一行的字飞跑，嘴唇微微张着。后来他终于把那本手稿读完了，又把它翻转来，抬头向四面望了望，稍微想了一下又开始从头到尾再读一遍。他读完就站起来，把那本手稿放在衣袋里，向门口走过去；但是，他又回转身来，在屋子中间站住了。

"喂，你觉得怎么样？"我不等他说话，就开始问他。

"我错了，不该那么对待她，"弗斯托夫用嘶哑的声音说，"我的举动……真是太鲁莽、无可原谅，太忍心了。我相信了那个家伙……维克多……"

"怎么！"我大声惊喊，"就是你最看不起的那个维克多吗？可是他对你能有什么可说的呢？"

弗斯托夫把两臂交叉起来，侧面向着我。我看得出，他惭愧了。

"你还记得吗，"他勉强地说，"维克多……提起了……一笔津贴。那两个倒霉的字眼深深地印在我脑子里。那就是一切的祸根。我就去盘问他……于是乎，他就……"

"他说了些什么？"

"他告诉我说,那老头子……他叫什么名字?……柯尔多夫斯基,答应了给苏珊娜那笔津贴,因为……为的是……就是作为赔偿损失。"

我把双手轻轻拍了一下。

"那么,你居然相信他了?"

弗斯托夫低下了头。

"是呀!我相信他了……他还说,她还和那年轻的……实在说,我的举动真是无可辩解。"

"那么,你就跑开了,为的是要断绝一切关系?"

"是的,那是最好的方法……在那种情形之下。我的举动简直是粗野,粗野……"他重复地说。

我们两人都沉默了。各人都觉得对方感到惭愧;但是,我究竟自在一点;我并不觉得自己有什么可惭愧的。

二十

"要不是我明白了自己也有错,"弗斯托夫咬牙切齿地继续说,"我可要把维克多那家伙身上的骨头一根根都打断才行。现在他们玩的把戏我完全看透了,苏珊娜一旦结了婚,他们就要失掉那笔津贴……混账东西!"

我握着他的手。

"亚历山大,"我问他,"你到她那儿去过没有?"

"没有;我一到这里就一直来找你。我想明天去……明天清早。事情弄得这么糟,不管是不行的。绝对不行!"

"可是你……爱她吗,亚历山大?"

弗斯托夫似乎是生气了。

"我当然是爱她。我对她的爱情是很深的。"

"她是个了不起的、忠实的姑娘！"我大声说。

弗斯托夫急躁地跺了一下脚。

"那么，你以为怎样？我早已预备和她结婚——她已经受过洗礼了——现在我也还是打算和她结婚，我正在想着这桩事情，虽然她的年纪比我大。"

那一刹那间，我忽然幻想着一个苍白的女人坐在窗台上，用两臂支撑着身子。蜡烛已经点完了；屋子里是黑暗的。我打了一个寒战，更加凝神地望了一望，那窗台上当然什么也看不见；但是，有一种奇异的感觉——恐怖、痛苦和怜恤混合而成的感觉——却侵袭了我的全身。

"亚历山大！"我突然用强烈的感情说，"我请你，我求你，马上到拉奇家里去，不要拖到明天早上！我内心有一种呼声告诉我，你实在应该今夫就去看苏珊娜！"

弗斯托夫把肩膀耸了一耸。

"你这是说的什么话，真是！现在已经十一点了，多半他们全都上床睡觉了。"

"不要紧……千万去吧，看老天的面子！我有一种不祥的预感……请你听我的话吧！马上就去，雇辆马车去……"

"嘿，真是荒唐！"弗斯托夫冷静地回答，"我为什么要现在就去呢？明天清早我就到那儿去，什么事都可以弄清楚的。"

"可是，亚历山大，你不记得吗，她说她快死了，说你不能再见到她了……你可没看见她那副脸色呀！你只要想想，只要琢磨琢磨，她居然会下定决心来找我……那该是多么叫她为难的事……"

"她未免有点过于激动，"弗斯托夫说，这时候他显然是完全恢复他那冷静的心情了，"所有的姑娘们都是这样……开始的时候。我再说一声吧，明天早上什么事都不成问题了。现在，再见吧。我疲倦了，你也困了。"

他拿起帽子来，从我的屋子里出去了。

"可是你答应我马上到这儿来，把一切情形告诉我吧？"我在他背后喊道。

"我答应……再见！"

于是，我就上床睡觉，但我的心头却很不安，我对我的朋友有些生气了。直到很晚我才睡着，随后就梦见我和苏珊娜在地底下顺着几条走廊似的潮湿的过道里信步游荡，在狭窄而陡峭的阶梯上爬行，我们虽然竭力想要爬到地面上来，却老是越走越往深处去了。同时有个什么人用单调而凄惨的声音不断地喊我们。

二十一

有个人把一只手按在我的肩膀上，接连推了我几下……我睁开眼睛，在那孤单的蜡烛的微光之下一望，原来是弗斯托夫站在我面前。他真把我吓坏了。他连站都站不稳；他的脸色是焦黄的，几乎和他的头发是一样的颜色；他的嘴唇似乎是往下垂，迷迷糊糊的眼睛呆呆地向旁边凝视着。他那惯有的可爱的、富于同情的表情哪儿去了呢？我有个堂兄弟患了羊癫风、渐渐变成了白痴……这时候的弗斯托夫就正像他。

我连忙坐起来。

"这是怎么的？是怎么回事？天哪！"

他没有回答。

"喂，出了什么事？弗斯托夫！快说呀！苏珊娜？……"

弗斯托夫微微地惊动了一下。

"她……"他用嘶哑的声音说出了这一个字，又中断了。

"她怎么样？你看见她了吗？"

他睁大了眼睛瞪着我。

"她不在了。"

"怎么不在了？"

"永远不在了。她死了。"

我从床上跳下来。

"死了？苏珊娜？死了？"

弗斯托夫又把他的眼睛转过去向着旁边。

"是的，她死了；她在半夜里死了。"

"他在胡说吧！"我心里忽然这么想。

"半夜里！现在什么时候了？"

"现在是早上八点了。他们派人来告诉我的。她明天就下葬。"

我紧握着他的手。

"亚历山大，你莫非是神经错乱了，在说迷糊话吧？你的脑筋清楚不清楚呢？"

"我是神经正常的，"他回答说，"我一听见这消息，马上就一直上你这儿来了。"

我心里立刻就昏迷和麻木起来了，这正是一个人知道了一件无可挽回的不幸事件时照例要引起的感觉。

"我的天哪！我的天哪！死了呀！"我重复说，"怎么会有这种事情？这么突如其来！也许是她自杀了吧？"

"我不知道，"弗斯托夫说，"我什么也不知道。他们只对我说她是半夜里死去的，而且说明天就要下葬。"

"半夜里！"我心里想……"那么昨天我幻想着看见她在窗台

上，我求他赶紧去找她的时候，她还是活着的呀⋯⋯"

"你叫我到伊凡·杰米扬尼奇家里去的时候，她还活着。"弗斯托夫说，他好似是猜着了我的心思。

"他对她多么不了解啊！"我又想，"我们两人对她的了解多么浅啊！他还说'过于激动，所有年轻的姑娘们都是这样。'⋯⋯说不定就在那时候，她正在吞下⋯⋯一个人爱上了别人，还能把人家误会到这种地步吗？"

弗斯托夫在我的床前呆呆地站着不动，两手下垂，像个罪人似的。

二十二

我连忙穿上了衣服。

"你现在打算怎么办呢，亚历山大？"我问道。

他迷迷糊糊地瞪着眼睛望着我，似乎是诧异我为什么问出了这么无意识的问题。本来也是，还能有什么办法呢？

"可是你非到他们那儿去不可，"我说，"你应当去调查清楚，究竟怎么回事；说不定这里面还隐瞒了犯罪的行为。他们这种人，我看真是什么事都干得出来⋯⋯这桩事情一定要彻底调查才行。你记得她的手稿里所说的吗，那笔津贴只等她结婚就要停止，可是假如她死了，这些钱就归拉奇所有。总而言之，我们一定要替她尽最后的义务，对她的遗体表示敬意！"

我对弗斯托夫说这些话，好像是用教训的口吻，好像一个兄长的神气。在那种恐怖、悲伤和惶惑之中，有一种不知不觉的自以为胜过弗斯托夫的感觉，突然从我心中涌现出来⋯⋯也许是因为我看见他由于感觉到自己做错了事情而沮丧不堪、一蹶不振，也许是因为一个人遭了不幸，就每每使他丢脸，降低他在别人心目中的身份，人家就会想："你既然不善于应付这种事情，竟至弄到这种地步，那你也就没有什么出息！"天知道！总之，弗斯托夫在我看来几乎是像个小孩子，我觉得他可怜，同时又感到有严肃对待他的必要。我好像是从高处向他弯下身去，伸出一只手来扶助他。只有女人的同情才不带垂怜的神气。

但是，弗斯托夫仍旧是用那烦乱而呆滞的眼光凝视着我——我那命令式的口气显然是对他没有起什么作用，后来我再问了他一声："你不是要上他们那儿去吗？"

"不，我不去。"

"哎呀，你这是什么意思？你不打算亲自去弄弄清楚，去调查调查这是怎么回事吗？也许她还留下了一封信……或是什么文件……"

弗斯托夫摇了摇头。

"我不能到那儿去，"他说，"这就是我来找你的原因，我来请你……替我去……我不能去……我不能去……"

弗斯托夫忽然在桌子跟前坐下，双手蒙住脸，怪伤心地抽抽噎噎哭起来。

"哎呀，哎呀！"他含着泪重复地说，"哎呀，可怜的姑娘……可怜的姑娘……我爱……我爱她……哎呀！"

我站在他身边。我不得不承认，他那无可置疑地出于至诚的哭泣并没有引起我丝毫的同情。我只是诧异弗斯托夫怎么也会这样哭起来。我似乎觉得，现在我才知道他是个多么渺小的人，觉得我要是处在他的境地，一定会采取完全不同的行动。这叫人怎么理解！假如弗斯托夫始终无动于衷，我也许会要恨他，觉得他可恶，但那却不至于降低我对他的尊重……他究竟还可以保持他的尊严。唐璜终究还不失为唐璜！一个人必须到了晚年，而且必须经历许多世故，才知道见了一个朋友真正的软弱无力，就对他表同情，而且还帮助他，心里并不因自己的美德和长处而私自庆幸，反而竭力谦虚，尽量体会罪过是很自然的、几乎不可避免的事情。

二十三

我劝弗斯托夫到拉奇家里去，倒是很大胆、很坚决的；可是后来我自己在十二点钟动身到那里去的时候（我说什么也拉不动弗斯托夫和我同去，他只求我把一切情形详细报告他），我老远就望见他们那所房子在街上转角的地方，灵前的蜡烛从一个窗户里放射出一道淡黄的微光来，好像是瞪着眼睛望着我——这时候却有一种形容不出的惶恐使我连气都喘不过来，我简直想转身往回跑……但是，我终于控制了自己的畏怯心理，鼓着勇气走进道里。那里面发出香和蜡烛的气味；淡红色的棺盖镶着银丝，竖立在一个角落里，斜靠着墙壁。隔壁的餐室里，教堂执事诵经的单调低沉的声音嗡嗡地叫着，像一只土蜂的声音一般。有一个满面倦容的女仆从客厅里悄悄地往外看，她用无精打采的声音轻轻地说，"来给死人行礼的吗？"她指着餐室的门。我就走进去了。棺材头朝着门口；首先跃入我的眼帘的就是苏珊娜的乌黑的头发，在那白色花圈之下，靠在镶着穗边的枕头上。我从旁边走过去，在胸前画了个十字，弯下腰去一直鞠躬到地下，瞟了一眼……天哪！多么痛苦的一副面容啊！不幸的姑娘！连死神也对她不加怜恤，不容她留下她的美貌——那还算不了什么——连一般刚死的人脸上所常有的那种安静的神色，那柔和而动人的安静的神色，也没有让她留下。苏珊娜那副阴沉的、几乎是棕黄色的小脸，使人联想到那些旧而又旧的圣像的面貌。那副脸上的表情呀！好像是她正要叫喊——正要喊出绝望的呼声——还没有发出声音来就死了……连那两道眉毛中间的皱纹都没有摸平，手指头都是弯着的，抓得紧紧的。我不由自主地把视线转开，但过了一会儿之后，我又勉强转回头来，凝神地看了她很久。怜恤充满了我的心灵，而且还不仅是怜恤。"这个姑娘是暴死的，"我心里暗自推断，"那是毫无疑问的。"我进来的时候，教堂执事提高声调，发出了几个不相连贯的声音，现在我站在那里望着那死了的姑娘，他又低声念起经来，而且打了两次呵欠。我又深深地鞠了一躬，随即就往外面走到过道里了。拉奇先生穿着一件颜色华丽的便袍，已经站在客厅门口等着我。他伸手招呼我，把我领到他自己的房间里——我几乎说，领到他的窝里。那间屋子又黑暗、又狭窄，香烟的刺鼻的气味熏得满屋臭极了，简直就使人联想到一个豺狼或是狐狸的巢穴。

二十四

"心膜脱落了！外面那层……那层薄膜脱落了……您知道吧……心脏外面包着的那层膜！"门刚关上，拉奇先生马上就说，"真是太不幸了！昨天晚上还看不出什么毛病，后来忽然一下子，就什么都完了！今天还是好好的，明天就死了！那倒是句实在话。这话可不假；这也是想得到的。我时常都担心会有这种事情发生。且波夫那地方有个团部的军医，格林波夫斯基，维根第·卡西米罗维奇……您也许听说过他的名字吧……他是个头等的医生，是个专家……"

"我还是头一次听见这个名字。"我说。

"啊，没关系；总而言之，他当初时常……"拉奇先生继续说，他起初是用很低的声音，后来越说声音越高，而且出我意料之外，居然带点显然的德国口音，"他当初时常警告我说：'唉，伊凡·杰米扬尼奇！唉！我的好朋友，您一定要留神！您的继女的心脏器官有毛病——心脏肥大症！稍微受点刺激，那就麻烦了！最要紧的就是要使她避免一切感情激动……您务必要劝她注重理智。'……可是，说实在话，对一个年轻的姑娘……跟她讲理智怎么行呢？哈……哈……哈……"

拉奇先生几乎要笑起来了，这是由于他那长期的习惯，但他赶紧镇定下来，把那刚起头的笑声变成一阵咳嗽了。

拉奇先生就是这么说的。他的为人，我早已有所了解，现在他还来这一套！……但是，我还是觉得有一种应尽的义务，必须问问他，究竟是否请过医生来看一看。

拉奇先生一听这话，简直跳起来了。

"当然请了的……一共请了两个，可是已经完蛋了……天哪！您想想，他们两个，好像是相约而同的，"（拉奇先生的意思大概是说，"好像是不约而同似的"，）"心脏病！心膜脱落了！这就是他们异口同声喊出来的。他们主张解剖尸体；可是我……你知道吧，没有赞成这个办法。"

"那么明天就下葬吗？"我问道。

"是的，是的，明天，明天就要埋掉我们这亲爱的人！准在半夜十一点钟启灵……从这里到母鸡腿的圣尼古拉教堂……您知道吧，你们这些俄国教堂的名字多么古怪！然后就到坟地上去，送她到那最后安息的地方。您赏光吧？我们相识固然不久，可是我敢大胆说，您那可爱的性格和高尚的情感……"

我赶紧点了点头。

"是呀，是呀，是呀，"拉奇先生叹息着说，"这……这真是，像俗话所说的，晴天霹雳！晴天霹雳！"

"那么苏珊娜·伊凡诺芙娜临死之前什么话也没有说，什么东西也没有留下吗？"

"没有，什么也没有！一点什么也没有！一张纸片都没有留！您想想看，他们把我叫到她那里去的时候，他们把我叫醒的时候……她已经僵了！这在我是很难受的；她真使我们大家都伤心得了不得！亚历山大·达维第奇要是知道了，一定也会难受，我敢说……据说他不在莫斯科哩。"

"他倒是离开了几天……"我说。

"维克多在那儿埋怨他们套雪橇套得太慢了。"一个女仆走进来插嘴说——这就是我在过道里看见的那个姑娘，她脸上还是露着那半醒的神气，使我感到惊讶的是她的粗鲁无礼的表情；凡是仆人们知道他们的主人有求于他们、不敢挑他们的错、不会和他们为难的时候，都是会有这种神气。

"马上就来，马上就来，"伊凡·杰米扬尼奇神经紧张地回答说，"爱利安诺拉·卡尔波芙娜！爱利安诺拉·卡尔波芙娜！来呀！"

门外边有个什么笨重的东西在动，发出响声，同时我听见维克多傲慢的喊声："为什么他们不赶紧把马套上？总不能让我走着上警察局去吧！"

"马上就来，马上就来，"伊凡·杰米扬尼奇又嘟嘟哝哝地说，"爱利安诺拉·卡尔波芙娜，上这儿来呀！"

"可是，伊凡·杰米扬尼奇，"我听见她的声音，"我还没有收拾完哪！"

"什么事也得先搁下，来吧！"

于是，爱利安诺拉·卡尔波芙娜进来了，她用两只手指捏着一条头巾，按在脖子上。她身上穿的是一件早晨的梳妆衣，连钮扣都没有扣上，头发还没有梳好。伊凡·杰米扬尼奇立刻朝她跑过去。

"你听见吗，维克多嚷着要马哪，"他连忙把手指先指着门，再指着窗户，一面说，"劳你驾，请你快去照料一下，尽量赶快点！这个家伙怎么嚷得这么凶！"

"维克多老爱这么嚷，伊凡·杰米扬尼奇，你总该知道的，"爱利安诺拉·卡尔波芙娜回答说，"我已经亲自对马夫说过了，可是他不知怎么又想起要拿燕麦给马吃……"她说到这里，转过头来对我说："您瞧，这么突如其来地出了这种不幸的事情；谁想得到苏珊娜·伊凡诺芙娜会是这样？"

"我老早就料到了，老早！"拉奇大声说，同时把两臂往上一甩，他身上的便袍也就随着在前面向上飘起来，露出一条非常难看的小羚羊皮衬裤，腰带上还有铜扣子，也露出来了，"心膜脱落了！心脏外膜脱落了！心脏肥大症！"

"一定是，"爱利安诺拉·卡尔波芙娜随着他说，"心脏肥……对，就是这个病。不过我觉得这真是了不起、了不起的伤心事，我再说一遍吧……"于是，她那五官粗俗的面孔就做出一点难过的样子，眉毛皱成了三角形，一颗小小的泪珠在她那光亮得像一个小玩偶似的圆圆的脸蛋儿上滚下来……"我真难受，这么个年轻的人本是应该活着，应该享受一切幸福的……现在忽然落个这样的下场！"

"啊！好了，好了……去吧，老婆子！"拉奇先生连忙打断她的话。

"马上就走，马上就走。"爱利安诺拉·卡尔波芙娜嘟哝着说，就走出去了，她还是用手指捏着那条头巾，一面还淌着眼泪。

我也就跟着她出来了。过道里站着维克多，他穿着一件海狸皮领的学生大衣，头上戴着一顶帽子，装模作样地歪在一边。他只是侧过脸来瞟了我一眼，就把他的衣领扯起来，并不对我点头，这倒是我暗自在心里感谢他的。

随后，我就回到弗斯托夫那里去了。

二十五

我进门一看，我的朋友正在他房间的一个角落里坐着，垂头丧气，两臂在胸前交叉着。他已经陷入了麻木的状态，睁着两眼向四周张望，那种迟钝和昏迷的神气正像一个沉沉酣睡、刚被叫醒的人一样。我把我到拉奇家里去的情形完全告诉了他，还把拉奇和他的妻子的话都向我转述一遍，而且说了说他们使我产生的印象是怎样，又告诉他说，我相信这不幸的姑娘是自杀的……弗斯托夫听着我说，他的表情毫不改变，始终用那昏迷的神态向四周张望着。

"你看见她了吗？"他终于问我。

"看见了。"

"在棺材里吗？"

弗斯托夫似乎是疑惑苏珊娜究竟是否当真死了。

"在棺材里。"

弗斯托夫的面孔抽动起来，他把视线垂下，轻轻地搓着手。

"你冷吗？"我问他。

"是呀，老朋友，我有点冷。"他迟疑地回答，一面呆呆地摇头。

我开始向他说明我认为苏珊娜是服毒自杀或是被毒死了的理由，而且说这件事情不能随它这样了结……

弗斯托夫瞪着眼睛望着我。

"啥,那还有什么办法?"他慢慢地把眼睛睁得很大,又慢慢地眨眼,一面说,"唔,那就更糟了……要是声张出去的话,那他们就不会给她下葬。我们只好听其……自然吧。"

这种见解,看去虽然很简单,我却从来没有想到。我的朋友究竟还是保持了他那种实事求是的精神。

"她在什么时候……下葬呢?"他又问我。

"明天。"

"你打算去吗?"

"去。"

"到他们家里去,还是一直到教堂里去呢?"

"到他们家里去,也到教堂去;从那儿再到坟地去。"

"我可是不去……我不能去,我不能去!"弗斯托夫低声说着,就哭起来了。早晨他也是说到这句话就抽抽噎噎地哭起来。我曾经注意看出来了,哭泣者是常有这种情形的;似乎是某句话——多半是没有多大意义的,但偏要说这句,而不是别的——就能把人的泪泉打开,使他情不自禁地悲伤起来,激起他对别人和自己的怜恤……我记得有一次,一个农家妇女在我面前叙述她的女儿吃饭的时候猝然死去的经过,她一说到"我对她说:'费克拉。'她就说:'妈,您把盐……盐……哎……盐……搁在哪儿?'"这句话时,简直就哭成了一个泪人儿,再也不能继续叙述这件事情了——那个"盐"字触动了她,使悲痛欲绝。

但是,我还是像早晨那样,毫不为弗斯托夫的眼泪所感动。他并不问苏珊娜有没有留下什么给他,这在我看来,真是不可思议。总而言之,他们俩彼此之间的爱情,我根本就觉得是个闷葫芦;直到现在,这个闷葫芦也还是没有打开。

弗斯托夫哭了十分钟之后,就站起来,在沙发上躺下,转过脸去对着墙，再也不动了。我稍等了一会儿，但因为看见他不动，而且我问他的话他也不回答，于是就决意离开他。我也许是冤枉了他，但我几乎相信他当时是睡着了。其实那也并不足以证明他不伤心……不过他的性情实在有点特别，悲恸的情绪他简直不能支持长久……他的性情真是镇静得太出奇了。

二十六

第二天整十一点，我就到那地方了。小小的雪珠从低垂的天空撒下来，遍地铺了一层薄霜，眼看着就要到解冻的时候了，空中却刮着一阵阵刺骨的、难当的寒风……那正是四旬斋期里最容易着凉的天气。我看见拉奇先生站在他家的台阶上。他穿着一身黑色燕尾服，胳臂上绕着绉纱，头上没有戴帽子，忙得不可开交，他一时双手乱甩，拍拍自己的大腿，一时抬头朝屋里嚷一嚷，一时又朝外面嚷；那柩车上面蒙着白罩，已经和两辆租来的马车一起停在街头。柩车旁边有四个卫兵，旧衣服上罩着那送葬的披肩，头上戴着丧帽，一直遮到他们那翻起的眼皮上。他们沉思默想地用那没有点着的火把的一长柄在那松脆的雪里乱划。拉奇先生头上那堆灰白的头发直挺挺地在他那通红的面孔上竖着，他的声音，那粗噪刺耳的声音，因为他拉开嗓子使劲嚷，简直就像爆竹那么响。"枞树枝在哪儿？枞树枝！往这边来！枞树枝！"他高声喊叫着，"他们马上就要抬棺材出来了！枞树枝！把那些枞树枝拿过来！快点！"他又喊了一遍，就飞步跑进屋里去了。从这种情形看来，我虽然按时来到，却还是太迟了；拉奇先生知道要把这件事情赶忙敷衍过去，才算妥当。屋里面的祭礼业已完毕；牧师们和他们的跟班一起在台阶上露面了，其中有一个牧师戴着一顶高筒法帽，另一个年纪似乎轻一点，非常小心地梳好了头发，抹上了油。过了不久，棺材也抬出来了，抬的人是一个马车夫、两个看门的、一个挑水的。拉奇先生在后面跟着走出来，他把手指尖按在棺材盖上，嘴里不住地说："小心点，小心点！"爱利安诺拉·卡尔波芙娜穿着一身黑衣服，也绕着绉纱，在他后面摇摇摆摆地跟着走，全家的人都围着她；他们这些人背后，才是维克多大踏步地走出来，他身上穿着一套新制服，佩带着一把剑，剑柄上绕着绉纱。那几个抬棺材的人一面叽哩咕噜着，互相吵嘴，一面把棺材放在柩车上；那几个卫兵把火炬点着，火炬上立刻就发出暴烈的响声，还冒起烟来；有一个偶尔跑来的老妇人，加入了这个送葬的队伍，这时候忽然放声哭起来了；教堂执事们开始吟唱颂歌，稀疏的雪忽然下得更紧了，像许多"白苍蝇"似的飞舞。拉奇先生拉开嗓子喊道："上帝保佑！动身吧！"于是，送葬的行列就动身了。除了拉奇先生一家人之外，另外还有五个男人陪着柩车走：一个非常不整洁的退休交通警官，颈上有一个褪了色的斯坦尼斯拉夫勋绶——说不定还是租来的；其次是警察署长的帮办，一个矮小的人，脸色谦逊温和，长着一双贪婪的眼睛；再其次是一个矮小的老头子，穿着一件粗绒布的宽大罩衫；还有一个特别肥胖的鱼商，穿着一件商人的蓝短衫，身上很强烈地发出他那一行的气味；此外，就是我。首先引起我注意的就是没有妇女参加，没有女性的亲戚朋友和相识的人（因为爱利安诺拉·卡尔波芙娜的两个姑母——那个做腊肠的人的妹妹——和一个蓝鼻子上架着蓝眼镜的驼背老处女，根本就不能归在这一类）；但是，我仔细想了一会，就体会到苏珊娜由于她那种性格、她所受的教育、她所经历的伤心史，当然不能在她所处的那个圈子里跟人家交朋友。教堂里有许多人会聚起来了，其中局外人比相识的人还多，这是可以由他们脸上的表情看得出来的。祈祷没有费多少时间就完了。最使我惊讶的就是拉奇先生给他自己划十字的时候，显得非常虔诚，简直就像他是属于正教派似的，他甚至还在和唱的时候和教堂执事们一起唱，虽然只唱出那种腔调，而没有唱出歌词来。后来到了和死者告别的时候，我深深地鞠了一躬，但没有吻那最后一吻。拉奇先生却不然，他极端镇定地经过这番可怕的仪式，而且还很谦恭地把身子倾斜了一下，把那位戴斯坦尼斯拉夫勋绶的官员请到棺前，好像是要款待他一般，随后他又抱着他那几个孩子的腋下，把他们举起来，一个个举得高高的，使他们够得到死者的遗体。爱利安诺拉·卡尔波芙娜向苏珊娜告别的时候，忽然放声大哭，她的哭声响遍了整个教堂，但她不久就被人家劝住了，不断地用恼怒的低声问道："我的手提包哪儿去了？我的手提包哪儿去了？"维克多冷淡地站在一边，他似乎是要以他的一切举动表示他对这些俗套完全不赞成，表示他不过是按照社会风俗尽一番义务罢了。最表同情的人是那位穿宽大罩衫的矮小老头子，他在十五年前曾在且波夫省做一个土地测量师，从那时候起就没有见过拉奇。他根本就不认识苏珊娜，但在动身之前，他在餐具橱里拿了两杯酒喝。我的姨妈也到教堂里来了。不知怎么的，她知道了这死去的女子就是那天晚上到我那里去过一次的姑娘，因此陷入了一种无法形容的激动心情！她固然不能猜疑我有什么不正当的行为，但她也说不出这一连串的稀奇经过究竟是怎么回事……说不定她猜想着苏珊娜是为了爱我而自杀的，因此她穿着一身极黑的衣服，怪伤心地流着泪，跪下来祈祷死者灵魂的平安，还在圣母像前放下一支一卢布的蜡烛……"安米施卡"也和她同来了，她也跪下来祈祷，但一多半的时间都在睁眼望着我，露出惊恐的神色……哎！那个中年的老处女对我并不是毫不关心啊。离开教堂的时候，我的姨母把她随身所带的钱——十几个卢布——全都分给了穷人。

告别仪式终于完结了。他们就把棺材盖起来。在全部仪式的过程中，我始终没有勇气直视这个可怜的姑娘那副变了样的面孔；但是，每逢我的眼睛瞟见它一回，我就觉得它似乎想要说："他没有来，他没有来啊！"他们正要把棺盖放在棺材上了。我简直没法子抑制自己；我迅速地转眼望了望这已死的姑娘。"你为什么要这么做？"我不知不觉地问……"他没有来！"我最后又想了这么一次……铁锤已经在那里把钉子钉进去，一切都完了。

二十七

我们大家随着柩车到坟地去。人数约莫有四十个——包括各种各样的人——其实也无非是一群闲人。那令人厌倦的行程一直继续了一个多小时。天气越来越坏。半路上维克多坐上了马车，拉奇先生却还是英勇地在那泥污的雪地里走；当初他和谢苗·马特维伊奇经过那次关键重大的会见之后，他把那不幸的姑娘的终身完全糟蹋了，洋洋得意地领着她一同回家的时候，一定也是这样在雪地里走的。这位"退役军人"的头发和眉毛边上都有雪；他嘴里老是不住地喘气，不住地发出喊声，或是神气十足地深深吸气，把他那圆胖的、棕色的腮帮子鼓起来……人家看着真会以为他在笑哩。"我要是死了，那笔津贴就归伊凡·杰米扬尼奇。"苏珊娜的手稿里这句话又在我心头出现了。

我们终于到达了坟地；大家一起上前，走到一个新掘的坟穴前。最后的仪式迅速地做过了；大家浑身都冷透了，人人都急于回家。绳索绑着棺材，送进那张着大嘴的墓穴；他们开始在上面盖土。这时候拉奇先生又精神百倍地大卖力气，他把一条腿稳稳地站定在前面，做出英勇的姿势，把一块块的土掀到棺盖上，他干得真快、真使劲、真有精神……即便他是在那里搬石头打他最痛恨的仇人，也不能比这个更有劲。维克多还是像刚才一样，始终远避着；他老是把外套裹紧周身，把他的下巴在海狸皮领子里面磨擦。拉奇先生的其余那几个孩子都很热烈地摹仿他们的父亲。抛沙抛上是能引起他们莫大愉快的，这当然决不能怪他们。刚才那个墓穴所在的地方，渐渐有一个土堆高起来了；大家正待分散，拉奇先生却用军人的姿势向左边转过身来，在他的大腿上拍了一下，向我们所有这些"光临的先生们"声明，说是他请我们和那几位"可敬的牧师"吃"丧席"。他说设席的地点离坟地不远，在一个非常讲究的饭店的大厅里。"多劳我们的一位可敬的朋友西吉士满·西吉士满多维奇费心安排。"他说着这句话的时候，指着那警察署长的帮办；又说他伊凡·杰米扬尼奇·拉奇虽然心里非常悲痛，而且是路德教派的信徒，但他是个纯粹的俄国人，最注意的还是遵守自古以来的俄国习俗。他大声说："我的女人和各位陪她同来的女客们可以回家去，让我们这些男人来吃一顿简单的便饭，追念上帝的这个刚死去的仆人的灵魂！"拉奇先生的提议受到大家的热烈欢迎；那几位"可敬的教士"意味深长地互相交换了眼色，同时那位退休的交通警官拍了拍伊凡·杰米扬尼奇的肩膀，称他为一个爱国者和这群人里的主脑。

我们大家一起朝那饭店出发。饭店里第一层楼上一间长而宽的、完全空着的房间当中，摆着两张预备会餐的桌子，桌子上有许多瓶子、食品和餐具，周围摆着许多椅子。墙上的灰浆的气味，与酒和菜油的香气混在一起，简直令人气闷难受。安排筵席的那位警察署长的帮办请那几位教士坐在上席，几盘斋戒的素菜怪显眼地摆在这几个座位前面；教士们入席之后，别的客人也随着就坐；于是，筵席就开始了。我本来是不会选用筵席这么两个喜庆字眼的，但其他字眼却又不符合这次聚餐的实质。开始还算相当安静，甚至稍有哀悼的意味，大家嘴里忙着大嚼大吃，酒也一杯又一杯喝光了，但同时也可以听见叹息的声音——也许是帮助消化的打嗝，但也许是表示同情。谈话中有的提及死的问题，有的感慨人生的短暂，和尘世的希望飘摇无定。那位交通警官叙述了一个军队里的故事，但那总算有劝善的意义。那位戴高筒法帽的教士表示赞赏，他自己又从圣徒"武士伊凡"的传记里说了一件有趣的事情。那位头发梳得特别漂亮的教士，虽然他的注意力完全集中在那些食物上面，却也发表了一点意见，那是一些对于贞操问题有益的话。但是，这些情形渐渐起了变化。一个个的面孔越来越红，声音越来越大，笑声渐渐爆发了；席间渐渐可以听见乱七八糟的喊声和亲昵的称呼，比如"亲爱的老朋友"、"你是我的心肝儿"、"木头人"，甚至"猪猡"等等——总之，俄国人在无拘无束的时候所惯用的种种名词，都一起搬出来了。后来大家把齐姆良斯克制的香槟酒的瓶塞啪的一声打开来时，席间已经喧闹起来了；甚至有人装出雄鸡啼叫的声音，另外有一个客人说他要咬碎刚才喝酒用的杯子，把它吞下去。拉奇先生的脸色已经由通红变得发紫了。他忽然从座位上起立；刚才他还在放声大笑，喧闹不休，现在他却要求向大家发表谈话。"说吧！赶快说出来！"大家都这么嚷；那位穿粗布宽大罩衫的老头子甚至喊道："好极了！"还拍起掌来……但是，他已经坐在地板上了。拉奇先生拿起酒杯，高高举起，举过他的头顶，声明他打算用几句简单而又动人的话，说一说死者高贵的灵魂——"脱离了尘俗的躯壳飞升了天堂"的灵魂，"她飞升了天堂，就把她全家亲爱的人抛入……"拉奇先生又改正自己的话，"陷入……"他再改正一遍，"抛入……"

"执事长老！牧师先生！"我们听见一阵模糊而坚执的声音

说，"他们说您的嗓子好透了；请您赏一个歌给我们听听，唱一唱《我们住在田野间》！"

"嘘！嘘！……住口！"客人们嘴里一个接着一个发出了这种呼声。

……"把她全家亲爱的人抛入……"拉奇先生用严肃的眼光向那位爱好音乐的客人那边望了一眼，继续说，"抛入无可挽救的悲哀境地！真是！"伊凡·杰米扬尼奇大声喊道，"俄国一句俗话说得对，'命运不留情'……"

"别闹了！先生们！"桌子尽头有一个粗暴的声音嚷道，"我的钱袋刚才被偷了……"

"啊，骗子！"另外一个声音喊道，"啪"的一声，一个耳光打在他脸上了。

老天爷！这下子可热闹了！那真是好像一只野兽，起初还不过在我们内心低声地叫唤，微微地动一动，现在忽然冲断了锁链，竖立起来了，凶猛咆哮，原形毕露了。似乎是人人都暗自料想着要"吵闹"一场，因为宴会的必然结局都是如此，人人都似乎是跑过去欢迎这场吵闹，而且还助长它……碟子和酒杯打得乱响，四处乱滚，椅子也翻倒了，一阵震耳欲聋的喧扰声随即爆发，许多人的手在空中挥动，外衣的边缘到处飞舞，一场混战就认真开始了。

"揍他！揍他！"挨近我的那个鱼商疯了似的大吼，直到这时候以前，他似乎是世界上最斯文的人；事实上，他本来是在那里一声不响地喝了几十杯酒了。现在他大声地嚷："使劲揍他！……"

究竟该揍揍的是谁，又为什么要揍他，他根本就没有想到，但他却像牛一样疯狂地大叫。

拉奇先生大概没有想到他的谈话这么快就会被人打断，他和警察署长的帮办和那位交通警官都竭力设法恢复秩序……但是，他们的努力都是枉然。挨近我的那个鱼商甚至骂到拉奇先生头上来了。

"他谋害了那年轻的女子，这可恨的德国人，"他挥着拳头，向他狂喊着说，"他把警察收买了，现在他居然在这里洋洋得意哪！"

闹到这个地步，堂倌们就跑进来了……

后来还出了什么事情，我不知道；因为我匆匆忙忙拿起帽子，使尽我那两条腿的气力，赶快跑开了！我所记得的只是一阵噼里啪啦的响声；我还记得有一根青鱼的骨头掉在那位穿粗布宽大罩衫的老头子的头发里；有一个牧师的帽子一直从屋子的一边飞到另一边；维克多缩在一个角落里，吓得脸色苍白；还有一把红胡子被一只强壮的手揪着……我对那位最出色的西吉士满·西吉士满多维奇为追念可怜的苏珊娜而安排的"追悼筵席"所留下的最后的印象，就是这样。

我稍微休息了一会，就去找弗斯托夫，把那一天我所亲眼看见的一切经过都告诉他。他坐着不动，安静地听着我说，连头也不抬，双手都放在腿下面，后来他又低声说："啊！我的可怜的姑娘，可怜的姑娘呀！"说完，又在沙发上躺下，转过身去把背对着我。

一个星期之后，他似乎完全忘却了这回事，仍旧恢复了以前那种生活。我要求他把苏珊娜的手稿留给我作纪念，他毫无难色地把它给了我。

二十八

几年的时光过去了。我的姨妈已经死了；我离开莫斯科，住到了彼得堡。弗斯托夫也搬到彼得堡来了。他已经在财政部担任了职务，但我很少和他见面，而且那时候我已经觉得他没有什么了不起了。一个小官僚罢了，和旁人一样，还有什么！如果他现在还活着，没有结婚，那么，他大概是至今还是那样；他镟镟刨刨、胶合小木器、做体操，而且还是像向来一样，始终是那么风流，"叫女人想煞"，老爱给他的女朋友们在纪念册里画一画拿破仑穿着蓝军服的速写像。后来我因公事必须到莫斯科去一趟。我在莫斯科听说那位老相识拉奇先生走了背运，这是使我很惊讶的。他的妻子固然给他生下了一对双生子——两个男孩——他因为自命是个纯粹的俄国人，就把他们取了教名，叫作布利亚切斯拉夫和维亚切斯拉夫——但是，他的房子却被大火烧毁了，他又被迫退了职，还有一件最坏的事情，就是他的长子维克多简直成了经常在债务犯的监狱里坐牢的犯人。我旅居莫斯科的时期中，有一次在一个集会上偶尔听见人家隐隐约约地谈到苏珊娜，那段谈话是极轻蔑、极侮辱的！命运之神对我们这个不幸的姑娘，连被人遗忘的恩典都不肯给她！我竭尽全力替她辩护，但我的争辩并没有给我的听众留下多深的印象。其中有一个年轻的学生诗人，却稍微被我的话所感动了。他第二天送来一首诗给我，那首诗我忘记了，只记得末尾是这么几行：

> 就在凄凉的坟上，
> 也不息人间的诽谤……
> 使温柔的幽灵终宵徬徨，
> 连坟上的花儿也被灼伤。

我读了这几行诗，不知不觉地坠入了沉思。苏珊娜的倩影在我面前出现；我又似乎看见我的房间里那个结着冰的窗户；我回想起那天晚上一阵阵狂暴的风雪，和那些谈话、那些呜咽的哭声……于是，我思索起来：苏珊娜怎么会对弗斯托夫发生了爱情，她又为什么刚发觉自己被他所弃，就那么快、那么无法遏止地陷于绝望的境地？她为什么不愿意稍等一等，从她心爱的人嘴里听一听伤心的真情，或是写封信给他呢？她怎么会立刻就那么急躁地投入深渊呢？人家会对我说，那是因为她热烈地爱上了弗斯托夫，因为他对她的爱情和尊敬只要使她发生丝毫疑惑，她就受不了。也许是这样吧；再不然，也许是因为她根本就不十分热烈地爱弗斯托夫，并不曾对他存有过分的幻想，只是把她的最后希望寄托在他身上，后来一看连这个人也竟然一听到人家的谣言就鄙视她，抛弃了她，当然也就绝望了！谁知道，究竟是什么害死了她？是自尊心遭到了打击？是她那孤苦伶仃的处境太痛苦？或者只是因为想起最初那个高尚的、真心的人——她在青春时候那么高兴地以终身相许的人，那个深深信任她、敬爱她的人吗？……谁知道呢？也许，正当我幻想着她那僵冷的嘴唇在那里低声叨念着"他没有来！他没有来！"时，她的灵魂正欢欣鼓舞地飞向他，正要去和他相见——和她的米舍尔相见？人生本来就是一个谜，而爱情更是谜中之谜……谁知道呢？但不管怎样，直到如今，每当苏珊娜的幻影在我面前出现，我总会情不自禁地有一种怜悯之情，总会对命运的不公感到愤慨，而且总会轻声地自言自语："不幸的姑娘呀！不幸的姑娘！"

张友松　译

苹 果 树

[英] 约翰·高尔斯华绥

约翰·高尔斯华绥（John Galsworthy 1867—1933），英国小说家、剧作家。重要作品有《福尔赛世家》（三部曲）、《现代喜剧》（三部曲）和《尾声》（三部曲）等，曾获 1932 年诺贝尔文学奖。

本篇写于 1916 年，是高尔斯华绥的中篇佳作。名为《苹果树》，毫无疑问，是指小说中的那棵苹果树，即爱情的象征。那么，小说中写的是怎样的爱情呢？其实，也是个"始乱终弃"的老故事，而男主人公弗兰克·阿瑟斯特，可说是"现代阿道尔夫"。他是个大学毕业生，家境富裕，在一次旅行中竟然鬼使神差地和一个名叫梅恩的乡村少女热烈相恋了，还在一棵苹果树下发誓永不相忘。然而，当他旅行回来后不久，他又情不自禁地爱上了朋友哈里迪的妹妹斯苔拉。经过一番痛苦的思考，他最后决定和斯苔拉结婚而抛弃了梅恩。26 年后，为纪念"银婚"，他和妻子斯苔拉一起外出旅行，不经意间来到当年他和梅恩相恋的那个地方。当他看到那棵苹果树时，他想起了当年的情景，而当他从当地的一个老人口中得知树边的一个土堆叫"姑娘坟"时，他更是悔恨交加——原来，梅恩曾苦苦地等他，但他一去不返，使她伤心欲绝而投水自尽了，死前还对人说，她若死了，就把她埋在那里的一棵苹果树下。

通常，像这样的悲情故事，总是从殉情者的角度叙述的，以激起读者的同情与怜悯。但在本篇中，梅恩的殉情固然也令人同情，却不是小说的重点所在。小说的重点在阿瑟斯特身上，是写这个悲剧制造者的悲剧，写他为此而感到的惆怅、哀怨和悔恨。所以，这个故事主要是通过他的回忆来讲述的，但又不是第一人称，而是第三人称。这是一种现代小说家常用的叙事手法，即：第三人称，但并不"全知全能"；也就是，凡主人公看不到、听不到的东西，绝不出现在叙述中，从而赋予叙事以一种类似第一人称的"主人公视角"。这种叙事角度，既给人以独特感受，同时也有利于小说主题的集中表达。

那么，本篇所要表达的是怎样的主题呢？那就是：超凡脱俗的爱情，既害人又害己，是真正的悲剧制造者。阿瑟斯特和梅恩相爱，可谓超凡脱俗，完全是出于感情——这种爱情虽然美好，但却难以维持。道理很简单：人是生活在现实世界里的，两人相爱，若要长久，总要符合某些现实条件——这或许令人讨厌，但也实属无奈。阿瑟斯特和梅恩，按现实条件，至少有两点是不对等的：一、他们的社会与经济地位不对等；二、他们所受的教育程度不对等。就这两点，对他们的爱情来说就已经是"致命的"了，更何况，他们的个性还不一样。所以，阿瑟斯特抛弃梅恩而娶斯苔拉，与其说是"爱情背叛"，不如说是"现实考虑"。换言之，在"情感"与"理智"的冲突中，阿瑟斯特站到了"理智"的一边。于是，可怜的梅恩便成了牺牲品，而这从根本上说是由这种超凡脱俗的爱情造成的——试想，如果她当初理智一点，就不会对阿瑟斯特爱得那么深；如果她事后理智一点，也就不会自杀。

但是，一个人仅凭"理智"，就能幸福吗？难道人是为"理智"而活的吗？不是，肯定不是！说到底，人活着不就是为了满足各种各样的感情需要吗？其中就包括无条件的、超凡脱俗的爱情——真正的、美好的爱情。要是这种爱情能天长地久，那人间就是天堂了。然而，可悲的是，人间终究是人间，你生活在现实世界里，又不得不考虑那些可恶的"条件"。所以，当阿瑟斯特回想起这样的爱情时，只有无限的惆怅、哀怨和悔恨。是的，是悔恨，但不是悔恨自己没有回到梅恩身边（这对他来说其实是不可能的），而是悔恨自己当初怎么会爱上梅恩。这样的悔恨，将伴随其余生，可说是他命中注定的不幸。因为，在高尔斯华绥看来，他就如古希腊神话中希波吕托斯，遭到了爱神的作弄，既可悲，又可叹。

> 那苹果树，那歌唱，那金子。
> ——穆雷译欧里庇得斯《希波吕托斯》①

阿瑟斯特和他妻子在银婚纪念日②那天，开汽车沿着荒野的边缘一路兜去，他们想在托奎伊③过一夜，好好庆祝一番，那是他们初次相遇的地方。这是斯苔拉·阿瑟斯特的主意，她的秉性有点多情

---

① 欧里庇得斯的悲剧《希波吕托斯》取材于古希腊神话：希波吕托斯是雅典国王之子，因得罪爱神阿芙洛狄忒而遭报复；阿芙洛狄忒使他的继母爱上他，他拒绝后，他继母就到他父亲那里去诬告他图谋不轨，致使他冤屈而死（所以，后人常把他的名字当作"为爱所害"的代名词）。吉尔伯特·穆雷(1866—1957)，英国诗人、教授，以翻译和研究古希腊文学著称。

② 西方风俗，结婚二十五年为银婚，五十年为金婚。

③ 托奎伊，英格兰西南部德文郡一市镇。

的色彩。二十六年前，她那对蓝色的眼睛，花一般的妩媚，恬静的脸容，苗条的身材，苹果花似的气色，具有一股奇妙的魅力，一下子吸住了阿瑟斯特，眼下她四十三岁了，这一切虽说已经消失，却仍是一位可爱而又忠实的侣伴，她两颊略有斑点，蓝灰色的眼睛带有某种阅历丰富的神情。

是她停的车，这里左边走上去就是公地，右边有一狭条落叶松和山毛榉，中间夹着一两棵松树的树林子伸向山谷，林子的一边是公路，一边是荒原第一座长长的高山。她正在寻找一处可以用饭的地方，因为阿瑟斯特从来不管这类事儿。这地方，一边是黄澄澄的荆豆叶子，一边是茵绿细软的落叶松，在四月阳光的余晖里发出一阵阵柠檬的香气——这地方，往下看得见深深的峡谷，往上是一长溜荒原的山岗，对于她这个喜欢找浪漫去处画水彩画的人来说，看来是很适宜的地方。她拿起画盒，走出车来。

"这儿行吗，弗兰克？"

阿瑟斯特蛮像留了胡子的席勒①，两鬓微白，高个子，老长的腿，灰色的大眼睛神色茫然，有时候却富有深意，可以算得美丽，他鼻子有点偏，留着胡子的嘴唇半张不张的样子。阿瑟斯特四十八岁了，他默默无言，只是拎起放食物的篮子，跟着跨下车来。

"啊呀！弗兰克，你看！一座坟！"

从公地上下来的小路正好同公路交叉，并穿过狭树林的缺口。就在这公路边上，有一垄草根蔓生的薄薄的土堆，六英尺长一英尺宽，朝西的方向竖了一块石头，有人在上面扔了一根带刺的树枝，一把风信子。阿瑟斯特见了之后，动了诗人的兴致。十字路口，自尽人的家坟！可怜的俗人，如此迷信！可是躺在这里面的倒是得天

---

① 席勒，18 世纪德国诗人、剧作家，相貌英俊，神情忧郁。

独厚，不必进那湿冷的墓穴，挤在阴森可怕、悲怆俗滥的坟墓中间，只消石头一块，就独享辽阔的天空，陌路人的吊念！阿瑟斯特在家里向来不想当什么哲学家，所以他不加评论，只是跨上公地，把放吃食的篮子往墙角一靠，给他妻子铺了毯子，好让她坐，她饿了自会放下素描的，他呢，从口袋里掏出穆雷的《希波吕托斯》译本。他很快就读完塞浦路斯女神①和她复仇的故事，这会儿他抬头仰望着天空。他眼望蓝澄澄天上朵朵白云，在这银婚纪念日，渴望着——渴望着什么呢，他自己也不清楚。男人的机体——不适应生活。一个男人的生活格调可能很高，可能一丝不苟，但总有一股贪婪的暗流，一番奢望，一种虚度年华之感。女人是不是也这样？谁知道呢？然而，男人总是图新鲜，热切渴望新的传奇，新的冒险，新的乐趣，却毫无疑问，受到纵欲的折磨，倒不是饥饿的煎熬。没有办法摆脱！文明人啊，真是不适应生活的动物！具有美感的人，不可能想要什么乐园就有什么乐园，不可能如可爱的希腊歌唱队所唱的，享受"那苹果树，那歌唱，那金子"，不可能找到人间的天堂，不可能找到能快活一世的避难所——无法和艺术作品相比。艺术作品表现出来的美是永恒的，你看了，读了，永远有那种崇高、静谧、如痴如醉的感觉。人生无疑也有这样美妙的时刻，叫你意想不到的销魂时刻，但麻烦的是，它们好比太阳下面掠过一抹云彩，你不可能留它们在身边，比不得艺术的美经久不变。它们一眨眼就消失，好似你在灵魂本质中见到一点闪闪发光、或者黄金般的幻象，看到它茫然沉思的景象。在这个地方，太阳暖融融地照在脸上，杜鹃在带刺的树枝上啼叫，空中飘来荆豆的香味儿——这个地方，又是细密的羊齿小草，又是星星似的黑刺李，而晶莹的白云高

---

① 塞浦路斯女神，即爱神阿芙洛狄忒，为《希波吕托斯》剧中重要角色。

高地飘浮在山峦和昏昏欲睡的峡谷上空——此时此地，才是这样的景象。但这景象一会儿就过去了——好比潘神①的脸儿，躲在岩石后头瞅着你，你一看它，它就不见了。突然之间，他坐了起来。这一带景色，这片公地，这条路，他身后这堵墙，他似曾相识。刚才一路兜过来，他不曾注意到，他向来不去注意什么景色，那会儿他正想着虚无缥缈的事情，或者说什么都没想，但是，这会儿，他看到了！二十六年前，正是这个季节，正是这一天，他从离这儿半英里的一个农庄出发到托奎伊去，这一去可以说永远没有回来过。他突然觉得一阵心痛，他回忆起生平的一段经历，这段美得销魂的经历，他没有能够留住，已经飘向冥冥之界，他回忆起这段被埋没了的往事，那些浪漫而甜蜜的日子。可很快就中断了，告终了。他转过脸来，两手托住下巴，两眼望着那些短短的小草，望着那蓝色的小小的远志草……

　　下面是他回忆起来的往事：

一

　　五月一日那天，弗兰克·阿瑟斯特和他的朋友罗伯特·加尔登一起读完大学的最后一年，正在徒步旅行。那天他们从布兰特出发，想走到查格福德，但阿瑟斯特因为踢足球腿受伤，走不动，可按照他们的路线，前头大约还有七英里路。他们坐在路边的一面坡上，这条路正同沿林子的一条小道交叉，他们一边歇歇腿，一边海阔天空地闲聊，反正年轻人都是那个样儿。两个人都身高六英尺多，瘦得像芦苇秆似的，阿瑟斯特脸色苍白，一副空想家茫然若失

---

　　①　潘神是古希腊神话中的山林与畜牧神，生活在林间，很怕惊扰。

的神情，加尔登长得古怪，有棱有角，一头慈发，神情恍惚，像一头原始动物。两个人都有点文学气质，谁也没戴帽子。阿瑟斯特头发平滑，颜色暗淡，有点卷曲，前额两边的头发直竖，好像老是在往后甩，加尔登的头发是黑的，乱蓬蓬的一团。他们走了好几英里路不见一个人影儿。

"好伙计，"加尔登正说着话，"怜悯无非是自以为是的一种后果，这是近五千年来的弊病。这世界要是没有怜悯倒更好些。"

阿瑟斯特两眼望着白云，回答道：

"这可是宝贵的东西啊。"

"好伙计啊，我们现代人的一切不幸都从怜悯而来。你瞧瞧动物，瞧瞧红种印第安人，只管他们自身的、偶然的痛苦，再看看我们自己——连人家的牙痛都操心。让我们回返到过去，别愁人家的事，痛痛快快过日子。"

"你永远做不到。"

加尔登忧虑地拢拢他乱七八糟的头发。

"一个人要充分发展，一定不能拘谨。感情上叫自己挨饿是错误的。一切感情都为的是一桩好处——丰富生活。"

"是啊，不过同骑士精神发生冲突怎么办？"

"啊！这真是英国人派头！你一说起感情，英国人便以为你要的是生理上的东西，于是惊慌起来。他们害怕激情，倒不怕性欲——哦，不怕，只要他们能把性欲私下里藏起来。"

阿瑟斯特没有答话，他摘了一朵蓝色的小花，朝着天空捻弄。一只杜鹃在树枝上啼叫起来。这天空，这花朵，这鸟儿的歌唱！罗伯特又在说着痴话！他说道：

"得了，咱们走吧，找一处农家住一夜。"他正说着话，只见一位姑娘从他们上面的公地走过来。她背衬蓝天，挎着一只篮子，你可以从她胳膊弯里见到天空。阿瑟斯特欣赏美，却不去想于他自身有什么好处，心里想道："多美啊！"风刮着她的粗呢裙子，裙子贴着她身上，把她那顶旧花便帽吹得一抖一抖的，她的灰色上衣是破旧的，鞋子裂了口，两只小手很粗，红红的，脖子晒黑了。她黑色的头发是波浪形的，凌乱地盖住她宽阔的上额，脸蛋儿短短的，上嘴唇不长，露出一排洁白的牙齿，眉毛又直又黑，睫毛长长的，颜色很深，但她那双灰色的眼睛却无比动人——水汪汪的，仿佛那一天才睁开来似的。她瞧着阿瑟斯特，也许她觉得他的样子奇怪：一拐一拐的，又不戴帽子，两只大眼睛盯着她，头发往后甩着。他头上没有戴帽子，没有什么好脱，只好招手表示敬意，说道：

"请你告诉我们，附近有没有农场可以让我们宿一夜的？我的腿坏了。"

"附近只有我们的农场，先生。"她一点不害羞，声音很好听，又柔和又清脆。

"在哪儿？"

"在下面，先生。"

"你们能让我们住一夜吗？"

"啊！我想是可以的。"

"请你引路好吗？"

"好的，先生。"

他一拐一拐地往前走，没有说话。加尔登接了话茬。

"你是德文郡的姑娘吗？"

"不是，先生。"

"那你是哪儿人呢？"

"威尔士人。"

"啊！我想你是凯尔特人①，这么说来，那农场不是你的啰？"

"是我姑母的，先生。"

"你姑夫呢？"

"他死了。"

"那么，这算是谁的农场呢？"

"我姑母和我三个表兄弟的。"

"可你姑夫是德文郡人啊？"

"是的，先生。"

"你在这儿多久了？"

"七年了。"

"你住惯了威尔士，觉得这儿怎么样？"

"我不知道，先生。"

"我想你是不记得了吧？"

"不，我记得的！它可不一样。"

"我相信你说的话！"

阿瑟斯特突然插话：

"你多大了？"

"十七了，先生。"

"你叫什么名字？"

"梅恩·戴维德。"

"这位是罗伯特·加尔登，我叫弗兰克·阿瑟斯特。我们原来想走到查格福德去。"

"可惜您腿痛了。"

阿瑟斯特微微一笑，他笑的时候样子是很好看的。

---

① 古代居住在中欧、西欧的部落，后裔今散居在爱尔兰、威尔士等地。

他们往下走，经过狭狭的林子，一下子就到了农场，这是一溜长长的房子，很矮，石头砌的，有玻璃窗，园子里养着猪和鸡，还有一匹老牝马，它们零零落落地散在各处。农舍后面是一座青山，山上长着几棵苏格兰杉树，前面是一座古老的苹果园，果树含苞待放，这个园子一直伸延到河边，再过去是一长片杂草丛生的牧地。一个小孩长着一副黑溜溜的斜眼，正守着一头猪，房子门口站着一个女人，她朝他们走来。姑娘说：

"这是我姑妈纳拉柯姆比太太。"

"我姑妈纳拉柯姆比太太"，眼睛黑溜溜的，很灵活，像母鸭子的眼睛，她像蛇似的歪着脖子。"我们在路上遇见你侄女，"阿瑟斯特说，"她觉得你也许会同意我们在这里过夜。"

纳拉柯姆比太太把他们从头到脚打量了一番，回答道：

"可以过夜，不过你们得同住一间房间。梅恩，把那间空房间收拾一下，准备一碗奶油。我想，你们该喝点茶了吧。"

那姑娘穿过两棵杉树和一些开茶蕉花的树丛围成的门廊，进了屋，她那鲜艳的花便帽映衬在玫瑰色的花儿和深绿的杉树之间。

"你们不到客厅来歇歇？你们是大学生吧，对不对？"

"过去是大学生，现在毕业了。"

纳拉柯姆比太太像早料到似的，点了点头。

客厅是砖铺的地，桌上一尘不染，椅子擦得发亮，沙发里垫的是马鬃，这间客厅收拾得十分整洁，好像从来不曾用过似的。阿瑟斯特一屁股坐在沙发上，双手捧住他的瘸腿，纳拉柯姆比太太看着他。他是一位已故的化学教授的独生子，可是人家在他身上见到一副贵族气派，因为他总是那么超脱，常常对周围的人浑然不觉。

"这儿有没有小河可以洗个澡的？"

"果园尽头有条小河，可是你坐下去，水还没不到头。"

"多深？"

"嗯，也许是一英尺半吧。"

"啊！那就不错了。从哪儿走？"

"穿过廊子，过右边第二道门就是池子，池边有一棵很大的苹果树。河里还有鳟鱼，只要你有本事抓。"

"它们倒有可能抓我们。"

纳拉柯姆比太太笑了一笑，说道："你们回来的时候，茶就准备好了。"

这个池子是用石头拦成的，底上铺了沙子；旁边是园子最低的一棵果树，密集的树枝几乎全遮住了池子；树枝上尽是叶子，花儿还没开——红色的蓓蕾刚要开放。池子狭小，一次只能洗一个人，阿瑟斯特在边上等着，一面搓他的膝盖，一面放眼荒野牧地，只见满是岩石、野树和野花，再过去是一片山毛榉树林，接着就是一片平整的高地。所有的树枝都在微风中荡漾，每一只春鸟都在啼唱，阳光斜照下来，草地上出现明明暗暗的斑纹。他想到忒俄克里托斯①，想到切威尔河②，想到月亮，想到眼睛像晨露的姑娘；他想到的东西太多了，等于什么都没有想，他只感到快活得出奇。

二

那顿茶点开始得很晚，却很丰富，有鸡蛋、奶油和果酱，有新鲜的薄饼儿，上头还洒了点橘黄色的果丝，喝茶的时候加尔登大谈

---

① 公元前三世纪古希腊田园诗人。
② 切威尔河，英格兰中部一条河流，汇入泰晤士河。

凯尔特人的问题。他说的是凯尔特民族觉醒的时期，他发现这家人有凯尔特人血统，激动起来，把自己也当成凯尔特人了。他伸展开四肢靠在马鬃沙发上，嘴唇边角叼着一支自己卷的香烟，两只冷峻的眼睛盯着阿瑟斯特的眼睛，正在赞美威尔士人如何精细。从威尔士来到英格兰，就好比是从瓷器堕落到陶器。弗兰克这该死的英格兰人，当然欣赏不了威尔士姑娘精致的心灵和丰富的感情！他一面轻轻地抖了抖还没干的一团黑黑的头发，一面说明梅恩如何正好体现十二世纪威尔士行吟诗人某某莫尔根的作品。

阿瑟斯特全身躺在马鬃沙发上，腿伸在沙发外面，抽着一只深色的烟斗，没有去听加尔登说什么话，梅恩端一盘薄饼进来的时候，他端详着她的脸儿。他就好像见了一朵鲜花，或者自然界一件美丽的东西，可是她微微一怔，低着头出去了，轻盈无声，像是一缕青烟。

"我们上厨房里去，"加尔登说，"再去看看她。"

厨房刷得雪白，墙角挂着熏火腿，窗台上放着花盆，枪支悬挂在钉子上，还有奇形怪状的杯子、瓷器和锡蜡器皿，再加上维多利亚女皇的肖像。一溜狭长的木头桌子，上面放着碗和勺，桌子上头高高地吊着一大捆葱；两只看羊狗、三只猫躺在厨房里。凹进墙里去的壁炉一边坐着两个肤色淡黄的小男孩，乖乖地呆在一边；另一边坐着一个健壮的年轻人，浅色的眼睛，红润的脸色，头发和眼毛都是亚麻色的，同他正用来擦枪管子的麻团一个颜色。纳拉柯姆比太太站在他们中间，正出神地在锅里炒着香味十足的菜。有两个乜斜着眼、黑头发的年轻人，跟两个小孩一样，一脸狡诈气，正懒洋洋地靠在墙上聊着天。一个胡子刮得光光的矮老头，穿着灯芯绒裤子，坐在窗台上，仔细地读着一份破旧的杂志。只有梅恩姑娘一个人在忙碌——从桶里把苹果汁灌到壶里，端到桌子上去，加尔登见他们快吃饭了，就说道：

"啊哟！你们允许的话，我们吃完晚饭再来。"他们没等回答，又回到客厅里去了。但是，厨房里色、香、味俱全，气氛温暖，还有那些各不相同的脸儿，更显得明净的客厅冷冷清清，他们各坐原位，快快不乐。

"那些孩子是普通的吉卜赛人类型。只有一个撒克逊型，擦枪的那一个。那个姑娘是微妙心理的典型。"

阿瑟斯特撇了撇嘴。他觉得加尔登这个时候真像个笨蛋。微妙心理的典型！她是一朵野花。叫人看了舒服的生灵。什么典型！

加尔登接着说：

"她感情一定丰富。不过她还没有觉醒。"

"你想去唤醒她吗？"

加尔登看了他一眼笑了。他撇嘴一笑，好像是说："你这个粗俗的英格兰人！"

阿瑟斯特抽着烟斗。叫她觉醒！这个笨蛋自以为了不起！他推开窗户，向外眺望。暮色加深了。农场房子和磨房依稀难辨，蓝沉沉的，苹果树林成了模模糊糊的一片，空中都是厨房里烧柴的味儿。一只迟睡的鸟儿好像受了夜色的惊扰，吱吱地叫着，心里不大踏实似的，马厩里传来马边吃草边喷鼻、蹬蹄的声音。远处是朦胧的荒野，再远一点是还没有亮透的含羞的星星，在深蓝色的空中一闪一闪。一只猫头鹰用发抖的声音叫着。阿瑟斯特深深地吸了一口气。这夜晚出去散步有多好啊！小路上传来没装蹄铁的马啪啪的脚步声，三个模糊的黑影过去——那是夜间遛的小马。只见毛茸茸的黑色马头掠过园门。他磕了一下烟斗，落下一些火星，马儿惊了，掉头就跑。一只蝙蝠飞过，发出几乎听不见的咝咝声。阿瑟斯特伸出手去，手心上感到露水的凉意。突然他听见楼上传来小孩含糊不清的说话声，脱掉的靴子扔在地上的声音，还有一个清脆而又柔和的声音——毫无疑问，那是姑娘在侍候孩子们上床；"不行，里克，不许把猫放在床上"，这句话听得清清楚楚；接着是一阵争夺的咯咯笑声，轻轻打了一下，又是一阵笑声，笑得这么轻，这么好听，阿瑟斯特微微一怔。蜡烛一吹，一条火柱闪向黑昏的上空，接着灭掉了；于是，一片安静。阿瑟斯特回到房里坐下；他的膝头痛，心里不高兴。

"你到厨房去吧。"他说，"我要去睡了。"

三

　　阿瑟斯特平素很快就睡着了，没有一点儿声响，睡得很顺当；但是，他朋友进来的时候他好像熟睡，其实清醒着呢；这屋子房顶很低，加尔登躺在另一张床上，鼻子朝上，睡得呼呼的，而阿瑟斯特还在听猫头鹰叫。他除了膝盖痛之外，没有什么不称心的事情——这位年轻人在黑夜里不用操心生活上的事。其实他没有什么好操心的；他刚刚注上册，去当律师，文学上又有抱负，前程似锦，父母亲双亡，自己一年又有四百镑的收入。他上哪儿去，他干什么，什么时候干，这一切成什么问题？他的床是硬的，可以免得过于兴奋。他躺着，用鼻子吸进从他头旁窗格子渗进房来的夜气。他只是对他的伙伴有点恼火，这是自然的，你跟他一起步行了三天了嘛，除了这一点，那一晚上阿瑟斯特脑子里浮起的景象是美好的，热切的，动人的。有一幕景象分外清晰，他当时不曾去注意，所以他说不清为什么这会儿去想它，那就是那擦枪的年轻人脸上的表情：殷切地、集中地、惊慌地抬起头，朝厨房的门口看着，目光一下子又转到端着果汁壶的姑娘的身上。这张脸红润润的，蓝色的眼睛，浅色的睫毛，短短的头发，给他印象之深，不下于那位姑娘。她那张脸儿洁莹似露，这么单纯。末了，他透过没有帘子的方窗户，见到曙光挤进黑幕，听到一只乌鸦朦胧嘶哑的叫声。接着，鸦雀无声，一片死寂，后来一只没有醒透的画眉唱起歌来，冲破了寂静。阿瑟斯特看着窗框里亮堂起来的天空，渐渐睡着了。

第二天，他的膝盖肿得很厉害，徒步旅行显然是不行了。加尔登次日必须返回伦敦，所以正午走了，走的时候似讽非讽地一笑，叫阿瑟斯特好不恼火，等他大跨步地拐过陡峭的小路、身影消失之后，阿瑟斯特才消了气儿。阿瑟斯特一整天坐在杉树廊子旁边一把绿色椅子上，保养膝盖，脚下是一块草地，那个地方，树根、石竹在太阳光的照射下散发出香气，还有花蕾正待开放的树丛里传来的一股幽香。他快活得跟天使似的，又吸烟，又幻想，四处眺望。

春天的农场处处生气盎然——什么芽呀、壳呀，都长出东西来，人们如痴如迷地观察这些新东西的长出来，又是喂养又是护理。这年轻人坐在那里纹丝不动，一只雌鹅迈着庄严稳重的步子，跟着六只黄脖子、灰背毛的小鹅跑到他脚边，在青草叶片上磨它们的小嘴。不是纳拉柯姆比太太便是梅恩姑娘，常来问他要不要什么东西，他总是回答："不要什么，谢谢。这儿挺好。"到了喝茶的时候，她们一起过来，端了一只碗，里面放着一长条黑色的什么药膏，她们仔细认真地瞧了又瞧，把药敷在红肿的膝盖上。她们走了之后，他想起姑娘轻轻地叫了"啊哟"一声，想起她表露同情的目光，又想起她眉头一皱。这时他又对他的伙伴感到一阵不可理喻的愠怒，他说了她这么多蠢话。她端茶出来的时候，他问道：

"你觉得我这个朋友怎么样，梅恩？"

她抿上嘴唇，生怕笑出声来不礼貌。"那位先生很滑稽；他叫我们发笑。我想他是很聪明的。"

"他说了什么话叫你们发笑呢？"

"他说我是行吟诗人的女儿。他们是谁啊？"

"威尔士诗人，生活在好几百年以前。"

"请问我为什么是他们的女儿呢？"

"意思是说你就是他们吟唱的那种姑娘。"

她皱了皱眉头。"我想他是开玩笑。我是他们的女儿吗？"

"如果我说了，你相信吗？"

"哦，我相信的。"

"嗯，我认为他说得对。"

她笑了一笑。

阿瑟斯特心里是想："你是一个美人儿！"

"他还说乔是撒克逊型。那是什么样子？"

"哪个是乔？蓝眼睛、红皮肤那一个吗？"

"是的。我姑父的外甥。"

"这样说来，不是你表哥吗？"

"不是的。"

"嗯，他是说乔像一千四百年以前跑来征服英格兰的那族人。"

"啊！那我知道；可他是那族人吗？"

"加尔登对那类事情着了迷；不过我应该说，乔看来是有点像早期撒克逊人。"

"是的。"

这一声"是的"把阿瑟斯特逗乐了。他说的话，很明显她是不懂的，可是这两个字她竟回答得这么干脆，这么顺畅，这么肯定，很有礼貌地同意他的说法。

"他说别的男孩都像一般的吉卜赛人。他不该说那种话。我姑妈笑了，可是心里当然不高兴，我那些表弟都生气了。姑父是农民——农民不是吉卜赛人啊。叫人家难过是不对的。"

阿瑟斯特想拉她的手，捏一捏，但他只是回答：

"说得对，梅恩。唉，我昨天晚上听你弄小家伙上床了。"

她红了红脸。"请喝茶吧，快凉了。我要给您拿些点心吗？"

"你有没有工夫忙你自己的事？"

"有的。"

"我一直在观察，我还没有看见。"

她迷惑不解，皱眉拍额，接着脸红了。

她走了之后，阿瑟斯特心想："她以为我是开她玩笑吗？我才不呢！"他处在那个年龄：正如诗人所说，在某些男人眼里，"美啊就是花儿"，于是引起一阵阵对女士献殷勤的想法。阿瑟斯特从来不大注意周围的事，过了好一会才发觉加尔登称为"撒克逊型"的青年正站在马厩门边，他一身装束好不鲜艳：棕色的绒带，土黄色的高统靴，配上蓝色的衬衫，红润的胳膊，红润的脸，太阳把他亚麻色的头发映染成黄黄的；他呆头呆脑地站在那里，一动不动，脸上没有一丝笑容。临了，他注意到阿瑟斯特正看着他，就穿过庭院，走步的姿态一副年轻乡绅的派头，以为步子缓慢、腿脚沉重是丢脸的事，接着消失在屋后，朝厨房门口去了。阿瑟斯特热烈的情绪凉了半截，乡下人！你心眼儿再好，也没法同他们打交道！然而，你看看那位姑娘！她的鞋是破的，手很粗糙；但是——这有什么呢？是不是如加尔登所说，她真的是凯尔特血统？她天生是一位高贵的妇女，哪怕她只有会读会写的水平！

昨天晚上他在厨房里看见的那位胡子刮得干干净净的上年纪的人，带着一条狗赶着牛群去挤奶。阿瑟斯特看到，他的腿是瘸的。

"你这些奶牛不错啊！"

瘸子脸上露出了喜色。他的眼睛朝上眨，长年累月的受苦人常常是这样的。

　　"是啊，这些牛不错，奶也好。"

　　"我看奶准好。"

　　"您腿见好了吧，先生。"

　　"谢谢你，好起来了。"

　　瘸子摸摸自己的腿说："我自己吃过苦头，真叫人发愁，我这膝盖。我这脚坏了十年了。"

　　阿瑟斯特发出一些同情的叹息，不靠别人、自己有收入的人这种同情来得自然，瘸子又笑了。

　　"虽然这样说，我也不叫苦——现在也不太痛了。"

　　"啊呀！"

　　"真的，跟过去比较比较，现在跟好腿一般。"

　　"她们给我敷上了药包了。"

　　"是姑娘采的药。这好姑娘会弄花。有的人就懂什么花治什么病。我母亲就有这种少见的本事，我盼您痊愈，先生。回头见，先生！"

　　阿瑟斯特笑了起来。"会弄花"！她自己就是一朵花嘛。

　　那天晚上，他吃的是冷鸭子、凝乳甜食和苹果汁，吃完之后，姑娘进来了。

　　"姑母说——您要不要尝一块我们五朔节①蛋糕？"

　　"我可以上厨房去吃吗？"

　　"啊，可以啊！您一个人在这儿会想念你朋友的。"

　　"我才不想念他呢。你准知道他们不会不高兴？"

---

　　①　春天的节日。

"谁会不高兴？我们都欢迎您去。"

阿瑟斯特一下子起得太猛，僵硬的膝盖一晃，又坐了下来。姑娘喘了一口气，伸出手来。阿瑟斯特握着这双粗壮而又红润的小手；他真想放在嘴边吻吻，却控制了自己，让她把自己拉起来。她紧挨他身边，让他扶她的肩头。他扶着她的肩走出房。那个肩头，他好像从来没有碰过这么叫人惬意的东西。不过他头脑清醒，在架子上取下拐杖，放开她的肩头，自己走到厨房里去。

那天夜里他睡得香极了，醒来时候他膝盖差不多消肿了。上午他仍坐在草地的椅子上，忙着写诗；下午他跟着涅克和里克两个小孩散步。这是星期六，他们放学早；这两个六七岁的黑黑的小鬼又机灵又腼腆，可一会儿话就多了，因为阿瑟斯特有办法对付孩子。到四点钟光景，怎么弄死小动物的办法，他们都一一表演给他看了，就是抓不住鱼；不过他们撅着屁股，肚子贴在小河边上，表示他们也有这份本事。当然，他们什么也没抓到，他们又喊又笑，什么有斑点的东西一露水面就给吓跑了。阿瑟斯特坐在山毛榉树墩旁边的石头上，瞧着他们，一边听着杜鹃歌唱；末了，大孩子，不那么淘气的涅克跑来，站在他身边。

"那个吉卜赛妖怪就坐在这块石头上。"他说。

"什么吉卜赛妖怪？"

"不知道；我没见过。梅恩说他就坐那儿，老吉姆见过他一回。我们小马踢我爸脑袋瓜的头一天晚上，他就坐在那儿。他拉提琴。"

"他拉什么调子？"

"不知道。"

"他怎么个样子？"

"长得黑黑的。老吉姆说他浑身上下全是毛。他是个好妖怪。

夜里才来。"孩子两只乜斜的黑眼睛睁得大大的，"你说他会来抓我吗？梅恩害怕他。"

"她见过他吗？"

"没有。她不怕你。"

"我看不会怕我。她为什么要怕我呢？"

"她为你祷告。"

"这小鬼，你怎么知道？"

"我睡着了，她就说：'上帝保佑我们，保佑阿谢斯①先生。'我听见她这么轻轻地祷告来着。"

"你这小鬼，不该听的你听了，还说呢！"

小孩不说话了。接着蛮劲儿又来了：

"我敢剥兔子皮。梅恩她就不敢。我喜欢看兔子流血。"

"啊！你喜欢看流血；你这个小魔鬼！"

"什么叫魔鬼？"

"喜欢损害人家的叫魔鬼。"

小孩瞪着眼喊起来："是死兔子啊，就是我们吃的兔子。"

"那可以，涅克。对不起。"

"我还敢剥青蛙皮。"

但是，阿瑟斯特的心已经不在了。"上帝保佑我们，保佑阿谢斯先生！"涅克见他突然出了神，就回到河边去，河边又立刻热闹起来，又是笑又是叫。

梅恩给他送茶来的时候，他问道：

"吉卜赛妖怪是什么，梅恩？"

她抬起头来，很吃惊的样子。

---

① 小孩发音不准，读错了音。

"他叫人倒霉。"

"你当然不相信有鬼的，是不是？"

"我希望一辈子见不到他。"

"你当然见不到。没有这种东西。老吉姆看见的是小马。"

"不是小马！岩石堆里有妖怪，他们好多年以前是人。"

"怎么说也不是吉卜赛人；这些老头儿死了好久以后吉卜赛人才来呢。"

她只是回答："他们都是坏人。"

"为什么呢？就是有的话，他们也是野生的，跟野兔似的。花是野的，可并不坏呀。带蒺藜的树，大家不会去种——你也不把它们放在心上。我晚上去看看你的妖怪，同他谈一谈。"

"啊哟，您别去！您别去！"

"啊哟，我要去！我要去，坐在他的石头上。"

她交叉紧握着两只手："啊哟，请您别去！"

"这有什么呢！我出了事同你有什么关系呢？"

她没有答话，他像闹别扭似的说道：

"嗯，我敢说我看不见他了，因为我看我得快走了。"

"快走了？"

"你姑妈不愿意留我在这儿。"

"啊呀，这怎么会呢？我们夏天总是出租房间的。"

他边盯住她的脸边问道：

"你愿意留我吗？"

"愿意。"

"我今天晚上为你祷告！"

她满脸通红，皱着眉头，跑出房去。他坐在那里咒骂自己，一直骂到茶煮好的时候。这好比是他用举重的靴子乱踢一簇盛开着蓝花的风信子。他为什么说了这么愚蠢的话呢？他岂不是跟罗伯特·加尔登一样，很不了解这位姑娘，也是个城里的笨蛋大学生？

四

接着的一个星期，阿瑟斯特在乡间近处走走，试试他的腿恢复得怎么样。今年的春天于他是一个启示。他欣喜若狂，欣赏那山毛榉粉红的蓓蕾背衬着蓝天，施展在阳光之中，欣赏那罕见的苏格兰杉树给强烈的光照晒成黄褐色的树枝，再看看那落叶松，被风刮得弯下腰来，风吹着黑锈色树丛上面的绿叶，如此富于生气。再不，他就躺在河岸上，看着那野生的紫罗兰，躺在枯死的蕨草里，玩赏悬钩子粉红、透明的花蕾，杜鹃在叫，啄木鸟在笑，高处的百灵鸟在低婉地歌唱。这当然跟他以前经历过的春天不一样，因为春天就在他心中，不在身外。白天他几乎看不见这一家人；梅恩进来送饭的时候，她不是张罗屋里的事，便是照看院子里的小孩，总是没工夫多谈谈。到了晚上，他到厨房里去，往窗台上一坐，边吸烟边同腿瘸的吉姆或纳拉柯姆比太太谈天，姑娘做针线活，或者忙来忙去，收拾碗碟。有时候他感到一阵高兴，那劲头跟猫高兴起来一个样，因为他感觉到梅恩那双水汪汪的灰眼睛老在盯着他，含情脉脉，使他分外得意。

那是一个星期天的黄昏，他正躺在果园里听画眉鸟歌唱，一边创作情诗，他听到大门闪动的声音，只见梅恩急急忙忙从果树林间跑来，脸红润润的，健壮的乔从后面紧追。他们跑到距离他二十码的地方，停了下来，两个人你瞧着我，我瞧着你，谁都没注意草地上躺着一个人。那青年一步步逼来，姑娘用手挡着他。阿瑟斯特看得见她的脸儿，气冲冲的，情绪纷乱，那个青年的脸——谁会想这红脸的乡下佬会癫狂成这般模样！阿瑟斯特难受得看不下去，猛地站了起来。这时他们才看见他。梅恩放下手来，躲在树后头；青年气冲冲地咕哝了一声，奔向前去，爬过岸坡，不见影儿了。阿瑟斯特慢慢地向她走去。她站在那里，一动不动，紧咬着嘴唇，秀丽的黑发披在脸上，两只眼睛瞅着地——真是美丽极了。

他说："对不起。"

她睁大了眼睛，抬头看了他一眼，接着吸了一口气，掉头就走。阿瑟斯特跟在她后面。

"梅恩！"

但她还是往前走，他一把拉住她的胳膊，轻轻地拨过她身子来。

"别走，你跟我说话啊。"

"您为什么说对不起我呢？您不该向我道歉。"

"好吧，那么向乔道歉。"

"他怎么竟敢追我？"

"我想是爱上你了吧。"

她跺跺脚。

阿瑟斯特噗哧一笑。"我去揍他脑袋好不好？"

她突然激动地喊道：

"您讥笑我——您讥笑我们！"

他抓住她两只手，可是她往后退，一直退到一簇簇苹果树粉红的花蕾碰到她激动的小脸和乱散的黑发。阿瑟斯特握着他抓住的她的一只手，抬起来，放到自己唇边。他觉得自己是多么尊重女性，比那个乡下佬乔高明多了，他竟用嘴来回擦那只粗壮的小手。她骤然停了下来，仿佛颤抖地向他靠过来。阿瑟斯特感觉一股温存的热流从头暖到脚。这么说来，这位苗条的姑娘，这么纯洁、美丽的姑娘高兴了，他把她的手放到他唇边她高兴了！他一下子冲动起来，伸出双手去拉她，搂在自己怀里，吻她的前额。接着他害怕了，因为她脸色变得这么苍白，闭上眼睛，又长又黑的眼睫毛搭在颊上；她两只手垂在身边，不会动弹了。他叹了一口气，叫一声"梅恩"，松开了她。寂静无声之中，画眉叫了起来。临了，梅恩抓住他的手，放在自己的脸上，心坎上，又放在唇上，热情地吻了吻，接着逃走了，消失在满身青苔的苹果树中间。

阿瑟斯特在一棵几乎与地面平齐的歪扭的老树上坐了下来，他心慌意乱，望着刚才盖过她头发的花蕾出了神，粉红色的蓓蕾之间，只开着一朵白色的苹果花。他刚才干的什么事？他怎么让美丽、或者只是让春天弄得如此神魂颠倒！不过，他感到幸福得出奇；他感到幸福、得意，浑身一阵阵哆嗦，又模模糊糊地觉得恐惶。这预告了什么？蚊子叮他，飞舞的小虫子想飞到他嘴里去；他觉得他周围的春意越来越可爱，越来越活泼；杜鹃的歌唱，画眉的鸣叫，啄木鸟的欢笑，斜照的夕阳，她头上那朵苹果花……他从老树干上站了起来，大步走出果园，他需要空间，需要辽阔的天空，来消受这些新鲜的感觉。他走向荒原，树丛里一棵白蜡树上飞出一只喜鹊来给他引路。

男人从五岁开始，谁敢说没有恋爱过？阿瑟斯特在跳舞班上爱过他的舞伴；爱过护理他的家庭女教师；爱过假日同他一起游玩的姑娘们；可以说他没有不恋爱的时候，他总是珍惜这分多少总有点模糊的爱慕。但是，这一次不同，一点儿也不模糊。这是一种崭新的感觉，叫人愉快极了，感到自己已经完全长大成人。把这么一朵野花捏在手指头里，能够放在嘴唇边吻吻，能够感到她高兴得颤抖起来！真令人销魂，又叫人害臊！怎么办呢？下一次怎么同她见面呢？他头一次吻她，心是平静的，出于同情之感；但是，接着的一次可不一样了，因为她已经热乎乎地吻过他的手，把他的手放在自己心坎上，他知道她是爱上了他。有的人性子变粗鲁，因为爱情是人家赐加给他们的；另外的人呢，比方阿瑟斯特，因为感到奇迹来临，性情又游移又热切，温暖柔和起来，简直是意气洋洋。

他在这多石的小山上，内心非常矛盾，既想热切地欢庆一番他心中新的春意，又模模糊糊感到一阵非常现实的不安。一会儿，他得意忘形：居然俘虏了这位漂亮、可靠、水盈盈的姑娘。过了一会儿，又严肃地思考起来："啊哟，老兄！小心你干的事！你知道会有什么后果！"

夜幕降临，他没有注意到。夜色笼罩在雕塑似的岩石堆上，一派东方古国的情调。大自然发出声音："这是你的新世界！"他好比是清晨四点起床的人，领略夏天早晨的景色，鸟兽树木都看着他，他仿佛感到这是一个新生的世界。

他在那里一待好几个小时，后来天凉了，他摸黑绕过石头和各式各样的树根，回到路上，又穿过荒野牧地，来到果园。他划了一根火柴，看看表。快十二点了！果园现在一片漆黑，万籁俱寂，跟六小时前鸟语花香的姗姗时光何等不同！突然，他用外界人的眼光来审察他这首田园牧歌，他仿佛看到纳拉柯姆比太太的脖子蛇似的一扭，黑眼珠子骨碌一转，把一切看在眼里，这张精明的脸板了起来；他仿佛看到那些吉卜赛人似的表弟们在狞笑，信不过他，乔呆头呆脑，很是生气，只有瘸腿的吉姆，一副受苦人的目光，好像还不错。还有村里的小酒店！他散步时碰见的好说闲话的家庭主妇；再有，他自己的友人，他想起十天前罗伯特·加尔登走的时候那副笑容，似讽非讽，一副早就料到的神气！真叫人讨厌！不管你愿不愿意，你得活在这冷嘲热讽的尘世上，他当时真是恨透了。他紧挨着的大门有点亮了起来，他眼前掠过一道微光，微微地照亮了蓝沉沉的黑夜。月亮！他看见月亮刚刚悬在山坡后面，红红的，几乎圆了——好奇怪的月亮！他转过身来，走上小路，路上散发出黑夜、牛粪与新叶子的味道。在堆草的院子里，他看得见牛群的黑影，只有它们的弯角闪出微白的光，好比倒竖起这么多小月亮。他蹑手蹑脚，拉开农场大门的插栓。屋里全都黑了。他放轻脚步，走进门廊，躲在一棵紫杉树后面，抬头看梅恩的窗户。她的窗开着。她是睡着了，还是躺着没有睡着？说不定因为他不在，她心里不安，不高兴？他站着抬头张望的时候，一只猫头鹰叫了起来，叫声好像填满了整个儿黑夜，因为周围一切都非常寂静，只有果园下头的小河传来永不休止的潺潺声。杜鹃白天啼叫，现在猫头鹰叫——它们多么奇妙地传达出他心中纷繁杂乱的激情。突然，他看见她在窗口，向外张望。他离开杉树几步，轻轻地叫："梅恩！"她缩了回去，不见了，接着又出现了，倚着窗子往下看。他轻轻地在草地上向前走了几步，下巴撞在绿色的椅子上发出响声，他屏住声息。她伸下来的胳膊和脸儿，灰白模糊，纹丝不动；他把椅子往前挪，轻轻地站了上去。他往上伸手，刚刚能够得着。她手里拿着开前门的大钥匙，他抓住握着冰冷钥匙的火热的手。他只看得见她的脸儿，嘴唇间洁白的牙齿，披散下来的头发。她还穿着衣服——可怜的人儿，准是等着他呢！"美丽的梅恩啊！"她粗糙、火热的手指缠住他的指头；她脸上有一副奇异的、迷惘的神情。够得着她的脸儿有多好——哪怕用手！猫头鹰叫了，蔷薇树丛的香气冲到他鼻孔里来。接着农场一只狗叫了起来，她松开手，退了回去。

"再见，梅恩！"

"再见，先生！"她走了！他叹了一口气，退回到地上，坐在椅子里，脱掉靴子。没办法，只好溜进去睡觉；然而，他一动不动，望了很长时间，脚踩在露水上，凉冰冰的，他沉醉在回忆之中，想起她那迷惘的微微带笑的脸儿，想起她用火热的指头紧紧地缠住他，把冷冷的钥匙塞在他手里。

<h1 style="text-align:center">五</h1>

他虽然没有吃晚饭，但第二天醒来的时候，感到好像是头天晚上吃得太多了似的。昨天的韵事仿佛缥缈而又朦胧。可是，早晨天气非常之好。春天终于降临了，一夜之间，孩子们叫"金杯"的那种花儿好像占据了所有的田野，他从窗口望出去，满园子都是苹果花，园子像铺了一条红白相间的花被单。他走下楼去，有点怕见梅恩的面，然而端饭进来的不是梅恩，而是纳拉柯姆比太太，他见了大失所望，感到恼火。那女人今天早晨好像眼珠子转得更快，蛇似的脖子扭动得更加灵活。难道她已经注意到了？

"您昨天晚上跟月亮一起散步了，阿瑟斯特先生？您在别处用饭了吗？"

阿瑟斯特摇摇头。

"我们给您留着饭呢，不过我想您脑子太忙乎，想不起吃饭这种事了吧？"

她的口音仍保留着某些威尔士话的清脆味儿，而没有沾染西部的喉音，她用这种嗓门说话，是不是在挖苦他？她知道了怎么办呢！那个时候，他想道："不，不，我走吧。我不能处在这种虚妄尴尬的处境。"

但是，吃罢早饭之后，他渴望见到梅恩，这种渴望越来越急迫，又害怕人家对她说了什么话，把一切都毁了。她不露面，他见不着她，这可是不祥之兆啊！昨天晚上他在苹果树底下写的情诗，写得这么认真，这么入迷，现在看来不值一顾，他撕掉了，捏成点烟斗的纸捻儿。她没抓住他的手吻的时候，他懂得什么爱情！现在呢，他还有什么不懂的？但是，把它写下来，简直乏味透顶！他上楼到睡房里去拿一本书，见她正在拾掇床铺，他心跳得很厉害。他站在门口看着她；突然他见她俯下身去，吻吻他的枕头，正是他昨天晚上头枕得凹下去的地方，他真乐坏了。怎么能让她知道他已经看见了她这一亲昵的举动呢？要是偷偷地溜走，叫她知道了反而不好。她拿起枕头，抱住它，好像舍不得抹掉他脸颊的印记；她放下枕头，转过身来。

"梅恩！"

她用两手捂住脸，可是眼睛好像是盯住他。他从来没有想到，这对水汪汪的眼睛含有这样纯洁、动人、真挚的深情，他支支吾吾地说道：

"你真好，昨天晚上一直等着我。"

她还是不说话，他结巴着说下去：

"我一直在荒野上散步；夜色真是好。我——我上楼是来拿书的。"

他见到她刚才吻他的枕头，这个举动顿时叫他冲动起来。他走上前去，用嘴唇吻她的眼睛，心里分外激动："我吻了她！不管怎么说，昨天是突然发生的，今天，我可吻了她了！"姑娘的额头依偎在他的嘴唇上，他的嘴唇往下移，吻到了她的嘴唇。那是一对恋人头一次真正的亲吻——陌生、奇妙，又带点无瑕的稚气，谁的心房最纷乱呢？

"今天晚上等他们睡下了，你到大苹果树下来。梅恩——答应吧！"

她轻声回答："我答应。"

接着，他见她脸色苍白，心里就怕，他什么都怕，怕一切，就松开了她，回到楼下。啊哈！他现在已经完成了！他接受了她的爱情，也宣布了自己的爱情！他走出门去，到绿椅子跟前，手上仍是没有书，他坐在那里，茫然地望着前面，又得意又悔恨，而就在他鼻子底下，在他背后，农场的活儿正在进行。他在那奇怪的茫然神态之中，究竟望了多长时间，他自己也不知道，后来看见乔站在他后面靠右边的地方。这年轻人准是刚从地里干了重活回来，只见他轮番地息着两条腿，气喘吁吁，满脸通红，好比正在下落的太阳，蓝色的衬衣卷起了袖子，两条胳膊像桃子熟了的颜色，也像桃子似的，毛茸茸的，发着光亮。他张着红润的嘴唇，眼睫毛是浅黄色的，蓝色的眼睛，直盯着阿瑟斯特。阿瑟斯特冷冷地说：

"好啊，乔，有什么事情要我帮忙吗？"

"有的。"

"什么事呢？"

"你可以离开这里了。我们不需要你。"

阿瑟斯特这张脸本来就不谦逊，这回越发高傲了。

"承蒙你通知我，但是，你明白，我倒喜欢别的人自己来跟我说。"

年轻人向前走了两步，一股热汗的味道冲进阿瑟斯特鼻孔里。

"你在这里呆着干什么？"

"我乐意。"

"等我砸了你的脑袋，看你还乐意不乐意。"

"真的！那你什么时候开始砸呢？"

乔只是大声地喘着气，可是两只眼睛鼓了出来，好比一头小公牛生了气。接着脸上一抽一抽地，像痉挛似的。

"梅恩不要你。"

阿瑟斯特又妒忌又蔑视。

这个粗壮、大声喘气的乡下佬说这种话，阿瑟斯特一阵妒忌一阵蔑视，好不生气，他控制不了自己，跳起来，把椅子往后一推。

　　"你见鬼去吧！"

　　他刚说了这句话，见梅恩站在门口，怀里抱着一只棕色的小狗。她快步走到他跟前。

　　"它眼睛是蓝的！"她说。

　　乔转身就走；他后脖子可真是通红通红的。

　　阿瑟斯特用手指头摸摸她怀里这只棕色小动物的嘴巴。它躺在她怀里多惬意啊！

　　"它已经喜欢你了。哎哟！梅恩，什么东西都喜欢你。"

　　"请问，乔跟你说些什么了？"

　　"他叫我走开，说你不要我在这儿呆着。"

　　她顿顿脚，抬头看看阿瑟斯特。那是爱慕的眼光，他见了感到身上一阵哆嗦，正好比见到一只飞蛾烧焦了它的翅膀。

　　"今天晚上！"他说道，"别忘了！"

　　"不会的。"她用脸蛋儿衬着小狗肥胖、棕色的身子，悄悄地溜回屋里去了。

　　阿瑟斯特漫步穿过小路，来到草地门前，遇见瘸腿的人带着一群母牛。

　　"好天气啊，吉姆！"

　　"啊哟！长草的天气啊。今年白蜡树比橡树发得晚。'橡树要是发得比白蜡树早——'"

　　阿瑟斯特漫不经心地问道："吉姆，你瞧见吉卜赛妖怪的时候，站在什么地方？"

　　"大概是那棵大苹果树底下吧。"

　　"你现在真的认为它是在那儿吗？"

瘸子小心翼翼地回答：

"我不敢说它不在那儿。我印象是就在那儿。"

"你说它究竟是谁？"

瘸子压低了嗓子说道：

"他们都说，我们那位老主人，纳拉柯姆比先生，是吉卜赛血统。可这只是说说的。吉卜赛人，您知道，喜欢把谁都认作他们自己人。说不定他们知道他快要死了，派这个家伙来陪他。我一直是这么想的。"

"他是什么样的长相？"

"他长了一脸的毛，走起路来那个样子，好像夹着提琴。他们说没有妖怪这个东西，可是我那天黑夜，看见狗身上的毛都竖了起来，可我自己什么也看不见。"

"有月亮吗？"

"有月亮，快圆满了，不过刚出来，黄黄的，在树后边。"

"你觉得鬼出现就惹麻烦了吧，是不是？"

瘸子抬了抬帽子，用热烈的目光瞧着阿瑟斯特，神情更加真切。

"我不敢这么说——可他们的样子挺不安的。有些事咱们不明白，确实不明白。有的人看东西看得清楚，有的人就看不清楚。你看，咱们这个乔，你把东西放在他眼面前，他一点也看不见；别的那些年轻人，也都是冒冒失失的。可是，你叫我们梅恩去看，她看得到，而且看得更清楚，准没错儿。"

"那是因为她敏感。"

"什么叫敏感？"

"我是说，她什么都感觉得到。"

"啊！她心非常好。"

阿瑟斯特感到一阵脸红，拿出烟袋来。

"来一筒，吉姆？"

"谢谢您，先生。我看，她真是百里挑一。"

"我看也是。"阿瑟斯特只说了这一句，收起烟袋，继续散步。

"好心"！是啊，那么他这是在干什么呢？他对这位多情的姑娘用心——俗话说的"用心"——何在呢？田野开遍了金凤花，棕红色小牛在吃草，燕子飞翔，他一边漫步在田野上，一边老在想这个问题。是啊，橡树比白蜡树发得早，已经是棕黄色的了。每一棵树都在长，显出不同的颜色。杜鹃鸟，上千种鸟，都在歌唱；溪水晶莹明洁。古人相信黄金时代，相信赫斯帕里迪丝①的果园！……一只雌蜂停在他袖子上。弄死一只雌蜂等于减少两千只黄蜂，等果园里花蕾结成苹果的时候，苹果可以少损失一些；但是，你今天心中荡漾着爱情，怎么忍心杀生呢？他走进一块田里，看见一头棕红色的小牛在吃草。在阿瑟斯特眼里，这头小牛活像乔。可是小牛没有注意到这位来访者，也许是小牛自己也有点陶醉，只顾脚下黄金色的草原，那草原随风歌唱，多么迷人。小牛不惹他，他就穿过田野，跑到小溪上头的山坡上。从那面坡上去是座小石山，一直到山顶都是岩石。坡面上是一大片风信子，还有十几棵酸苹果树，盛开着花。他躺在草地上。刚才田野上金凤花那么妩媚，金黄色的橡树如此迷人，这回又来到这个灰岩石下飘飘欲仙的去处，他心里不由产生奇妙的感觉。一切都改了样，只有流水潺潺、杜鹃鸣啼依旧。他躺了很长时间，看着阳光转移，末了，酸苹果树的影子遮住了风信子，他只有几只野蜂作伴。他神志已经不大清楚了，老在回想那

---

① 古希腊神话中看守金苹果园子的女神。

天早晨的一吻，惦记着今天晚上苹果树下的幽会。在这等去处，肯定有牧神①和树精出没；白得像酸苹果花似的仙女闲居在树林里；黄得像死藏树那样的牧神正竖着耳朵，等待着林间的仙女。他醒来的时候，杜鹃还在啼叫，溪水还在流，只是太阳已经西沉在石山后面，山坡有点凉意，几只兔子出来了。他想道："今天晚上！"大地上，万物都向上伸展，好像有一只看不见的手在地下放开它柔软而急切的指头，阿瑟斯特的心灵和感觉也像大地一般，向上伸去，施展开来。他站起身来，从酸苹果树上摘下一枝蓓蕾。这些蓓蕾恰似梅恩——贝壳似的，粉红色，野性未灭，又那么清新；梅恩也像开着的花朵，那么洁白，那么开朗，那么迷人。他把花揣在大衣里。他身上的春意冲了出来，他吐出一口胜利的气。可是兔子却一溜烟跑掉了。

六

那天晚上，阿瑟斯特手里拿着一部袖珍本的《奥德赛》，他坐了半个小时没有读一句，等他放下的时候，快十一点钟了，他轻手轻脚走过院子，来到果园。月亮刚刚升起，黄澄澄地挂在山顶上，好像一位明亮、有力的守护神透过白蜡树叶子尚未繁茂的树干凝视着大地。苹果园还是黑洞洞的，他站住，定一定方向，用脚踩摸着毛茸茸的草地。他身后有一大团黑黑的东西动来动去，发出笨重的、呼噜呼噜的声音，原来是三只大猪，这会儿又相互紧靠在一起，缩在墙脚。他听一听有没有动静。没有风，只有流水发出汨汨声响，像是低声欢笑，声音比白天大两倍。一只他不知叫什么名称

---

① 指古罗马传说中半人半羊的农牧神。

的鸟"辟泼辟泼"地叫着，好不单调；他听到很远的地方，一只夜莺在啼唱，叫声越来越小；又一只猫头鹰在叫。阿瑟斯特挪动一两步，又停了下来，他注意到他头顶上活跃着一大片白茫茫的东西。在黑黑的、纹丝不动的树上，无数朵柔软、模糊的花和蓓蕾，在渐渐渗透进来的月光下，像着了魔似的，活了起来。他十分奇怪，感到自己有了真正的侣伴，好像上百万只飞蛾或者精灵飞了进来，夹在黑暗的天空和更黑暗的大地中间，在他眼前上下闪动着翅膀。在这没有香味的、宁静迷人的美妙时刻，他简直忘记了自己为什么到果园里来。白天笼罩着大地的飞速即逝的魅力并没有在夜间消失，只是变成这番新的景象。他经过满是白花的树干和树枝，终于来到这棵大苹果树跟前。这棵树就是在夜间也不会弄错，比旁的树高出一半、粗出一倍，枝叶伸向大草原和小河。他站在树枝下面，静静地听着。还是这些声响，加上猪打呼噜的声音。他把手扶在干燥的、几乎是温暖的树身上，那粗糙的、长满苔藓的树皮经他一摸，发出泥煤的味儿。她会来——会来吗？他处身在颤抖的、神秘的、月色朦胧的树丛之间，对什么都感到迷惑。这里一切都不是人间的东西，非尘世的恋人所能领略，只有男神、女神、林间的仙男仙女才配，他和农村小姑娘没有这番福分。她要是不来，是不是她几乎就解脱了呢？但他始终在听着。那只不知名的鸟还是"辟泼"、"辟泼"地叫着，再有就是那有小鳟鱼的小河喋喋不休地流着，月儿透过交叉的树枝隐隐约约地照射下来。他眼前的那朵苹果花好像每时每刻都在活起来，仿佛以她神秘的白色的美渗入他等待的心情。他摘下一些，捏在手里——三片花瓣。采果树的花朵真是亵渎圣物，她们是这么柔软、圣洁、年轻，竟然随手一扔！突然之间，他听到关门的声音，猪又动了起来，发出呼噜呼噜的声响；他靠在树身上，摸着身后长着苔藓的树皮，屏着声息。她声音这么轻，真像是穿过树丛的精灵！接着他看见她走过来——她暗色的身材像一棵小树，白白的脸像是树上的白花；这么宁静，凝视着他，向他走来！他轻声叫道："梅恩！"伸出双手。她跑了过来，到了他胸前。她贴在他身上，他感到她心房在跳动，他深深感到骑士式的激动。她不是他世界圈子里的人，却这么单纯、年轻、无所顾忌，这么崇拜他又无人保护，在黑夜之中，他怎么能不保护她呢！她是自然美的化身，好比这春夜，好比这盛开的白花，他怎能不接受她将赋予他的一切呢！怎能不舒展他俩心房里的春意呢？他在这两种感情的支配下紧紧地拉住她，吻她的头发。他们默默无言，站了多长时间，他也不知道。河水在流，猫头鹰在叫，月牙儿越升越高，越变越白；他们上下左右的白花焕发出光彩，保持着生机盎然的美。他们两人在黑暗中不说一句话。一开口，这番幸福就会失真！春天没有言语，只是瑟瑟、喊喊之声。春天时节，花儿叶儿开放，溪流淙淙，甜蜜芬芳，生气盎然，这种无声胜过有声！有的时候，春天活了起来，好比神秘的精灵，用她胳膊抱住恋人们，用令人销魂的手指抚摸着他们，叫恋人们嘴唇对着嘴唇，忘怀一切，陶醉在亲吻中。他感到她的心在跳动，她的嘴在颤抖，这时候，他只感到魂离神迷，命运送她到他的怀抱，爱神怎能抗拒！可是，在他们嘴唇分离、想要喘气的时候，马上有了距离。不过，现在是激情占了上风，他叹一口气，问道：

"啊呀，梅恩！你为什么来呢？"

她受了伤害，抬起头来，吃惊地说：

"先生，是您叫我来的。"

"你别叫我'先生'，我心爱的人儿。"

"那我该叫您什么呢？"

"弗兰克。"

"我不能这样叫。啊呀，不能！"

"可你是爱我的啊，是不是？"

"我控制不了自己，我爱您。我要同您在一起——这就够了。"

"够了。"

她的声音轻得几乎听不见：

"我要不跟您在一起我就死。"

阿瑟斯特吸了一大口气。

"那你来，我们在一起吧！"

"噢！"

这一声"噢"有惊有喜，他如醉似狂，轻轻地往下说：

"我们到伦敦去。我带你去见见世面。我一定会照顾你的，梅恩，我答应你。我不会待你粗暴的。"

"我只要跟您在一起，这就够了。"

他抚摸着她的头发，轻声地说：

"明天我就到托奎伊去，取点钱，给你买些衣服，不会有人知道，我们偷偷地走。等我们到了伦敦，如果你很爱我的话，说不定我们很快就会结婚。"

他感到她摇头的时候头发都在颤抖。

"噢，不！我不能同您结婚。我只要同您在一起就行了。"

阿瑟斯特为自己的殷勤所陶醉，继续低语道：

"是我配不上你。噢！梅恩！你什么时候开始爱上我的？"

"在路上我看到您的时候，您当时看着我。我头一眼就爱上您了；可是我从来没有想到您会要我。"

她突然低下身子，跪在地上，想去吻他的脚。

阿瑟斯特感到恐惶，浑身颤抖，他把她抱起来，紧紧地抱住她——激动得说不出话来。

她轻声说："您为什么不让我吻？"

"该是我吻你的脚！"

她一笑，感动得他流出了眼泪。她那张被月光照得白白的脸儿贴得这么近，她微微张着的嘴唇呈现出浅淡的红色，这一切生气盎然，尘世难见，像苹果花一样地娟娟美好。

突然之间，她张大了眼睛，费劲儿地看着他的背后；她从他怀抱里挣脱出来，轻声说："你看！"

阿瑟斯特只看到闪闪发光的河水，微微发亮的荆豆丛，月光照射下的山毛榉，再过去便是月色朦胧的山峦。她在他身后用颤抖的声音低低地说："吉卜赛鬼怪！"

"哪儿？"

"那儿，石头旁边，在树下！"

他急了，一下子纵过小河，大步奔向山毛榉的树墩。原来是月光在捣乱，什么也没有！他一边在石头和荆棘中间冲冲撞撞，一边咕咕哝哝咒骂，心里还有点害怕。可笑！愚蠢！接着他回到苹果树边。可是她不在了；他听得衣服瑟瑟的声音，猪叫和关门的声响。她走了，只剩下那棵古老的苹果树。他双手抱住树身。树身代替不了她柔软的身子；粗糙的树皮蹭在他脸上——代替不了她娇嫩的面庞；只有树木的香味儿，还有一点相似。他头上和周围的苹果花，让月光照得越来越亮，越来越有生气，仿佛要开颜、要呼吸的样子。

七

阿瑟斯特从托奎伊车站下了火车，犹豫不决，徘徊在海滨道上，因为他不熟悉这处英格兰水乡胜地。他没有意识到自己穿的是什么衣服，不知道他的穿着在当地颇为显眼，他穿一件粗糙的诺福克茄克衫，尘土满布的靴子，戴着一顶破帽子，没有注意到人们用迷惑不解的神情盯着他看。他在寻找他存钱的伦敦银行分行，他找到了一家，却也头一次发现他愉快的心情受到挫伤。他在托奎伊有熟人吗？没有。那么，请他打电报给伦敦总行，这里得到回音即能为他效劳。这个就事论事的世界对他发生了怀疑，多少挫伤了他乐观的看法。不过他还是打了电报。

几乎就在邮局对面，他看到一家专卖妇女服装的商店，他用奇异的感觉，看了看陈列商品的橱窗。一想到要给他心爱的农村姑娘买衣服，他心里着实不安。他走进商店。一位年轻的妇女走上前来；她的眼睛是蓝色的，前额皱着，略带迷惑不解的神情。阿瑟斯特看着她，一言不发。

"先生，您买什么？"

"我要给一位年轻的妇女买件衣服。"

这位年轻妇女笑了笑。阿瑟斯特皱皱眉头——他突然强烈地感到他的要求有点古怪。

年轻妇女紧接着问道：

"您要什么式样——要时髦的吗？"

"不。要简朴的。"

"这位年轻妇女什么样的身材？"

"我不知道，该比你矮两英寸吧。"

"你能告诉我，她腰围多大？"

梅恩的腰围！

"嗯，一般大小吧。"

"行。"

她不在的时候，他闷闷不乐地看着橱窗里的模特儿，突然想到梅恩——他的梅恩——怎么能老穿他看到的那种粗呢裙子、质量粗劣的外套，戴苏格兰小花帽，他感到这简直无法令人相信。那个年轻女售货员回来了，抱着几件衣服，阿瑟斯特看着她一件件地往自己时髦的身子上比试。有一件的颜色他喜欢，是鸽毛似的灰褐色，不过梅恩穿在身上怎么个模样，他难以想象。售货员走了，又拿了几件来。阿瑟斯特感到无能为力。怎样挑呢？她还得买一顶帽子，一双鞋，还有手套；他就是买齐了，万一她穿上显得俗气怎么办，乡下人穿上好衣服常常显得俗气！她为什么不能穿她现在这一身衣服出门呢？啊哟！穿着显眼是要出事的，他们这私奔可是一件严肃的事情。他眼望着售货员，心里想："我不知道她是不是在猜测，以为我是什么坏人？"

"那件灰的，请你给我保留一下行不行？"他临了没有办法，只好这么说，"我现在定不下来；今天下午我再来。"

年轻妇女叹了一口气。

"哦！当然行。这件衣服式样很美观。我看你要想买的，这件最合适。"

"我看也是。"阿瑟斯特喃喃地说了这一句，走出店门。

他又一次从这就事论事的、充满怀疑的世界解脱出来，吸了一口长气，又回到他憧憬的世界。他在幻想中看到这位忠实、美丽的姑娘将同他生活在一起；他见到自己跟她两人在黑夜里偷偷地溜出来，在月下走过荒野，他一只手搂着她，一只手挟着她的衣服，天快亮时到达远处的林间，她就脱掉旧衣服，换上新装，他们在一个偏僻的车站搭上一辆早车，作蜜月旅行，最后到了伦敦，爱情的理想就实现了。

"弗兰克·阿瑟斯特！老兄，拉格比分别以后没有见过你啊！"

阿瑟斯特愁容消失了，他面前这张脸上，眼睛是蓝色的，充满着太阳的光辉——这张脸上，内心的阳光和外来的阳光结合起来，发出光泽。阿瑟斯特回答道：

"菲尔·哈里迪，天啊！"

"你在这里干什么？"

"啊！没有干什么。到处看看，取点钱。我正呆在荒野里呢。"

"有地方吃中饭吗？来，跟我们吃饭去；我同我妹妹在这儿。她们得了麻疹。"

阿瑟斯特让哈里迪友好地挽着胳膊，跟着走去，先上山，再下山，离开了市镇，他们边走哈里迪边说着话，他满脸是太阳的光辉，声调里回荡着欢乐，他解释说如何"在这个发霉的地方，唯一值得做的事情是洗澡和划船"，如此等等。一会儿他们来到一长溜弯月形建筑物面前，这一溜房子高出海面，离海较远，他们走进正中的一幢房子，这就是旅馆。

"上我屋来，洗一洗。饭一会儿就得。"

阿瑟斯特在镜子里照了照自己，他在农舍呆了半个月，房里只有一把梳子、一件替换的衬衣，来到这间堆满衣服和刷子的房间，好比到了卡普阿①。他心想："真怪，我没有意识到——"意识到什么——他自己也不知道。

他跟着哈里迪走进客厅去吃饭，哈里迪介绍"这是我朋友弗兰克·阿瑟斯特——这几位是我妹妹"，这时三张蓝眼睛的、白净的脸儿一下子转了过来。

两个姑娘年龄很小，大约十岁和十一岁。第三个可能十七岁，个子高，头发也是浅黄色的，脸蛋儿经太阳一晒，白里透红，眉毛

---

① 卡普阿，意大利南部一游览地。

的颜色比头发深些，从中间向两旁稍稍往上斜。这三个姑娘的嗓门都同哈里迪一样，高亢、愉快；她们站得笔直，同弗兰克很快地握了握手，仔细打量了阿瑟斯特一下，又马上走开，去讨论她们下午干什么事情去了。真是标准的狄安娜①和她的随身仙女！阿瑟斯特过了一阵农场生活，对于这种爽快急切、好用俚语的谈吐，这番干净利索、习以为常的典雅风度，起初感到不习惯，后来就习惯了，而乡间的一切就突然模糊起来。这两个小的名字好像叫萨宾娜和弗丽达；大的叫斯苔拉。

那个叫萨宾娜的姑娘接着转过身来对他说：

"我说，你跟我们去摸虾不好吗？特好玩！"

阿瑟斯特想不到她这样友好地邀请，喃喃地说．

"我今天下午恐怕得回去。"

"啊哟！"

"你不能推迟吗？"

阿瑟斯特转过脸来，看着刚刚说这个话的斯苔拉，摇一摇头。她长得真漂亮！萨宾娜遗憾地说："你可以推迟嘛！"接着，她们去谈山洞、谈游泳了。

"你能游得很远吗？"

"大约两英里。"

"噢！"

"真的！"

"多棒啊！"

三对蓝色的眼睛盯着他，使他意识到自己新的重要性，这种感受令人愉快。哈里迪说：

---

① 罗马神话中的月亮女神。

"我说，你一定得呆在这儿，洗个澡。晚上最好在这儿住。"

"对，在这儿住！"

但是，阿瑟斯特又笑了一笑，摇摇头。接着，他顿时感到人家在盘问他体育方面的成就。在别人印象中，他在大学里划过船，参加过足球队，赛跑中得过名次；他从桌子边上站起来，颇有英雄之感。两个小女孩一定要他去看看"她们的"洞穴，她们边走边叽叽喳喳说话，阿瑟斯特走在她们中间，斯苔拉和她哥哥跟在后面。这个洞穴像一般洞穴一样，又潮湿又阴暗，特点是有一汪池水，可能会钓到小鱼什么的，可以装在瓶子里玩。萨宾娜和弗丽达两人健美的腿上没有穿袜子，她们催阿瑟斯特下水，到中间去帮她们筛水。他也马上脱掉了靴子和袜子。对于有美感的人来说，时间是过得很快的，尤其是池子里有两个孩子，池边上站着一位年轻的狄安娜，你不论逮到什么，她们都欢叫。阿瑟斯特从来没有时间概念。他拿出表来，一看三点多了，大吃一惊。今天没法兑支票了——等他赶到银行，银行关门了。女孩们见了他这副表情，马上叫起来：

"好哇！现在你得住下了！"

阿瑟斯特没有回答。他又看到梅恩的脸了，那是吃早饭的时候，他轻轻地同她说："亲爱的，我这就到托奎伊去，把什么都弄好，今天晚上回来。如果行，我们今天夜里就可以走了。你准备好。"他现在又见到她当时是怎么颤抖，怎么相信他的话的。她会怎么想呢？接着他振作起来，忽然觉得这位高个子、月神似的漂亮姑娘站在池边悄悄地打量着他，注意到她稍有点往上倾斜的眉毛下面那双游移的蓝色的眼睛。如果他们知道他脑子里想什么——如果他们知道，就在今天晚上他打算……这样，她们会表示厌恶，会把他一个人剩在洞穴里面。气忿、懊恼和害臊的情绪混杂在他的心头，他把表放回口袋，出其不意地说道：

"好吧，今天我打败了。"

"好哇！你可以跟我们去洗澡了。"

这些漂亮的孩子表示满意，斯苔拉嘴边浮起了微笑，哈里迪说："好啊，老兄！晚上我把东西借你用！"——对于这些反应，他没法不屈从。但是，他心里感到一阵阵刺痛，又渴望又懊丧，他闷闷不乐地说：

"我得去发一个电报！"

他们在水池子里玩腻了，回到旅馆。阿瑟斯特发了电报，是打给纳拉柯姆比太太的："今晚有事，明日返回，甚歉。"梅恩一定会知道他事情太多，办不完；他放心了一些。下午天气很好，很暖和，蓝色的海面风平浪静，他心旷神怡，这些漂亮的孩子待他好，他瞧着她们，瞧着斯苔拉，瞧着哈里迪被太阳晒得黑黑的脸，心里很高兴，他感到这一切有点不太像现实的境界，却又非常自然——好比最后瞧上一眼正常的生活，便要同梅恩去冒风险了。他借到游泳衣，他们一起出发了。哈里迪和他躲在一块岩石后头脱衣服，三位姑娘在另一块岩石后面脱。他先下海，使出全身解数，来证明自己刚才自我宣传决非夸口。他转过身来，看见哈里迪正沿着岸边游，姑娘们边扑水边泡在水里，在小小的波浪里玩，这种游法他向来是看不起的，但现在他觉得很好，很实际，因为这样能显出唯独他才是敢游进深水的老手。他向她们游去，心里嘀咕她们喜不喜欢陌生人去参加她们拍水的圈子；他游近那位苗条仙女的时候，感到难为情。这时，萨宾娜叫他过去教她浮水，他忙着教两个女孩，没有工夫去注意斯苔拉在不在乎他在场，突然之间他听见她惊慌的叫声。她站在那里，水齐她腰，身子微微向前冲，伸着细长雪白的手臂指着，脸是湿的，被太阳晒得有点皱，一副恐惧的表情。

"看菲尔！他没事吗？啊哟，你们看！"

阿瑟斯特一眼就看到菲尔出了事。他远在一百码左右，在水里又拍打又挣扎，快要没顶了，他忽然喊了一声，举起双手，沉了下去。阿瑟斯特眼看那姑娘投入水中向菲尔游去，喊道："你回去，斯苔拉！回去！"自己游向前去。他从来没有游得这么快过，游到的时候，恰好哈里迪第二次浮上水面来。他是抽筋，无力挣扎，所以不难把他拖起来。那姑娘站在阿瑟斯特叫她停住的地方，帮他浮出水面，到了岸上，他们就一人一边坐在菲尔的身旁，擦他的四肢，两个小的站在一旁，满脸惊慌。哈里迪不久就露出笑脸。他说——他不行，全垮了！他请弗兰克扶一把，他现在可以去穿衣服了。阿瑟斯特伸出胳膊让他扶着，同时瞧着斯苔拉哭得红润润的脸蛋儿，她已经失去她镇静时的模样，他心想："我刚才叫她斯苔拉！不知道她生不生气？"

　　他们在穿衣服的时候，哈里迪镇静地说：

　　"你救了我的命，伙计！"

　　"别提了！"

　　他们穿好衣服，心里还有点后怕，一起到了旅馆，坐下来喝茶，只有哈里迪一个人躺在房间里。他们吃了几片面包和果酱以后，萨宾娜说：

　　"我说，你知道吗，你是个好人！"弗丽达插进来说：

　　"真是好人！"

　　阿瑟斯特看见斯苔拉眼睛朝下看；他心情慌乱，站了起来，走到窗前。他从那里听到萨宾娜喃喃地说："我说，咱们歃血为盟吧。你刀在哪里，弗丽达？"又从眼角里看到她们每人庄严地戳刺自己，挤出一滴血来，滴在一片纸上。他转过身，向门口走去。

　　"别溜！回来！"她们抓住他的胳膊，夹着他，把他拉到桌边。桌上放了一张纸，纸上用血水画了一个肖像，斯苔拉·哈里迪、萨宾娜·哈里迪、弗丽达·哈里迪三个名字，也是用血写成的，像星星的光柱围着这个肖像。萨宾娜说：

"那是你啊，你知道，我们都得吻吻你。"

弗丽达附和说：

"噢！来——是啊！"

没等阿瑟斯特跑掉，潮湿的头发就松散地耷拉在他的脸上，像有什么东西在他鼻子上叮了一下，他感到他左臂被人挟紧了，另一位用牙齿轻轻地碰在他的面颊上。她们松开了他，弗丽达说：

"斯苔拉，现在该你啦。"

阿瑟斯特红着脸，瞧着坐在桌子那一边的斯苔拉，觉得很不自在，她也红着脸，很不自在。萨宾娜格格地笑，弗丽达叫道：

"快点——别扫兴！"

阿瑟斯特感到浑身一阵又奇怪又害羞的渴望，接着他心平气和地说：

"住嘴，你们这两个小鬼！"

萨宾娜又格格笑出声来。

"这样吧，她可以吻她的手，你就把她的手放在鼻子上闻一闻。反正你们占便宜！"

那姑娘果真吻了吻自己的手，并把手伸出来，他感到惊讶。他庄重地抬起那只冰冷、纤巧的手，放到自己的脸颊上。两个小姑娘拍起手来，弗丽达说道：

"好，从今以后，我们随时要救你的命，这就定下来了。斯苔拉，我可以再喝一杯茶吗？茶别这么淡。"

他们继续喝茶，阿瑟斯特折起那张纸，放进口袋里。她们的话题转向得了麻疹的好处，谈到红橘、匙里的蜂蜜，以及没有功课等等。阿瑟斯特静静地听着，同斯苔拉友好地交换着眼色，斯苔拉已经恢复过来，仍是经过太阳晒后那种白里透红的脸色。他能够这样进入这个愉快家庭的圈子，真是舒服，看着这些脸儿，也够迷人的。他们喝完茶以后，两个小姑娘压海藻玩，他同斯苔拉站在窗台旁边说话，一边欣赏她画的水彩画素描。这一切像一场愉快的梦，时间和事情都停住了，什么重要的现实都悬挂起来。明天他要回到梅恩那里去，把这一切统统忘怀，只剩下这些小孩的血书还在他口袋里。小孩！斯苔拉可不是小孩——跟梅恩一样大！她说起话来很快，硬邦邦的，却很友好，好像为他的沉默添了光彩，她虽冷淡，却具有姑娘的特征——这是大家闺秀的风度。吃晚饭的时候，哈里迪没有来，因为他海水喝多了，萨宾娜说：

"我要叫你弗兰克了。"

弗丽达附和道：

"弗兰克，弗兰克，弗兰克。"

阿瑟斯特笑笑，点点头。

"斯苔拉每回叫你阿瑟斯特先生，就得罚她。真可笑。"

阿瑟斯特看着斯苔拉，斯苔拉的脸渐渐红了起来。萨宾娜格格地笑，弗丽达叫道：

"她'冒烟了'——'冒烟了'——啃！"

阿瑟斯特左抓右抓，每只手上抓住几根金黄色的头发。

他说："我说，你们两个！别惹斯苔拉，再不听，我把你们绑起来。"

弗丽达格格地笑道：

"哎哟！你真野蛮！"

萨宾娜小心地低语道：

"你管她叫斯苔拉，你看！"

"为什么我不该叫？这名字很好嘛！"

"好吧，我们同意你叫！"

阿瑟斯特放开她们的头发。斯苔拉！打这以后——她叫他什么呢？但是，她什么也不称呼他，睡觉之前，他特地说：

"晚安，斯苔拉！"

"晚安，啊——啊，晚安，弗兰克！你真有趣，你知道！"

"噢，那个！别提了！"

她伸直了手，很快地握着他的手，突然握得紧紧的，又突然松开了。

阿瑟斯特站在空荡荡的客厅里，一动不动。就在前一天晚上，他站在苹果树和生气勃勃的花朵下面，紧紧地抱住梅恩，吻她的眼睛，吻她的嘴唇。他一想起这些情景，就气喘吁吁的。今天晚上，本该开始与她共同生活，她只求和他在一起！现在一定超过二十四小时了，这是因为——因为没有看表！他为什么要同这家纯洁的家庭交朋友呢？他正想同一切纯洁的事物告别！"我是要娶她的，"他心想，"我答应过她！"

他拿起一支蜡烛，点着了，走到卧房去。他的卧房在哈里迪的隔壁。他走过的时候，听见他朋友叫他：

"是你吗，伙计？我说，你进来。"

哈里迪坐在床上，一边抽着烟斗一边看书。

"坐一会儿。"

阿瑟斯特坐在开着的窗户边上。

"你知道，我一直在想今天下午的事。"哈里迪颇为兀然地开始他的话题，"他们说你同过去告别了。我没有。我想我还远没有过完呢。"

"你在想什么？"

哈里迪沉默了一会儿，接着平心静气地说：

"嗯，我想着一件事情，挺怪的，想一位剑桥的姑娘，那姑娘我蛮可以——你知道，我幸好没把她放在心上。反正，伙计啊，多亏你，我现在还在这儿呢；不然我现在该在那茫茫的海里呢。没有床，抽不了烟，什么都没有了。我说，你看死是怎么回事？"

阿瑟斯特低声说：

"依我看，像火焰似的熄灭。"

"呸！"

"我们可能闪烁，燃烧一会儿。"

"哼！我以为这相当悲观。嗯，我那些妹妹待你好吗？"

"挺好。"

哈里迪放下烟斗，两只手叉在脖子后面，转过脸来，朝着窗子说：

"这些孩子不坏！"他说道。

阿瑟斯特看他的朋友躺在那儿微笑着，烛光映在他的脸上，自己不觉一阵寒颤。真是的！他可能没有一丝微笑地躺在那儿，永远不会再有健康的气色！他也可能压根儿躺不到那里去，而是"填"在海底，要等到第——第九天才复活，是不是？哈里迪脸上那掬笑容，在他看来，好比是生与死的全部区别——是小小的火焰——生命的一切！他站起身来，轻声说道：

"好吧，我想你该睡了吧。要吹灭吗？"

哈里迪抓住他的手。

"你知道，我也没把握，不过我想死了就完了。晚安，老兄！"

阿瑟斯特心里很激动，紧紧地捏了捏哈里迪的手，下了楼。大厅的门还开着，他走出去，走到新月旅馆前面的草坪上。暗蓝色的天空上，星星闪闪发亮，星光下，一些丁香花呈现出神秘的颜色，这种颜色在晚上是无法形容的。阿瑟斯特把脸靠在一棵小树枝上，闭上眼睛，梅恩就出现了，胸前抱着那只棕色的小狗。"我想一位剑桥的姑娘，那姑娘我蛮可以——你知道，我幸好没把她放在心上！"他猛地把头从丁香的树枝上挪开，开始在草坪上徘徊，从两边来的灯光现出一个灰色的影子。他又同她在一起了，站在鲜艳欲吐的白花底下，河水汩汩流去，月亮隐隐约约地照在洗澡的池塘上，一片灰蓝色，他回忆起她抬起头，一副纯洁谦逊的表情，让他热烈地吻着，回忆起那个离经叛道的、犹豫的、美丽的夜晚。他又一次站在丁香花树荫下面。这里，晚间的声音是大海，不是小河；海洋在叹息，沙沙作响，没有小鸟、猫头鹰和夜莺啼唱，也不拉长声音叫，只有叮叮当当钢琴的声音，轮廓鲜明的白色建筑物插入天空，还有丁香花的味儿弥漫空中。旅馆楼上有一扇窗户点着灯；他看到一个人影儿掠过窗帘。他心里泛起极为古怪的感触，这是一种单一的感情自身在搅动、在缠绕、在旋转，好比迷惑难解的春意和爱情正在寻找出路，却遭到挫败。这位姑娘叫他弗兰克，用手突然一下捏紧他的手，她这么冷静，这么纯洁，她要知道这种放荡不羁的爱情会怎么想呢？他蹲下身去，盘腿坐在草地上，背朝房子，一动不动，像一尊石雕的菩萨。他真是想亵渎纯洁，偷偷地干吗？嗅一嗅野花的香气——也许——就随手扔掉？"一位剑桥的姑娘，那姑娘我蛮可以——你知道！"他的手放在两边草地上，手掌朝下按着，草地还有暖气，不太湿，又柔软又结实，富于友情。他想："我怎么办呢？"也许梅恩正站在窗边，望着苹果花，惦记着他！可怜的小梅恩！"为什么不行？"他心想，"我爱她！但我——真爱她吗？是不是只因为她漂亮，她爱我，我才要她的呢？我怎么办呢？"钢琴叮叮当当地响着，星星在眨眼，阿瑟斯特眼望前面黑色的海洋，好像入了迷似的。他终于站了起来，手脚麻木，觉得相当冷。窗子里都没有灯光了。他进楼去睡觉。

八

他一个晚上没有做梦，正在熟睡之际，被砰砰敲门的声音所吵醒。一个尖尖的声音喊道：

"嗨！吃早饭啦。"

他跳了起来。他是在哪儿？啊哟！

一会儿，他已经吃上果酱了，坐在斯苔拉与萨宾娜之间的空位子上，萨宾娜瞧了他一会儿，说道：

"我说，快点吃，我们九点半就出发。"

"我们上贝利娜去，老兄，你一定得去！"

阿瑟斯特想："去！不可能。我该准备东西回去了。"他看看斯苔拉，她很快地说：

"去吧！"

萨宾娜插嘴：

"你不去就没意思了。"

弗丽达站起身来，走到他椅子后面。

"你得去，不去我拉你头发！"

阿瑟斯特心想："好吧——就再拖一天——考虑考虑！拖一天！"他说道：

"好，好。你不用拧我头发了！"

"好哇！"

他在车站写了第二份电报，接着——撕掉了，他不知怎么个解释法。他们从布列克萨姆出发，乘坐一辆很小的马车。他挤在萨宾娜和弗丽达中间，膝盖碰着斯苔拉的膝盖，他们玩"金基斯"牌戏，他心情从忧郁转变为欢乐。这拖延的一天本是为考虑的，可是他不想考虑！他们赛跑，摔跤，玩水——今天谁也不想游泳——他们轮唱，玩游戏，把带来的东西都吃光。回来的路上，两个小姑娘靠在他身上睡着了，他坐在马车上，还是同斯苔拉膝头对着膝头。三十个小时以前，他还从来没见过这三个头发浅黄的姑娘，这真叫人难以相信。火车上，他同斯苔拉谈诗，问她喜欢什么诗，还告诉她他喜欢什么，心里颇感优越，突然之间，她低声问道：

"菲尔说你不相信来世生活，弗兰克。我觉得这挺可怕的。"

阿瑟斯特不安地咕哝道：

"我也信也不信——我就是不知道。"

她说得很快：

"我受不了。那活着有什么用处呢？"

阿瑟斯特看见她皱起她那漂亮的、微微倾斜的眉毛，回答道：

"我不赞成因为希望什么才去信仰什么。"

"如果一个人不想来世，为什么还想再生呢？"

她仔细地看着他。

他不想伤她的心，但他想逞威风，就说了下去：

"一个人活着自然想永远活下去，那是生活的一部分。但可能就此而已。"

"这么说来，你根本不相信《圣经》？"

阿瑟斯特心想："这下我真得伤她的心了。"

"我相信耶稣传道，因为它写得漂亮，永世长存。"

"难道你不相信基督是神圣的？"

他摇摇头。

她很快地把头转向窗子，他脑子里马上响起梅恩的祈祷，就是小涅克转告的那句话："上帝保佑我们，保佑阿谢斯先生！"她这会儿准是在等他——等他从小路上走来，谁像她那样，会为他祈裤？他突然想道："我真是个坏蛋！"

那天晚上，他翻来覆去想这个问题；但是，正如通常情况那样，强烈的程度逐渐减低，末了，坏蛋几乎是做定了——奇怪！——他不明白是他想回到梅恩那里去成了坏蛋呢，还是不想回去成了坏蛋。

他们玩牌，玩到孩子们上床；接着，斯苔拉去弹钢琴。阿瑟斯特坐在几乎全暗的窗户台上，借着烛光看着她——一头浅黄色的头发，又长又白的头颈，低着头用两只手弹着。她弹得很自然，没有多少表情，但她的形象，她浑身上下，带有点黄金般的光彩，一种天使般的气氛！她身穿白衣服，一头天使般的头发，摇摆着身子，在这样的姑娘面前，谁能产生情欲和邪念呢？她弹的是舒曼的一个曲子《为什么？》，哈里迪拿出一只笛子，迷人的气氛就消失了。他吹完后，他们叫阿瑟斯特唱歌，斯苔拉从舒曼乐曲中挑了几首，为他伴奏，他正唱到《我不恨》的中间的时候，两个穿蓝睡衣的小家伙溜进来，想躲在钢琴下面。那天晚上就在混乱中散了，萨宾娜说像"一场极妙的胡闹"。

那天晚上，阿瑟斯特几乎没有睡着。他翻过来，转过去，一直在想。这两天来，他跨进这个亲密的家庭圈子，这哈里迪的气氛如此富于魅力，把他包围住了，农场、梅恩——包括梅恩在内——好像都不是现实的。他真的同她恋爱了吗——真的答应把她带走，同她一起生活吗？他一定着了春天、夜晚和苹果花的魔了！这种五月的狂热只能毁了他们两个！他一想到要把这不到十八岁的单纯的孩子当情妇，内心就感到恐惧，虽然有时也感到激动。他嘀咕道："糟糕，我做的事——糟糕！"他脑子兴奋，舒曼的乐声又不断袭来，同他的想法混杂在一起，他又见到斯苔拉的身影，冷静，穿着白衣服，浅黄色的头发，低着头，有一派奇异的、天使般的光彩。

"我当时一定是——我一定是——疯了！"他想道，"我怎么啦？可怜的小梅恩！""上帝保佑我们所有的人，保佑阿谢斯先生！""我要同您在一起——只要同您在一起！"他把脸埋进枕头，抑制住一阵哭声。不回去是糟糕！回去呢，更糟糕！

当你年轻的时候真正动了感情，这种感情会失去它折磨人的力量。他入睡的时候，心里想："这有什么——无非是接了几个吻——一个月就忘干净了。"

第二天早晨，他把支票拿去兑现，却是像躲瘟疫似的躲开那家卖灰鸽色衣服的服装店；倒是给自己买了一些必需品。这一整天他情绪反常，自己跟自己生气。他失去了前两天的高兴劲儿，只感到一片茫然——一切热烈的期望都不见了，好像被那阵泪水扑灭了。喝完茶以后，斯苔拉放了一本书在他身旁，腼腆地说：

"弗兰克，你看过这本书吗？"

这是法雷的《基督传》。阿瑟斯特笑了笑。在他看来，她操心他的信仰，是一种滑稽的事情，却很感人。也许他受了她的影响，虽说不想说服她，却想为自己辩护。晚上他趁孩子们和哈里迪修补虾网的时候说道：

"根据我所能看到的，在正统宗教背后，总是报应的观念——你行好就能得什么好处；这是一种求恩。我看这一切根源都在害怕。"

她正坐在沙发上用线打平结。她很快地抬起头来：

"我看比这一层深奥得多。"

阿瑟斯特又感到要支配人家。

"你这样想，"他说，"但是，要补偿，是我们大家身上最深奥的东西！要追根究底是很难的！"

她皱起眉头，迷惑不解。

"我不懂你的话。"

他固执地往下说：

"好，你想一想，最虔诚的人是否也就是感到今生没有满足他们全部要求的人。我相信行好，是因为行好的本身就是好。"

"那么你相信行好了？"

她现在多漂亮——在她面前行好是容易的！他点点头，说道：

"我说，你教我那个结怎么打法！"

他调弄这一点线，手指碰到她的手指的时候，他感到舒适和幸福。他去睡觉的时候，心里有意识地想着她，沐浴在她美丽冰洁的姐妹般的光泽之中，好比披上一件保护的衣衫。

第二天他发现他们打算坐火车到陶纳斯去，在贝利·波梅洛城堡进野餐。他下了决心忘怀过去，同他们坐上马车，坐在哈里迪旁边，背朝马匹。他们沿着海滨一路过去，快要拐弯到车站去的时候，阿瑟斯特的心几乎跳了出来。梅恩——确是梅恩——正在远处的便道上走着，还穿着旧裙子、旧上衣，头戴圆帽，抬头察看过路人的脸。他本能地抬起手来，遮着脸，只装在眼睛里揉沙子的样子，但他透过手指缝，仍然看得见她，她走路的样子不像在乡间那样轻快，而是摇摇晃晃，茫然若失，可怜巴巴的，像是小狗丢失了主人，不知往前跑呢还是往后跑，到底往哪里跑好。她怎么这个样子跑到这里来的？——她用什么借口跑掉的？——她有什么希望呢？但车轮滚滚向前，他离她越来越远，他的心翻腾起来，向他叫喊：叫他们停车，他要出去找她！马车转弯到车站的时候，他再也受不了了，打开车门，低声说："我忘了一件东西！你们走吧——别等我了！我坐下一趟车，到城堡找你们。"他跳下车，绊了一跤，转过身来，站稳脚跟，向前走去，哈里迪一家人十分吃惊，坐在马车里继续前进。

他从拐角的地方，只能见到梅恩在前面老远的地方。他跑了几步，停下来，换成走路的速度。他每走一步，离她越近，离哈里迪一家人越远，就越走越慢。见了她一眼——怎么一切就改样儿了？跑去找她，后果就不难堪了？事情不容回避——他见了哈里迪一家人之后，心里越来越明白，他是不会同梅恩结婚的。要是结婚，那无非是狂热地相爱一阵，这种困苦、懊恼的日子不好过——然后——然后他厌倦了，原因就在她什么都给了他，她是这么简单，这么可靠，这么像露水。露水——很快就会消失！她的圆帽成了一小点减褪了的颜色，在前面很远的地方晃动，她抬头察看每一张脸，在人家的窗户外面张望。有哪个男人经历过这么痛苦的时刻？他不管怎么办，他感到自己总是个畜生。他大声呻吟，一个护士转过身来看他。他看见梅恩停下来，靠在海堤上，望着大海；他也停了下来。很可能她从来没有见过海，即便心里难受，她也忍不住要看看大海的气象。"是啊——她从前什么都没见过，"他想道，"现在什么都在她眼前。就因为狂热了几个星期，我就将她的生活撕成碎片。与其如此，我还不如去上吊吧。"突然他好像看见斯苔拉的眼睛镇定地瞧着他，她前额蓬松的头发随风吹动。啊哟！这就等于他发了疯，就等于他丧失了他所尊重的一切，丧失了自尊心。他转过身来，快快地走回车站去。但是，一想起那个可怜的、娇小的身影，想起她用焦急的、彷徨若失的目光察看过路的人，他心里又一次感到煎熬，他又回过身来向海边走去。帽子看不见了；那一点有色的小点消失在中午海滨漫步的人流之中。他怀着热烈急切的渴望，期待着人生企求不到的东西，急急忙忙向前走去。哪儿都不见她的人影，他找了她半个小时，临了他脸朝下躺在海滩上。他知道，要想再见到她，他只消到车站去等她，她找不到自会回去，这样就可以坐车带她回家去，或者他自己搭车到农场去，等她回来就能见到他。但是，他一动不动躺在沙滩上，周围是一群群漠不关心的孩子，带着铲子，拎着水桶。在他春情盎然的血液里，几近出现对她的同情，同情她瘦小的身影游荡着、寻找着，他全部狂热之情就是这个了，原先其中还有骑士精神，现在消失殆尽。他又感到需要她，需要她的亲吻，需要她柔软、娇小的身子，需要她不顾一切的爱情，需要她全部迅速、热烈、异教徒式的感情；他需要那天晚上月色朦胧的苹果树下奇妙的感情；他以强烈得吓人的感情企望着这一切，好比农牧神需要林中仙女一样。鳞光闪闪的、有鳍鱼的小河淙淙地流着，野生的黄花照得人眼光缭乱，老"野人"俯身的岩石，杜鹃和啄木鸟的啼叫，猫头鹰的叫声；红黄色的月亮透过夜色照在活跃的、白色的苹果花上，梅恩的脸，他够不到，倚靠在窗户上，沉湎在爱恋之中；苹果树下，她的心贴着他的心，她的嘴唇贴着他的嘴唇——这种种情景把他围困住了。然而，他躺着不动。是什么东西阻塞了他的同情，阻碍他热烈的向往，使他瘫痪在温暖的沙滩上呢？三个亚麻色头发的脑袋——一张漂亮的脸、一双友好的灰蓝色的眼睛，一只纤细的手握着他的手，一个急促声音唤着他的名字——"这样，你就不相信行好？"是啊，这是一种围墙里花园的气氛，里面有石竹，有菊花，有玫瑰、薰衣草、丁香花，香气阵阵——这种气氛是静穆的、美丽的、干净的，甚至是神圣的——他的成长环境就培养他这种感觉，感到那一切都是纯洁的，美好的。他顿时想到："她要是再沿海滨过来，见到我怎么办！"他站起身来，走到海滩最边远那一头的岩石那儿，浪花溅在他脸上，他可以更加冷静地思考。回到农场去，在林间，在岩石堆里与梅恩相爱，周围事物又粗犷又称心——他知道，那是不可能的，完全不可能。把她弄到大城市去，在一套房子或几间房子里安置这么一位大自然中的人——他虽有诗人的气质，却不敢这么设想。他的激情无非是在感官方面寻欢作乐，顷刻就会消逝，到了伦敦，她简单无知，缺乏理智的质地，只能暗中充当他的玩物——别无它用。他坐在岩石上，两只脚悬着，下面是一潭绿色的池水，他这样坐得越久，这一层他看得越清楚，但她的手臂、她的身子好像慢慢地、慢慢地从他身上滑下去，滑进池里，冲出海去；她神色迷惘的脸往上仰着，一副哀求的神情，乌黑的、浸湿的头发——这一切又占据着他，缠住他，折磨着他！末了，他站起来，跨过低低的岩石，来到一处阴僻的海湾里。也许到了海上，他能控制自己——减低他这番热度！他脱掉衣服，游了出去。他想拼命游，游乏了便什么都不在乎，所以他不顾一切，游得又快又远，突然，他感到莫名的恐惧。如果他游不回岸去怎么办——如果风浪把他刮出去怎么办——或者像哈里迪似的，抽筋了怎么办！他转身往回游。红色的峭壁看来离他很远。他如果淹死了，他们会发现他的衣服。哈里迪一家人会知道；但是，梅恩也许永远不会知道——他们农场是不订报纸的。菲尔·哈里迪的话又回响在他耳际："一个剑桥的姑娘我蛮可以——幸好我没把她放在心上！"他在那份莫名的恐惧之际，下定决心，不把梅恩放在心上。于是，他不怕了，他很轻松地游了回去，晒了一晒太阳，穿上衣服。他心里感到难受，但不再痛了，他全身感到又凉快又精神。

一个人像阿瑟斯特那么年轻的时候，同情并非是一种激烈的感情。他回到哈里迪的起居室，狼吞虎咽地吃了一顿茶点，颇感自己像是退了烧正在恢复的人。什么都新鲜，茶、黄油面包和果酱好吃得出奇；烟的味道从来没有这么好闻过。他在空屋子里来回地走着，这儿摸摸，那儿看看。他拿起斯苔拉的活计篮子，摸摸棉线卷轴，摸摸丝线织成的、颜色鲜艳的褶子，他闻闻小口袋里的味道，因为她在里面放了香草的叶子。他走到钢琴前面，用一只指头弹琴，心想，"今天晚上她会弹琴，我要看着她弹，我看她弹琴感到惬意。"他拿起那本她昨天放在他身旁的书，想读一读。但是，梅恩瘦小、愁苦的身影又出现在他眼前，他站起来，靠在窗户上，听画眉在旅馆的花园里鸣叫，眼望着树林底下梦一般的蓝色的大海。一个佣人进来收拾喝过茶的餐桌，他依旧站着，吸进夜晚的空气，想撇开思念。这时，他看见哈里迪一家人走进花园的门，斯苔拉在前面，后面是菲尔和孩子们，都拎着篮子，他本能地往后一缩。他内心太痛苦太懊丧，害怕同他们会面，却是需要友谊的慰藉——他既埋怨它的影响，又渴望它的纯洁无瑕，高兴看到斯苔拉的脸蛋儿。他站在钢琴后面的墙边，见她走了进来，站在那儿，脸上毫无表情，像是失望的样子，她见到他以后，露出笑脸，这是很快的、开朗的一笑，阿瑟斯特见了又温暖又心烦。

"你没来找我们，弗兰克。"

"没有！我发现我来不了了。"

"你看！我们采了这么好看的晚开的紫罗兰！"她拿出一束来。阿瑟斯特用鼻子闻了闻，心里激起模糊的希望，却马上消失，他想起梅恩用焦躁的神色看着过路人脸的景象。

他只简单地说了一句："多好啊！"就走掉了。他走到自己房间里，不想见正在上楼的孩子们，一头倒在床上，交叉着双手，捂盖住脸。他已经真的横下一条心放弃梅恩，却是怨恨自己，也有点怨恨哈里迪一家人和他们健康、愉快的英国家庭的气氛。他们为什么正巧到这里来，冲散他的初恋——让他看到自己不过是一个庸俗的勾引妇女的人？羞答答的、美丽的斯苔拉有什么权利使他下决心不娶梅恩，更糟糕的是，使他感到又懊恨又期望的痛苦，感到怜悯的心理？梅恩可怜巴巴地寻找了一番，疲倦极了——可怜的小东西——现在该回到家了，说不定以为她回家的时候会发现他在农场呢。阿瑟斯特咬住袖子，免得心里懊恼会发出呻吟声来。他去吃晚饭的时候情绪低沉，一言不发，这种情绪甚至影响了孩子们。这天晚上大家心情忧郁不快，因为都累了，有好几次他看见斯苔拉用委屈、不解的表情看着他，这反倒满足了他的坏心情。他睡得很少；起来很早，到外面去散步。他走到海滩。他独自一人面对阳光照耀下宁静、蓝色的大海，心里稍觉轻松一些。以为梅恩会如此放在心上——庸人自扰！过了一个星期或两个星期，她就忘得差不多了！他呢——他就得到贞洁的美名！一位好青年！要是斯苔拉知道了，她会求上帝祝福他，因为他抵制了她所相信的魔鬼；他发出一声苦笑。但是，渐渐地他面对宁静的大海，美丽的天空，看到海鸥孤独地飞翔，心里感到惭愧。他洗完澡，走回家去。

斯苔拉正在旅馆的花园里，坐在折凳上画素描。他悄悄地走过去，站在后面。她多么整洁，多么漂亮，辛勤地弯着腰、拿着画笔，皱起眉头度量着。

他轻声说：

"对不起，我昨天晚上这么粗鲁，斯苔拉。"

她转过身来，吃了一惊，两颊绯红，很快地说道：

"没有关系。我知道你总有点什么事。朋友之间，这无所谓，对不对？"

阿瑟斯特回答道：

"朋友之间——我们是朋友吗？"

她抬起头来望着他，用力点点头，迅速、开朗的一笑，又露出她上颚洁白的牙齿。

三天以后他回到伦敦，与哈里迪一家人同行。他没有给农场写信。他有什么可说呢？

第二年四月份最后一天，他与斯苔拉结了婚……

这就是阿瑟斯特在银婚纪念那一天靠在墙边、坐在荆豆草上回忆起来的往事。他铺放餐具的地点，一定是他头一次看见梅恩的地方,当时她背衬蓝天,从上面走来。有这么奇怪的巧事!他心动了,想下去看一看农场和果园,看一看吉卜赛妖怪出没的草地。时间不会长,斯苔拉可能还得一个小时才画好呢。

回想起来多么清楚——松树的树梢拱成小小的圆顶,后面是陡峭的青山——他停留在农场门口。低矮的石头房子,杉树围成的门廊,正在开放的茶花——一点也没有变;就是那把旧的绿椅子也还放在窗子下头的草地上,那天晚上他曾经踩在上面,从她手里接过钥匙。接着他从小路下去,靠在果园的门上——那扇门跟当年一样,只剩下了深灰色的残架。甚至还有一只黑猪在树间游来荡去。果真事隔二十六个年头了吗?还是他适才做了一场梦,醒来发现梅恩在大树边等他?他下意识地抬起手来,摸摸自己灰白的胡子,回到了现实世界。他打开果园的门,从酸梅和荨麻之间穿过去,来到尽头,见了那棵古老的树。没有变!只多了一点深绿色的苔藓,死了一两条树枝,其他一切照旧,仍是昨天晚上梅恩走后他所拥抱过的那棵长苔的、散发出香气的大树,而在他上头,月色迷蒙的花朵好像要呼吸,要活起来的样子。今年春早,已经有几颗蓓蕾放了出来,画眉在歌唱,杜鹃在啼叫,阳光灿烂,暖照林间。一模一样,叫人无法相信——有鳟鱼的小河淙淙流去,这是他每天早晨躺在里面洗身子、洗胸膛的小池子,再过去就是荒野的草地,其中有山毛榉的树墩,传说是吉卜赛妖怪坐的石头。阿瑟斯特喉咙里一阵痛楚,悲悼失去了的青春,感到一番向往,向往那失去了的甜蜜的爱情。当然,在这具有荒野美的大地上,人人心里该感到高兴,因为大地和天穹含有这份喜悦,然而,你却高兴不起来!

他走到小河边上,眼望着池水想道:"青春与春天!我不知道,你们都怎么了?"临了,他突然害怕遇到什么人打断他的回忆,他心情忧郁,退回到小路上,忧郁地走到十字路口。

一位年迈、长花白胡子的农民拄着拐杖，在一辆汽车旁边同司机在说话。那老头儿似乎觉得失礼，马上停住了，碰了一碰帽子，打算沿小路走下去。

阿瑟斯特指着狭长的绿色的土堆说："请问这是什么？"

老头儿停住脚步，脸上的表情似乎说明他心里在想："你问对人了，先生！"

"这是一座坟。"他说。

"坟怎么做在这儿呢？"

老头儿笑笑，说道："您可以说，这里头有一段故事。我不止说一遍了——好多人问我这一堆草根土是什么。我们这儿的人都管它叫'姑娘坟'。"

阿瑟斯特拿出烟袋。"抽一筒吧？"

老头儿又碰了碰帽子，慢慢地装着土烟斗。他的眼睛虽然周围尽是皱纹和发毛，却仍炯炯有神。

"先生，您不在意的话，我想坐下说——今儿个我腿有点疼。"他坐在这片草根土上面。

"这座坟上老有一朵花。这样她就不会太寂寞了；现在好多人时髦了，都坐新式的机动车或者别的什么到这里——跟从前不一样。她也有了伴儿。这是一个可怜的人儿，自杀死的。"

"我明白了！"阿瑟斯特说，"葬在十字路口。我不懂这是什么风俗。"

"啊哟！这是很早的事情了。我们当年那个牧师，很是敬畏上帝。我想想，到今年米迦勒节①我拿救济金拿了六年了，出事的时候我才五十岁。这事数我最熟悉。她就住在这儿，就是我干活的纳拉

---

① 天使米迦勒祭日，九月二十九日，为英国结账日之一。

柯姆比太太的农场——现在是归涅克·纳拉柯姆比的了，我有时候还替他干点活儿。"

阿瑟斯特靠在门上，点燃了烟斗，火柴灭了，他的手还弯着，好久才放下来。

"后来呢？"他问道，他说话的声音自己听起来也觉得嘶哑，觉得古怪。

"这可怜的姑娘，真是百里挑一啊！我每次走过都放上一朵花。她又漂亮又好心，可是他们不把她葬在教堂里，也不葬在她自己选的地方。"老头儿停了一停，用毛茸茸的、扭曲的手拍拍风信子边上的草根土。

"后来呢？"阿瑟斯特问道。

"可以这么说，"老人继续说，"我看这里头有爱情的事——不过谁也说不准。姑娘脑子里想什么，你没法知道——不过我是这么想的。"他的手顺着草根土摸过来，"我挺喜欢那姑娘——不知道有谁比我更喜欢她。可是，她太痴心——我看就是太痴心。"他抬起头来看看。阿瑟斯特嘴唇在发抖，只是外面有胡子，旁人看不见，他嗬嗬地问道："后来呢？"

"那是春天，跟现在差不多时间，或许稍晚一点，反正是开花时节，农场上来了一位年轻大学生，住了下来——也是个好人，就是想入非非。我很喜欢他，我没看到他们来往，但我想，这姑娘爱上了他。"老头儿从嘴里取出烟斗，吐了一口唾沫，继续往下说：

"你瞧，有一天他突然走了，没有回来过。他们还留着他的背包，一些小东西还在那儿呢。我不明白——他没来取这些东西。名儿叫阿谢斯什么的。"

"还有呢？"阿瑟斯特又问。

老人舔了舔嘴唇。

"姑娘啥也没说，可是打那一天起，她神色恍恍惚惚，样子很不对劲儿。我从来没有见过一个人会变化那么大——从来没见过。农场还有一个年轻人——叫乔·比达福，也特喜欢她，我捉摸他老去缠她。她后来的样子弄得很痴狂。我晚上赶牛回来，有时候见到她，她就在果园里站在那棵大苹果树底下，眼睛直瞪瞪地朝前望着。我老在想：'不知你是怎么一回事，你的样子真可怜，真可怜！'"

　　老头儿又点燃烟斗，边想边抽着烟斗。

　　"后来呢？"阿瑟斯特问。

　　"记得有一天我对她说：'怎么回事，梅恩？'她的名字叫梅恩·戴维德，跟她姑妈纳拉柯姆比太太一样，从威尔士来。我问她：'你什么事犯愁？'她说：'吉姆，我没犯愁。'我说：'你犯愁！'她说：'没有。'她说着，眼泪簌簌地往下流。我说：'你哭了——什么事，到底？'她把手放在胸口，说：'这儿痛；不久就会好的。'她又说：'万一我有什么三长两短，吉姆，我要埋在这棵大树底下。'我笑了，说：'你会有什么三长两短？别傻了。'她说：'不，不是傻。'反正我知道姑娘们的脾气，也就没把这件事放在心上。过了两天，大约下午六点钟光景，我赶着牛回来，看见有一样黑黑的东西躺在河里，就挨着那棵大苹果树。我跟自己说：'那是猪吗？猪怎么跑到这儿来，真奇怪！'我走近一看才明白。"

　　老人停住了。他抬起头来，炯炯有神的眼睛含着痛苦。

　　"原来是那姑娘，淹死在小池子里，池子是石头砌成的，我有一两次见到过那位年轻先生在里头洗过澡。她躺在水里，脸儿朝下。石头缝里长出一朵黄花，就在她头上面。我去看她的脸，这脸蛋真可爱、真美丽、真宁静，像孩子的脸似的——美极了。医生看了以后说：'这么一点点水是淹不死人的，除非她是痴迷了。'从她的脸色看，确是这么一回事。这真叫我伤心得哭了——那张脸真美丽！当时是六月份，可是她不知从什么地方找来几朵苹果花，插在头上。她高兴到这等样子，所以我相信她当时准是痴迷了。你看！池水不到一英尺半。不过，我告诉你一件事——那一块草原上有鬼；我知道，她知道；没有人敢说没鬼。我告诉人家说，她跟我讲过，她要葬在那棵苹果树下。但是，我想这反倒叫人家——看出来她是存心这么做的，他们就把她葬在这儿。我们当年那位牧师很是严厉。"

老头儿又伸手抚摸那片草根土。

"看来真奇怪，"他慢吞吞地说，"姑娘们为了爱情，啥都做得出来。她太痴心了，我猜她心是碎了。不过，我们什么都不知道！"

他抬起头来，想看看人家怎样欣赏他讲的故事，但阿瑟斯特却走了过去，好像他不在那里的样子。

阿瑟斯特爬上山顶，那里看不见他准备用餐的地方；他躺在地上。他的美德是如此报应的，那位"塞浦路斯人"，爱情女神，复了仇！在他泪水盈盈的眼前，出现了梅恩的脸，她潮湿的黑头发里插着一小朵苹果花。"我干了什么错事？"他想，"我干了什么？"但是，他回答不上来。春天，激情奔放的春天，开着花儿，唱着歌儿——这是他和梅恩心里的春天！这正是爱神在寻找替死鬼！希腊人说得对——《希波吕托斯》里的话今天也适用：

> 爱神的心儿痴狂，
> 爱神的翅膀金黄，
> 爱神施展的春天里，
> 一切都迷了心窍：

山川河流之间

野生的、年轻的生命，

大地上长出来的生命，

阳光中呼吸的生命，

是啊，还有人类。

塞浦路斯女神，

唯有你至高无上！

希腊人说得对！梅恩！可怜的小梅恩——从山那边走来，站在老苹果树下等待，张望！梅恩去世了，她永远是美！

有一个声音说道：

"啊，你在这儿！你看！"

阿瑟斯特站起来，接过他妻子的素描，一声不吭地看着。

"这前景合适吗，弗兰克？"

"合适。"

"但总缺了点什么，是不是？"

阿瑟斯特点点头。缺了点什么？缺苹果树，缺歌唱，缺黄金！

董衡巽　译

带家具的出租房

［美］欧·亨利

　　欧·亨利(O. Henry 1862—1910)，笔名，原名威廉·西德尼·波特(William Sidney Porter)，美国著名短篇小说家，著有《白菜与国王》《四百万》《西部之心》和《城市之声》等短篇小说集。

　　本篇选自《城市之声》，欧·亨利的名篇之一，英文原名"The Furnished Room"，是一双关语：既可解为"有家具的房间"，又可解为"闹鬼的房间"。小说很短，人物其实只有一个，而且几无情节。一个从外地来的年轻人，在纽约城里到处寻找他离家出走的情人艾洛伊丝，一无所获。那天晚上，他租下一间带家具的出租房，准备明天继续寻找。然而，当他在这房间里刚安顿下来，就闻到一股熟悉的香味——艾洛伊丝身上的那股香味！他无比惊异，断定艾洛伊丝曾在这里住过，但那香味到底来自何处，他怎么也找不到，只觉得——它像幽灵似的缠绕着他，仿佛在召唤他离开这个世界。于是，他明白了，不用再找了。于是，他关好门窗，开煤气自杀了。

　　小说写得似幻似真，还留下诸多悬念；譬如，他们当初是如何相恋的？艾洛伊丝为何要离家出走？为何要住进这间出租房？又为何要自杀？……如此等等，全由读者自己去猜想。而正因为写得朦朦胧胧，这对情侣的悲剧似乎更令人深思，更令人忧伤。

　　在西南区的红砖房街区，有那么一批人，他们像时间一样流动不停。说他们无家可归吧，他们又四处为家。他们从一个出租房转到另一个出租房，永远不得安定——住处不得安定，心灵和思想也不得安定。他们怪声怪气地唱着"家呀，可爱的家"；他们把 Lares et pegates① 装在帽盒里随身带着；他们的葡萄藤攀结在一顶宽檐帽上，而一束塑料枝叶，就是他们的无花果树②。

　　这地区的房屋里既然住着成千的房客，那当然就有成千的轶闻趣事可供谈论。毫无疑问，绝大多数是沉闷单调的。不过，在这些流动房客身后，如果有一两个鬼魂出没③，那也并不奇怪。

　　一天晚上，天黑以后，有个年轻人在这些破败不堪的红砖房之间踯躅，挨家挨户按门铃。到了第十二家门口，他把扁扁的手提包放在台阶上，伸手擦擦帽檐和额头上的灰尘。铃声在冷清而空洞的深处响了，显得很微弱，很遥远。

　　这是他在第十二家门口按了门铃。有个女房东走出来。她的样子，使他想起一条吃得太饱而懒洋洋的蛆虫。这条蛆虫好像已经吃空了一个核桃，现在就等着哪个可供它啃食的房客来填补空间。

　　他问，有没有房间出租。

　　"进来，"女房东回答，她的声音发自喉咙，而她的喉咙里又

---

　　① 法语：门神和家神
　　② 葡萄藤和无花果树为家庭生活的象征，典出《旧约·列王纪》："所罗门在世之日，从丹恩到比斯巴的犹太人和以色列人都在自己的葡萄藤下和无花果树下安然居住。"
　　③ 意为：有人会命丧黄泉。

好像长满了厚厚的绒毛，"三楼有间后厢房，已经空了一个星期。你想看看吗？"

年轻人跟着她上楼。一缕不知从何而来的微光，在黑洞洞的过道里摇曳。他们的脚无声地踏在铺着地毯的楼梯上。那条地毯，看样子大概连原先织它的织机也认不出它了。在腐恶阴暗的空气里，它仿佛是从楼梯上长出来的某种东西，就像一长溜滑腻腻的地衣或者苔藓，踩上去粘糊糊的，像是一种有机物。楼梯的每个转弯处都挂着一个壁龛，但都是空荡荡的。也许，那里面曾种过花草，但现在，它们准是在这混浊腐恶的空气里枯死了。也有可能，那里面曾放过圣徒的雕像；不过，很容易想象，在这地狱般的出租房里，就是圣徒也早已被魔鬼拖进了邪恶的深渊①。

"就是这间，"女房东从毛绒绒的喉咙里发出声音说，"挺舒适的，难得没人住。去年夏天，这里还住过几位高级客人呢……他们一点不找麻烦，总是先付后住。水就在过道那头。施普劳斯和蒙纳在这儿住过三个月。她们是演杂剧的。布蕾达·施普劳斯小姐……你也许听人说起过她……哦，那不过是她的艺名……她的结婚证就挂在那个梳妆台上面，还配了镜框哩。煤气灯在这儿，你看这壁橱有多大。这房间人人都喜欢。这儿从来不会空出很久的。"

"你这儿常有剧团的人来租房吗？"年轻人问。

"是啊，房客有的来，有的去，好多人是和剧院有关系的。先生，这儿有的是剧院。那些当演员的从来不在一个地方住很久，但我这儿总有生意。是啊，他们有的来，有的去。"

年轻人租下了这房间，还准备预付一星期房钱。他说他很累，

---

① 意为：房东肯定是个没良心的人（这一段表面写物，实为年轻人的心理活动。后面有许多写物的段落，也都如此）。

想立刻安顿下来。他把钱数好。女房东说，房间里样样都有，连毛巾和洗脸水也准备好了。说完，她转身想走。这时，年轻人又问她一件事，这件事他此前已问过无数个房东了：

"你可记得，在你的房客中，有没有一个年轻姑娘……瓦什纳小姐……艾洛伊丝·瓦什纳小姐？她很可能就在剧院里唱歌。一个很漂亮的姑娘，身材不高不矮，很苗条，头发是棕红色的，左边眉毛旁边有一颗黑痣。"

"记不得了，我记不得那名字了。他们那些演戏的人常常换名字，就像他们常常换房间一样。他们有的来，有的去，我可没能耐记着每个人的名字。"

记不得了，问来问去总是记不得了。五个月来，他不断打听，结果一无所获。他花了那么多时间，白天到剧团经理、合唱团代理人那里打听，晚上在观众群里打听。不管是明星群聚的大剧院，还是低级得连他自己也不抱希望能找到她的游乐场，他都问遍了。他曾和她深深相爱，现在他正想方设法要找到她。他知道，她离家出走后一定流落在这个沿海城市①的某个地方，可是这个城市却像一片无底的流沙，每一颗沙粒都在上下沉浮，永不停息，今天还浮在上面，明天就沉到污泥里去了。

这间带家具的出租房，就像一个强颜欢笑、忸怩作态的妓女，带着那种初次见面时的虚情假意，欢迎着刚到的客人。那破破烂烂的家具上映着一层淡淡的虚光，给人一种诡谲难言的感觉；一张躺椅，两把椅子，上面的缎子褴褛不堪；两扇窗之间，挂着一面尺把宽的、四周镶有金色镜框的镜子；房间的角落里，放着一张铜床。

这位房客有气无力地坐到一把椅子上，而整个房间呢，就像巴

---

① 指纽约。

比伦高塔①的一层塔面，语无伦次地向他透露出早先在此居住过的那些房客们的信息。

一块花花绿绿的地毯，就像波涛翻滚的大海上的一个长方形的、鲜花盛开的热带岛屿。糊着灰纸的墙上，贴着那些无家可归的人所常带的画片——《胡格诺教徒的情侣》《初次相争》《新婚早餐》《泉边情影》；歪歪斜斜、不成样子的帷帘，就像亚马孙舞女的饰巾半遮着轮廓分明的壁炉；炉台上零零落落地散放着一些东西——几只不值钱的花瓶、几张女明星的照片、一只药瓶、几张不同花头的扑克牌。曾在这个房间里住过的房客们，就像航船遇难后漂落到海岛上的旅客，当有幸被别的船所救而能去另一港口时，便扔下随身所带的东西不管了。

就像密码被慢慢地破译出来，早先在此居住过的房客们留下的遗痕渐渐地清晰起来。梳妆台前，地毯上磨破的地方说明有许多爱美的女人曾在这上面踩踏过。墙上的那些小小的手指印，表明有年幼的囚徒曾在此摸索，仿佛想得到阳光和新鲜空气；一块向四面八方迸散的污迹，证明曾有人朝墙壁扔过盛满饮料的杯子或者瓶子。那面镜子上，有人还用金刚钻歪歪斜斜地刻着"玛丽"的字样。看来，住在这个房间里的房客们，不论是先是后，大多满腹怨恨——也许是这房间太阴森、太冷漠，他们难以忍受，于是就拿房间里的东西来出气。家具被弄得乱七八糟、伤痕累累；那张坐垫弹簧一根根露在外面的躺椅，看上去就像一只在拼命挣扎时被人杀死的怪物；大理石的壁炉台，大概被人猛烈地敲打过，掉了一大块；地板上到处是凹痕和裂纹，而且处处都有特殊而痛苦的由来。真是叫人

---

① 《旧约·创世纪》第十一章：巴比伦人要建造一座城市和一座通天高塔，耶和华上帝变乱他们的口音，使他们彼此语言不通，因此只能停工不造。

难以相信，对这房间发泄怨恨、施以暴行的人，竟然就是那些一度以此为家的人；他们如此愤怒，也许是因为情不自禁地激起了想家的本能，所以才会对这个冒牌的家如此充满敌意。要是这个家是属于我们自己的，那么，即使换成一间草棚，我们大概也会精心装修，小心呵护。

那年轻的房客坐在椅子上，听凭思绪在心头萦绕盘旋。这时，从别的出租房里传来具有出租房意味的各种声响。他听到有个房间里传出淫荡而低沉的笑声；还有一些房间里，有人在大声谩骂；有个人在哗拉地掷骰子；有人在哼催眠曲；有人在啜泣。头顶上，有一只五弦琴在发出快活的叮咚声。还有，不知哪个房间，房门老是砰砰地响。外面，有轨电车时不时隆隆地驶过；后院的篱笆上，有只猫在喵喵叫。他吸了一口这房间里的空气——这与其说是空气，不如说是一阵霉味，就像从地下室的油布和烂木头里发出来的。

然而，就在此时，就在他胡思乱想之际，他突然闻到房间里一股浓烈而甜美的木犀香味。这香味似乎是随着一阵轻风飘来的，而且是那么分明、那么浓郁、那么强烈，简直就像是一个有血有肉的人出现在眼前。于是，好像听到有人叫他的名字似的，他一下子跳起来，一边左右张望，一边大声说："你怎么啦，亲爱的？"

那股浓香围拢过来，把他裹在中央。他伸出手去想摸到东西——这时他的知觉变得混杂而紊乱了。一个人怎么会听到一种气味的召唤呢？不用说，那一定是声音！但是，他刚才感觉到的、还想伸手去摸的，难道是声音吗？

"她在这房间里住过！"他喊出声来，急忙想在房间里找到其他证据，因为他知道，凡是属于她的东西，甚至是她用过的东西，不管是什么，他都认得出来。这股萦绕不散的木犀香味，就是她喜爱的香味，而且是她特有的香味——这香味从哪儿来的呢？

房间里乱糟糟的。梳妆台薄薄的台布上，零乱地放着五六只发夹——这东西太平常了，是女人的随身物，一般女人都喜欢，你不能说一定是谁的——所以，他没有理会，因为他知道，从发夹上找不到线索。他拉开梳妆台的一只抽屉，发现有一块破烂的小手帕。他把手帕捂在脸上，只闻到一股刺鼻的金盏草气味，便使劲把手帕扔在地上。在另一只抽屉里，他发现有几颗钮扣、一份剧院节目单、一张当票、两颗软糖、一本释梦书；最后，还有一个女人用的黑发结——这东西使他一阵火热，又一阵冰凉，踌躇了好一会儿。然而，黑发结毕竟是一般女人都有的普通饰品，不属某人专用，丝毫也说明不了什么。

于是，他就像猎狗追踪嗅迹一样在房间里到处搜寻。他扫视墙壁；他趴下身子，仔细查看地毯边上有没有鼓起的地方；他检查壁炉台、桌子、窗帘、帷布，还有那只东倒西歪的柜子，一心想找到明显的痕迹。与此同时，他仿佛觉得她就在他旁边、在他周围、在他前面、在他里面、在他上面；仿佛，她正偎依着他，在向他诉说着爱情，在轻轻地、痛苦地呼唤他，而他，感觉再迟钝也能听到她的呼唤。他不止一次地大声回答："我来了，亲爱的！"同时又瞪着眼四处张望，因为在那木犀香味里，他并没有看到那熟悉的身影、那充满爱意的面容，还有那向他伸来的双臂。啊，上帝！那香味究竟从哪儿来的？从哪儿发出来的，那呼唤他的香味？于是，他继续搜寻。

他查看房间里的每个角落、每条缝隙，找到几个瓶塞和几个烟蒂。这些东西他不屑一顾，没加理会。只有一次，他在地毯下面找到一支抽过的雪茄烟；他把它一脚踩烂，还狠狠地咒骂了几句。他把房间从这头到那头都搜寻了一遍，虽然发现了许多在此栖息过的房客留下的细微而凄惨的遗痕，但对于他要寻找的、很可能在此住过、仿佛灵魂还在他周围萦绕的她，却丝毫没有踪迹。

这时，他想起了女房东。

他从阴森森的房间里跑到楼下，到了一扇微微透出灯光的门前。女房东听到他的敲门声，便出来了。他尽量控制住自己，保持镇定。

"太太，请你告诉我，"他恳求她，"在我之前，是谁租用这房间的？"

"哎，你这位先生，我再告诉你一遍吧。我已经说了，是施普劳斯和蒙纳，在剧院里她叫布蕾达·施普劳斯小姐，而她就是蒙纳太太。我这儿的房客，谁都知道是规规矩矩的。他们的结婚证书还夹在镜框里，就挂在……"

"施普劳斯小姐是怎样一个人……我的意思是，她长得怎样？"

"唔，黑头发，先生，矮个儿，胖胖的，脸长得很滑稽。他们是上星期二走的，已经一个星期了。"

"那他们前面的房客又是谁？"

"唔，是个做杂货生意的单身汉，他还欠我一星期房钱哩。他前面是克劳特太太和她的两个孩子，他们住了四个月；再前面，是陶威尔老先生，他的房钱还是他的儿子给付的。这样说来，就已经有一年了，先生，再前面我就记不得了。"

他向她道谢，然后垂头丧气地回到了房间里。那里死一般沉寂，那一度赋予它生命的元素——那股木犀香味，已经散去。现在，那里又充满了从发霉的家具上散发出来的气味，那种就如来自贮藏室的腐臭味。

他的希望幻灭了，信心也随之丧失。他呆坐着，两眼直勾勾地望着咝咝发响的煤气灯的幽光。不一会儿，他走到床边，把床单撕成一条条碎片。他用小刀的刀背把布条塞进窗框和门框的缝隙里，把门窗堵得密不透风。这之后，他吹灭了煤气灯，又把煤气开到最大。接着，他怀着思念之情，躺到了床上……

这天晚上，轮到麦柯尔太太买啤酒。她买来啤酒后，和珀蒂太太一起坐在地下室里，那儿是房东太太们聚会的地方，也是蛆虫不会死的地方①。

"今晚我总算把三楼的那间后厢房给租出去了，"珀蒂太太面对着一大堆啤酒泡说，"是个年轻人租下的。他两小时前就上床睡了。"

"是吗，珀蒂太太？"麦柯尔太太说，口气里充满了羡慕，"你出租这种房间真是有办法。那么，你没有告诉他？"她最后一句话是神秘地压低了嗓子说的。

"房间嘛，"珀蒂太太用她那带着绒毛的声音回答说，"本来就是带家具一起出租的。我没告诉他，麦柯尔太太。"

"你做得对啊，太太，咱们是靠房钱糊口的呀。你也真会做生意，太太。有好些人要是知道那床上有人自杀过，就不会租那个房间了。"

"是啊，是啊，咱们总得糊口活命吧。"珀蒂太太说。

"是啊，太太，一点不错，就在上星期的今天，我还帮你收拾三楼的那间后厢房哩。那么漂亮的一个小娘儿，真没想到会用煤气

————————————

① 蛆虫不会死的地方，原意为"地狱"（参见《新约·马可福音》第九章第四十八节："在那里(地狱)虫是不死的，火是不灭的。"），此处意为"污秽之地"（即在那里，房东太太们肆无忌惮地谈论她们是如何欺骗房客的）。

自杀……她那张小脸怪惹人爱的，珀蒂太太。"

"是啊，是啊，她长得倒挺漂亮，"珀蒂太太随声附和，却又吹毛求疵地加了一句，"可惜她左眉毛旁边长了那么颗黑痣。来，再来一杯，麦柯尔太太。"

刘文荣　译

失去的菲比

[美] 西奥多·德莱塞

　　西奥多·德莱塞(Theodore Dreiser 1871—1945)，美国小说家。主要作品有长篇小说《嘉莉妹妹》《欲望三部曲》和《美国的悲剧》等。

　　本篇是德莱塞的短篇名作，一篇寓意深刻的悲情小说。主人公是一对年老的乡村夫妇，他们相敬相爱，相依为命。后来，那老太病死了。那老头恍恍惚惚，总觉得老伴是出门了，会回来的。他等了一些时日，不见她回来，便带着餐具和一根拐杖出去找她。他一路乞讨，在那片山区里游走了三年，不知走了多远，也不知只是在那一带绕着圈子——人们说，他是个可怜的疯老头。一天，他来到一个悬崖上——突然，他好像看到了老伴的身影，还是她年轻时那少女的身影！他跌跌撞撞地朝那身影走去，不知不觉到了悬崖边。他看到下面有一片苹果树。其实，那里就是他们当年嬉戏的地方——当然，他已记不得了。但他仿佛看到，老伴的身影就在悬崖下面的那片苹果树丛里。于是，他喊着她的名字，跳了下去……

　　通常，悲情小说所写，大凡是少男少女的爱情悲剧。我们为此哀悼，总希望"有情人终成眷属"，夫妻恩爱，白头偕老。然而，这篇小说写的却是恩爱夫妻的悲剧。甚至可以说，夫妻越恩爱，越悲剧——因为，想求"同生同死"毕竟只是幻想，夫妻到头来总要生死两隔，活着的也就难逃凄惨悲苦。至于小说中的男主人公，他的结局可谓感天动地，但仔细想想，也令人忧伤，甚至令人绝望。任何爱，最后总要失去——不管是夫妻之爱、亲属之爱，还是朋友之爱，都一样。这么说，只要有爱，就是悲剧？是的。但人又怎能不爱？是人总有所爱。如此说来，生活本身就是一场悲剧？——因为有死？也许是吧，人人如此！

　　他们一起住在乡下，那一带地方不及从前繁荣，与一个小市镇相隔约莫有三英里路，那是一个人口不见增加反而日渐减少的小市镇。那个地区人烟稀少；每隔一二英里路才有一座房子，周围有大片的玉米地和小麦地，以及在闲季种过牛草马草的休耕地。他们的那座房子是一部分用大木料，一部分用木板盖的，大木料盖的部分是亨利的祖父原来的老家。新的部分是木板盖的，如今已被风雨剥蚀了，从裂缝里钻进来的风往往吹得叽叽的响，几棵遮阴的榆树和一棵白胡桃树使它颇有幽雅的画趣和怀旧的凄凉情调，但也不免潮湿一点；这一部分是亨利二十一岁新婚以后盖起来的。

　　那是四十八年以前的事了。屋里面的家具，和外面的房子一样，现在是又旧又发霉臭，使人想起一个过去的年代。你或许见到过那种有螺旋形的腿和面上刻着凹槽的樱桃木的骨董架子。那儿就有一个。那种有球形的疙瘩和弯曲的深花纹的老式四柱卧床，那儿也有一张，那是一个詹姆士时代的远祖①的不肖的后裔。樱桃木的

------

① 英王詹姆斯一世时代（十七世纪初期）流行的家具。

梳妆台也是又高又大又结实的，但颜色陈旧，而且有一股霉味。在这些经久耐用的家具的坚实的标本下面铺着一条单薄的、褪了色的、铅灰和粉红两色的碎布地毯，那是菲比·埃因在她去世前十五年亲手织的。当年用来织地毯的、叽叽嘎嘎响的木头织布机现在好像一具布满灰尘、骨瘦如柴的骷髅，和一张坏了的摇椅、一个虫蛀了的衣橱——天晓得有多老了——一条曾经是在门口架花盆的、有石灰斑点的板凳，以及其他家用杂物中的老朽分子，一起放在一间东屋里，那是这个所谓正房的披屋。这个地方还有其他各式各样的破烂家具：一个古老的晾衣架，断了两根横条；一面配着老樱桃木镜框的破镜子，那是在他们的小儿子约雷死去的前三天从一个钉子上掉下来砸碎的；一个活动帽架，它的木钩的末梢曾经有过瓷头；还有一架缝衣机，它的笨拙机件比起新的一代的产品来早已落伍了。

房子东面的果园里长满了纠缠多节的老苹果树，枝干都给虫蛀了，并且布满了绿的和白的地衣，在月光下有一种凄凉的、白中带绿的、银样的色彩。那些从前养过小鸡、一两匹马、一头牛和几只猪的低矮小屋，顶上长着一片片的青苔，边上因为那么久没有油漆而变成了灰黑，并且有一点松软。正面的栅栏式的篱笆（有一扇又歪又响的门），和两旁的围栏式的篱笆处于同样破旧的状态。事实上，它们是和住在这里的人——老亨利·雷夫斯诺德和他的妻子菲比·埃因——同时衰老的。

他俩自从四十八年前结婚以后一直住在这里，而亨利在那以前从童年起就住在这里。他还没成年的时候他的父母已经上了年纪了，等他一有了爱人决定要结婚，他们就叫他把妻子带到这里来住；他那样做了。他们结婚以后，他的父母和他们在一起住了十年，后来两人都死了；从此留下亨利和菲比带着四个茁壮成长的孩子。可是，从那时候起发生了各式各样的事情。他们一共生了七个孩子，其中三个早死了；一个女儿到堪萨斯去了；一个儿子到苏瀑布①去了，后来连信息也没有；另外一个儿子到华盛顿去了；最小的女儿就住在本州，隔着五个郡，可是操劳自己的家务，难得想到他们。时间和一向平淡无味的家庭生活使他们和父母断绝了联系，因此无论他们在哪里，他们都很少想到他们的父母的情形。

老亨利·雷夫斯诺德和他的妻子菲比是一对恩爱夫妻。你或许知道，天性单纯的人们怎样像地衣似的紧附在环境的石头上面，消磨一生的岁月直到老死。广大的世界在远远呼号，可是对他们没有吸引力。他们没有高超的才智。果园、牧场、玉米田、猪圈和养鸡场就是他们的活动范围。小麦熟了，就割下来、打出来；玉蜀黍枯黄经霜了，就割下来、捆了堆起来；牛草结满了穗，就割下来、堆成干草堆。在那以后冬天来到，随着而来的是谷子往市场上的载运，锯木材、劈木材，生火、做饭等家常的零活，零星的修理和看望亲友。除了这些事和天气的变化——落雪、下雪、晴天——以外，没有什么迫切的、重大的事情。人世间其余的一切都是一片遥远的、扰攘的幻景，像夜晚的北方的光似的微弱的闪动，像在远方响着的牛铃一样发出隐约的声音。

老亨利和他的妻子菲比，像在世上没有任何其他人可爱的两个老人所能做到的那样彼此相爱。他是一个枯瘦的老头儿，在她死时是七十岁，一个古里古怪的人，他的粗糙的灰白的头发和胡须都是乱七八糟的。他用无神的，模糊的，湿润的，眼梢布满了深褐色皱纹的眼睛看着你。他的衣服，像许多农夫的衣服一样，是又旧又硬又肥大的，口袋凸在外面，领口不合适，肘部和膝部鼓出来而且磨

---

① 苏瀑布，南科他州大苏河上的城市。

破了。菲比·埃因的身材是又枯瘦又难看的，她穿着一身寒伧的黑衣服，戴上一顶黑帽子就算做她的最好的服饰，那样子简直像一把伞。时间一天天的过去，他们只有自己需要照顾了，于是他们的动作越来越慢，他们的活动也越来越少。每年养的猪从五口减到了一口嗯嗯叫的小毛猪，亨利现在养的唯一的马是一匹贪睡的牲口，喂得不算太饱，也不十分干净。从前养的一大群鸡几乎都死光了，那是由于黄鼠狼、狐狸和缺少适当的照管所产生的疾病。过去欣欣向荣的花园现在是一片杂草蔓延的陈迹，过去点缀窗户门庭的蔓藤和花卉变成了一丛荆棘。他们已经立了一份遗嘱，把这片快给税吃光了的薄产平分给四个儿女，这样一来，他们谁都对它实在没有兴趣了。可是，这两个老人在一起过着宁静和相爱的生活，只是老亨利有时变得过分的急躁，几乎老是抱怨什么东西给忽略了，再不就是找不到了，而那东西完全是无关紧要的。

"菲比，我的玉米刀哪儿去了？你总是不小心，乱动我的东西。"

"不许吵，亨利，"他的妻子会用沙哑的尖声吓唬他，"你要不听话，我就离开你。有一天我要站起身来，从这里走出去，看你怎么办？除了我没有人照应你，所以你放老实点儿吧！你的玉米刀在壁炉架子上那个老地方，除非你自个儿把它放到别处去了。"

老亨利知道他的妻子在任何情况下绝不会离开他的，他往往暗自思量，如果她死了的话他怎么办。那倒是他真正害怕的一次离别。当他每晚爬上椅子去上那架古老的、长摆的、双摆锤的钟，或者最后去查看前后门有没有关好的时候，这是一种安慰：知道菲比舒舒服服地安睡在床上她的那一边；知道如果他在半夜翻来覆去睡不着，她会就近问他要什么。

"哎，亨利，你安静地躺着！你像只鸡似的不安静。"

"我睡不着啊，菲比。"

　　"你也用不着这么折腾啊。你得让我睡呀。"

　　这番话往往给他带来一种恬适的睡意。如果她要一桶水的话，他嘀咕着其实很高兴地去提来；虽然她先起床去生火，他却管保把木材劈好放在近便的地方。他俩平分了这个简单的世界。

　　可是，时间一年年的过去，来探望的人也越来越少了。十平方英里之内，没有人不知道这一对老夫老妻为人诚实，有普通的基督徒的精神，不过年纪太老，实在没有什么趣味了。写信变成了一件几乎不可能的重负，困难到无法继续，甚至请人代办也不行，虽然住在潘柏顿郡的女儿倒还偶然有一封信来。间或有个老朋友来弯一弯，带着一块甜馅饼或蛋糕，一只烤鸡或烤鸭，或者单单来看看他们是否平安无恙；可是，连这些好心肠的探望也不常有了。

　　在六十四岁的那年早春的一天，雷夫斯诺德太太病倒了，又从轻微的发烧变成了一种不明的病症。由于她的年纪太大，病已经是不可救药的了。老亨利赶了车到邻近的市镇斯温诺顿去请来了一个大夫。有几个朋友来探望，把照料她的工作从他手上接了过去。随后，她在一个寒冷的春夜死了。老亨利满心悲痛，迷惘地跟随着她的遗体到了最近的墓地，那是一片长着寥寥几棵柏树的荒地。他虽然可以到潘柏顿郡的女儿家去或者把她叫来，但那实在是太麻烦，而他也太疲惫，懒得动了。也有朋友请他到他们家去住一些时，可是他觉得不合适。他的年纪是那么大，他的种种想法是那么固定，他是那么习惯于他呆了一辈子的环境，以致他不可能想到离开。他要呆在靠近他们埋下了他的菲比的地方；而他此后得一个人过活这个事实却丝毫没有使他感到不安。他的儿女得到了通知以后都表示愿意照料他，要是他肯离开的话，可是他不肯。

　　"我自己应付得了，"他不断地对这次给他妻子诊治的老莫洛大夫说，"烧饭我也会一点。再说，早上我有咖啡和面包就足够了。我可以过得不错的。你们别管我得啦。"经过多次的恳求和劝告，同时有咖啡、咸肉、面包等等食品送来并且收下，然后大家就让他一个人去了。有一时，他懒洋洋地坐在大门口，在春天的阳光里沉思默想。他试着恢复自己对农作的兴趣，去耕种近来荒废的田地，使自己没空去思想。然而黄昏或者下午回家来，找不到菲比的影子，而每件东西都使他想起她，这却是一件凄惨的事。他逐渐把她的一些东西收了起来。晚上他坐在灯下，看看那些偶尔给他留下的报纸，或者一本多年没看过的《圣经》，但他从这些东西里得不到什么安慰。多半的时候他用手捂着嘴，看着地板，同时坐在那儿思索她的结局和他自己的为期不远的死亡。他把早晨煮咖啡和晚间煎一点咸肉都小题大做；可是，他一点胃口也没有了。他住了那么久的木屋好像是空虚的，它的阴影也意味着不可救药的悲哀。他就这样非常悲惨地过了漫长的五个月，然后一个变化开始了。

　　那是在一个夜里发生的。在他查看了前后门、上了钟、吹灭了灯、完成了所有那些多年来做惯的、完全相同的动作以后，他上了床，不是去睡觉而是去思索。那是一个月夜。他从床上看得到窗外布满绿地衣的果园，那是一片银色的、恬静如幽冥的世界。月光从东面的窗户照进来，把玻璃窗的图案投射在地板上，并且使得他所熟悉的那些老家具隐约地在房间里浮现出来。和往常一样，他想的是菲比和他俩年轻时候在一起的那些岁月，那些走掉了的儿女，以及给他弄得一团糟的眼前的日子。家里的情形坏透了。被褥是凌乱而且不干净的，因为他洗衣物洗得很糟。那是他顶害怕的事。屋顶漏了，使得有些东西一连潮湿好几个星期，但他已经到了那种成天沉思的状态，什么都得过且过，不肯费事。他宁愿慢慢地踱来踱去，或者坐着思索。

可是，这一夜十二点钟的时候，他已经睡着了，等到两点钟又醒了。月亮这时已经移到了房子的西面，正从客厅和那边的厨房的窗户里照进来。家具的某种组合——一张桌子旁边的一把椅子，上面放着他的上衣，投下一道阴影的半开的厨房门，以及一份报纸旁边的一盏灯的位置——给他造成了一幅菲比弯着腰伏在桌上的逼真的景象，正像他过去常常看到的她生前的模样。这使他大吃了一惊。难道会是她——或是她的阴魂？他是从来不信什么鬼魂的；然而——他在朦胧的月光里直瞪瞪地盯着她，毛骨悚然，接着便坐了起来。他把两条瘦腿放到床外，坐在那里盯着她，疑惑着这会不会真是菲比。他们过去常常谈起鬼，谈起幽灵和异兆；可是，他们从来不相信真有这些东西。他的妻子的信仰里从来没有这一部分：她可以有一个能重返人世的阴魂。她的死后世界完全是另外一回事，不下于一个模糊的天堂，好人是不愿从那里重回人间的。然而，她现在正在这里，穿戴着她的黑裙子和灰肩巾，弯着腰伏在桌上。她的苍白的侧影在月光中轮廓分明。

"菲比，"他喊道，一面紧张得浑身发抖，一面伸出一只骨瘦如柴的手，"你回来了吗？"

那个人影没有动，于是他站了起来，踟蹰地向门口走过去，同时直瞪瞪地盯着它。可是，当他走近的时候，那幻影变回了本来的样子——放在高背椅子上的旧上衣、报纸旁边的灯、半掩的门。

"唷，"他对自己说，他的嘴张着，"我以为我确实看见她了。"他发愣而失神地用手摸着头发，同时他的紧张的神经松弛了下来。幻影尽管消失了，却给他种下了她可能回来的念头。

另一个夜晚，由于这第一次的幻影，又因为他现在心里经常想她，再加上他也老了，他从靠床最近的窗子向外面看，那窗子面对着一个鸡棚、一个猪圈和车棚的一角，那里有一股淡淡的雾气从湿地上冒出来，于是他以为他又看见她了。那是一缕雾气，那种淡淡的、地面发散的蒸汽，在昼暖夜凉的时候升起来，在消散以前像是雾做的小松树似的颤动。她在世的时候常穿过这片从厨房门口到猪圈的空地，去扔掉做饭剩下的零碎东西，而现在她又出现了。他坐了起来愣愣地盯着它瞧。由于前次的经验，半信半疑；但是，由于周身的神经激动，倒又相信鬼魂是真有的，相信菲比挂念他的孤单的生活，一定在惦记着他，因此就回来了。她有什么别的办法呢？除此以外，她怎么能表示她的心意呢？这样做正合乎她慈悲的心肠，表现出她对他的爱怜。他一面发抖，一面热切地望着它。但是，随着一阵轻风，它就向着篱笆游动过去，随即消散了。

第三次，那是在十来天以后的一个夜晚，他实际上正在做梦的时候，她来到了他的床边，把一只手放在他的头上。

"可怜的亨利！"她说，"太不幸了。"

他从睡梦中惊醒了过来，以为果真看见她从卧室走进堂屋，她的身影是朦胧的漆黑一团。他无力地眯着眼睛，看见在她形体的周围闪烁着小的光点。他大吃一惊，从床上爬了起来，在寒冷的屋子里踱来踱去，满心相信菲比就要回到他身边来了。只要他诚心诚意地想她，只要他以他的感情完全明确地表示他万分需要她，他这个贤妻就会回来，告诉他该做些什么。她大部分时间，至少在夜晚，多半会和他呆在一起；那样就会减少他的孤寂，使这种境况比较易于忍受。

对于年老和虚弱的人们，从微妙的错觉到实在的幻想是相去不远的，于是亨利过了一段时候便完成了这个过渡。他一夜又一夜的等候，期待着她的归来。有一回在他的怪异的心情中，他觉得他看见了一道暗淡的光在屋里移动，另一回他又觉得他看见了她天黑以后在果园里散步。有一天早上，那时他的孤单的生活中的种种琐事简直不能忍受了，他一醒来心里就存着她并没有死的念头。他怎样得到了这个结论，那是很难说的。他的理智已经丧失了，现在只有一个固执的幻想。他和菲比吵了一场无谓的架。他责备了她不把他的烟斗放在他的老地方，于是她走掉了。由于他的神经错乱，她旧日说着玩的威胁就这样应验了：如果他不老实，她就要离开他。

"我相信我可以把你找回来。"他过去老那么说。可是，她也一直格格地笑着威胁他说："只要我离开你，你可找不到我。我相信我可以到一个你找不到我的地方去。"

这天早晨他起床以后，他没有想去照往常那样的生火，也不想按他的习惯去搅咖啡和切面包，而单单去思索他应该到哪里去找她，和他应该怎样劝她回来，那匹唯一的马最近打发掉了，因为他觉得它太麻烦，也用不着。他穿好了衣服以后取下了礼帽，眼睛里闪耀着新生的兴趣和决心，然后从门背后的老地方取出了他的黑色的弯拐杖，精神抖擞的出门到最近的邻居家去找她。他穿着一双旧皮鞋，在尘土中迈着沉重的步子走着。他的花白的头发，现在长得相当的长，像一圈富有戏剧性的缝子或光轮从帽子下面披散出来。他走路的时候，他的短上衣不停地扭动。他的手和脸都是瘦削的、苍白的。

"哎，喂，亨利！你今早上到哪儿去？"农夫道奇问道。他正在运一车小麦到市场去，在大路上碰到了他。他有好几个月没见着这个年老的农夫了，自从他的妻子死后就没见过，现在看到他这样精神抖擞，他觉得奇怪。

"你看见菲比没有？"老头儿问道，同时古怪的朝上看着。

"哪一个菲比？"农夫道奇问道，一时没有把这名字和亨利的亡妻联系起来。

"当然是我的老婆菲比啦。你以为我说的是谁？"他用一种凄惨而锐利的目光，从他的蓬松的、花白的眉毛下面朝上瞅着。

"哎哟，我的天，亨利，你不是在开玩笑吧？"稳重的道奇说，他是一个气喘吁吁的胖子，长着一张光滑的、又硬又红的脸膛，"你说的不可能是你的太太吧。她死掉了。"

"死掉了！哼！"疯了的雷夫斯诺德反驳说，"今天一清早，我还睡着的时候，她离开了我。她一向先起床去生火，可现在，她走掉了。我们昨晚上拌了一回嘴，我想就是为了那个缘故。可是，我想我找得着她．她到玛蒂尔德·雷斯家去了；她准是到那儿去了。"

他又精神抖擞地上了路，撇下那惊异的道奇在后面愕然地目送他的背影。

"啊呀，真有这种事！"他大声地自言自语，"他是完全疯了。那个可怜的老汉一人呆在那儿呆疯了。我一定得去报官。"于是他使劲把鞭子一抽。"走！"他说道，随即上路了。

雷夫斯诺德到达三英里外的玛蒂尔德·雷斯和她丈夫一家的粉刷了的栅栏以前，在这个人烟稀少的区域没有碰到别人。他在路上经过了几座别的房子，但这些不在他的幻觉的范围之内，因此没有被考虑。他的妻子是和玛蒂尔德很熟识的，她一定在这里。他打开了步道外面的栅门，迈开步走到大门口。

"哎呀，雷夫斯诺德先生，"年老的玛蒂尔德大声说，她是一个健壮的女人，听到他敲门的声音来到门外看看，"今早上是什么风把你吹到这儿来的？"

"菲比在这儿吗？"他急切地问道。

"哪个菲比？什么菲比？"雷斯太太回答道，心里对他的突如其来的精力感到诧异。

"我的菲比，当然。我的老婆菲比。你以为是谁？她难道不在

432

这儿吗？"

"老天啊！"雷斯太太喊了出来，她的嘴张着，"你这个可怜的人！原来你现在发疯啦。你赶快进来坐下。我去给你倒杯咖啡。你太太当然不在这儿；不过你进来坐吧。我过一会儿就替你把她找来。我知道她在哪儿。"

老农夫的眼睛变柔和了，他随即走了进去。他脱下了帽子，很温和地把它轻轻地放在膝盖上，他那一副枯瘦不堪、老态龙钟的模样引起了雷斯太太的最深切的同情。

"我们昨晚吵了一场架，她就离开我了。"他自动地说开了。

"天哪！天哪！"雷斯太太一面向厨房走，一面惊叹，因为没有人在场分担她的惊愕。"可怜的人！现在非得有个人照应他不可了。决不能让他这样四处乱跑找他的死去的太太。太悲惨了。"

她给他煮了一壶咖啡，拿进来一些新烤的面包和新鲜黄油。她摆出了一些她的顶好的果酱，煮上了两个鸡蛋，同时满心情愿地说着瞎话。

"你呆在那儿别动，亨利伯伯，等耶克回来，我让他去找菲比。我想她多半跟朋友上斯温诺顿去了。反正我们去打听清楚。你现在先喝这咖啡，吃这面包吧。你一定累了。你今早上走了不少路啦。"她的主意是要跟"她的男子汉"耶克商量一下，然后也许让他去报官。

她来来回回地忙着，心里思索着人生的无常，同时老雷夫斯诺德用他的苍白的手指敲着帽边，后来心不在焉地吃了一点她摆出的东西。可是，他的心是在他妻子身上，既然她不在这里，或者没有露面，他又迷迷糊糊地想到了在另一个方向多少英里外的一个姓墨利的人家。他过了一会便决定不等耶克·雷斯去找他的妻子，而要亲自去找她。他一定得继续去寻找，劝她回家。

"好吧，我要走了，"他说道，同时站起身来古怪地四下张望，"我相信她并没到这儿来。她到墨利家去了，我想。我不再等下去了，雷斯太太。今天家里有许多事要做。"不管她一连声的劝阻，他迈开步走了出去，在温暖的春天的阳光中又走上尘土飞扬的道路，他的手杖随着他的脚步敲着地面。

两个小时以后，这个形容枯槁的老人出现在墨利家的门口——满身尘土，流着汗，一脸急切的神色。他足足走了五英里路，而那又是正午的时候。一对六十岁的夫妻惊讶地听到了他的奇怪的问题，便也明白他是疯了。他们留他吃饭，打算过后报官，看看有什么办法可想。他虽然留下吃了一点东西，但没有呆多久，就又出发到另一个遥远的农家去了，因为他那有许多事要做的念头和他对菲比的需要催促着他。那一天和下一天和再下一天都是这样过去的，同时他探听的范围也越来越广。

在这种地方，一个人逐渐被大家认为行动离奇古怪、然而毫无害处，这个过程往往是复杂而凄惨的。前面说过，这一天雷夫斯诺德到过别的人家门口，急切地提出他那个古怪的问题，到处引起人家的惊讶、同情和怜悯。地方当局——就是郡长本人——虽然得到了报告，但要把他逮捕，是不妥当的；因为那些认识老亨利多年的人，一想到那一郡的疯人院的情况——由于那个地区穷苦，那是一个住着可怕的疯人、环境恶劣的地方——便决定让他自由行动，因为，说来奇怪，调查的结果发现他在夜晚很温顺地回到他的孤寂的住处，去看看他的妻子回来没有，然后孤独地沉思默想直到早晨。谁会关起一个长着花白的头发，怀着和善的、单纯的询问态度，枯瘦、急切、在寻人的老头儿，尤其因为他一向是以安分守己出名的？那些和他最熟识的人非常同意让他自由游荡。他不会有什么害处。许多人都愿意帮助他，给他食物、旧衣服、日常生活的零星东西——至少在起初。不久以后，他的形象就成了一个习以为常的怪现象，同时这种回答——"没有啊，亨利，我没看见她。"或者："没有，亨利，她今天没来这儿。"——也变得更习惯了。

此后的几年当中，他是一个不分晴雨都在多尘土的和泥泞的道路上奔走的古怪的人，间或在意想不到的地方被人碰见，进行着他的无止无休的寻找。尽管邻居们和那些熟悉他的身世的人高高兴兴地把自己的食物分给他，可营养不良不久便损害了他的健康；因为他走路走得很多而吃得很少。他在大路上这样游荡得越久，他的奇异的幻觉就变得越深；后来他发觉从他的越来越远的旅程回家越来越难，他终于从家里带出几件餐具，打成一个小包，使他可以不必非得回家。在一个旧的大号咖啡罐里，他放进了一个小洋铁杯子，一则刀叉和勺子，一点盐和胡椒，另外在罐子外面，用一根绳子穿过一个凿开的洞，系上了一个盘子，这是可以放下来当他的林中饭桌的。他用不着费事就可以弄到他需要的那一点食物，他以一种奇异的、几乎神圣的庄严，毫不迟疑地去向人要那点东西。逐渐的，他的头发越来越长，他的一度是黑色的帽子变成了土黄色，他的衣服变得褴褛而且沾满尘土。

他奔走了整整三年，谁也不知道他的漫游有多远，也不知道他怎样挨过了风雨和寒冷。人们看不到，他有朴实的农村的知识和先见，会躲在干草堆里，或者牛的身旁，它们的温暖的身体给他挡住了寒冷，它们的鲁钝的智力也不反对他的无害的停留。凌空的岩石和树枝往往使他不受雨淋，一个方便的干草棚或玉米箱也不是他不屑考虑的。

幻觉的复杂的进展是奇怪的。由于到人家门口去问经常碰钉子，他终于得到了这个结论：他的菲比虽不在他去敲门打听的那些人家，然而她可能在他的声音所能达到的地方。于是，从耐心的探听，他开始发出凄厉的、偶然的喊声，它们不时唤醒了宁静的原野和崎岖的山区，引起他的尖细的"哎——哎——哎——菲比！哎——哎——哎——菲比！"的回声。那呼声有一种疯狂而悲惨的音调，许多农夫后来从远处也听得出，并且会说："老雷夫斯诺德走过去了。"

久而久之，在千百次的探听以后，另一件使他非常为难的事是：他心目中不再有任何具体的门户，他也不再有特殊的问题可问以后，朝哪个方向走呢？这些四通八达的十字路口不久便使他为难起来。可是，为了解决这个越来越伤脑筋的难题，另一个幻觉来帮助了他。菲比的灵魂，或是空气、风，或者自然界的某种力量会告诉他的。如果他站在道路的岔口，闭上眼睛，连转三次。同时喊两声"哎——哎——哎——菲比！"然后把拐杖朝前面扔出去，它一定会指出朝哪个方向走去找菲比，或者说这些神秘的力量有一个一定会左右它坠落的方向！不管它落在哪个方向，即使它引他回到他已经走过的路上或者越过田野（这都是常有的事），他的神志还不太错乱，他总给自己充足的时间去寻找之后才重新叫喊。他早晚一定找得着她的，这个幻觉好像也持久不变。有时候他的两脚酸痛，四肢疲惫，有时候他会站住，在炎热中擦擦布满皱纹的前额，或者在寒冷中捶捶胳臂。有时候，在扔出拐杖以后，发觉它指着他刚才来的那个方向，他就疲惫而冷静地摇摇头，仿佛思索着那种难以置信的事情或者一个乖张的命运，然后又精神抖擞地上路。他的古怪的形象终于在三四个郡中最远的地方都出了名。老雷夫斯诺德是一个可怜的怪人。他的名声传播得很远。

在绿郡的一个叫做瓦特斯维尔的小市镇附近，离那个人类活动的小中心大约四英里路，有一个当地叫做红崖的地方，那是一片红沙石的险峻的绝壁，大约有一百英尺高，陡峭的崖面高耸在丰饶的玉米田和果园上面有半英里多远，顶上长着一片茂密的树林。从对面缓缓地通到顶上的斜坡上长着一片芜杂的胡桃树和榛树，其中穿过许多错综的车辙。现在老雷夫斯诺德对露天已经非常习惯了，天气好的时候，他就在这样一片树林中睡觉，躺下过夜以前在一棵树下煎咸肉或鸡蛋，这已经成为他的习惯了。偶尔，因为他的睡眠断断续续，他睡得不熟，会在夜里徘徊。更多的时候，月光或者树丛中突如其来的一阵风，或者一只夜游的动物惊醒了他，他便坐起来思索，不然就在月光下或者黑夜中继续进行寻找，一个奇异的、古怪的、半疯半野、但全然无害的老人，在荒凉的路口叫喊，对着黑暗的和窗扉紧闭的房屋发愣，寻思着菲比究竟会在哪里，在哪里。

每天半夜两点钟，在那个万籁俱寂的时刻，他一定惊醒过来，虽然未必继续上路，却往往坐起来，对着黑暗或星斗沉思纳闷。有时候，在他的奇怪的思索过程当中，他会幻想他看到了他失去的妻子在树林中走动，随即他就会爬起来去追踪，手里提着他的餐具（总是用一根绳子捆在一起的）和他的拐杖。如果她好像要急于闪避他，他就会奔跑，或者哀求，或者因为突然不见了那个幻影而惊愕或失望地站住，悲叹一会他在寻找中所遭遇的几乎不能克服的困难。

在这些无望的漂泊的第七年，在和他的妻子死去的那个春天相似的一个早春，他一天夜晚终于来到了这片通到红崖的斜坡上的树林。他的远游的拐杖，在前面一个十字路口当作卜杖用过，把他领到了这里来。他已经走了许多、许多英里的路。那时已是夜晚十点钟以后，他也疲惫不堪了。长期的漂泊和少量的饮食早已使他瘦得不成人形了。现在支持着他的与其说是身体的力量，不如说是坚韧的精神。他这一天几乎没吃东西，现在筋疲力尽地在黑暗中躺了下来休息，也可能睡一觉。

古怪得很，这次有一种奇异的、暗示他的妻子就在眼前的气氛围绕着他。他心里盘算着，尽管漫长的年月没有给他带来任何结果，现在再过不久他就可以见着她，和她谈话了。过一会他睡着了，他的头靠在膝盖上。午夜月亮开始上升，到了夜里两点钟、他的不眠的时刻，月亮像一个大银盘从东边的树丛中照进来。他睁开了眼睛，这时月光分外明亮，在他脚下造成一片银色的图案，用种种奇异的光辉和银色的、朦胧的形体照亮了树林。和往常一样，他这一次又想到他的妻子一定就在附近，于是他以揣测的、期望的目光四下里张望。在他来的那条小路上远处的阴影中移动的是什么？一团微弱的、摇曳的鬼火，在树丛中轻盈地浮动，吸引住了他的期待的目光。月光与阴影使它现出一个奇异的形状和一个更奇异的实体——这磷火的飘动或者流萤的飞舞。它是他失去的菲比吗？它以一条迂回的路线围绕着他转，在他的热狂的状态中，他幻想他连她的眼睛也看得见，不像他上次看到她穿着黑的衣服和肩巾的那个样子，而现在是一个奇异的年轻得多、活泼得多、可爱得多的菲比，他多年前认识的那个少女。老雷夫斯诺德站了起来。这些年来他一直在期待和梦想这个时刻，现在当他看着这股微弱的光在他面前轻轻飞舞的时候，他诧异地瞅着它，一只枯瘦的手患得患失插在他花白的头发里。

突然间，他现在多年来第一次重见到他少年时代所熟悉的她那妩媚的少女的风姿，那讨人喜爱的、同情的微笑，那棕色的头发，她有一天在野餐时系过的蓝腰带，她的活泼、轻盈的动作。他围绕着那棵树走，使劲眯着眼，就那一次忘了他的餐具和拐杖，急切地追赶着。她在他的前面不停地向前走，一团春天的鬼火，她的头顶上有一朵小火焰，同时从那些细小的榛树和榉树以及粗大的胡桃树和榆树丛中，她仿佛用一只年轻的、轻盈的手打着招呼。

"哦！菲比！菲比！"他喊道，"你真的回来了吗？你真的回答了我吗？"他加快脚步，摔了一跤，跌跌撞撞地爬了起来，却看见远处的那团光若隐若现地继续向前飞舞。他一步不停地向前急急走去，到后来跑了起来，他的褴褛的袖子擦过树干，他的手和脸碰撞着挡路的桠枝。他的帽子不见了，他喘得透不过气来，他的理智完全失去了，这时他来到悬崖的边缘，看见她在下面一片银白色的、春花怒放的苹果树中间。

"哦！菲比！"他喊道，"哦！菲比！不，不要离开我！"他感到了那样一个世界的魅力，在那里爱情是年轻的，在那里菲比就像这个幻影、他们的昔日的青春的可爱的缩影，他快乐地大叫了一声"哦，等一等，菲比！"便跳了下去。

过了几天，在这个富饶优美的地区踏勘的几个青年农夫先发现了他扔在树下的搁在一起的洋铁餐具，然后在悬崖的脚下发现了他的破碎的尸体，他的面容是苍白的，但却是自得的；他的嘴唇上留着宁静和快乐的微笑。他们发现他的旧帽子掉在一丛低矮的小树底下，那是被桠枝绊住的。这些质朴的乡民中没有一个人知道，他多么热切而快乐地找到了他失去的伴侣。

巫宁坤　译

后　记

　　本书有些篇目选用现存译文，有些译者一时无法找到，故未商谈著作权事宜，甚为抱歉。望译者见此书后与我们联系，以便及时奉上样书与薄酬。

《欧美经典恐怖小说精选》　　　　刘文荣选编
定价: 29 元

　　本书所选 12 篇恐怖小说,均出自名家之手,而且大致是以年代先后排列的,如果一篇一篇读下去,你会发现,出自名家之手的恐怖小说从来就不是为恐怖而恐怖的——恐怖之余,它们总能让读者领悟到什么,或世态之炎凉,或人心之难测,或命运之多舛……

《欧美经典情爱小说精选》　　　　刘文荣选编
定价: 35 元

　　本书精选了欧美 19 世纪和 20 世纪出自经典作家之手的经典中篇情爱小说 6 篇,即法国巴尔扎克的《假面具下的爱情》、意大利亚米契斯的《卡尔美拉》、德国施笃姆的《茵梦湖》、俄国屠格涅夫的《春潮》、奥地利茨威格的《一个女人一生中的二十四小时》和美国西格尔的《爱情故事》。这些作品单篇均为脍炙人口的名作,但从未结集出版过,因而不仅具有很高的阅读价值,还具有相当的收藏价值。

《欧美经典侦探小说精选》　　　　刘文荣选编
定价: 35 元

　　本书所选欧美侦探小说,均出自名家之手,如美国艾德加·爱伦·坡的《玛丽·罗杰疑案》、英国亚瑟·柯南道尔的《血字的研究》、法国莫里斯·勒布朗的《亚森·罗宾历险记》等。读之不仅趣味无穷,而且能开启心智,使你更加聪慧睿智:你不仅能直面罪恶,更相信天网恢恢——究恶之人总比罪恶之人技高一筹。

《欧美经典战争小说精选》 　　　　　　刘文荣选编
定价：28 元

　　战争小说通过对战争的描写，表现人生与人性。本书所收战争小说均出自欧美经典作家之手，如俄国托尔斯泰的《八月的塞瓦斯托波尔》、法国左拉的《磨坊之役》、莫泊桑的《菲菲小姐》、英国毛姆的《不屈的女人》和美国海明威的《桥边的老人》等，均为脍炙人口的中短篇战争小说名作。读之，能使你对战争中的个人命运感到恐惧与怜悯，从而净化你的心灵，使你变得更加恬静而淡定，更加珍惜生活、热爱生命。

《欧美经典博弈小说精选》 　　　　　　刘文荣选编
定价：29 元

　　博弈小说，不仅仅是打牌、下棋，而是"赌徒人生观"和"棋手人生观"的集中体现。何为"赌徒人生观"？何为"棋手人生观"？若想领略一番，请读一读《黑桃皇后》《赌徒》《象棋的故事》《打不败的人》这些出自欧美经典作家之手的博弈小说。

《欧美经典历险小说精选》 　　　　　　刘文荣选编
定价：29 元

　　欧美近代小说的第一部——《鲁滨孙漂流记》，就是一部历险小说，可见欧美小说从一开始起就和"历险"结下了不解之缘，而形形色色的"历险"，往往是人生的折射，甚至是人生的隐喻——因为从某种意义上说，人的一生，就是一个人的一次"历险"。本书所收历险小说均出自欧美经典作家之手，如德国沙米索的《彼得·史勒密尔的奇异故事》、英国吉卜林的《国王迷》和美国作家杰克·伦敦的《热爱生命》等，均为脍炙人口的名作。

《欧美经典动物小说精选》
定价：29 元　　　　　　　　　　　　刘文荣选编

　　欧美小说家常以动物作为小说题材，或通过拟人化手法，或通过人与动物的关系，表现人性，或表现大自然的启示。本书所收动物小说均出自欧美经典作家之手，如美国作家杰克·伦敦的《野性的呼唤》、马克·吐温的《狗的自述》、福克纳的《熊》、俄国作家托尔斯泰的《一匹马的故事》和法国作家福楼拜的《一颗纯朴的心》等，均为脍炙人口的名作。

《欧美经典讽喻小说精选》
定价：35 元　　　　　　　　　　　　刘文荣选编

　　讽喻小说是欧美文学的瑰宝，这类小说对世道人心的嘲讽入木三分，塑造的人物具有普遍而永恒的典型意义，或剖析人性，或警示世人，读之令人难忘。本书所收讽喻小说均出自欧美经典作家之手，如俄国作家果戈理的《外套》、法国作家左拉的《陪衬人》、莫泊桑的《羊脂球》、英国作家奥威尔的《动物农庄》、劳伦斯的《美妇人》和美国作家马克·吐温的《百万英镑》、欧·亨利的《警察与赞美诗》等，均为脍炙人口的名作。

《欧美经典荒诞小说精选》
定价：33 元　　　　　　　　　　　　刘文荣选编

　　荒诞小说在欧美古已有之，但在 20 世纪最为繁荣，可说是欧美现代文学中的一道亮丽的风景线。这类小说表面上装疯卖傻，貌似荒诞，实质寓意深邃，发人深省。